U0165074

明清易代视域下的
清初叙事诗

刘丽 著

中华书局

图书在版编目(CIP)数据

明清易代视域下的清初叙事诗/刘丽著. —北京:中华书局,
2023.9
ISBN 978-7-101-16275-2

Ⅰ.明… Ⅱ.刘… Ⅲ.叙事诗-诗歌研究-中国-明清时代
Ⅳ.I207.22

中国国家版本馆 CIP 数据核字(2023)第 126129 号

书 名	明清易代视域下的清初叙事诗
著 者	刘 丽
责任编辑	白爱虎
责任印制	陈丽娜
出版发行	中华书局
	(北京市丰台区太平桥西里 38 号 100073)
	http://www.zhbc.com.cn
	E-mail:zhbc@zhbc.com.cn
印 刷	河北新华第一印刷有限责任公司
版 次	2023 年 9 月第 1 版
	2023 年 9 月第 1 次印刷
规 格	开本/920×1250 毫米 1/32
	印张 12½ 插页 2 字数 300 千字
国际书号	ISBN 978-7-101-16275-2
定 价	76.00 元

目　录

绪论 明清易代与清初叙事诗的兴盛

中西古典诗歌各有其不同的传统,这决定了两者不同的发展方向。西方古典诗歌的源头始于叙事,古希腊的《荷马史诗》奠定了西方诗歌的叙事基础,后经古罗马的《埃涅阿斯纪》再到中世纪的四大史诗和但丁的《神曲》及十七世纪弥尔顿的《失乐园》、十八世纪拜伦的《唐璜》、歌德的《浮士德》等,从而形成了悠久的叙事传统。而中国古典诗歌以抒情短诗开端,很早就形成了成熟的抒情诗体系,从《诗经》《楚辞》到汉魏古诗、唐诗宋词元曲,中国古典诗歌走的主要是抒情路线;其间虽然也有《孔雀东南飞》《木兰诗》这样的叙事佳作,但在数量与影响方面都难与抒情诗比肩。就中国诗歌的发展历程来看,抒情诗往往被视为诗歌的主流而受到历代文人的重视。中国古代诗论的两个基本概念"缘情"与"言志",都是强调诗歌的抒情成分,这对中国古典诗歌的发展产生了深远的影响,从而形成了抒情强叙事弱的中国古典诗歌格局,这种状况一直持续到明清之际才被打破。清初的文人们继承并发扬了唐代形成的诗歌"诗史"叙事观念,有意识地创作了大量表现社会生活的诗篇,记录了时代的风云变幻与个人心路历程,保存了许多珍贵的史料,也使沉寂多年的叙事诗重新焕发了活力,成为清初文坛诗坛一道亮丽的风景。

第一节　中国古代叙事诗的起源与发展

　　中国古典叙事诗按照作者的身份,可分为民间叙事诗与文人叙事诗。民间叙事诗起步很早,大多为口头创作,但由于年代久远,流传下来的作品寥寥无几。相传为上古时传下来的民谣《弹歌》,就是一首反映原始社会狩猎生活的叙事短诗,全诗只有八个字:"断竹续竹,飞土逐宍。"(后汉赵晔《吴越春秋》)此诗描绘了初民用砍伐的山竹连接起来制成弓,然后打出泥弹追捕猎物的情景。这首短诗语言质朴,节奏明快,是上古时代狩猎生活的真实反映。其后中国最早的诗歌总集《诗经》也保存了一定数量的叙事诗。《诗经》中的叙事诗主要采自民间,也有少量的文人叙事作品。从思想性和艺术性来看,文人叙事诗的成就要远逊色于民间叙事诗,如《诗经》中的叙事名篇《七月》《氓》和《伐檀》等均出自民间。《诗经》中的民间叙事诗作者大多数是不知名的民间劳动者,他们的诗歌多是咏唱自己的日常生活,后人概括为"饥者歌其食,劳者歌其事"(东汉何休《春秋公羊解诂》),具有浓厚的生活气息。《诗经》中文人叙事诗的创作者大多是上古时代掌握文化、操纵祭祀、左右生产生活的巫祝卜史之流,也有一些是中下层贵族,远不是今天文学意义上的诗人。这些人的创作多用于祭祀场合,重在颂扬祖先功德,其中一些诗篇可视为王朝的史诗,如收在《大雅》中的《生民》《公刘》《绵》《皇矣》《大明》五篇叙事诗,它们按照时间顺序完整记述了周部族从始祖后稷诞生一直到武王建立周王朝的整个历史过程。这组诗结构严谨,首尾呼应,篇幅宏大,完全符合史诗的要件。总的来说,《诗经》中的文人叙事诗大都语言晦涩艰深,叙述平板呆滞,文学的意义不是太大,更多的是文献的价值。相比较而言,《诗经》中的民间叙事诗则语言清新活泼、生动形象，再加上采用的多是主人公独立的口吻叙事，具有较强的真实性，只是重点多在于抒情，即使如《卫风·氓》这类偏于故事性的诗篇，叙事也是为抒情服务的，其叙事成分只占全诗很小的一部分。

及至汉魏六朝，随着乐府诗时代的到来，叙事诗取得了长足的进步，这主要体现在民间叙事诗方面。"乐府"本是汉武帝设立的音乐机构，用来训练乐工、制定乐谱和采集歌词，后来演变成一种独立的诗体，被称为"乐府诗"。"乐府诗"来源有二种：一部分由文人专门创作，一部分从民间收集而来。汉高祖的唐山夫人所作的《安世房中歌》就是一首乐府诗，武帝时期的司马相如也创作过乐府诗。一般而言，文人乐府诗主要用于宫廷祭祀场合，所以写得富丽堂皇，但多流于堆砌呆板；比较而言，民间乐府诗的成就要远远大于文人乐府诗，其中一个主要原因是民间乐府诗的作者具有真实的生活体验，语言生动朴素，感情真挚动人，具有强烈的感染力量。班固在《汉书·艺文志》中指出，汉乐府诗乃是"感于哀乐，缘事而发"。这就表明，汉乐府诗具有较强的叙事色彩，其抒发的感情都是源自生活中具体的事件。乐府诗中现在流传下来的篇章有《东门行》《妇病行》《十五从军征》《上山采蘼芜》《羽林郎》《陌上桑》等，从各个角度对汉代的社会生活进行了描述与刻画。比较《诗经》时期的叙事诗，汉代的乐府叙事诗在艺术上有了较大的提高，其中一个主要特色是诗中大量采用第三人称的口吻叙事，这就在一定程度上弱化了以前叙事诗中的抒情意味，使诗歌叙事性、客观性极大地增强了。乐府诗以一种写实的方式再现了汉代的社会现实、人生百态，具有平民化、世俗化、生活化的特色，为民间叙事诗的发展作出了重要贡献。但民间乐府叙事诗也存在着先天的不足，即没有反映家国大事等史诗性内容的作品，只有反映社会各阶层日常生活和情感的作品，这是乐府诗民间作者身份造成的局限。另外，与《诗经》中的民间叙事诗一样，汉乐府中的民间叙事诗也存在着抒情性较强的特点。

与汉乐府民间叙事诗的蓬勃发展相比，汉代文人叙事诗的创作几乎处于停滞的状态，这种局面一直持续到东汉末年的建安时期，文人叙事诗的创作才开始有了起色。以"三曹七子"为代表的汉末文人，生逢乱世，目睹了生灵涂炭、民不聊生的社会现实，自觉地以诗为史，记录了时代的风云变幻，形成了慷慨悲凉的"建安风骨"。他们以真挚的笔触创作出一批反映时代的优秀叙事诗，如王粲的《七哀诗》、陈琳的《饮马长城窟行》，都是这一时期叙事诗的优秀之作。其中，曹操的叙事诗《蒿里行》以亲历者的身份真实地描写了东汉末年的乱世景象。诗从董卓之乱写起，袁绍、曹操等诸将起兵讨伐董卓，但由于内部互相倾轧，结果造成自相残杀的军阀混战局面，使富饶的北方变得满目疮痍、哀鸿遍野，表现了作者对陷于水深火热之中人民的深切同情。由于此诗真实地再现了东汉末年的时代背景，曹操也成为中国文学史上第一个获得"诗史"称号的诗人。从此，文人叙事诗与民间叙事诗开始有了内容与格局上的分野。当然，曹操及汉魏时代诗人的叙事作品大都篇幅短小、情节单一，并且在形式上多用旧题写时事，多是"拟乐府"之作，这使作品的内容及题材的选择都受到一定的局限。此外，与汉代乐府诗相似，建安诗人的叙事作品中也包含较多的抒情成分，还称不上是真正意义上的叙事诗，但开创了写时事、写大事的叙事诗传统。

建安时期最优秀的文人叙事诗当推女诗人蔡琰的长诗《悲愤诗》。《悲愤诗》是我国诗歌史上文人创作的第一首自传体五言长篇叙事诗。全诗一百零八句，计五百四十字，作者以亲身的经历为基础，真实而生动地记录了在汉末大动乱中百姓的悲惨遭遇，将个人苦难与时代苦难紧密结合起来,可以说是汉末社会和人民生活的实录,是真正堪称"诗史"的作品。《悲愤诗》的出现,把文人叙事诗推向一个新的高度。

建安之后的两晋,虽然模拟汉乐府的"拟乐府"在文人间成为一时风气,但没有出现有影响的叙事诗作品。时代的巨变使晋代诗人失去了建安诗人慷慨悲凉诗风的土壤,诗风也发生了根本性的转变。华丽雕琢的语言取代了乐府诗的质朴无华,骈偶的追求遮蔽了叙事的自由句式,这对抒情诗是一大幸事,却扼杀了叙事诗存在的形式要件;而玄学的兴起,更成为叙事诗发展的巨大阻碍。因为玄学的特质在于空谈玄理,或者借山水谈玄理,特点在于"虚",这与崇实纪事的叙事诗大相径庭。此时在诗坛上,虽有少数"拟乐府"作品,如张华的《轻薄篇》、潘岳的《关中诗》、左思的《娇女诗》等,但在内容与艺术上都乏善可陈,对后代叙事诗没有产生什么影响。这一时期叙事诗人中稍有成就的是傅玄,他的拟乐府《秋胡行》在两晋叙事诗中较有特色。此诗表现了秋胡妻的贞烈,鞭挞了秋胡的轻薄行径,但在内容与艺术上都不脱汉乐府的窠臼,模仿色彩浓厚。

南北朝时期,民间叙事诗再一次得到了空前的发展,标志是表现婚姻悲剧的长篇叙事诗《孔雀东南飞》的出现。《孔雀东南飞》是中国文学史上第一部长篇叙事诗,全诗共三百五十六句,算上小序有一千八百多字,主要讲述了焦仲卿、刘兰芝夫妇被迫分离并双双自杀的故事,控诉了封建礼教的残酷无情,歌颂了焦、刘夫妇的真挚感情和反抗精神,后人将它与北朝的《木兰诗》一起合称为"乐府双璧",是中国叙事诗发展史上里程碑式的作品。

唐代是我国古典诗歌的鼎盛时期,唐代诗人的叙事意识得到空前发展。唐代不仅出现了"诗史"理论、"歌诗合为事而作"的创作思想，而且出现了"诗本事"的研究理念和"以文为诗"的创作倾向，这些都推动了叙事诗的发展。如前文所述，《诗经》中的一些诗歌已经具有以诗纪史的性质，但"诗史"理论的提出却是在中唐以后。唐代叙事诗发展的高潮也是出现在中唐，契机是"安史之乱"的爆发。"安史之乱"使唐代社会发生天翻地覆的变化，成为盛唐与中唐的分水岭。"贞观之治"与"开元盛世"所开创的气象已不复存在，军阀割据，宦官专权，民不聊生，唐王朝已是气息奄奄、日薄西山，如李商隐诗中所言"夕阳无限好，只是近黄昏"。唐代杰出的大诗人杜甫亲身经历了"安史之乱"这一空前浩劫，以诗歌的形式记录了这个时期的社会生活与时代变迁。他的《哀江头》《北征》及"三吏""三别"等一批杰出的叙事之作被后人称作"诗史"。以"三吏""三别"为代表的文人叙事诗，也达到了唐代叙事诗的高峰，从此，"诗史"成为后代文人叙事诗创作的典范。但在整个唐代，叙事诗的创作队伍比较单薄，从事叙事诗创作的诗人不多，如与杜甫同时代的大诗人李白、王维、孟浩然等都鲜有叙事诗作传世。之后，中唐的白居易、元稹等人倡导诗歌"新乐府"运动，主张诗人创作应该学习"汉乐府"的现实主义精神，关心民生疾苦。元白的诗歌主张得到不少诗人的响应，但表现在创作上成就不大。虽然白居易写出过《秦中吟》《琵琶行》《长恨歌》等优秀的叙事诗作，但内容题材多限于日常生活及男女情事，缺少关注重大历史事件的视野，总的来看，所取得的成就没有超出汉代乐府诗。

　　宋代的叙事诗作品乏善可陈，两宋文坛成就最大的文体是词和议论文。这两种文体，一种长于言情，一种长于说理，与叙事都有隔膜。宋诗最大的成就是以理趣入诗，开辟了一条与以情韵见长的唐诗不同的新路径，即理趣诗。在宋代，记人说事的叙事诗并没有引起文人的重视，这可能与宋代盛行的文体有关，宋代最流行的文体是长于抒情的词。词是诗的别体,它最初是配音乐唱的,句子有长有短,都是为了便于歌唱,内容基本以言情为主,后来苏轼、辛弃疾等人在词中注入了言志的因素,一定程度上提高了词的品格,但与叙事无关。

元代流行的文体是杂剧与元曲。杂剧虽然有叙事的成分,内容以揭露社会黑暗、反映婚姻爱情为主,但元杂剧通俗性的特点决定了其内容缺少深厚宏大的主题。元曲作为抒情小曲就更不用说了,它原本是民间流传的"街市小令"或"村坊小调",其内容大都是写男女之情及下层文人对社会现实的不满,笔调或清新秀丽,或幽默诙谐,与杂剧一样,都是民众喜闻乐见的通俗文学形式。

在明代,由唐代形成的"诗史"观念受到了当时文人的质疑和解构。明人往往通过辨体来强调诗歌独特的审美特质,以恢复诗歌的美学传统。如杨慎就对传统的"诗史"观提出了批评,提出了"诗不可以兼史""诗史误人"①的观点,杨慎认为诗歌作为文类的一种,要保持自己的属性与特点,要做到含蓄蕴藉,而不是与史书一样的平铺直叙。

总的来说,叙事诗在宋之前一直处于受冷落的地位,直到明清之际,叙事诗在特殊的时代背景下得到了突飞猛进的发展,这与传统"诗史"精神的再度高扬有密切关系。"诗史"一词最早见于《孟子》,但还没有明确提出"诗史"的概念,而是把"诗"与"史"联系起来,认为诗歌具有史书的功能:"王者之迹熄而诗亡,诗亡然后《春秋》作。"②孟子认为,当周王朝的礼乐教化思想随着乱世的到

①［明］杨慎撰,王大厚笺证:《升庵诗话新笺证》卷四,中华书局2008年版,第213页。
②［清］焦循撰,沈文倬点校:《孟子正义》,中华书局1987年版,第572页。

来而日趋消亡的时候,诗歌的讽咏教化作用也随之而消亡,当诗歌消亡后,《春秋》等记事褒贬类史书开始产生。孟子的这种认识与文学关系不大,也并没有用来具体指诗歌或诗人的创作特色。最早提出"诗史"概念并用来标志诗人创作风格的是唐代孟棨。孟棨所撰《本事诗》中称杜甫"逢禄山之难流离陇蜀,毕陈于诗,推见至隐,殆无遗事,故当时号为'诗史'"①。杜甫以诗歌的形式记载了安史之乱之际动荡的社会现实,如《悲陈陶》《悲青坂》《洗兵马》等。孟棨认为,杜甫流离陇蜀期间的诗歌真实全面地记载了当时的社会及个人的情况,完全可以当作历史书来看。至北宋,宋人对杜甫"诗史"类作品较孟棨又有新阐述,他们在不同程度上把杜甫叙事类作品等同于史籍、史料,即对社会生活的"实录",以诗存史。到了南宋,时代社会背景较北宋又有了新的变化,"诗史"也被赋予新的内涵,除了"存史"实录要求之外,还要有"补史"的功能。南宋文人黄彻就认为杜诗之所以能够被誉为"诗史",核心问题就在于杜诗能够起到"补官迁陟,历历可考"②的作用,使"诗史"概念在叙事纪史的基础上又有了新的演绎与发展,其内涵变得更加丰富与细致。

"诗史"从本质上说是特定历史时期的一种现象,是一种乱世文学,但奇怪的是,"诗史"作品的创作在唐代以后又归于沉寂,即使是在宋元易代这样大的时代动荡之际,也少有叙事力作出现。尽管南宋末年汪元量的部分诗歌因为记录了宋元易代一些事件而被称为"诗史",如《湖州歌》《越州歌》等,但体裁都是七绝,篇幅短小,内容因之也相对单薄,很难与清初叙事的大型组诗或动辄数

---

① 丁福保辑:《历代诗话续编》,中华书局 2006 年版,第 15 页。
② 丁福保辑:《历代诗话续编》,中华书局 2006 年版,第 347 页。

十句,甚至上百句的叙事作品相比,其"诗史"的称号有些差强人意。纵观两千多年以来中国古典诗学的流变,在学术大背景下考察"诗史"写作,曾出现过两次大的高潮:一是唐代的"安史之乱",二是明清易代之际。不难看出,这两大高潮都与时代背景密切相关,即所谓"天崩地坼"的时代变局赋予了"诗史"创作的土壤,可以说乱世出"诗史"。此时,诗人把强烈的民族意识和家国情怀隐现为血性的诗之凝思,自觉地用诗歌把神州陆沉的时代变革和一代士人的精神历变实录留存。但值得注意的是,同样是非汉族政权入主中原,同样是弱势文化入侵强势文化,相比较于宋元之际的政权易代,明清易代对士人思想形成的冲击力更大,涉及面更广,持续时间更长,反抗自然也更强烈。这与清廷入主中原后实行的一系列民族高压政策有很大关系,使文人真正感觉到了"亡天下"的锥心痛苦。传统的"诗史"理论即在此背景下得到再次确立和弘扬,并被赋予了新的时代内涵。明清之际有大批诗人投身于叙事诗的创作中,使叙事诗取得了巨大的成就,甚至超过了杜甫在"安史之乱"中创作的叙事诗,达到中国文人叙事诗最高峰。对此,钱仲联先生有如下评价:"叙事性是清诗的一大特色,也是所谓'超元越明,上追宋唐'的关键所在。"① 以诗歌叙说时政、反映现实成为有清一代诗坛总的风气。

第二节 "诗史"观与清初叙事诗的繁荣

中国传统文化一向以史官文化为本位,诗歌这一最早的文学样式作为传统文化的表现形式之一,从诞生的那天起就与"史"有

_____

① 钱仲联主编:《清诗纪事》前言,凤凰出版社2004年版,第3页。

着密不可分的关系,但明清之际的"诗史"观,又独具时代特色。它十分深刻地折射出时代所特有的文化心境与重建思路,其内涵绝非通常移用宋人分析杜诗的叙事学特征和伦理价值而来的诗史模型所能括尽。也就是说,清初"诗史"论的再度高扬不仅受广阔的理论背景所启发,同时还受到了时代背景的深刻影响。此前没有哪个朝代的诗人像清初诗人那样具有如此深广的历史情怀,他们以叙事诗的形式反映历史、记录历史、书写历史,他们展现着清初诗人对于历史的痴心与眷恋,而读者正是从这些诗歌中,感受到那段历史以及诗人们深厚的历史情怀。

明清易代是一个绵亘数十年的历史过程,具体时间段从崇祯元年(1628)至顺治十八年(1661)三十多年的时间。这期间经历了1644年农历三月十九日李自成领导的农民军攻入北京,崇祯帝自缢殉国,随即清军入关,消灭了李自成大顺政权,迅速取代明王朝,接着又相继消灭了在南方建立的弘光、隆武、永历政权,完成了真正意义上的一统天下。康熙元年(1662)吴三桂率领清军攻入缅甸,俘获了南明的最后一个皇帝永历帝朱由榔,并于同年六月将其绞杀于昆明,南明最后一个抗清政权就此偃旗息鼓,也意味着明清易代已彻底完成。从康熙元年始,历史正式进入中国大地上的一统时代。明清易代的时间虽说只有短短的三十多年,却是一个诸多社会矛盾和政治力量交织角逐的时代,是一个天翻地覆、海飞山立的大动荡时代,是中国历史上最为复杂、最为曲折,也最为震撼人心的一个历史时期。这一时期,阶级矛盾和民族矛盾交织在一起,给广大百姓带来了深重灾难,而国破家亡、进退失据带给文人士子的精神痛苦,超越了此前任何一个朝代,"亡天下"(清顾炎武《日知录》)的悲怆感也使他们较前代文人有着更为深沉的历史情怀。于是,在文学领域的一个突出表现就是"诗史"精神的再度唤醒与高扬,这促进了清初叙事诗的空前高涨,可以说这是清初特定历史环境中的产物。历代学者对"诗史"之说的评论虽各有侧重,但是核心内涵却始终没有改变,即诗歌具有反映现实、记载历史的"实录"精神。

这一时期的士人历经丧乱动荡,国破家亡、哀鸿遍野的残酷现实促使他们自觉地将这段鲜活的痛史载入诗册,传诸后世。他们怀着高度的责任感创作叙事诗,把诗歌创作当作反映时代、保存历史的一种自觉方式,因而"以诗存史"便成为易代诗风演变中的重要特征。相比前代叙事诗中"感于哀乐,缘事而发"的生活叙事传统及杜甫叙事诗中单纯的民生疾苦内容,清初文人叙事诗的时代主题更为丰富深广。他们在诗中自觉记录朝野大事,深入揭露战争暴行,广泛反映民生疾苦,冷静反省政权兴亡,真实记载历史人物,是明清易代之际风云变幻的历史见证。明清之际出现"诗史"观念大规模复兴的现象,颇可玩味。其中既有国事之艰难激起文人的现实知觉与历史责任感,也有遗民诗人忧虑于新朝官史之权力话语的遮蔽,倡言"以诗补史之阙"①、诗"为史外传心之史"②,将亡国之诗提升到保存本民族的历史记忆、传承民族文化精神命脉的高度。此前杜甫的诗歌虽然被冠以"诗史"称号,但那是后人在杜甫去世百年之后的概括,而非杜甫本人的自觉创作思想。并且后人在阐述杜甫的"诗史"作品时,只是对其内容风格作出的一种评价,而不是指杜甫诗歌的创作理念。清初的诗人们则不同,他们自觉地以"诗史"为创作思想,将诗歌作为保存历史的一种重要

① [清]黄宗羲撰:《南雷文定》卷一,《清代诗文集汇编》,上海古籍出版社2010年版,第20页。

② [清]吴伟业著,李学颖集评标校:《吴梅村全集》,上海古籍出版社1990年版,第1206页。

方式,有意识地创作了大批具有"诗史"性质的叙事作品,这也使清初叙事诗具有与前代叙事诗不同的历史风貌与内涵。此期的文学创作,无论是本来以叙事见长的小说、戏剧,还是以抒情言志见长的诗歌,都以叙述时事、保存历史为己任。钱仲联先生主编的《清诗纪事》就收录了五千余家清初诗人的叙事诗作,其中被誉为"诗史"的诗人多达十几位,如顾炎武、吴伟业、钱谦益、陈子龙、钱澄之、吴嘉纪、方文等。众多诗人的诗歌反映了社会变革和民生疾苦,而这一时期一些历史事件的变化过程和历史人物一生的行迹在诗中也得到真实可靠的记载,历史学家也往往把它们当作可信的史料。

　　被尊为清初"江左三大家"之一、"四海宗盟"的钱谦益,是明清易代的亲历者与见证者,他在诗中就隐晦地反映了不少当时重大的历史事件,这类作品主要集中于他晚年所著的《投笔集》中。陈寅恪先生在《柳如是别传》中曾说:

　　　　《投笔集》诸诗摹拟少陵,入其堂奥,自不待言。且此集牧斋诸诗中颇多军国之关键,为其所身预者,与少陵之诗仅为得诸远道传闻及追忆故国平居者有异。故就此点而论,《投笔》一集实为明清之诗史,较杜陵尤胜一筹,乃三百年来之绝大著作也。①

　　钱谦益《投笔集》中反映的军国大事,很多是其亲身经历之事,具有较高的史料价值。对时政变化的敏感性是明清之际诗人的共同特征,在国家危急存亡的时刻,几乎每一次重大的历史事件都可以在钱谦益的诗集中找到相应的作品,是名副其实的诗史之

① 陈寅恪著:《柳如是别传》,生活·读书·新知三联书店 2001 年版,第 1193 页。

作。与钱谦益齐名的清初大诗人吴伟业也认为:"古者诗与史通,故天子采诗,其有关于世运升降、时政得失者,虽野夫游女之诗,必宣付史馆,不必其为士大夫之诗也;太史陈诗,其有关于世运升降、时政得失者,虽野夫游女之诗,必入贡天子,不必其为朝廷邦国之史也。"①(《且朴斋诗稿序》)吴伟业的这段话阐明了诗的作用:既可以反映世运升降、时政得失,也具有史料价值,诗与史都具有记载社会政治状况的功能。就诗歌与历史的关系而言,诗史互通的观点是时人的共识。广东诗人屈大均在《二史草堂记》中也谈道:"予也少遭变乱,屏绝宦情,隐于山中者十年矣,游于天下又二十余年,所见所闻,思以诗文一一载而传之,诗法少陵,文法所南……盖谓少陵以诗为史,所南以心为史。"②"少陵"即杜甫,"所南"即南宋诗人郑思肖,南宋亡后誓不仕元,以遗民终老。黄宗羲补充了吴伟业等人的诗史观念,认为诗与史互为表里,诗不仅能够记史续史,而且还能补史之阙、正史之误,突出了诗在"诗史"论中的本体论地位与意义。他在《万履安先生诗序》中云:

> 今之称杜诗者,以为诗史,亦信然矣。然注杜者,但见以史证诗,未闻以诗补史之阙,虽曰诗史,史固无藉乎诗也。逮夫流极之运,东观兰台,但记事功,而天地之所以不毁,名教之所以仅存者,多在亡国之人物。③

---

① [清]吴伟业著,李学颖集评标校:《吴梅村全集》,上海古籍出版社 1990 年版,第 1205 页。
② [清]屈大均撰:《翁山文钞》卷二,《清代诗文集汇编》,上海古籍出版社 2010 年版,第 42 页。
③ [清]黄宗羲撰:《南雷文定》卷一,《清代诗文集汇编》,上海古籍出版社 2010 年版,第 20 页。

　　黄宗羲认为,人们所言及的杜甫的"诗史"诗歌,多从以史证诗的角度来看,而忽略了"以诗补史之阙"的重要作用。尤其是在"流极之运"的动荡年代,一些史书只是记载事功,而保存文化、以诗续史的重担就落到了诗歌创作者的肩上,这不仅强调了诗歌的重要作用,也要求诗歌创作者具有使命意识与责任担当。

　　最能代表清初"诗史"特色的当属吴伟业的叙事诗。吴伟业曾在崇祯、弘光、顺治三朝为官,相比于清初其他诗人,他的诗歌内容更为丰富,视野更为宽广。吴伟业有意识地把明清之际重大事件的发生发展及其结局都记录到叙事诗中,表现出自觉的"诗史"意识。如《松山哀》记载了松山之战,这是一场决定了明亡清兴的大战役;《雁门尚书行》记载了决定崇祯与李自成胜负关键的潼关之战;《圆圆曲》记载了吴三桂降清的山海关之变。这些都是明清之际影响历史走向的重大事件。吴伟业在创作中采用了史家"实录"的手法,这使他诗中描述的无论是历史事件还是历史人物都真实可信,具有历史文献价值。如《临江参军》诗叙述了崇祯十一年(1638)明军与清军巨鹿之战的情形,记录了主将卢象升兵败殉国的历史事件。这首诗是听作者好友杨廷麟(字伯祥,别字机部)讲述而写成。吴伟业在《梅村诗话》中称:

　　　　余与机部相知最深,于其为参军周旋最久,故于诗最真,论其事最当,即谓之诗史可勿愧。①

　　杨廷麟当时在宣大总督卢象升军中任兵部职方主事,与卢象

————————

①[清]吴伟业著,李学颖集评标校:《吴梅村全集》,上海古籍出版社1990年版,第1138页。

升一起组织了明军对清军的作战。不久,卢象升战死,杨廷麟因奉使在外,幸免于难。作为这次战役的亲历者、幸存者,杨廷麟对整个事件的过程非常清楚,因此他"论其事最当",而吴伟业"与机部相知最深",所以诗中记述的这段史实,可信度是非常高的。

吴伟业诗歌中可称"诗史"的作品还有很多。清初著名学者尤侗评价吴伟业的诗:"其所作《永和宫词》《琵琶行》《松山哀》《鸳湖曲》《雁门尚书》《临淮老妓》,皆可备一代诗史。"①

再如钱澄之以自己亲身经历为内容创作的诗歌,直叙事实,不加粉饰,最大限度地保存了历史原貌。钱谦益评价钱澄之在任职南明政权时所写的诗歌"闽山桂海饱炎霜,诗史酸辛钱幼光"②,将他的诗作看成是关涉南明往事的诗史。钱澄之自己也以"诗史"自居,他在《生还集》自序中写道:"其间遭遇之坎壈,行役之崎岖,以至山川之胜概,风俗之殊态,天时人事之变移,一览可见。披斯集者,以作予年谱可也。诗史云乎哉!"③

顾炎武的诗歌在当时也有"诗史"之称,他的很多叙事诗作都表现了清初的社会政治状况,如他的《京口即事》《江上》诸诗,无一不与抗清时事有关。像弘光朝廷马士英专权、排挤史可法赴扬州、郑成功攻打长江等史事都能从他的诗中得到反映。再如著名的抗清英雄张煌言作品也被誉为"诗史",南明抗清的许多历史事件都在他诗歌中得到反映。除了以上诸人,方文、魏禧等也都以"诗史"闻名。

"诗史"观促进了清初叙事纪史类诗歌的兴盛,因为"纪史"必

---

① [清]尤侗撰:《艮斋杂说》卷五,中华书局1992年版,第99页。
② [清]钱谦益著,[清]钱曾笺注,钱仲联标校:《牧斋有学集》,上海古籍出版社1996年版,第419页。
③ [清]钱澄之撰,汤华泉校点:《藏山阁集》,黄山书社2004年版,第400页。

然要叙事,叙事必然要记人,诗歌与历史就这样被紧密地联系在一起了。也正是在这样的背景下,涌现了许多著名的叙事诗大家,拓宽了古典诗歌的题材,升华了古典诗歌的境界,沉淀了古典诗歌的底蕴。相比较前代叙事诗,清初的叙事作品在内容上地负海涵,在艺术上悲凉浑厚。他们的诗中既有对明末农民起义的起因、发展的客观描述,也有对崇祯一朝在内忧外患中走向灭亡的真实记载,还全面记载了南明政权的建立与覆灭及清兵入关到政权稳定的历史发展过程。总之,明清易代三十多年间所发生的重大历史事件,在清初叙事诗中几乎都得到了反映,正如钱仲联先生所指出的那样:

　　以诗歌叙说时政、反映现实成为有清诗坛总的风气,十朝大事往往在诗中得到表现,长篇大作动辄百韵以上。作品之多,题材之广,篇制之巨,都达到了前所未有的水平。①

此前,没有哪个时代像明清之际的诗人们这样有如此深广的历史情怀。他们以诗歌反映社会现实,记叙一代史事,从而促进了清初叙事诗的繁荣,形成了清初诗歌的叙事特色,对整个清代诗歌的发展影响深远。

① 钱仲联主编:《清诗纪事》前言,凤凰出版社2004年版,第3页。

第一章　清初叙事诗中的崇祯王朝

崇祯一朝十七年,可以说始终处在内忧外患当中。在外,有虎视眈眈、不时侵掠骚扰的清朝军队;在内,有此起彼伏、不断壮大的各地农民起义,尤其是来自陕西李自成率领的一支农民军,他们屡剿屡起,最后成为农民起义军颠覆明王朝最强劲的力量。崇祯十七年(1644)三月,李自成率领的大顺军会师北京城下。十七日,李自成亲自指挥大军环攻九门。十八日,大顺军将士架飞梯奋力攻城,越墙而入,攻占外城。与此同时,明太监曹化淳献彰义门投降。三月十九日,走投无路的崇祯帝自缢于煤山,近三百年的大明王朝宣告灭亡。虽说明朝之亡,是个冰冻三尺非一日之寒的历史过程,但最终亡于崇祯朝,还是有许多值得反思的地方。以下笔者从清初叙事诗的角度,对崇祯朝的吏治、党争、军纪、民变等层面逐一进行审视,从中不难找出崇祯朝覆亡的历史轨迹。

第一节　崇祯朝的吏治与党争

朋党是指具有相同政治或经济利益追求的群体,党争就是通过政治手段对异己势力群体进行打击,这在中国的封建政治生态中数见不鲜,但如明朝的党争活动持续之久、波及社会阶层之广、性质内涵扩展之深,在中国政治史上可以说是独一无二。

　　明朝党争最早可追溯到神宗万历朝,史家有明"实亡于神宗"(《明史·神宗本纪》)之论断,这个观点有一定的道理。崇祯的爷爷万历帝"酒色财气"均沾,这个明朝享国时间最长的皇帝,庙号神宗,实为寓贬于褒,正是他在位期间拉开了明朝党争的序幕。万历早年,首辅张居正联手内监冯保驱逐当时主政的高拱,这些在当时看似普通权力斗争的背后,实际上已经暗暗滋生了党争问题。到万历末期,朋党之争达到白热化,"立国本""梃击案""红丸案""移宫案"等酿成了日后东林党与阉党的惨烈斗争。至泰昌帝即明光宗朱常洛即位,颓败的局面丝毫没有得到改变。朱常洛在位仅一个月便驾崩,对明政局影响甚微,但却留下了日后惨烈党争的烂摊子。即位的天启帝朱由校是一个十来岁的少年,顽劣无知,亲信太监魏忠贤借机把持朝政,拉开了阉党专权的大幕,也开启了阉党与东林党的激烈斗争,使岌岌可危的明王朝雪上加霜。天启朝的党争早期主要表现为东林与宣、昆、齐、楚、浙五党的纷争。东林人士为争一时之意气,把大量的精力放在了对五党人士的穷追猛打和对历史问题的清算反扑上。到天启后期,党争逐渐由朝臣之间的斗争转向东林党与阉党之间的斗争。一些不得志的大臣便投向阉党以谋求政治出路,东林党和阉党最终演化成势不两立的两大政治派别。斗争的结果是阉党大获全胜,大量东林党人或被贬谪,或被杀戮,形成了阉党独大的局面。至崇祯帝即位,以迅雷不及掩耳之势处死魏忠贤,并严厉打击依附魏忠贤的官员,为被阉党迫害致死的东林人士平反昭雪、追赠官衔。当时的士人对这位年轻的君主报以深切的希望,德高望重的东林党人钱谦益闻讯即写下了《丁卯十月书事》四首,其中"斗柄已闻归圣主,冰山何事倚群公?"[1]对崇

---

① [清]钱谦益著,[清]钱曾笺注,钱仲联标校:《牧斋初学集》第四卷,上海古籍出版社1985年版,第159页。

祯即位后打击阉党的行为进行了由衷的赞美,侧面反映出崇祯初期政治局面焕然一新的状态,从中也可以看出士人的归心,期待新帝能够扭转万历以来日益崩坏的时局。但此时的明廷已是民穷、兵寡、国库空虚,张居正变法留下的巨额财富已被崇祯的几位前任挥霍一空,除去这些主要问题,积弊已久的吏治腐败和党争也在崇祯一朝日益显示出其消极影响。

崇祯朝虽然基本消除了魏忠贤阉党的势力,但它的余烬还在,朝廷内部错综复杂的党争也没有完全消除,朝堂之上鱼龙混杂,各党相互攻讦不遗余力。魏忠贤死后,由于阉党和东林人士之间一系列的历史积怨,其消极影响不可能一朝消除。在崇祯帝清算阉党的"逆案"中,东林人士对凡是曾经依附过魏忠贤阉党的人,无论情节轻重,必先除之而后快,而残余的阉党势力也不甘束手待毙,也在寻找一切机会反扑对方,这就为后来南明政局的动荡埋下了伏笔。终崇祯一朝十七年,朝廷官员一直处于党同伐异的内耗中,令崇祯帝焦头烂额、心力交瘁。再加上崇祯帝面对的是一个内外交困、难以收拾的烂摊子。在内,他不只要面对以魏忠贤为首的阉党及前几代君主留下的颓靡政局,还要应付全国各地风起云涌的农民起义。在外,东北地区的后金已称制建国。经过努尔哈赤、皇太极父子两代的努力经营,尤其是皇太极即位后实行的"天聪新政"对种种弊端进行了一系列的改革,为日后清王朝入主中原奠定了坚实基础,并且在对明朝的一系列战争中逐渐占据上风,成为明朝关外的心腹之患。明王朝顾此失彼,最终在清军与李自成农民军的夹击之下走向灭亡。

明亡后,朝野上下都自觉对明亡开展了反思。概而论之,有几种说法:亡于吏治,亡于党争,亡于重税,亡于武人跋扈,亡于天灾人祸等。如"明末四公子"之一、曾做过崇祯皇子定王讲官的方以

智在明亡后曾作《哀哉行》一诗,对崇祯朝的吏治进行了尖锐的批评。其诗曰:

> 奔城南,走城北,炮声轰轰天地黑。
> 女墙擐甲皆中官,司马上城上不得。
> 乱传敌楼铁骑从至尊,宫人夜出华林园。
> 须臾中官大开东直门,贼营四市如云屯。
> 此时张牙禁出入,蓬首陋巷阴风泣。
> 居民畏死争焚香,父老衣衫暗沾湿。
> 吁嗟乎! 先皇帝,烈丈夫!
> 万岁山前从者无,神灵九庙长悲呼。
> 却忆去年雷震奉天破寝室,宝座赤蠓飞三日;
> 享庙卫士夜惊鬼,黑牛十丈端门出。
> 九卿大老无愁容,金紫得意长安中。
> 谈兵献策者仇寇,只引旧例相朦胧。
> 日夕甘泉烽火至,沙河土关纷贼骑。
> 犹然阁试新门生,品第人情出名次。
> 伤心此辈送国家,师生衣钵求清华。
> 一旦薰莸尽膏火,昆冈玉石谁争差?
> 可怜慷慨忠义士,前后只合横尸死。
> 难如冯信藏青盲,空羡子真在吴市。
> 已焉哉,哀勿哀,仰天气绝魂归来!
> 十年误国登鼎台,子孙累毂高门开。
> 小臣拜禄十七石,却生此日当其灾! ①

---

① [明]方以智著,诸伟奇整理:《方以智全书》之二十,黄山书社 2019 年版,第 238—239 页。

方以智此诗作于甲申（1644）之变后，其自注此诗创作时间为四月二十三日，距三月十九日崇祯自缢于煤山仅有一月之隔，而方以智此时正处于颠沛流离之际。诗中回顾了明朝灭亡前后诸臣的所作所为，概括了崇祯晚朝廷的吏治情况："九卿大老无愁容，金紫得意长安中。"位高权重的九卿大老全无体国之心，国亡不知羞耻，马上改换门庭投靠新主子，"犹然阁试新门生，品第人情出名次"是说明亡后朝中有些大臣纷纷叩拜掌管官员录用的李自成军师牛金星，个别不知羞耻者还递上门生帖子。"伤心此辈送国家，师生衣钵求清华"，把明亡的罪责矛头指向了只知个人享乐、不恤国事的当朝重臣，使人读后不禁顿生悲愤之情。

　　清初不少人将明亡的主要原因归于吏治，尤其是权臣的不作为、乱作为。遗民诗人杜濬虽然一直在野，但由于他是复社人士，侯方域、方以智等都是他的好友，所以他对崇祯朝廷之事也多有了解。杜濬作于顺治四年（1647）的《初闻灯船鼓吹歌》一诗在回顾了秦淮灯船游艺盛衰的同时，对明朝覆亡的原因也进行了全面剖析与深刻反思，指出崇祯朝当权的两位宰辅周延儒与薛国观贪渎腐败，认为他们是误国亡国的罪魁祸首。诗云：

> 当时惆怅说于今，忍见于今又说古。
> 年复年来事可叹，灯船伐鼓鼓不欢。
> 辛壬之际大饥疫，惟见凤陵烽火照见秦淮白骨横青滩。
> 桃叶何须怨寂寞，天子孤立在长安。
> 吾闻是时宰相薛复周，黄金至厚封疆仇。
> 公卿济济咸一德，坐令战鼓逼龙楼。……①

---

① 钱仲联主编：《清诗纪事》明遗民卷，凤凰出版社2004年版，第84页。

　　诗中"薛"即薛国观,"周"即周延儒。薛国观(？—1641),字家相,韩城(今陕西韩城)人,万历四十七年(1619)进士,在朝期间曾附魏忠贤与东林党相对立。崇祯十年(1637),薛国观任礼部左侍郎兼东阁大学士,是温体仁一党,所以温体仁在遭到弹劾去位后,就举荐薛国观代替自己入阁辅政。薛国观入阁后,完全按照温体仁的意旨行事。崇祯十三年(1640)薛国观遭到言官吴昌时弹劾而被免职,最后被赐死。周延儒(1593—1644),字玉绳,号挹斋,宜兴(今江苏宜兴)人,万历四十一年(1613)连中会元、状元,历官礼部尚书、东阁大学士、吏部尚书、中极殿大学士等。周延儒入阁期间,倚靠吴昌时、董廷献等亲信,结交内侍,收受贿赂,后被言官蒋拱宸等人揭发弹劾,触怒崇祯帝,于崇祯十六年(1643)十二月被赐死。杜濬在诗中讽刺了两人作为朝廷重臣只知敛财而不以国家为重的行为,结果导致"辛壬之际大饥疫,惟见凤陵烽火",致使张献忠、李自成率领的农民军焚烧了明朝的凤阳祖陵,最后直逼北京,崇祯帝孤立无援,自杀殉国。

　　相比于"亡于吏治",持"亡于党争"观点的人更多。这种观点固然有过激的成分在里面,但崇祯一朝党争不断却是不争的事实。崇祯帝统治的十七年间,先后更换过五十多位阁臣。崇祯朝阁臣变换之频、任期之短都是史所罕见。究其原因,固然与崇祯帝性格刚愎自用、急于求治而阁臣本身素质低劣庸碌有关,但崇祯帝频繁地更换内阁的背后还有一个重要的原因,就是对朝廷党争的防范与打击。这不是崇祯皇帝的多疑,而是当时确实存在或隐或显的党争现象。从崇祯二年(1629)礼部侍郎周延儒以特旨入阁办事,到崇祯六年(1633)六月周延儒告病还乡,崇祯十五年(1642)周延儒被免官,此期的阁臣成基命、周延儒、何如宠、钱象坤、温体仁、吴宗达、郑以伟、徐光启八人,都不同程度地卷入了党争。崇祯朝

"党争"的具体表现是从争入阁而始。"入阁"之争的三位主要人物是钱谦益、周延儒与温体仁,三人都有朋党的背景。钱谦益是东林党人,温体仁在政治态度上倾向阉党,周延儒是得到东林党人帮助才得以重新入阁。

钱谦益(1582—1664),字受之,号牧斋,晚号蒙叟、东涧遗老,常熟(今江苏常熟)人。钱谦益为万历三十八年(1610)一甲第三名进士,历官翰林院编修、右春坊中允等,天启朝遭到依附于阉党的官员崔呈秀和陈以瑞的弹劾,被革职回乡。崇祯元年(1628),复出任礼部侍郎,因与温体仁争权失败而被革职。明亡后,马士英、阮大铖在南京拥立福王,建立南明弘光政权,钱谦益依附之,为礼部尚书;后降清,担任礼部侍郎,不久告归。温体仁(1573—1638)字长卿,号员峤,乌程(今浙江湖州)人,为万历二十六年(1598)进士,选为庶吉士,历任翰林院编修、南京国子监司业、礼部右侍郎等官职;崇祯初年升礼部尚书,与周延儒联手阻止钱谦益入阁,崇祯十年(1637)因使人诬陷钱谦益事发,不得不辞职致仕。崇祯十一年(1638)去世。

钱谦益早年曾受教于东林党创始人顾宪成,天启年间曾列名于阉党的《东林点将录》里,被称为"天巧星浪子"。"鼎甲高题神庙榜,先朝列刻党人碑"(阎尔梅《钱牧斋招饮池亭谈及国变恸哭作此志之时同严武伯熊》)。到崇祯朝时,钱谦益已是名满天下,被视为东林党党魁,他自己也自负是"平生自分为人役,流俗相尊作党魁"(《十一月初六日召对文华殿旋奉严旨革职待罪感恩述事》)。钱谦益自认为入阁为必然之事,但在崇祯元年的入阁会推中,他碰到温体仁与周延儒这两个强劲对手,并且在随后的较量中败北,被温、周联手排挤出朝,这其中关键的一步是温体仁所上的《盖世神奸疏》,重提早已结案的钱谦益为主考的钱千秋科场舞弊案,向钱谦益发起攻击。钱谦益毫无防备,所以在廷对中处处落于下风。东林党人瞿式耜、房可壮为之极力辩护,又贻温体仁以结党的口实。崇祯帝一向对朝臣结党深恶痛绝,闻言大为震怒,再加上周延儒的助攻,钱谦益落得个革职听勘、被逮捕入狱的下场。直到崇祯二年(1629)秋天,由于太监曹化淳的帮助才得以真相大白,钱谦益被无罪释放,却并未官复原职,而是黯然回到家乡常熟,此后一直闲居在家,直至弘光朝建立才被起用。钱谦益当时只道是温体仁陷害自己,直到崇祯十六年(1643),才知道周延儒当年与温体仁结党倾陷自己的事,气愤不已,因为周延儒在政治立场上是亲东林党的。钱谦益二十九岁中探花,进入仕途近四十年,而在朝任官不过五载,其间虽有数次起用的机会,但都因党争的原因而作罢,可见明末党争持续时间之长。

　　崇祯一朝用了五十位首辅,大多为平庸无能之辈,相比较而言,较有才干的首辅有两人,一是温体仁,二是周延儒,但两人都是心术不正之人。温体仁外朴内阴,周延儒外强中干,但两人有一个共同的特点都是善于权术,以排除异己为能事。温体仁入阁后逼迫周延儒引退,自己成为首辅,在任期间排斥异己、招权纳贿,并试图翻阉党逆案,引起朝政混乱,以至民间有"崇祯皇帝遭温(瘟)了"之说。崇祯十年(1637),温体仁遭到弹劾被罢官回家,第二年在家中病死。周延儒在与温体仁联手打击钱谦益成功后不久,入阁担任首辅,但在职仅四个月就被温体仁排挤,被迫告病回乡。周延儒回乡后不久,温体仁因执政成绩不佳被罢免,接着张至发、薛国观先后执政,他们都是温体仁一党,两人立朝数年,碌碌无所建树。后来在东林党人的帮助下,崇祯帝下诏再次启用周延儒。崇祯十四年(1641)九月,周延儒到达京城复任首辅。崇祯十六年

（1643）四月，清兵入关，周延儒自请视师，却假传捷报蒙骗崇祯帝，崇祯帝不知内情，对周延儒褒奖有加。后来锦衣卫指挥骆养性上疏揭发真相，其他的官员也相继弹劾，崇祯帝大怒，下诏将周延儒流放戍边。不久，崇祯帝下诏勒令周延儒自尽，籍其家，终年五十一岁。

崇祯一朝的许多大事，都与党争有关。吴伟业在入清后写有一首名为《鸳湖曲》的诗，以其友人吴昌时的命运变化为主线，含蓄揭露出崇祯朝党争的激烈：

鸳鸯湖畔草粘天，二月春深好放船。
柳叶乱飘千尺雨，桃花斜带一溪烟。
烟雨迷离不知处，旧堤却认门前树。
树上流莺三两声，十年此地扁舟住。
主人爱客锦筵开，水阁风吹笑语来。
画鼓队催桃叶伎，玉箫声出柘枝台。
轻靴窄袖娇妆束，脆管繁弦竞追逐。
云鬟子弟按霓裳，雪面参军舞鸜鹆。
酒尽移船曲榭西，满湖灯火醉人归。
朝来别奏新翻曲，更出红妆向柳堤。
欢乐朝朝兼暮暮，七贵三公何足数！
十幅蒲帆几尺风，吹君直上长安路。
长安富贵玉骢骄，侍女薰香护早朝。
分付南湖旧花柳，好留烟月伴归桡。
那知转眼浮生梦，萧萧日影悲风动。
中散弹琴竟未终，山公启事成何用！

东市朝衣一旦休,北邙抔土亦难留。①

　　吴昌时,字来之,浙江嘉兴人,崇祯七年(1634)进士,官至礼部主事、吏部郎中。吴昌时与周延儒关系亲密,后周延儒受温体仁排斥罢相,吴昌时与复社张溥等人为周延儒复出积极活动。后在崇祯十四年(1641),经吴昌时等人的疏通,周延儒再相,吴昌时为文选郎中,权重一时。后御史蒋拱宸弹劾吴昌时赃私通内等罪,崇祯帝大怒,于崇祯十六年(1643)冬十二月被斩首示众,下场十分悲惨,正如吴伟业诗中所言"东市朝衣一旦休,北邙抔土亦难留"。其实,吴昌时被杀的真正原因并不在于他是否"赃私巨万"、是否"通内",他只不过是明末党争的牺牲品而已。因为他所依附的首辅周延儒,崇祯十四年(1641)再度入相后,为报答复社人士的帮助,"悉反体仁辈弊政",结果得罪了厂卫,被免职而归。但其政敌仍不放过他,杀吴昌时不过是借以杀周延儒,推翻其政治措施的一个手段,所以吴伟业在诗中感叹曰:"中散弹琴竟未终,山公启事成何用?"以嵇康喻吴昌时,以荐举嵇康的山涛喻周延儒,吴昌时之被杀,正说明周延儒之失势。吴伟业此诗通过吴昌时的命运变化,反映了明末党争的残酷、政治的黑暗。

　　党争对于崇祯一朝内外交困、陷于危机的局面要负极大的责任。以边防为例,从熊廷弼到孙承宗再到袁崇焕,几任有为的辽东边将,莫不因朝内党争而受牵连。如熊廷弼遭"阉党"诬陷,落得被杀后又传首九边的下场;孙承宗因受"阉党"爪牙无端攻击,被迫辞官回乡;袁崇焕的悲剧固然有皇太极反间计的作用,但也是明

---

① [清]吴伟业著,李学颖集评标校:《吴梅村全集》,上海古籍出版社1990年版,第71页。

末党争的直接恶果。崇祯帝最初下令逮捕袁崇焕时,并没有把他处死的意思,只是"暂解任听勘"而已。可朝廷中有人硬把袁崇焕与党争纠缠在一起,无视日益严峻的辽东战事,终于使其罪状层层加码,丧失了转圜的可能,导致悲剧发生。袁崇焕之狱的幕后主使就是温体仁与周延儒,两人欲借此陷害东林党人首辅钱龙锡。夏允彝《幸存录》中就一针见血地指出:"袁崇焕之狱起,攻东林之党欲陷钱龙锡以遍织时贤,周、温实主之。"[1]两人还勾结阉党余孽,颠倒是非,利用崇祯帝的猜忌心理,攻击东林内阁与边臣结党问题,令崇祯帝勃然大怒,温、周二人的目的达到。首辅钱龙锡被诬为袁崇焕一党而被逮下狱;大学士韩爌因"和谈误国"而遭到弹劾,被迫辞职还乡;首辅成基命也被波及,只能辞职,周延儒顺利升为内阁首辅,不久又因为温体仁的排挤而告罢归乡。而袁崇焕这位杰出的爱国将领,明朝抗清的擎天之柱蒙冤遭磔,成为党争的牺牲品。对崇祯帝而言,杀袁崇焕无异于自断手脚、自毁长城,此后再难谋求足以克敌制胜的帅才。崇祯皇帝自杀殉国后,远在徐州的万寿祺怀着悲愤的心情写下《甲申》二首。诗中除悲叹崇祯以身殉国的大义,追仰其励精图治的抱负外,同时也指出明朝败亡原因:"臣工钩党争持禄,中外营私竞养奸。"[2]大臣的钩心斗角、党同伐异使时局更加混乱,致使内忧外患一并而起。清史专家孟森说:"建州坐大,清太祖遂成王业,其乘机于明廷门户之争者固不小也。"[3]明亡后,"明末四公子"之一侯方域隐居家乡,对前朝旧事多有总结性回顾。他在《送练三贞吉》一诗中对于崇祯朝的政事进行了概

① [明]夏允彝,中国历史研究社编:《幸存录》,神州国光社1947年版,第34页。
② 钱仲联主编:《清诗纪事》,凤凰出版社2004年版,第34页。
③ 孟森著:《明清史论著集刊》,中华书局2006年版,第782页。

括性的回顾,对朋党之争、宦官乱政、奸邪当道、清军入侵等大事均
有反映:

> 忆昔周京地,恰逢汉党年。
> 书生蒙禁锢,皇路惜迍邅。①
> ……
> 黄门专国命,蓝面煽朝权。
> 座近乌程相,星应彗尾躔。

　　练贞吉是崇祯朝大吏练国事的第三子,与侯方域是好友。上
面所录诗中后四句指出崇祯朝宦官专权,"乌程相"指的就是温
体仁,温是湖州府乌程人。"彗尾"指彗星明亮尾部的延伸部分,
诗中指温体仁的党羽。这两句是说温体仁为相期间结党营私,排
除异己,终于导致崇祯朝在内忧外患中崩溃,"迍邅"就是处境不
利、困顿的意思。总之,崇祯一朝酷烈的党争不仅使明朝统治阶
级内部的矛盾进一步激化,而且直接引发了明末农民大起义和满
洲贵族势如破竹的大规模入侵,最终使明王朝在内忧外患中陷入
绝境。

第二节　崇祯朝的军纪与民变

　　崇祯帝亡国,固然与党争吏治及他本人性格缺点有关,但掌握
兵权的将领拥兵自重、跋扈难制也是一个重要原因。这些骄兵悍

---

① [清]侯方域著,王树林校笺:《侯方域全集校笺》,人民文学出版社 2013 年
版,第 1089 页。

将平时争权夺利,临阵时畏敌如虎,无论在对关外清军的战争中,还是在镇压农民起义的过程中,战斗力都很脆弱,他们要么闻声远遁,要么一触即溃,更可恨的是这些兵将不只是靡费了大量国家粮饷,平时还烧杀抢掠,鱼肉百姓。清初的叙事诗对崇祯一朝的军纪败坏多有描述。

明末官军纪律的败坏,达到了难以置信的程度。他们除了洗劫百姓财物、奸淫妇女外,甚至还屠杀无辜百姓,冒领军功。卓尔堪编《遗民诗》卷四收录有周岐的《官兵行》一诗,记录了官兵对百姓的残杀甚至超过"贼":

> 贼近苦贼来,贼至恐贼去。
> 贼来避有时,贼去官兵住。
> 官兵畏贼如畏狼,但行贼后势莫当。
> 鸣钲击鼓入村里,马索刍豆人索粮。
> 不择鸡与豚,更驱牛与羊。
> 倾仓倒瓮恣搜括,排墙堕壁掘余藏。
> 官兵得物喜,民家失物悲。
> 语君且勿悲,官兵醉后难支持。
> 东家少妇已被污,西家儿女终夜啼。
> 但得饱掠速飓去,犹能老弱共铺糜。
> 一旦贼兵去已远,官兵夜起催朝饭。
> 大军橐重小车盈,路捕行人递输辇。
> 行至前村计复生,竟指乡屯为贼营。
> 丁男杀尽丁女掳,扬旌奏凯唱功成。
> 君不见,贼去人归犹爨食,官兵所过生荆棘。

　　痛哉良民至死不为非,无如官兵势逼民为贼。①

　　明军只知残害民众,打仗时畏敌如虎,一触即溃。对内"贼"如此,对外"寇"也同样。崇祯十一年(1638),清兵深入畿辅进行了一番大肆掳掠后退出关外,明大同总兵王朴畏清军如虎,不敢与清军正面交战,在清军撤出后,却纵兵四处掳抢妇女,斩杀男性居民首级以冒功,即诗中所谓的"丁男杀尽丁女掳,扬旌奏凯唱功成"。空前的官兵害民,用铁的事实反映了明末农民起义风起云涌出于官逼民反的真相,也反映了明王朝不能不亡的根本原因。当时一些诗人激于义愤,毫不隐讳地记录了官兵无力抗贼,反而荼毒百姓的丑恶嘴脸。如时人钱天赐作《哀庆都歌》云:"各携利刃争相逐,函首忙报将与督。哄然攘臂受赐金,屠尽一家与九属。"(《庆都县志》卷四)明朝官军军纪败坏不仅给广大底层民众带来了极大的灾难,就连官绅之家也不能幸免。侯方域的《送练三贞吉》诗记录了崇祯十四年(1641)的一桩往事,当时监军太监刘元斌率领的明朝军队追击农民军到归德,明军不仅在归德城内洗劫一空,还在城外四处劫掠、屠杀百姓并谎称为农民军匪首,冒领军功,所谓"酾酒椎牛将士功,两重堞雉四隅空。前驱画角啼儿女,独立清宵泣老翁"②。侯方域在他的组诗《禁旅十首》其七中再次描述了官兵劫掠百姓的罪恶行径:"中尉新传箭,前军自署牌。如何悭贿赂,容易触风霾。可痛脂膏尽,尤怜画计乖。凭将千万去,竟不

①[清]卓尔堪编,萧和陶点校:《遗民诗》,华东师范大学出版社2013年版,第259页。
②[清]侯方域著,王树林校笺:《侯方域全集校笺》,人民文学出版社2013年版,第698页。

饱狼豺。"①因此,在明末社会舆论以至奏章中,"贼梳兵篦"之类的
说法屡见不鲜,这正是后来李自成起义军提出"剿兵安民"口号的
背景。

　　战乱、兵匪的摧残使百姓生活困苦不堪,也催生了导致明亡的
另一个重要原因:民变。崇祯一朝如影随形一直伴随着民变(即
农民起义),导致崇祯朝覆亡的也正是农民起义军中最强劲的一
支——李自成农民军。农民军的壮大发展不是一日之功,而是一
个不断发展的历史过程。早在万历年间,各地就已爆发零星的农
民起义,但规模与影响都不太大,很快就被镇压下去了。天启七
年(1627),陕西大旱,陕西澄城知县张斗耀(或作张耀采)催科甚
酷,民不堪命。二月,农民王二联络数百人,以墨涂面,攻入县城
杀死张斗耀,聚啸山中,史称"澄城民变",揭开了明末农民大起义
的序幕。王二的起义在陕西各地得到积极响应,大批饥民加入了
起义的队伍中。此后各地农民起义风起云涌,前赴后继。崇祯元
年(1628),陕西府谷人王嘉胤、汉南王大梁、安塞高迎祥等领导饥
民起义;张献忠等在延安米脂起义,李自成后来也投入"闯王"高
迎祥军中,并在后来与明朝的一系列战争中崭露头角,成为各路农
民军的领袖。此后,农民军规模与影响都在不断扩大与增强,到
崇祯六年(1633),各地农民军合计约有二十多万人。到崇祯八年
(1635),农民起义军力量得到进一步壮大,在与明廷的作战中逐渐
取得了主动权,其中标志性的事件就是崇祯八年(1635)张献忠攻
破凤阳,焚毁了明王朝的祖陵。至崇祯十年(1637),明王朝先后分
派杨鹤、陈奇瑜、洪承畴、卢象升等多位大员围剿招抚,然而终究没

---

①[清]侯方域著,王树林校笺:《侯方域全集校笺》,人民文学出版社2013年
　　版,第754页。

有彻底清除农民军,后来洪承畴被调往辽东与清军作战,蛰伏在商洛山中的李自成率数千人马杀出,并迅速发展壮大起来,最后攻入北京,摧毁了近三百年的明王朝的统治。

崇祯朝初期民变的主要原因在于自然灾害和苛捐杂税的双重压迫。广大农民无法生存,只能揭竿而起。明朝的自然灾害可追溯至嘉靖前期,万历十三年(1585)开始变得日益严重,但时起时伏,至崇祯一朝才达到灾变的高峰。崇祯一朝十七年,北方各地频繁发生大规模的旱灾和蝗灾,导致了千年不遇的大饥荒。曾任明兵部尚书的河南人吕维祺正致仕在家,目睹民不聊生的惨状,给朝廷上了一封奏疏。奏疏写于崇祯七年(1634),字字沥血,不忍卒读:"盖数年来,臣乡无岁不苦荒,无月不苦兵,无日不苦挽输。庚午旱,辛未旱,壬申大旱。野无青草,十室九空。于是有斗米千钱者;有采菜根木叶充饥者;有夫弃其妻、父弃其子者;有自缢空林、甘填沟壑者;有鹑衣菜色而行乞者;有泥门担簦而逃者;有骨肉相残食者。兼以流寇之所焚杀,土寇之所劫掠,而且有矿徒之煽乱,而且有防河之警扰,而且尽追数年之旧逋,而且先编三分之预征,而且连索久逋额外抛荒之补禄……村无吠犬,尚敲催征之门;树有啼鹃,尽洒鞭扑之血。黄埃赤地,乡乡几断人烟;白骨青磷,夜夜常闻鬼哭。欲使穷民之不化为盗,不可得也;欲使奸民之不望贼而附,不可得也。"① 甚至出现了顾炎武所说的"率兽食人,人将相食"的亡天下景象。有人写下《人啖人歌》记录了这一段惨绝人寰的史实:"泰山飞,黄河尘,天子明圣人啖人。野草无根木无壳,煮石作糜石难凿。五日不食颐空嚼,饥儿语父,饥媳语姑:我死他人定我剐,余骨乌鸦相欢噪。他人何亲,父姑何疏,愿以吾肉存尔

①[清]郑廉著:《豫变纪略》卷二,浙江古籍出版社,第32页。

躯。……"①亲人相食,真是令人触目惊心,不寒而栗!虽然朝廷也采取了一些赈灾措施,但杯水车薪无济于事,而且在实际上仍在催科不已、加派不断,甚至出现了预先征收来年租赋的情况。

为了对付关外的清朝军队和国内的农民义军,崇祯朝在原有的税赋之外,又加派了"三饷",即辽饷、剿饷与练饷。辽饷加派是因为后金不时入侵,辽东战事紧急,军饷不足而起;剿饷是为镇压农民起义筹措军费;练饷为镇压农民起义练兵所用。"三饷"政策初行,尚属临时加派,事毕即止,后来竟成为经常性的"岁额",成为百姓沉重的负担。自然灾害已使民不聊生,再加流寇的焚杀,土寇的劫掠,老百姓走投无路,只能加入农民起义军以求一线生机。当时一些比较有远见的文人大都看到了这一点,都主张朝廷要关注民生,减轻农民的负担,这样才能缓和社会矛盾。安徽诗人周岐的《官兵行》诗中沉痛写道:"痛哉良民至死不为非,无如官兵势逼民为贼。"形象地说明了"官逼民反,民不得不反"的道理。湖北诗人顾景星写于崇祯十四年(1641)的《遣愤》诗曰:

> 不雨已五月,疫疠还天行。死亡既略尽,旷野无人耕。
> 河南到江北,所过皆空城。将军但转战,群盗尤纵横。
> 黄尘蔽天宇,日月无光晶。金精带剑怒,过午尤荧荧。
> 干田出蝗了,幽涧闻沙鸣。奈何催租使,冠盖争逢迎。
> 流民化为贼,遗黎仍苦兵。②

①［清］陈梦雷:《古今图书集成·历象汇编·历法典》,中华书局1934年版,第112页。
②［清］顾景星撰:《白茅堂诗文全集》,《清代诗文集汇编》,上海古籍出版社2010年版,第79页。

徐州诗人阎尔梅写过一首《流寇》诗,描述了当时官逼民反的社会现实,并对当政者提出警告:

> 流寇发大难,兆自晋与秦。渐次走襄蜀,爰及颖水滨。
> ……
> 嗟嗟尔何忍,宁独非良民。揆厥所由来,大半皆苦贫。
> 兼之催科猛,饮恨莫能伸。处处悲苛政,呼应遂如神。
> 朝廷初轻视,守土影响陈。迨其乱孔棘,方始达帝宸。
> 彼亦惧罪重,谁甘为死人。势又难中止,恣睢不复悛。①

阎尔梅诗中称,朝廷所谓的流寇其实原都是良民,由于长年生活贫苦,无法应付各种苛捐杂税,又被各级官吏层层盘剥,有冤无处申,不堪忍受之下才揭竿而起的。而一旦造反就是死罪,农民没有退路,只能坚持下去,导致声势愈来愈大。入清后,阎尔梅又写有《临高台》《苦蝗行》等大量作品,回忆并抨击了"官租如火米价贱,贫者无米催科现""子女卖尽粮仍欠"及"妇子嗷嗷争不及""官吏追呼急于焚"等酷烈的崇祯朝弊政,认为正是无休止的"三饷"加派及水旱蝗疫的自然之灾,才逐渐酿成了农民大起义的漫天风雨,最终导致了明王朝的覆灭。

第三节　对崇祯朝覆亡的反思

明亡之后,士人从各个层面进行了深刻的反思,除了党争、军

①[清]阎尔梅撰:《白耷山人诗集》卷三,《清代诗文集汇编》,上海古籍出版社2010年版,第87页。

纪、民变等原因外，崇祯帝用人不当也被认为是一个重要原因。如入清官至大学士的王铎于顺治三年（1646）创作的长篇叙事诗《前年行》，以回忆的方式叙述了崇祯帝的死亡及其中后期那一段混乱黑暗的历史，对认识崇祯一朝具有重要的价值。其诗云：

> 前年天子骑青骢，急走齐化东门中。
> 大珰握鑰不放走，火器欲击谁得行。
> 当时宰相陈魏辈，龌龊岂是璟与崇。
> 观稼亭子宫女缢，万岁山前天子死。
> 寺人内应国殼倾，难斁凶渠竟如此。
> 加派四海剥民膏，处处揭竿州县里。
> 神龙已僵海水枯，具曰予圣复何倚？
> 战鬼夜出拦路号，五岳四渎破萧条。
> 村无椽瓦人骨堆，螟蟘犁城为空壕。
> 岂是神灵好权诡，仁贤不信致漂摇。
> 血流模糊旗满野，强半乾坤割山椒。
> 吹角鸣镝哨马凶，行人被劫卢沟桥。
> 官军好杀舞长钺，良民夺妇畏蛇蝎。
> 天下一家皆赤子，牛羊卤略益荒忽。
> 至今滇南粤东西，尚费金钱张桓拨。
> 人身揭来蜾蠃同，幸遇贼兵犹自可。
> 若遇官军席卷空，寒风枯桑吼夜火。①

《前年行》诗前四句描写了崇祯在城破之时走投无路的情景。

---

① 周璐：《论王铎诗歌的"诗史"精神》，《安康学院学报》2016 年第 5 期。

据计六奇《明季北略》记载,崇祯十七年(1644)三月十八日夜北都内城陷落,得知消息的崇祯帝令周皇后自尽,又亲手剑杀后宫数位妃嫔及公主,于十九日凌晨准备出走北京城,但受到守门内竖阻挡而无奈返回。其文曰:"(帝)手持三眼枪,杂内竖数十人,皆骑而持斧,出东华门,至齐化门,内监守门者疑有内变,将炮矢相向,不得南奔……时成国公朱纯臣守齐化门,因至其第问计,而纯臣犹在外赴宴,阍人辞焉,上叹骂而去。走安定门,门坚不可启,天将曙矣,乃回。"① 五、六两句是说崇祯朝最后两任首辅陈演和魏藻德无才无德,不能承担起辅佐君王的大任。据当时一些史籍记载,崇祯本打算"南迁",但又极爱面子,故示意陈演、魏藻德两人出面附和,但两人为保身计,均装聋作哑。九、十句说的是宦官曹化淳为李自成打开宫门,崇祯帝走投无路,被迫自缢于万岁山。万岁山即北京景山,明永乐年间,将开挖护城河的泥土堆积于此,砌成一座高大的土山,命名"万岁山",又因曾在此堆放煤炭,也被称为"煤山"。此诗后面的一些诗句则批评了崇祯晚期的一些弊端:用人不当,总是被奸相、宦官所欺瞒,以至于仁人贤士都被疏远而漂泊异乡;朝廷不断地加派赋税以及明军军纪败坏、残害百姓等一系列历史事件,以及由此导致不堪重负的农民揭竿而起反抗朝廷这一不争的事实。

　　崇祯帝晚期,除了"三饷"这一苛政加重农民的负担外,还任用宦官监军,这也是受时人批评的一个弊政。崇祯前期,鉴于天启朝魏忠贤祸乱朝政的教训,对宦官还是有所约束的,但到了崇祯后期,由于朝廷内文臣个个结党,朝廷外武将人人怕死,缺少敢于任

---

① [清]计六奇撰,任道斌、魏得良点校:《明季北略》卷二十,中华书局1984年版,第454页。

事之人。崇祯在用人上自觉捉襟见肘,故而只得重用身边的宦官,
这就重蹈了前朝覆辙。宦官不仅在内把持大权,还奉旨监军,掌握
监督将帅的大权,成为将帅的掣肘。时人对这种现象多有批评,侯
方域亦在《禁旅十首》其一中加以指斥:"轸念苍生甚,恭承禁旅
遥。貂珰亲节制,号令出云霄。敢谓明威远,或传将士骄。数曾城
上见,未可达王朝。"①明亡后,原翰林院编修、入清担任大学士的陈
之遴对明末宦官典军的事实也有所描述,他在《漕事杂诗》其五中
这样写道:"书纷白羽东输急,道梗黄巾北上迟。飞挽诸司尽无状,
更烦中贵出旌麾。"②一方面是辽东急饷,另一方面是陕西农民起义
军已蔓延到河南一带,阻断了自江南至京师的运粮通道。面对这
一难题,朝廷官吏措手无策,正直之士又多被贬家居,再加上崇祯
对文武官员的不信任,只好遣太监出京监军、督运粮草。崇祯上台
虽然发起了一个铲除阉党的运动,但后来又重新重用宦官,用他们
为各将领的监军,同时长期支持重文轻武、以文统武、以文掣武的
方针。卓尔堪《遗民诗》卷九载王一翥《闻京师遗事》诗,就对崇祯
晚期重用内臣监军的行为提出批评:"说到煤山不忍闻,海棠枝上
结愁云。可怜将相谁筹国,阉竖公然典禁军。"堂堂大明王朝,居然
以"阉竖"典军,可见朝廷无人以及崇祯帝用人之荒唐。

　　崇祯末期,宦官除了掌监军大权外,还执掌朝廷的要害部门锦
衣卫。陈之遴在《白靴校尉行》记载了崇祯时期锦衣卫的飞扬跋
扈、气焰嚣张:

---

①[清]侯方域著,王树林校笺:《侯方域全集校笺》,人民文学出版社2013年
　版,第753页。
②[清]陈之遴、徐灿著:《浮云集·拙政园诗余·拙政园诗集》,黑龙江大学出
　版社2010年版,第133页。

长安春昼苍鹰鸷,万人侧目心胆碎。

豺形蜂眼四五辈,白靴腾腾半醒醉。

投身初属执金吾,刺奸兼隶中常侍。

三寸薄跷手密封,重瞳夜彻天阍秘。

谨哝昨获关东书,反接朝收岭南使。

更有累缚如连鸡,舌挢不敢问何事。

须臾论决钳网间,大者斩戮小编刺。

白靴飞扬趾益高,一事一阶酬其劳。

银筝锦瑟日高会,鸣珂结驷驰兰皋。

修蛾北里正醉歌,冤魂西市方呼号。

近闻下诏颇汰斥,岂知辇毂皆此曹。

舞文墨吏不义奴,探丸恶少椎冢豪。

一朝窜籍名锦衣,马前倏忽罗旌旄。

君不见,衣绯横玉印如斗,前年犹曳白靴走。①

　　天启朝,朝廷官僚的生命一度掌握在锦衣卫手中,故此诗开头有"长安春昼苍鹰鸷,万人侧目心胆碎"之说。深居内宫的太监除了掌管"锦衣卫",还居然担任"刺奸"的重要任务,即"刺奸兼隶中常侍"。太监因其直接对皇帝负责,是皇帝的亲信,可以"三寸薄跷手密封,重瞳夜彻天阍秘",直接向皇帝报告官员的行为,因此官员的生死予夺俱操纵于太监手中。太监由于脱离了正规的官僚系统,职权极为特殊,可以直接拘拿审问并处置官员。一些太监心狠手辣,无端陷害臣民,朝廷和各地官员被锦衣卫捕缚后甚至不敢

①〔清〕陈之遴、徐灿著:《浮云集·拙政园诗余·拙政园诗集》,黑龙江大学出版社 2010 年版,第 56 页。

询问缘由,只能任其摆布,锦衣卫也因此更加飞扬跋扈,醉生梦死。"豺形蜂眼四五辈,白靴腾腾半醒醉""银筝锦瑟日高会,鸣珂结驷驰兰皋"四句即是此意。锦衣卫有专断滥杀之权,"须臾论决钳网间,大者斩戮小编刺",便借此制造冤案,"修蛾北里正醉歌,冤魂西市方呼号"。崇祯即位后,虽然开始整顿锦衣卫,即"近闻下诏颇汰斥,岂知辇毂皆此曹",实际并未取得太大的效果,这与崇祯对宦官既限制又倚重的矛盾态度不无关系。崇祯时期锦衣卫的组成人员变得更加恶劣,除了太监内臣,还有一些舞文酷吏、不义奴仆、街市恶少和亡命之徒等品质恶劣之人加入。这些人"一朝窜籍名锦衣",数年间便可"衣绯横玉印如斗",崇祯时期锦衣卫的斑斑恶迹由此不难想见。陈之遴此诗以亲历者的身份讲述了崇祯朝锦衣卫的相关情况,读来真实可信,令人愤慨。

此外,一些宦官不仅飞扬跋扈,残害官民,还和镇边将帅、朝中权臣勾结,肆意克扣军用物资,贪占救灾款项,发国难财。陈之遴在《朝出蓟东门》中就揭露了这种现象:"朝出蓟东门,车毂蔽衢路。中辇天帑金,榆关饷饥戍。一车载百锾,百车岂知数。扬尘浩漫漫,忽与数骑遇。云奉大帅令,京师徇公务。负囊何累累,疑即此金贮。车马互往还,无乃太劳骛。"①崇祯末年,天灾颇起,崇祯帝本人曾数次发内帑赈灾,而负责此事的太监借机和边帅勾结,从中截留克扣,中饱私囊。

崇祯帝在治国策略上的严重失误,对明王朝的最终灭亡也负有一定责任。陈之遴的《浮云集》卷七有《燕京杂诗》系列组诗,自题"甲申四月作",对崇祯朝一些政事得失进行了全面的剖析与总

---

① 〔清〕陈之遴、徐灿著:《浮云集·拙政园诗余·拙政园诗集》,黑龙江大学出版社 2010 年版,第 17 页。

结。陈之遴认为明亡与崇祯政策的制定与方略的失误分不开，尤其是在关键时刻的错误决断，最终加速了明亡的进程。这组诗的开篇就指出崇祯是明亡的罪人：

> 幽燕都会历元明，九鼎迁来自旧京。
> 天子待边常自将，通侯出塞几专征。
> 南包百粤开荒服，东引三齐绕大瀛。
> 谁使金瓯终缺陷，赤眉青犊满都城。①

　　第二首肯定了崇祯皇帝不像陈后主那般沉湎酒色，荒废朝政，也不像秦始皇那样贪图个人享乐而役民无度，但崇祯帝最终还是被农民军推翻，落得个子散妻离的下场。崇祯帝成为亡国之君，一个重要的原因就是任用奸臣，朝中的正直人才悉数被逐：

> 未歌玉树已亡陈，不筑阿房亦覆秦。
> 一旅卒然挥白梃，九州强半著黄巾。
> 求为黔首悲龙种，别有蛾眉辱马尘。
> 痛忆文皇南下日，大廷幽谷尽忠臣。②

　　第三首批评了崇祯皇帝的用人不当，指出亡明的农民军战将中不乏原来的明廷"牙爪"，而那些与农民军暗合私通的宦官也正是崇祯帝的"腹心"：

---

① [清]陈之遴、徐灿著：《浮云集·拙政园诗余·拙政园诗集》，黑龙江大学出版社2010年版，第137页。
② [清]陈之遴、徐灿著：《浮云集·拙政园诗余·拙政园诗集》，黑龙江大学出版社2010年版，第137页。

尽剪诸边贼算深，一宵风雨忽南侵。

翻城虎旅元牙爪，揖寇貂珰总腹心。

黑眚蚤从三殿出，黄霾频障九天阴。

卜年亦拟齐周历，洛鼎安危匪自今。①

　　第四首指出了崇祯时期宦官和外戚平时权势熏天，作威作福，在亡国之际却麻木荒淫：

中人戚里竞豪华，勋爵重封几世家。

十万买春灯市酒，两行照夜玉楼花。

忽惊流矢丛丹阙，尚有鸣珂导锦车。

玄武冈头霜树色，年年寒食吊群鸦。②

　　第六首肯定了崇祯帝的辛苦兴邦，但认为其在最后关头应该南渡而不应自杀。假如崇祯帝在李自成进入北京时选择移都南京，至少应该可以如南宋偏安江南：

烈皇亦是英明后，辛苦兴邦反丧邦。

南渡有臣曾死诤，西征无将不生降。

鹃枝血洒春宫六，龙驭魂归夜阙双。

差幸孝陵弓剑地，寇氛犹自限长江。③

---

① [清]陈之遴、徐灿著：《浮云集·拙政园诗余·拙政园诗集》，黑龙江大学出版社 2010 年版，第 137—138 页。

② [清]陈之遴、徐灿著：《浮云集·拙政园诗余·拙政园诗集》，黑龙江大学出版社 2010 年版，第 138 页。

③ [清]陈之遴、徐灿著：《浮云集·拙政园诗余·拙政园诗集》，黑龙江大学出版社 2010 年版，第 138 页。

第七首否定了崇祯帝倚重的大臣,认为其用人不当是亡国的一个重要原因:

　　　　片石才看勒汉铭,几番烽火照彤庭。
　　　　腹心未见恢河套,肩背何缘割大宁。
　　　　千帐美人歌夜月,四郊残鬼哭秋星。
　　　　高皇颇有都秦意,遗恨当年失地灵。①

第八首从政治制度层面分析了亡国之因,认为崇祯帝时大学士,尤其是首辅权力过大,其害甚至过于天启时的宦官:

　　　　中书罢省启文渊,阁老仍专宰相权。
　　　　非少萧曹扶汉日,终如牛李乱唐年。
　　　　荒陵石马寒风里,废沼金凫落月前。
　　　　行过黄扉长太息,虚将误国恨中涓。②

第九首感慨朝廷失去对军队的控制,军中用人不当,最终出现官盗勾结的局面:

　　　　他时旄节总书生,军覆潼关国已倾。
　　　　造膝主臣徒对泣,同心兵贼久输平。
　　　　犹驰铁券封诸将,虚拟铜车指旧京。

---

① [清]陈之遴、徐灿著:《浮云集·拙政园诗余·拙政园诗集》,黑龙江大学出版社 2010 年版,第 138 页。
② [清]陈之遴、徐灿著:《浮云集·拙政园诗余·拙政园诗集》,黑龙江大学出版社 2010 年版,第 139 页。

闻道榆林俱斗死，至今磷火遍荒城。①

　　除了批判崇祯皇帝的亡国之举，陈之遴还否定了崇祯帝杀妻妾女儿后自杀这一做法，对被杀的崇祯帝妻女表示了深切同情。他的《永和宫词》："永和宫里云璈作，銮舆累月留行乐。冰轮照梦月长圆，玉树承恩花不落。几年金屋未知春，一夜琼台忽化尘。可怜龙堕乌号日，不及椒风短命人。"②陈之遴以他在明朝的所见、所历、所思、所感，在诗中梳理了自万历末至崇祯时的社会局势，描述了崇祯朝宫中、朝中、军中的种种乱象，对于明亡，表现出冷静的反思，所以他诗里表现的既不是忧伤，也不是悲悯，更不是感慨，而是批评。

　　崇祯朝在重要战事上的决策失误，也加速了它的灭亡，如决定明亡清兴的一场关键战役"松山之战"。崇祯十五年（1642）二月，蓟辽总督洪承畴统兵十三万与清军交战于松山，兵败后降清。松山战役的失败，是继崇祯十二年（1639）贾庄之战后的又一次惨败，加速了明王朝走向毁灭的进程。当时洪承畴本不欲与清军决战，但深受崇祯帝宠信的兵部尚书杨嗣昌与洪承畴不和，因此催促洪速战，崇祯帝也支持这一意见，洪承畴惧祸不得已与清军交战，最后导致了震惊朝野的"松山之败"。在明清诸多的战事中，松山一战，规模之大，人数之多，失败之惨，在明朝历史上都是十分少见的，也是明清战争史上最后一次重大战役。这次惨败，为清兵入关，攻打全国打开了大门。吴伟业入清之后创作的《松山哀》一诗

①［清］陈之遴、徐灿著：《浮云集·拙政园诗余·拙政园诗集》，黑龙江大学出版社2010年版，第139页。
②［清］陈之遴、徐灿著：《浮云集·拙政园诗余·拙政园诗集》，黑龙江大学出版社2010年版，第59页。

以凝重的笔触对松山之战做了历史性的回顾,诗曰:

> 拔剑倚柱悲无端,为君慷慨歌松山。卢龙蜿蜒东走欲入海,屹然撑拄当雄关。连城列障去不息,兹山突兀烟峰攒。中有礨石之军盘,白骨撑距凌巉岏。十三万兵同日死,浑河流血增奔湍。岂无遭际异,变化须臾间。出身忧劳致将相,征蛮建节重登坛。还忆往时旧部曲,喟然叹息摧心肝。呜呼! 玄菟城头夜吹角,杀气军声振寥廓。一旦功成尽入关,锦裘跨马征夫乐。天山回首长蓬蒿,烟火萧条少耕作。废垒斜阳不见人,独留万鬼填寂寞。若使山川如此闲,不知何事争强弱。闻道朝廷念旧京,诏书招募起春耕。两河少壮丁男尽,三辅流移故土轻。牛背农夫分部送,鸡鸣关吏点行频。早知今日劳生聚,可惜中原耕战人! ①

　　"十三万兵同日死"可见当年战事之惨烈,而主帅洪承畴降清,成为夺取大明江山的领路人,"出身忧劳致将相,征蛮建节重登坛"即是此意。

　　此外,还有"南迁"也是明亡后时人反思不已的一个主题。布衣方文有一首诗,就是叙述这桩公案的。诗名为《庐陵赵国子(嶷)读李太虚先生召对录悲其言之不用作五言排律百韵弘玮瑰异洵诗史也予欲取而注之并刻以行世先成三十韵书其诗后》:

> 甲申三月中,妖星犯辰极。司马不知兵,天子忧形色。
> 独有李中允,抗言利迁国。……是时圣心动,翠华将南陟。

---

① [清]吴伟业著,李学颖集评标校:《吴梅村全集》,上海古籍出版社,第307页。

一日三召对，安危在顷刻。腐儒昧通变，封章反见劾。
卒致都城陷，国君徇社稷。汉祚遂中移，追悔不可得。
假使用其言，奚至有改革？当时左右史，簪笔侍上侧。
记其召对语，详尽颇不忒。庐陵草莽臣，读之深叹息。
奋笔作长句，忠愤吐胸臆……①

　　方文的这首诗把明亡归咎于崇祯帝没有采纳李明睿的"南迁"
之计，这也代表了当时一部分人的看法。李明睿即李太虚，"太虚"
是他的字，崇祯朝任"左中允"。崇祯十七年（1644）正月初三，李
明睿劝崇祯放弃北京，尽快南迁，后因朝廷其他官员表示异议，南
迁之议被搁置起来。"南迁"之事在当时的史籍也有记载，与方文
的诗可为互证：

　　上召左中允李明睿陛见。明睿，南昌人，以总宪李邦华、
总督吕大器特荐，起田间，至是召对德政殿。上问御寇急策，
明睿请屏左右密陈，趋进御案，言："臣自蒙召以来，探听贼信
颇恶，今且近逼畿甸，此诚危急存亡之秋，只有南迁一策，可
缓目前之急。"上曰："此事重，未可易言。"以手指天，言："上
天未知如何？"明睿曰："天命微密，当内断圣心，勿致噬脐之
忧。"上四顾无人云："此事我已久欲行，因无人赞襄，故迟至
今。汝意与朕合，但外边诸臣不从，奈何？此事重大，尔且密
之，切不可轻泄，泄则罪坐汝。"上还官，赐宴文昭阁。及太原
陷，明睿复疏劝，上深许之，下部速议，而兵科给事中光时亨首

① [清]方文撰，胡金望、张则桐校点：《方嵞山诗集》，黄山书社 2010 年版，第
578 页。

参为邪说,言:"不杀明睿,不足以安人心!"上曰:"光时亨阻朕南行,本应处斩,姑饶这遭。"然而南迁之议寝矣。①

李明睿劝崇祯帝放弃北京,尽快南迁,并请崇祯帝不要犹豫,尽快决断。虽然崇祯帝一直有意迁都,但出于要面子的心理,不好直接自己说出,便把李明睿的主张让朝廷决议。首辅陈演出于怕担责任的私心,极力反对"南迁",并示意兵科给事中光时亨上疏严厉谴责李明睿等主张南迁的官员,最后导致南迁之议不了了之。崇祯帝平日刚愎自用,此时却优柔寡断,再加陈演、光时亨之流的大言无实,最终错失南迁良机。后来北京将失陷时,崇祯帝要驸马巩永固集家丁护他出城南行,巩永固说自己没有家丁,最后他带领几个内员拿着三眼枪,想从齐化门(即朝阳门)出去,守城兵士不知是皇上,矢石相向不得出,又走安定门,门坚不可启,走投无路的崇祯帝只好自缢于煤山,维系了三百年的明王朝一夕间土崩瓦解。

"南迁"之议充分暴露了崇祯帝本人的性格弱点,即虚荣心太强,当断不断,表面上处处给人刚毅果决的印象,常所谓"师心自用",但一遇挫折就泄气、绝望,从一个极端转到另一个极端。"国君死社稷"就是他的激愤之言,表现了他的偏激、不冷静的一面。时人曾有诗云:"何若乘云遗剑履,光华日月照长安。"②崇祯帝未能接受"南迁"之议,使许多人为之扼腕叹息。假若南迁之议成,李自成进入北京,清兵入关后,将会发生李自成与清兵的一番争夺战,历史将会是另外一种局面,明朝很可能如南宋一样在南方维持

---

①［清］计六奇撰,任道斌、魏得良点校:《明季北略》卷二十,中华书局1984年版,第416页。

②［清］严如熤主修,郭鹏校勘:《嘉庆汉中府校勘》卷二十九,三秦业版社2012年版,第1094页。

一个较长时间的偏安局面,然后再等待有利时机。对于明朝灭亡的原因,时人温睿临在《南疆逸史》中有个总结性的反思,可谓灼见:"尝论明之亡也,始于朋党,成于奄竖,终于盗贼。南渡继之。小人得志,借朋党以肆毒,合奄竖以固宠,假盗贼以张威,而庙堂昏庸,酣歌弗恤,忠贞黜落,贪黩横肆,纪纲倒置,是非混淆,以致穴中自斗,贻敌以渔人之利焉。"①

---

① 〔清〕温睿临撰:《南疆逸史》,中华书局 1959 年版,第 1 页。

第二章　清初叙事诗中的顺治朝

崇祯十七年(1644)三月十九日,李自成攻陷北京,崇祯帝走投无路,自缢而死,大明政权宣告覆灭。四月二十一日,吴三桂献山海关降清,随后与清军联合打败了前来征讨的李自成。吴三桂的降清,改变了当时中国大地上几股政治势力的格局。四月三十日,从山海关兵败回来的李自成匆匆举行了登极仪式后撤离北京。五月初一,多尔衮与吴三桂顺利到达通州。次日,多尔衮由朝阳门进入北京城内,于明皇宫武英殿升座,接受明朝旧臣的跪拜。皇太极生前曾言"若得北京,当即迁都,以图进取",多尔衮遵照皇太极遗命,立即遣使迎接顺治帝入京。同年九月,顺治帝自盛京(今辽宁沈阳)启程,经山海关到达北京。十月初一,顺治帝登皇极殿,昭示天下,定都于北京,开始了清朝近三百年的统治。

第一节　顺治朝的弊政

一、剃发令

中国历史绵延数千年,政权基本在汉民族内部交替更迭,非汉民族统一中原的朝代只有两个,即元代宋和清代明。元朝曾统治中国近百年,虽然也推行了一系列民族压制政策,但是以法令的形式强迫汉人改变传统生活习惯的,清政权实属首例。清朝定都北京后,先后颁布过不少法令,其中一些法令带有浓厚的民族征服压迫色彩,引起激烈的民族矛盾。这些法令中,影响最恶劣的是多尔衮执政期间颁布的"三大法":剃发令、圈地令、投充法。"三大法"中又以"剃发令"最为严酷,对社会的破坏最大,引起的社会动荡也最为激烈。清廷在征服中原的过程中,有一项政策一以贯之,就是下令归顺者剃发以表示臣服,吴三桂向清廷投降的显著标志就是剃发编辫。

　　清廷的剃发令并不是一直强硬执行的,而是随着形势的发展有所调整,即军势越壮,胜利越多,执行就越严格。早在入关之前,清廷就对统治境内的汉人推行剃发易服的政策,以此来表明统治权。据史籍记载,天启元年(1621),后金攻打辽沈,"驱辽民聚城北,奴众聚城南,遣三骑持赤帜传令,自髡者贳不杀。于是河东之民无留髦矣"(《明熹宗实录》卷八)。顺治元年(1644),清军刚入北京,就强令投诚的官吏军民全部剃发,衣冠服饰都要遵守清朝制度,谕令曰:"一代冠服,自有定制,本朝之制,久已颁行。近见汉官人等,衣带服色以及袖口宽大,均不如制。夫满洲冠服,岂难仿效?总因汉人狃于习尚,因而滞濡,以后务照满式,不得异同。"[1] 但由于当时清廷定都北京不久,统治尚不稳固,所以感觉到中原军民对剃发一事普遍反感后,认为不能操之过急,权衡之后,此条令不久被废止。顺治二年(1645),随着清军的节节胜利,先是消灭了李自成的大顺政权,接着又消灭了南明的弘光、隆武政权,清军一路凯歌高奏,统一中国已志在必得。顺治二年(1645)六月十五日,多尔衮再次下令颁布"剃发令",态度十分强硬,谕礼部传谕京城内外,并直隶各省府州县卫所城堡等处,一应军民人等:

---

① 陈登原著:《国史旧闻》第三分册,中华书局 2000 年版,第 424 页。

　　自今布告之后,京城内外限旬日,直隶各省地方自部文到日亦限旬日,尽令薙发。遵依者为我国之民,迟疑者同逆命之寇,必置重罪。若规避惜发,巧辞争辩,决不轻贷。[①]

　　"剃发令"的颁布,严重伤害了广大汉族人民的思想感情,激起了全国,尤其是江南地区持续多年的反抗运动。对满族统治者而言,剃发改服是坚持并推广胜利者固有的文化传统,无可厚非,但他们没有想到,汉族也有自己的文化传统,而满族这种剃发易服的习俗是一种与儒家文化格格不入的东西。儒家认为,身体发肤受之父母,不可损伤,更何况是受强迫、被勒令剃成"金钱鼠尾"的难看式样。为了保护人格尊严和民族传统,千百万汉族人前赴后继,宁愿割头也不肯剃发,以至于在清朝立国之初,头发竟然被视为与生命一样重要的东西,留发不留头,留头不留发,正如戴名世所说:"明之士民死于饥馑,死于盗贼,死于水火,后又死于恢复,几无孑遗焉。又多以不薙发死,此亦自古之所未有也。"[②]饥饿、天灾、盗贼、水火是人们常遇到的几种灾难,虽然在国号改易之时,这样的灾难可能更加严重,但以不剃发而死,则是闻所未闻,清初因反剃发而发生的"嘉定三屠""江阴八十一日"成为汉人难以忘怀的千古沉痛。江南人民对明王朝本无多少眷恋之情,是清王朝的剃发令促使他们又怀念起故国的衣冠文明。说得直白一点,在江南士大夫看来,清代明鼎或许尚可接受,但要他们剃发,则是无论从儒家信仰还是从心理情感上都是难以接受的一件事。从孝的角度讲,头发乃父母所生,剃发则是辱亲污体的大不孝之举;从民族文

---

① 中国第一历史档案馆等编:《世祖章皇帝实录》,中华书局 1985 年版,第 1643 页。
② [清]戴名世撰,王树民编校:《戴名世集》卷七,中华书局 1986 版,第 211 页。

化传统的角度讲,留何种发型取决于民族习惯,而民族习惯实则是民族文化的象征,有着悠久的历史传统和心理积淀,剃发意味着对汉民族人格的污辱和蹂躏,极大地刺伤了汉人的感情。而清政府为征服广大汉族人民,坚决实行"留发不留头,留头不留发"的铁血政策,双方冲突以无数汉人被屠杀为结果,当然也让清廷付出了惨重的代价。

在清廷下达剃发令后的六月底和闰六月中旬,江南各地在接到剃发令的三五日内,掀起了如火如荼的反剃发斗争,七月至八月上旬发展到高潮。当时的苏州、常州、松江、嘉兴等地区自发组织护发运动,民众公推当地有声望的缙绅士大夫、下层官吏和知识分子为领导,各个阶层的人齐心协力进行抗争。在江南的反剃发斗争中,领导者多以身殉,说明士大夫参加这场斗争也是由于内心的激愤与民族情感,不是谋求某种个人的私利。如士人林化熙被捕后以死抗拒剃发,在临难时口占一绝云:

吾头戴吾发,吾发表吾心。
一死还天地,名义终古钦。①

在江南前赴后继的反剃发运动中,最著名的要数"江阴八十一日"的头发保卫战,其"八十日戴发效忠,表太祖十七朝人物;六万人同心死义,存大明三百里江山"②的事迹激励了无数的抗清志士。江阴人民本来已经交纳钱粮、承认了大清政权,但措辞强硬

---

① 钱海岳撰:《南明史》卷一百三,中华书局2016年版,第4868页。
② [清]计六奇撰,任道斌、魏得良点校:《明季南略》卷四,中华书局1984年版,第243页。

的剃发令一下,立刻激起江阴民众的愤怒,他们纷纷表示誓死不愿剃发。顺治二年(1645)六月,时任江阴县令的方亨奉豫王多铎之令,限全城三天之内全部剃发:"闰六月初一日,生员许用等人在孔庙明伦堂集会,一致决定:'头可断,发决不可剃也。'正在这时,常州府发来严令剃发的文书,其中有'留头不留发,留发不留头'的话。方亨叫书吏把府文写成布告张贴,书吏写到这句话时,义愤填膺,把笔扔到地上说:'就死也罢!'消息很快传遍全城,立刻沸腾起来……于是在初二日把方亨等逮捕,推典史陈明遇为首,以'大明中兴'为旗号,自称江阴义民正式反清。"[1] 时人计六奇《明季南略》里记载了这件事的来由:"江阴以乙酉六月方知县至,下薙发令。闰六月朔,诸生许用大言于明伦堂曰:'头可断,发不可薙。'"[2] 江阴人民公推典史陈明遇为主帅,宣布起义抗清,后又迎来已经离任的原典史阎应元入城防守,全城民众誓死抗争,并发檄文曰:"江阴礼乐之邦,忠义素著。止以变革大故,随时从俗,方谓虽经易代,尚不改衣冠文物之旧。岂意薙发一令,大拂人心,是以乡城老少誓死不从,坚持不二。……江阴死守之志已决,断不苟且求生也。"[3] 为了守护头发,江阴城内万众一心,以血肉之躯顽强抵御清兵的强兵重炮,一次次打败了前来攻城的清军,坚守城池长达八十一天。清军为攻打江阴城,调集了二十多万军队,动用了两百多门红衣大炮。在攻城过程中损失惨重,共折损了三个王爷,十八名大将,伤亡士兵有七万五千余人。江阴方面的牺牲更大,城内死

---

① 顾诚著:《南明史》,光明日报出版社 2011 年版,第 170 页。

② [清]计六奇撰,任道斌、魏得良点校:《明季南略》卷四,中华书局 1984 年版,第 241 页。

③ [清]计六奇撰,任道斌、魏得良点校:《明季南略》卷四,中华书局 1984 年版,第 246 页。

者九万七千余人,城外死者七万五千余人,城破后,全城士民无一人投降,仅剩遗民五十三人躲在寺观塔上保全了性命。为区区一顶头发,江阴人民不惜以死捍卫。在中原各地望风披靡之时,阎应元、陈明遇以微末下吏凭借江阴百姓的支持,竟然面对强敌,临危不惧,坚持了近三个月,实在是南明史上光彩夺目的一页。江阴可歌可泣的护发斗争,激励了广大汉族士民,连后来继位的隆武帝朱聿键闻听此事都感动不已,说朱明皇室的子孙,以后遇到江阴的三尺童子,也要礼拜致敬①。

　　与江阴不远的昆山也掀起了如火如荼的头发保卫战,明代著名文学家归有光的孙子归庄也参加了这场战斗,他的长诗《悲昆山》就详细记录了昆山之战的悲壮及清军对昆山民众的屠杀。这次战事在清修的史书中轻描淡写,语焉不详。相比之下,归庄诗歌的叙述则更为详细、真实,是作者用血泪写成的对清兵惨绝人寰行径的控诉书。其诗云:

　　　　悲昆山,昆山城中五万户,丁壮不得尽其武。
　　　　愿同老弱妇女之骸骨,飞作灰尘化为土。
　　　　悲昆山,昆山有米百万斛,战士不得饱其腹,
　　　　反资贼虏三日谷。
　　　　悲昆山,昆山有帛数万匹,银十余万斤,
　　　　百姓手无精器械,身无完衣裙。
　　　　乃至倾筐箧,发窦窖,叩头乞命献与犬羊群。
　　　　呜呼,昆山之祸何其烈!
　　　　良由气懦而计拙,身居危城爱财力,兵锋未交命已绝。

①[清]邵廷寀撰:《东南纪事》,神州国光社1952年版,第168页。

城陴一旦驰铁骑,街衢十日流膏血。

白昼啾啾闻鬼哭,鸟鸢蝇蚋争人肉。

一二遗黎命如丝,又为伪官迫懭头半秃。

悲昆山,昆山诚可悲!

死为枯骨亦已矣,那堪生而俯首事逆夷。

拜皇天,祷祖宗,

安得中兴真主应时出,救民水火中!

歼郅支,斩温禺,重开日月正乾坤,

礼乐车书天下同。①

此诗描写了清军对昆山人民实施大屠杀之惨绝,突出表现了昆山人民的英勇不屈与清军的残暴血腥,诗的最后表现了作者对清朝统治者无比痛恨,"歼郅支,斩温禺"。"郅支""温禺"都是匈奴贵族的封号,这里指清朝统治者。昆山之战的导火索是六月十三日昆山县令阎茂才出示了一则剃发令告示,语含威胁,引起昆山士民的愤怒,于是群起焚烧了县治,杀死了阎茂才,士民闭城拒守。十五日,贡生陈大任等议推旧狼山总兵王佐为主帅领兵守城。归庄、顾炎武都曾参与了昆山举义的策动和备战,顾炎武后因挂念独居在家的老母而出城归省,未能亲历战斗的全过程,也由此侥幸逃脱了清兵的杀戮。七月昆山城破,清军屠城,归庄含恨剃发,他的《断发二首》说明了自己剃发的原因。诗曰:

其一

亲朋姑息爱,逼我从胡俗。一旦持剪刀,剪我头半秃。

①[清]归庄著:《归庄集》卷一,中华书局 1962 年版,第 37—38 页。

发乃父母生，毁伤贻大辱。弃华而从夷，我罪今莫赎。
人情重避患，不惮计委曲。得正复何求，所惧非刑戮。
况复事多变，祸福相倚伏。吾生命在天，岂必罹荼毒！
已矣不可追，垂头泪盈匊。

其二

华人变为夷，苟活不如死。所恨身多累，欲死更中止。
高堂两白发，三男今独子。我复不反顾，残年安所倚？
隐忍且偷生，坐待真人起。赫赫姚荣国，发垂不过耳。
誓立百代勋，一洗终身耻。①

　　归庄在诗中表明自己本欲以死保持民族气节，但因为"高堂两白发"，父母年迈无所依靠，自己又是独子，为了尽孝，只得苟且偷生，终身受辱。归庄的这首诗客观而充满艺术感染力，表现了广大汉人的无奈与痛苦，真实记录下了历史转折关头的这一重大事件，在官修史书中很难寻觅。

　　曾任职于南明隆武与永历政权的钱澄之也是江南反剃发令运动的亲历者。他在《三吴兵起纪事答友人问》一诗中，叙述了三吴起兵抗清的原因。"三吴"指吴郡、吴兴、会稽。一般意义上泛指江南地区。其诗云：

薙发令朝下，相顾为发悲。三吴同时沸，纷纷起义师。
争言舟楫利，长技不得施。刘生奔武水，父子就诛夷。
陈梧钱唐至，旋登嘉禾陴。颇闻黄镇南，驻舟太湖湄。
楼船号万艘，胜兵焉可知。吴兴馈军粮，昼夜相追随。

―――――――

① [清]归庄著：《归庄集》卷一，中华书局1962年版，第44—45页。

壮士争激烈,富室愿蠲赀。姑苏城门外,匹马不敢窥。
可怜陆太学,破产供军炊。七月入姑苏,挟战还同嬉。
此辈本乌合,一溃岂复支。赖有吴职方,稍能出计奇。
伏甲吴江岸,所忌惟在兹。诸将无斗志,同舟自相疑。
日费千黄金,空养摇橹儿。嘉禾一夜破,嵩江累卵危。
乞师镇南垒,摇手不可为。如何十万兵,曾无一矢遗。
括饷既以饱,海口潜奔驰。海口窄不出,铁骑追及之。
可怜熊虎姿,尽为鱼腹尸。三吴遍焚戮,试问戎首谁?　①

　　这首诗写于顺治二年(1645),清兵攻取南京后重申剃发令。本年八月,钱澄之的族人、大学士钱士升次子钱棅毁家充饷组织义军抗清,钱澄之也积极参与组织领导,计划与松江陈之龙、徐孚远联络起事,但计划败露,义军先后在震泽、汾湖遭遇清军,全部遇难。兵败之后,钱棅投水自杀,钱澄之妻方氏也携幼子抱弱女,沉江而死。钱澄之的这首诗记录了事件发生的原委,其中穿插了明将陈梧、吴易等人的壮烈及部分义军的无组织无纪律,"此辈本乌合,一溃岂复支"两句即是此意。最后两句记录了三吴被焚杀戮的惨状,尤为沉痛。钱澄之的诗中还记叙了江南一些为保护头发而宁死不辱节的平民。如其《南京六君咏》之五:"传道城南乞,蓬头发正多。羞他中国变,屡被市人呵。入夜语还泣,沿街骂且歌。沟渠绝粒死,此志是如何?"② 歌颂乞丐能够杀身殉节,令人肃然起敬。钱澄之在他的《藏山阁诗存》中还记录了两位不知名的护发英雄。其一:"永安桥下水粼粼,永安桥上来往频。有客赴水无名

①[清]钱澄之撰,汤华泉校点:《藏山阁集》,黄山书社2004年版,第93—94页。
②[清]钱澄之撰,汤华泉校点:《藏山阁集》,黄山书社2004年版,第169页。

姓,江西不肯薙头人。"①(《永安桥》)这位不愿剃发受辱而甘愿就死的平民,连姓名也没有留下来。其二:"黎城城外痴男子,誓断此头发不毁。一夜图圄千载心,明朝裹帻赴西市。"②(《留发生》)这首《留发生》下还有诗人的小序云:"新城有书生,不肯薙发。因之,令其自择死与髡孰善。诘朝请曰:'宁死不愿髡。'遂斩之。"③永安赴水之客及新城书生面对象征清政权文化专制的剃发令,毫不犹豫地选择了死亡。当时一些遗民所著的史籍也记载了江南地区民众反剃发的英勇无畏。如计六奇《明季南略》载:"剃发令下,纯仁方巾,两大袖囊石,不告妻子,竟赴龙津浮桥,自沉于河……襟间大书曰:'朝华而冠,夕夷而髡。与死乃心,宁死厥身。'"④无锡华允诚,天启进士。"南京陷,公惟饰巾待尽,杜门者三年。……下逮……遂见杀。……有渡江一律,云:'视死如归不可招,孤魂从此赴先朝。数茎白发应难没,一片丹心岂易消……'"⑤

　　明清易代之际,头发竟然成为与生命一样重要的东西,成为汉人知识分子心中挥之不去的情结:降清者留头不留发,虽然保住了性命,但在外观上无法遮蔽奴性角色,在内心强化了心理暗示,多有触"发"伤怀的情绪,难逃屈节之咎;保全头发者也不得不做出惨烈的选择,就是舍弃生命。在当时,头发与性命攸关绝不是夸大之词,因为剃发与不剃发都可能带来性命之忧:不剃发,清廷要

---

① [清]钱澄之撰,汤华泉校点:《藏山阁集》,黄山书社2004年版,第137页。
② [清]钱澄之撰,汤华泉校点:《藏山阁集》,黄山书社2004年版,第221页。
③ [清]钱澄之撰,汤华泉校点:《藏山阁集》,黄山书社2004年版,第221页。
④ [清]计六奇撰,任道斌、魏得良点校:《明季南略》卷四,中华书局1984年版,第230页。
⑤ [清]计六奇撰,任道斌、魏得良点校:《明季南略》卷四,中华书局1984年版,第237页。

你的命,剃发,反清义军要你的命,清初的平民真是剃亦愁,不剃亦愁。文献对此有记载:"清兵见未剃发者便杀,取头去做海贼首级请功,名曰'捉剃头';海上兵(明兵)见已剃发者便杀,拿去做鞑子首级请功,号曰'看光颈'。途中相遇,必大家回头看颈之光与不光也。""福山数十里遗民,不剃发则惧清兵,剃发又惧明兵,尽惴惴焉不聊生矣。"① 有史书记载说清廷推行"剃发令"是几个无耻汉官所激发而成。据《清代野史大观》记载:"清初入关,衣冠服履,一仍明制,前朝降臣,皆束发顶进贤冠,为长袖大服,殿陛之间,分满汉两班,久已相安无事矣。有故明山东进士孙之獬者,首薙发改装,以自标异而示媚。归入满班,则满以其汉人也,不受;归汉班,则汉以为满饰也,亦不容。之獬益羞愤,于是疏言:'陛下平定中国,万事鼎新,而衣冠束发之制,独存汉旧,此乃陛下从中国,非中国从陛下也。'奏上,九重叹赏,不意降臣中有能作言者,乃下削发之令,而东南士庶,无不椎心饮泣,挺螳臂以当车,是皆孙之獬一念躁进,酿此奇祸。满汉相对,永永无已。清廷之失策,亦已甚矣。顺治丁亥,山东布衣谢迁起义兵,入淄川,之獬阖家惨死,闻者快之。"② 此说虽然来自野史,但应该不完全是捕风捉影,因为清初大学者顾炎武也有诗《淄川行》记录此事:

> 张伯松,巧为奏,大纛高牙拥前后。
> 罢将印,归里中,东国有兵鼓逢逢。
> 鼓逢逢,旗猎猎,淄川城下围三匝。

---

① 陈生玺著:《明清易代史独见》,上海古籍出版社 2006 年版,第 287—288 页。
② 《清代野史大观》卷三,上海书店 1981 年版,第 6—7 页。

围三匝,开城门,取汝一头谢元元。①

　　此诗为借古讽今。张伯松为西汉名臣张敞之孙,与著名学者扬雄是好友。后来王莽篡汉,安众侯刘崇起兵讨伐王莽,刘崇的叔父刘嘉却谀事王莽,张伯松替刘嘉上奏,称颂王莽德政,于是王莽大悦,封刘嘉为率礼侯。长安为之语曰:"欲求封,过张伯松。力战斗,不如巧为奏。"顾炎武诗中的意思是说孙之獬也像刘嘉一样,为讨好清廷,不惜以剃发媚之,以同胞的鲜血来换取自己的富贵。"大纛"即大旗。孙之獬官至兵部尚书总督军务,出行大旗开路,前呼后拥,好不威风。后来他离官回归故里淄川,引起淄川人民公愤,山东起义军在丁可泽、谢迁率领下围攻淄川,鼓声"逢逢",旗声"猎猎",攻破淄川后,擒杀孙之獬,解了人民之恨。谈迁在《北游录》中对此事也有记载:

　　甲申五月三日,摄政王入京,下令辫发。六月□□日,许官民服发如故。乙酉六月淄川孙之獬、李若琳上章请辫发如国俗。之獬言臣妻女并辫发,遂拜兵部右侍郎,后忧去,为土寇所执。土寇詈之曰:"尔贪一官,编天下人之发,我当种尔发。"锥其颠,插发数茎,惨死。②

　　当江南民众为维护本民族的文化尊严而浴血奋战之时,在朝的江南汉官对此项举措也多有抵制,而清廷却拒绝听取谏诤,对建

①〔清〕顾炎武撰,华忱之点校:《顾亭林诗文集》,中华书局1983年版,第275页。
②〔清〕谈迁撰,汪北平点校:《北游录·纪闻下》,中华书局1960年版,第354—355页。

言的汉官或贬或放给予严厉打击。清廷的这种强硬态度不仅堵死了汉臣的谏议之路，更为严重的是破坏了汉族人民几千年的文化习惯，极度伤害了汉族人民的思想感情，也加剧了国内的冲突与动乱。杨海英先生在《清初"故国之思"现象解读》一文中说："这种局势下，不仅烈士、遗民大量涌现，就是已经入仕清廷的汉臣，面临着'疏奏不能尽陈，封章不敢频渎'的局面，一批血性未泯的汉官在谏诤无效后，纷纷离朝回籍，形成清初一股汉官'托故告归'的潮流。"①

　　汉民族眷恋自己的衣冠之旧，清初的许多重大政治事件多与剃发相关。如顺治五年（1648）金声桓与李成栋之叛。金声桓原为明将左良玉部下，降清后与李自成降将王体仁同镇九江，王兵强，金兵弱。顺治二年（1645）闰六月剃发令下，金声桓便以王军不剃发为借口而将王杀死，火并其众，独霸江西。后金声桓又因为未得清朝的封侯之赏而图谋再叛，潜通于南明。有一次他与清廷巡按于天章在宴会上看演戏，金声桓看着戏台上的服装说："毕竟衣冠文物好看。"于天章据此上疏清廷说金有反状，金声桓得知后遂反江西，令军民尽衣明朝服式，见戴满帽者辄射之，掷帽剪辫，城中委弃缨笠，积道旁如山。金声桓叛后对当时的形势影响很大，广东提督总兵李成栋闻讯后亦据广东叛。顺治十一年（1654），清廷要招抚郑成功，封郑为海澄公，拟将漳、泉、潮、惠四府地方拨予安插部众。清派内院学士叶成格与理事官阿山持诏书到福建安平与郑成功谈判，相会后清使要郑成功先剃发再开诏，郑要先开诏酌议后再剃发，争执数日不下，遂使这次谈判破裂。郑成功在写给其父郑芝龙的信中提道："遽然剃发之诏一下，三军为之冲冠。试思今

---

① 杨海英撰：《清初"故国之思"现象解读》，《清史论丛》，2000年号。

日之域中,是谁家之天下?损无数之兵马,费无稽之钱粮,死亿兆之生灵,争区区头上数根头发,不特大为失策,且亦量之不广也。"同年,在清王朝的内部党争中,大学士宁完我奏劾吏部尚书陈名夏说:"名夏……言:'若要天下太平,除非依我两件事。'……名夏推帽摩其首曰:'留头发,复衣冠,天下即太平矣。'"① 陈名夏认为,天下太平必须以文化认同为基础,清廷显然不认同"留头发,复衣冠"之议,陈名夏因之而被处死。清廷若能真正采纳他的这一建议,将会大大缓和当时的社会矛盾,加速清廷完成天下统一的历史进程,可惜满洲贵族由于民族的偏见和文化的粗略,不能够理解这一点。

一定程度上说,清初的反清复明运动是民族斗争的一个组成部分,有广泛的社会基础,它的目的是恢复汉族的衣冠文物制度。清初的许多抗清人士打着"复明"的旗号,其实,他们并不是真的想复明。他们中的许多人目睹了明朝末年官场的腐朽与黑暗,清楚地知道明朝大势已去,无可挽回。后期一些参加复明运动的志士,在明亡后大都有过投"顺"或降"清"的历史。如广东人张家玉,是崇祯十六年(1643)的翰林院庶吉士,曾主动投书给李自成,表示愿为起义军效力。后来清军南下,张家玉与同乡陈子壮等人组织义兵,与清军进行了殊死的战斗。清两广总督佟养甲多次派人到张家玉家劝降,均被他严词拒绝,在后来与清军的交战中,张家玉连中九箭,身负重伤,不愿做俘虏,遂投塘自尽,壮烈身死。还有不少在抗清运动中表现像张家玉一样的勇敢、坚定、壮烈的士人,他们毁家纾难,慷慨赴死,说明了他们的斗争是针对清朝的民族压迫,要求恢复的是汉族的衣冠和文化传统,而清廷强令剃发这

① [清]梁章钜撰,于亦时点校:《归田琐记》卷五,中华书局1981年版,第97页。

种错误政策,造成了激烈的民族对抗,导致清初社会数十年的动荡不安,延缓了国家统一的进程,不能不说是清初决策者的一个重大失误。

二、圈地法

"圈地法"是顺治朝的另一大弊政,对清初的社会经济造成了极大的破坏。清军在入关前,从努尔哈赤起兵建立自己的武装,到满蒙汉八旗制度确立,清廷从未设立兵饷制度,士兵完全靠战争中的财物掠夺,作为自己及家庭经济生活的重要支柱。迨及清军入关,情况发生了巨大的变化。清廷出于与中原各政治势力角逐天下的需要,为了笼络人心,争取汉族民众的支持,下令严禁军队掳掠百姓财产,由此引发严重的问题:集体掠夺的物资来源不能继续下去,而王公贵族之利益、八旗官兵之生活,怎么才能得到保障?再加上清廷要巩固政权,镇压大顺、大西农民军余部、南明政权和各地的抗清力量,完成一统全国的大业,都需要雄厚的财力保证。出于以上考虑,清廷于顺治二年(1645)正式下达"圈地令",在京畿一带大规模地圈占土地,安置自东北源源不断而来的诸王、勋臣和八旗兵丁等,继续保持入关前满族贵族的经济特权并解决八旗兵丁的粮饷问题。

圈地范围先是京畿三百里内,后来不断扩大,三百里内不足,则远及五百里。这场对土地资源的掠夺客观上解决了八旗官兵的后顾之忧,让八旗兵在战场上更加卖力,但对于当时广大的汉族百姓来说,则是一次深重的灾难。所圈之地最初是明朝皇室勋贵的无主土地,明亡后一些皇室勋贵或死或逃,他们遗留了大量的荒芜土地,有的虽然没有逃亡,但土地被清廷没收。把这些土地分给满洲贵族与八旗官兵倒也合乎情理,但在实际执行过程中,已远远超出规定的范围。清廷的圈地诏令规定只圈占无主的勋贵田地，后来无论有主无主，一律圈占，继而蔓延到强占周边平民百姓的土地，使京畿附近的农民受到了严重的侵害，导致为数众多的失地平民妻离子散、流离失所。顺治朝的圈地运动持续时间很长，先后出现了三次高潮。第一次"圈地法"颁布于顺治元年（1644）十二月，范围仅限京畿一带；第二次"圈地法"颁布于顺治二年（1645）九月，圈占的范围扩大到河间、滦州、遵化等京东、京南的府州县；第三次"圈地法"颁布于顺治四年（1647）正月，圈地范围又扩大至顺天、保定、易州、永平等四十二府州县。清廷把圈占的土地按宗室、王公、官员的等级和所属壮丁数目，给以不同数量的庄田和壮丁地，八旗士兵按照"计丁授田"的原则，分得一定数量的土地，他们依靠这些田土解决生活所需及出征的军事装备。

　　清初的圈地运动是野蛮的劫掠，致使百余万农民离开土地，颠簸流离，无以为生，激化了民族矛盾和阶级矛盾，同时也破坏了农业生产，阻碍了社会进步，激起了汉族人民不断反抗，这在时人的诗作里有所反映。顺治十一年（1654），时任永平（今河北卢龙）推官的尤侗就在诗中描写了圈地给老百姓带来的人祸，再加当时永平的天灾，导致民众食不果腹，人口锐减。当时，尤侗与知府罗廷玑赈粥以济灾民，事后在诗中揭露了圈地给人民造成的巨大伤害，其诗名为《煮粥行》：

　　　　去年散米数千人，今年煮粥才数百。
　　　　去年领米有完衣，今年啜粥见皮骨。
　　　　去年人壮今年老，去年人众今年少。
　　　　爷娘饿死葬荒郊，妻儿卖去辽阳道。
　　　　小人原有数亩田，前岁尽被豪强圈。

身与庄头为客作，里长尚索人丁钱。
庄头水涝家亦苦，驱逐佣工出门户。
今朝有粥且充饥，那得年年靠官府！
商量欲向异乡投，携男抱女充车牛。
纵然跋步经千里，恐是逃人不肯收。①

　　尤侗诗中，除了揭露"圈地法"带给人民的伤害外，还提到清初另一恶政"逃人法"，这留待下节叙述。圈地后，很多农民无以为生，便出现了各种无奈的选择。一些地主或农民就投充到八旗庄园成为佃农，替旗人种地；还有的人流亡他乡，以乞讨为生；再有部分走投无路的农民铤而走险，投入反清运动当中，增加了清朝初期社会的不稳定性。

　　圈地是一种赤裸裸的掠夺行为，在清初执行时间之长、推行范围之广都是史所罕见的。清初圈地范围，本来指定在京畿地区之内，后来不仅扩展到河北一带，甚至蔓延到了江南地区，并且所圈之地，土地主人被立马赶走，妻子还被强占，没有任何商量的余地，更有甚者，占了房屋，还要主人修缮一新。时有苏州人韩菼在他的《己未出都述怀》诗中有这样的描述："破巢兵扑捉，勾租吏怒嗔。输租仍殿租，襡辱及衣巾。室毁还作室，督促旧主人。"②韩自注云："辛丑年奏销案应连逮，时驻防兵圈占房屋，更代为修葺。"③旗兵不仅逐走房屋的主人，还让屋主代为修葺，可见清军之横暴。韩菼，字元少，别字慕庐，长洲人，当时因为奏销案在被逮人数内。"奏销

---

① ［清］尤侗著，杨旭辉点校：《尤侗集》，上海古籍出版社 2015 年版，第 557 页。
② 孟森著：《心史丛刊》，中华书局 2006 年版，第 8 页。
③ 孟森著：《心史丛刊》，中华书局 2006 年版，第 8 页。

案"发生在顺治十八年(1661),而此时圈地运动还在实行,可见这项法令持续时间之长。清初客居金陵的湖北诗人杜濬有一首《楼雨》诗,也含蓄地反映出清初江南的圈地状况:

> 晓雨天沾草,萧萧牧马群。
> 鼓鼙喧绝徼,部落拥将军。
> 仆病炊无术,僧悭展不分。
> 儿童生故晚,正诵美新文。①

诗的首联便指出江南大片肥沃的良田都被用来作为养马的牧场,颔联则写清军的士兵每日在牧场中练习骑射,鼓乐喧扰,讽刺清廷野蛮、落后的生活习俗,好像还生活在远古的部落时代。尾联用扬雄写《剧秦美新》文颂扬王莽的典故,说明儿童没有经历过鼎革之变,不知道亡国之痛,还在读着歌颂清朝的文章。

桐城诗人方文一生游历四方,目睹了清初各地的社会变迁,他用诗歌真实记录了所亲历的动荡战乱、民生凋敝的凄凉情景。他以耳闻目睹之经历写下的《迁安》一诗,就愤怒地揭露了圈地运动给广大百姓带来的惨痛伤害及对社会造成的影响:"莫言边令好催科,县小民稀奈若何。一自投充与圈占,汉人田地剩无多。"②方文在北游期间,还曾亲见友人受到清廷圈地毒害。他在《喜遇沈仲连先生即送其南游》一诗有这样的描述:"南游不得意,北归意稍洽。

① 福建师范大学中文系古典文学教研室选注:《清诗选》,人民文学出版社1984年版,第53页。
② [清]方文撰,胡金望、张则桐校点:《方嵞山诗集》,黄山书社2010年版,第479页。

那知燕赵间,田园尽圈匝。"① 诗中方文感叹本以为南方生计艰难,哪想到北方更是凄凄惨惨,因为田园都被圈占了,无奈只好折返而归。在《喜遇张则之感旧》诗中云:"自言有六宅,五宅兵圈占。仅剩一小园,不足蔽风霙。举室长苦饥,乞米向亲串。"② 像沈仲连、张则之这种地主阶级的知识分子在朝廷的重压之下尚且沦落如此,普通百姓的遭遇更是可想而知。又如陕西诗人孙枝蔚因战乱流落在江南一带,他于顺治十八年(1661)寓居苏州时写下了《再至姑苏纪感》:"昔日闻歌处,圈城正可忧。市喧因过马,春近怯登楼。劝客无红袖,逢僧已白头。旅怀萧索甚,暂对钓鱼舟。"③ 昔日繁华热闹、歌舞升平的苏州,现在变得萧条冷落,人烟稀少,偶尔街市上传来喧哗之声,那是清朝派出的旗官在圈地圈城,"市喧因过马"即指此而言。清廷这种赤裸裸的掠夺,致使大量的百姓无以为家、流离失所,虽然作者没有明确把这一点指出来,但最后"萧索甚"一句已暗含此义。

顺治朝的"圈地法"自顺治二年至康熙八年(1645—1669)前后实行了二十余年,直到康熙八年(1669)才下诏完全停止。"圈地法"在当时的历史条件下,无疑是一种历史的倒退,它阻碍了生产力的发展,对社会经济、社会秩序、人民生活等造成了严重的危害,对清初社会的发展造成了极坏的影响。

---

① [清]方文撰,胡金望、张则桐校点:《方嵞山诗集》,黄山书社 2010 年版,第639 页。
② [清]方文撰,胡金望、张则桐校点:《方嵞山诗集》,黄山书社 2010 年版,第642 页。
③ 杨泽琴著:《孙枝蔚与清初扬州诗群研究》,中国社会科学出版社 2015 年版,第 178 页。

三、逃人法

清廷在入关前,为了制止农奴逃亡,就已陆续制定惩处逃人的法令。入关后,清统治者又在所占领的部分地区大量圈占土地,但满人不会农业耕种,所以强迫无主的汉人投充。这些沦为农奴的汉人不但遭到残酷剥削,从事繁重劳动,人身安全也没有保障,于是大量汉人纷纷逃亡,这是清初逃人增多的一个重要原因;还有一个原因是一些入关前被清军掠去为奴的汉人,在清军入关后,渴望与家人团聚,因而纷纷逃亡。无论出于何种原因,旗下汉人的大量逃亡在顺治朝是十分突出的现象,对于满洲贵族来说,衣食住行都靠汉人奴仆操持,须臾也离不开。于是为了维护满洲贵族的利益,清廷制定了严酷的"逃人法",对收留逃人的"窝主"给予严厉的处罚。所以对于逃人,一般人都不敢收留,害怕遭到株连,即使直系至亲也不敢施以援手,可见当时刑法之严酷。

"逃人法"的制定使得逃人问题触及社会各个角落,闹得人心惶惶,最后演变成为整个社会问题,民族矛盾、阶级矛盾由此更加交织激化,以致整个社会动荡不宁。关于追捕逃人,这里不妨引用《清代经济简史》中的一段话简单介绍一下当时的情况:"由于逃人关系到旗下资生使唤,官方视之为清朝第一急务。严惩逃窝,广事株连。所谓'一捕十家皆灭门',丧身亡家的不知几千万人,地方各官革职降级的不计其数。"[1] 从清初逃人律的内容可以看到,对逃人的惩治较入关前制定的"四次逃者方行处死"的"逃人法"为重;对窝主的惩治则比逃人还要重,不但首次即正法或流徙宁古塔,家产入官,而且殃及邻里,甚至殃及佣工、赁房、留宿之家[2]。关于"逃

---

[1] 张研著:《清代经济简史》,中州古籍出版社1998年版,第365页。
[2] 张研著:《清代经济简史》,中州古籍出版社1998年版,第363页。

人法"的严酷,时人的诗文多有记载。如顺治十五年(1658),桐城诗人方文正寓居北京慈仁寺,作《都下竹枝词》二十首,绘写京师见闻,其一就是关于逃人法实施时百姓的惨状:

新法逃人律最严,如何逃者转多添。
一家容隐九家坐,初次鞭笞二次黥。①

　　方文这组诗说的便是"逃人法"中遭受牵连的无辜百姓。一家收留逃人,九家连坐,但"律最严"并没有遏止逃人的日益增多,可见主家的盘剥有多严重。"逃人法"处置之严厉,不仅针对普通百姓,就是朝廷高官一旦卷入此案,也是难逃严惩。如靖南王耿仲明在行军途中,曾在不知情的情况下收容逃人入军,被发现后畏惧自杀。这件事在当时轰动一时。耿仲明,字云台,原是毛文龙的部将,是清初位高权重的汉人三王之一。天聪七年(1633)春,耿仲明和孔有德一起渡海降后金,崇德元年(1636)被清朝封为怀顺王,隶汉军正黄旗;顺治元年(1644)随清兵入关后,为清廷镇压农民起义军出力甚多;顺治六年(1649)改封靖南王,与吴三桂、尚可喜合称"清初三藩"。耿仲明死后,多尔衮还严令不许他的儿子承袭,可见多尔衮对窝藏逃人的行为有多仇恨。虽然清廷制定的法令严酷,但由于不堪满洲贵族的非人虐待,被掠为奴的汉人仍然持续不断地大量逃亡,他们在本地不能安身,被迫背井离乡,逃亡外地,骨肉分离,哭声满路。
　　受"逃人法"影响的还有流民这个群体,他们因为田地受灾生

---

① [清]方文撰,胡金望、张则桐校点:《方嵞山诗集》,黄山书社2010年版,第481页。

活无着落而被迫四处流亡,但常常被误认为是逃人而求助无门。河北诗人申涵光有一首《哀流民和魏都谏》,详细描述了顺治时期流民的悲惨境遇,是一首表现"逃人法"弊政的力作,其诗如下:

> 流民自北来,相将向南去。
> 问南去何处? 言亦不知处。
> 日暮荒祠,泪下如雨。
> 饥食草根,草根春不生。
> 单衣曝背,雨雪少晴,
> 老稚尪羸,喘不及喙。
> 壮男腹虽饥,尚堪负戴,
> 早春粮,夕牧马。
> 妪幸哀怜,许宿茅檐下。
> 主人自外至,长鞭驱走。
> 东家误留旗下人,
> 杀戮流亡,祸及鸡狗。
> 日凄凄,风破肘。
> 流民掩泣,主人摇手。①

此诗写作缘起是作者好友魏裔介写了一首题为《哀流民》的诗。魏裔介(1616—1686),字石生,号贞庵,柏乡(今邢台柏乡)人。顺治三年(1646)进士,选庶吉士,历任工科给事中、左都御史、太子太保、吏部尚书、保和殿大学士、太子太傅等职。魏裔介

---

① [清]申涵光撰:《聪山集》卷二,《清代诗文集汇编》,上海古籍出版社 2010 年版,第 23 页。

为官清廉,立朝有直声,曾为上疏谏"逃人法"而受到满洲贵族的忌恨并因此受到重责。魏裔介的原诗如下:"田庐水没无干处,流民纷纷向南去。岂意南州不敢留,白昼闭户夜蹲跼。檐前不许稍踟蹰,恐有东人不我恕。上见沧浪之天,下顾黄口小儿……缢者谁子?乌鸢哓哓,既喙而蒿。彼苍者天,哀此黎庶。"[①]魏裔介诗中提到在"逃人法"的严酷震慑下,连受灾的流民也无人敢接济,因为担心他们是逃人。诗中写道,就在流民叹息之际,见路边的大树上"缢者谁子?乌鸢哓哓,既喙而蒿",一位求生无路的流民已经自缢于路边的大树上,乌鸢正在啄食他的身体。申涵光读到魏裔介的这首诗,不胜悲慨,结合自己的所见所闻,就和作了一首。申涵光在诗中详细地描写了"逃人"的悲惨生活。他们被迫离乡背井流亡在外,当中有老人有孩子,也有青壮年,无一不饥寒交迫,挣扎在死亡线上。因为清廷的严酷刑法,尽管有人同情他们的悲惨遭遇,但却无人敢施以援手,主人的一句"东家误留旗下人,杀戮流亡,祸及鸡狗",道尽了"逃人法"的残酷惨烈,流民连"流"的一线生路也在禁留"旗下人"的法规下被堵死了,岂非惨绝人寰!

曾被誉为诗坛"南施北宋"的安徽诗人施闰章也非常关注流民问题,他的《皇天篇》详细描述了受灾流民(饥民)的悲惨境遇,揭露了"逃人法"的残酷。他在诗前小序中写道:"悯饥民也。都城外数百里,积霖成壑,民匍匐转徙。时逃人法重,州邑闭关不敢纳,死者相枕,哀声动天,故为之吁天云尔。"这首诗写道:"皇天眷万物,雨师宁不然。神州辇毂地,高阜成山川。萧条何所有,饥兽窜颓垣。严冬边雪至,朔吹先苦寒。分与藜藿绝,敝缊复不完。遗黎伏路侧,声出不能言。矫首望乐土,重关限我前。眼前一步地,

---

① 钱仲联主编:《清诗纪事》,凤凰出版社2004年版,第419页。

艰于太行山。逝者葬鱼腹,生为豺狼餐。"①在关山的阻隔下,等待这些流民最后只能是"逝者葬鱼腹,生为豺狼餐"的悲惨命运。顺治十一年(1654)清廷又下诏,规定"兵部先定逃亡人自归寻主者,将窝逃之人正法,其九家及甲长乡约各鞭一百,流徙"②。这一规定,不仅牵连到帮助逃人隐藏"窝主"的生命,甚至还祸及"其九家及甲长"的各位乡邻。在这种情况之下,更是无人敢救援逃人,他们无路可走,无处藏身,只能回到旧主家。顺治朝"逃人法"的制定纰漏极多,贻害人民,扰乱社会,像"逃人法"重治窝主、轻处逃人的处罚条例,就使一些奸人有机可乘,有些无赖借机诬陷无辜,欺骗钱财,横行乡里,搞得社会上鸡犬安宁。从顺治三年到顺治十一年(1646—1654),这种残酷的刑律持续了近十年,给人民带来了深重的灾难。逃人问题得不到解决,社会就难求安定,生产更是无法恢复。

　　逃人作为清初社会的一个重要问题,虽不如各地反清起义风起云涌,浩浩荡荡,但也对清初的政治、社会、经济产生了重大影响。历史是不能倒退的,违背历史规律,单靠严刑峻法是无法维护统治阶级利益的,只有顺应历史潮流,缓和矛盾,保持社会的平衡,才能长治久安。清初统治者对逃人问题的处理及变化,给前论作了一个很好的注脚。

---

① [清]施闰章撰:《施愚山先生学余文集二十八卷施愚山先生学余诗集五十卷》,《清代诗文集汇编》,上海古籍出版社2010年版,第284页。

② 中国第一历史档案馆等编:《世祖章皇帝实录》,《清实录》,中华书局1985年版,第676页。

第二节　顺治朝的战乱

清初战争频仍,尤其是清廷在定都北京后,先后对南明抗清政权、李自成大顺政权及张献忠大西政权发起一系列大规模攻势,这一过程都伴随着残酷的杀戮与破坏。清初近二十年,基本上都是在战乱中度过的,这不仅严重地破坏了社会生产力,还给广大人民带来了空前深重的灾难。

一、战乱中的民生

清军在入主中原的过程中,每一步都伴随着血腥的屠杀。尤其是在南下的途中,由于南方各地的抵抗最为强烈,所以遭受的杀戮也最为惨烈,如"扬州十日""嘉定三屠"等。这些重大的事件在官修史书中都语焉不详,或被曲意掩盖,但在清初的叙事诗中都有直言不讳的记载与揭露。明清易代之际,南方的很多城市都受到重创,其中扬州受到的破坏最严重。遗民邢昉的《广陵行》就真实地记载了扬州城破后惨状:

> 客言渡江来,昨出广陵城。
> 广陵城西行十里,犹听城中人哭声。
> 去年北兵始南下,黄河以南无斗者。
> 泗上诸侯卷旆旌,满洲将军跨大马。
> 马头滚滚向扬州,史相堂堂坐敌楼。
> 外援四绝誓死守,十日城破非人谋。
> 扬州白日闻鬼啸,前年半死翻山鹞。
> 此番流血又成川,杀戮不分老与少。
> 城中流血进城外,十家不得一家在。

到此萧条人转稀，家家骨肉都狼狈。

乱骨纷纷弃草根，黄云白日昼俱昏。

仿佛精灵来此日，椒浆恸哭更招魂。

魂魄茫茫复何有，尚有生人来酹酒。

九州不肯罢干戈，生人生人将奈何！ ①

　　诗中谈到扬州遭受过三次兵祸，一次是"前年半死翻山鹞"，是说弘光朝"四镇"之一的高杰垂涎扬州的富庶，要求将部下将士安置于城内。因为高杰残暴名声在外，所以遭到扬州百姓的拒绝。高杰恼羞成怒，于顺治元年（1644）六月初七日下令攻城，并在城周边烧杀抢掠，扬州进士郑元勋居中调停，出城同高杰面议，同意只让官兵家眷安置城内，但不在城内驻军。不料郑元勋刚回到城里，就被愤怒的百姓当场击杀。高杰以此为借口，对扬州发动凌厉的攻势，后经史可法从中调停得以解决，但百姓已经受到巨大的伤害；第二次是"十日城破非人谋"，是说顺治二年（1645）五月二十五日扬州城被清军攻破，督师大学士史可法殉国。清军为报复扬州民众的坚守，纵兵掳掠，屠杀十日才封刀，扬州城血流成河，城内人民所剩无几，史称"扬州十日"。第三次是顺治九年（1652）十二月，南方坚持抗清的大西军将领李定国在衡阳设伏，歼灭了清军敬谨亲王尼堪的十五万精锐部队，阵斩尼堪。第二年四月，抗清力量出现了联合的形势，原张献忠部将领孙可望部会合冯双礼、白文选、马进忠等部共十万人，欲与清军作战。清政府为了控制局面，抽调大批满汉军队充实前线。战争疮痍未复的扬州，又一次遭到清军南征部队的蹂躏，扬州诗人吴嘉纪的《过兵行》一诗便是对

---

① 钱仲联主编：《清诗纪事》，凤凰出版社 2004 年版，第 7 页。

这次大军过境的真实记录：

> 扬州城外遗民哭，遗民一半无手足。
>
> 贪延残息过十年，蔽寒始有数椽屋。
>
> 大兵忽说征南去，万马驰来如疾雨。
>
> 东邻踏死三岁儿，西邻掳去双鬟女。
>
> 女泣母泣难相亲，城里城外皆飞尘。
>
> 鼓角声闻魂已断，阿谁为诉管兵人？
>
> 令下养马二十日，官吏出谒寒慄慄。
>
> 入郡沸腾曾几时？十家已烧九家室。
>
> 一时草死木皆枯，昨日有家今又无。
>
> 白发夫妻地上坐，夜深同羡有巢乌。①

　　清军过境时铁骑横冲，马践幼童，掳掠妇女，所作所为令人发指。清军驻军二十天之后，扬州城只留下一片废墟和一群无家可归的灾民，昔日繁花似锦的扬州城，如今成了草死木枯、十室九空的人间地狱。

　　钱澄之的《虔州行》则记录了清军在虔州进行的一场大屠杀。作者以史书的笔法详细记载了虔州被清军攻破后的惨烈景象。虔州就是今天的江西赣州市，地理位置特殊，是当时衔接南北的一个重要城市。顺治二年（1645）五月，清兵进逼虔州，虔州士民宁死不降，至第二年十月城被攻破，南明隆武朝兵部尚书杨廷麟、吏部尚书郭维经及其子三人、总督万元吉等浴血奋战，最后均壮烈牺

---

① ［清］吴嘉纪著，杨积庆笺校：《吴嘉纪诗笺校》，上海古籍出版社 1980 年版，第 453—454 页。

牲。破城之后,清兵对守城的兵民进行了疯狂的屠杀。"烟冥冥,雨啾啾,黄昏鬼火遍城头。行人白昼不敢过,问之乃是昔虔州。"诗的开头就给人强烈的视觉冲击。为了突出今昔对比,作者插叙了一段昔日虔州的繁华景象:"虔州地形控江楚,关税兼通闽越贾。船上珍珠不值钱,城中养女能歌舞。闾阎扑地楼插天,家家日暮喧笙鼓。"接着,作者一笔荡开,转入对明军民誓死守城及城破后清军屠城的描写:

> 城头壮士不畏死,夜半缒城砍敌垒。
> 腰间夺得乌孙刀,背上插来白羽矢。
> 紫髯将军不敢逼,立马西山时咋指。
> 城悬粮绝无援兵,四面尽是吹笳声。
> 初犹食马后食人,登楼击鼓鼓不鸣。
> 朔风吹雪洒盏大,守陴人病三日饿。
> 遥见营火渡河来,一半传更一半卧。
> 兵声暗杂风雨声,五更未醒虔州破。
> 闭城刈人人莫逃,马前血溅成波涛。
> 朱颜宛转填眢井,白骨撑拄无空壕。
> 自从司马誓城守,老弱登陴谁敢走!
> 清江龙泉居上游,突围入城今在否?
> 诸君磊落忠义人,死去名节千秋新。
> 可怜虔州十万户,日暮飞作沙与尘! ①

"可怜虔州十万户,日暮飞作沙与尘!"城破后的惨象令人触

①[清]钱澄之撰,汤华泉校点:《藏山阁集》,黄山书社2004年版,第157页。

目惊心！再如顺治十六年(1659)，清军攻入昆明，南明最后一位皇帝永历逃到缅甸。清军入昆明城后，到处烧杀抢掠，昆明遗民诗人陈佐才在他的《乱时》诗中，真实地记录了当时的惨状："遍地皆戎马，满天尽甲兵。活埋小儿女，生葬老弟兄。遁迹穷山里，犹闻战鼓声。"[①]清军视人命为草芥，老人小孩都惨遭活埋，这种令人发指的罪行在诗中都得到了真实的记载。虽然经过了清朝官方的有意模糊，这次屠杀不见于历史文献，但这些大规模屠杀依然在诗中留下了大量的真实记录，保存了珍贵的历史资料，对还原历史真相具有十分重要的作用。

　　顺治十年(1653)，"江左三大家"之一的吴伟业经过南京，写下了一首长篇五言古诗《遇南厢园叟感赋八十韵》，真实记录了明清易代后南京城的巨大变化，揭露了清兵南下给南京带来巨大的破坏与毁弃，痛惜之情充斥于字里行间。"南厢"，指原国子监内司业宅共九间的南厢房。十几年前，吴伟业在这里住过将近一年，对这里极为熟悉。可是，当他找到国子监废址的时候，竟分辨不出哪里是南厢房了，后遇到一位老人，引导着吴伟业走遍了国子监故基，将原来建筑的位置一一指给他看。老人还热情地把吴伟业请到家中，置酒备饭，边吃边聊，为他讲述了清兵南下后老百姓所遭受的灾难。其后不久，吴伟业便根据这一段经历写下了《遇南厢园叟感赋八十韵》这首诗。这是入清后吴伟业写的第一首有代表性的长篇叙事诗：

　　　　四月到金陵，十日行大航。平生游宦地，踪迹都遗忘。

[①]［清］陈佐才著：《陈翼叔诗集》卷三，沈乃文主编《明别集丛刊》第五辑第　　九十一册，黄山书社2013年版，第491页。

道遇一园叟,问我来何方。犹然认旧役,即事堪心伤。

开门延我坐,破壁低围墙。却指灌莽中,此即为南厢。

衙舍成丘墟,佃种输租粮。……北风江上急,万马朝腾骧。

重来访遗迹,落日唯牛羊。吁嗟中山孙,志气胡弗昂。

生世苟如此,不如死道旁。惜哉裸体辱,仍在功臣坊。……

万事今尽非,东逝如长江。钟陵十万松,大者参天长。

根节犹青铜,屈曲苍皮僵。不知何代物,同日遭斧创。①

诗中描绘了南京经历战乱后的残破景象,揭露了清军南下给各个阶层人们带来的苦难。"惜哉裸体辱,仍在功臣坊",说的是明朝开国功臣徐达的子孙徐青君在明亡后穷困潦倒,竟沦落到以代人受杖为生的地步;"钟陵十万松,同日遭斧创",是说明太祖朱元璋陵墓前的树林尽被砍伐。诗中还借南厢老人的话,大胆控诉了异族统治者在清代初年对江南百姓赤裸裸的经济掠夺:

从头诉兵火,眼见尤悲怆。大军从北来,百姓闻惊惶。

下令将入城,传箭需民房。里正持府帖,佥在御赐廊。

插旗大道边,驱遣谁能当。但求骨肉完,其敢携筐箱。

扶持杂幼稚,失散呼耶娘。……下路初定来,官吏逾贪狼。

按籍缚富人,坐索千金装。以此为才智,岂曰惟私囊。

今日解马草,明日修官塘。诛求却到骨,皮肉俱生疮。②

---

①［清］吴伟业撰,［清］程穆衡原笺,［清］杨学沆补注,张耕点校:《吴梅村诗集笺注》,中华书局 2020 年版,第 283 页。

②［清］吴伟业撰,［清］程穆衡原笺,［清］杨学沆补注,张耕点校:《吴梅村诗集笺注》,中华书局 2020 年版,第 286 页。

　　顺治一朝几乎在战争中度过,而战争除了带来城市的破坏和生命的摧残外,对民生也造成了严重的影响,"诛求却到骨"一句,形象地说明了百姓身上沉重的赋税负担。除此之外,为扑灭风起云涌的反清势力,清政府还经常派大军深入各地,所到之处,派粮派草征船,恣意滋扰人民。吴伟业有一首《捉船行》乐府诗,就描写了船民除了受繁苛的租税剥削外,船只还常常遭官府强行扣压,被征用来运输士兵。船民们为了营生,只好被迫向差官输纳银钱以求得解脱的遭遇。诗曰:"官差捉船为载兵,大船买脱中船行。中船芦港且潜避,小船无知唱歌去。郡符昨下吏如虎,快桨追风摇急橹。村人露肘捉头来,背似土牛耐鞭苦。苦辞船小要何用,争执汹汹路人拥。前头船见不敢行,晓事篙师敛钱送。船户家家坏十千,官司查点候如年。发回仍索常行费,另派门摊云雇船。君不见官舫嵬峨无用处,打鼓插旗马头住。"[1] 官吏为运送兵马强征民船,大船花钱得免,中船躲入芦苇港,只有贫苦渔民的小船不知底细还在水面劳作,最后被官府的船追赶上,渔民以船小无用苦苦哀求,其他船见状不敢行,"懂事"的船工急忙给官吏送上银钱,船户家家破费十千。吴伟业的这首诗形象真实地描绘了官吏对船民的敲诈与盘剥。清初像这样的盘剥还有很多。吴伟业还有一首《马草行》也是表现清初战乱民生的名篇。此诗描写了清廷为镇压反清力量,下令在各地征收马草,以供战马之需,这正是供粮饷之外加在百姓身上沉重的额外负担。清朝官吏乘机敲诈勒索,使本已痛苦不堪的百姓雪上加霜,家业荡然。诗曰:"京营将士导行钱,解户公摊数十千。长官除头吏干没,自将私价僦车船。苦差常例须

_____

[1]［清］吴伟业撰,［清］程穆衡原笺,［清］杨学沆补注,张耕点校:《吴梅村诗集笺注》,中华书局 2020 年版,第 195 页。

应免,需索停留终不遣。百里曾行几日程,十家早破中人产。"① 入木三分地揭示了在征收马草过程中,与无数农家遭遇飞来横祸所伴随的是官家爪牙的大发横财。

入关之初,清廷为笼络汉族民心,实行蠲免赋税,但多是流于形式,很大程度上口惠而实不至。如时人谈迁记载:"都人谣曰:恩诏纷纷下,差官滚滚来。朝廷无一中,黄纸骗人财。"② 说明顺治年间宣布的减免赋税并没有多少实际效果,甚至由于奉差官员的敲诈勒索反而加重了人民的负担。当清廷统治已成定势,财政陷入危机,笼络与安抚就已不再重要了。于是,清初政府开始对百姓加重征收赋税,其手段之残酷、数额之苛重、科目之繁多,历史少见。朝廷紧催再加上官吏盘剥,把处在社会最底层的平民大众逼入绝境。此种情境在魏禧的组诗《出郭行》中可见一二:

> 郭门日萧条,盗贼纷纷起。十家村务中,乃有五家是。
> 大者肆屠杀,小者驱牛豕。纵火烧谷屋,系人要货贿。
> 薄夜携妻儿,往伏荒榛杞。侵晨望四山,乃复归墟里。
> 哭声满中野,不敢直言指。嗟汝盗贼心,何太灭天理?
> 盗子闻斯言,唏嘘复长跪。君心肯和平,为君说终始。③

接下来盗贼说出了原委,原来是严厉的逼征,使一些人铤而走险,沦为盗贼,他们大则杀人越货,无恶不作,小的则捉狗拿鸡,骚

---

① [清]吴伟业撰,[清]程穆衡原笺,[清]杨学沆补注,张耕点校:《吴梅村诗集笺注》,中华书局 2020 年版,第 196 页。
② 顾诚著:《南明史》,光明日报出版社 2011 年版,第 25 页。
③ [清]魏禧撰:《魏叔子诗集》,《清代诗文集汇编》,上海古籍出版社 2010 年版,第 778 页。

扰百姓日常生活。如此猖獗的行为让人痛恨，然而盗贼被擒后的陈述，却让整个叙事出现了令人同情的反转："终年苦力作，不得养妻子。食缺衣不完，谁能饥寒死。……大户啖缙绅，小户饱士子。一人身富贵，婚友争搏噬。舆皂仗官威，吸唆尽脑髓。一或逆人意，寅缘入犴狴。见官我所愁，见我官所喜。无钱死饥寒，有钱死系累。要之均一死，不如作贼是。"[①] 字字句句，含泪带血，盗贼原来是这般悲哀无奈。"地方""豪民""舆皂"一层又一层的欺压，让他不得已而为"贼"。故事的戏剧性随着人物的轮换再次加剧，"有客仗剑来"，为"贼"说情："四境大苦贼，贼亦可哀矜。"事情的发展远不是如此单纯，负责审判的父母官在"仗剑客"的质问之下："堂上双抚手，大笑老书生。"竟道出了自己的苦处："汝但晓贼意，独不晓官情。初我得官时，早夜苦经营。胥吏前致词，到任礼先行。恒愁令节至，辄复闻生辰。民奸财不易，敲扑何由停。无钱败我官，子贷谁为应。甚或丧性命，岂得爱他人。愚民敢作贼，剿杀有官兵。"[②] 官差的苛责亦是情有可原，一重重的欺压让小吏也无所适从，大官压小官，小官压小民，世事就是如此，读来令人可笑、可叹、可悲！

魏禧诗集中还有一首《从征行》诗，控诉官兵以剿贼为名对百姓实行残酷的掳掠。诗开篇即说将军带兵拿贼，然"山贼闻兵来，窜走无遗踪"。将军捕贼本应是为民除害，百姓高兴才对，但再看百姓的反映，则知道事情并不简单，"百姓闻兵来，行往两怔忪"。何以"闻兵"而"怔忪"？原来百姓早已知晓将军此行并非为拿贼而来，其意在于掠夺而已，这与明末的官军借讨贼掠民同出一辙：

①［清］魏禧撰：《魏叔子诗集》，《清代诗文集汇编》，上海古籍出版社2010年版，第778—779页。

②［清］魏禧撰：《魏叔子诗集》，《清代诗文集汇编》，上海古籍出版社2010年版，第779页。

"后旒未出郊,前旗已先临。骑上挟鍨矢,步卒横长鏦。呵云此近贼,焉得不相通?遂使絷子女,搜牢何从容。斫木取犁铁,橐米碎瓦瓮。背负生彘肩,鸡鸭鸣笼中。"① 在百姓面前,官兵竟如此之威风,不去追捕逃贼,反诬陷民众与贼相通! 这就是他们对百姓"搜牢何从容"的借口,而百姓所有的生活物资都被一扫而空,甚至是犁铁一类的农具也不放过。由于顺治一朝盗贼纷起,官兵屡屡以缉逃剿贼为借口对百姓进行大肆侵扰的事屡见不鲜,官军扰民成为当时一大祸害。对此,后来罹"庄延鑨明史案"的潘柽章的《梳篦谣》一诗作了真实生动的描绘:"东家抱儿窜,西家挈妇奔。贼来犹可活,兵来愁杀人。况闻府帖下,大调土司兵。此物贪且残,千里无居民。掠人持作羹,析屋持作薪。……贼如梳,兵如篦……"② 诗人虽对农民起义军抱着敌视的态度,称其为"贼",而前来"讨贼"的清兵比起"贼"来更有过之而无不及。诗中把"贼"对百姓的劫掠称为"梳",意即还留给百姓一些生活物资,而官兵对百姓的掠夺则是"篦",完全不留一点财物。

　　清初的叙事诗,真实地反映了战乱给各阶层民众带来的深重灾难,百姓不必说,就连昔日明朝的一些勋贵阶层也不能幸免。如吴伟业的长诗《芦洲行》有如下记述:

　　　　江岸芦洲不知里,积浪吹沙长滩起。

　　　　云是徐常旧赐庄,百战勋名照江水。

　　　　禄给朝家礼数优,子孙万石未云酬。

---

① [清]魏禧撰:《魏叔子诗集》,《清代诗文集汇编》,上海古籍出版社 2010 年版,第 779 页。

② 郭瑞林:《黄钟大吕,末世强音——浅论南明诗》,《湖南科技大学学报》2008 年第 5 期。

西山诏许开煤冶，南国恩从赐荻洲。

江水东流自朝暮，芦花瑟瑟西风渡。

金戈铁马过江来，朱门大第谁能顾。

惜薪司按先朝册，勋产芦洲追子粒。

已共田园没县官，仍收子弟征租入。

我家海畔老田荒，亦长芦根岂赐庄。

州县逢迎多妄报，排年赔累是重粮。

丈量亲下称芦政，鞭笞需索轻人命。

胥吏交关横派征，差官恐喝难供应。

江南尺土有人耕，踏勘终无豪占情。

徒起再科民力尽，却亏全课国租轻。

诏书昨下知民病，解头使用今朝定。

早破城中数百家，芦田白售无人问。

休嗟百姓困诛求，憔悴今看旧五侯。

只好负薪煨马矢，敢谁伐荻上渔舟。

君不见旧洲已没新洲出，黄芦收尽江潮白。

万束千车运入城，草场马厩如山积。

樵苏犹到钟山去，军中日日烧陵树。①

　　这首诗不仅揭露了清廷在江南的苛政，还叙述了明朝功臣之后在易代之际的遭遇，揭露了驻守江南的清军犯下的滔天罪行。诗中"徐常旧赐庄"，说的是明朝开国功臣徐达和常遇春的府第，他们在明朝时受尽恩宠，享尽特权，"南国恩从赐荻洲"，但在清军南

_____

① [清]吴伟业著，李学颖标校：《吴梅村全集》，上海古籍出版社1999年版，第84—85页。

下时,这些往日功臣的后裔失去了故国的依靠,成为穷困潦倒的下层民众中的一员。所谓"金戈铁马过江来,朱门大第谁能顾",写尽了王侯之家的易代沦落。这首诗以先朝勋贵之家的易代遭际为普通百姓的苦难作了有力的对比和铺垫。正如诗中所言"休嗟百姓困诛求,憔悴今看旧五侯";另外,钟山皇陵如今也被亵渎。孝陵是明朝开国皇帝朱元璋的陵墓,昔日陵前的一草一木都被视为神圣之物,如今陵前的树木却被清军每日砍伐作为柴禾,令吴伟业痛心之极。

在清军征服中原各地的过程中,生产遭到严重的破坏,从华北各省到江南各地,到处都呈现出土地荒芜、人口流亡、满目凄凉的景象。清军南下途中,因军民反抗而举步维艰,便用残酷的屠城政策进行报复。徐州诗人万寿祺《鬼鸥》诗即揭露了清军在苏杭地区的暴行:"吴江十里飞尘埃,堤长日短营门开。杀人如麻二百日,骸骨累累高崔嵬。四面大湖尽葭荻,西风瑟瑟吹徘徊。沉樯破橹鬼聚哭,往往白昼生阴曀。⋯⋯去秋坑卒东莾址,今岁屠城西湖隈。"① 诗中描述了清军杀人如麻、尸骨累累的恐怖场景,悲愤之情溢于言表。

除了清军的残暴行径外,各地方武装因为得不到清廷及南明的有效控制也乘势兴起,呈现出武装派系林立的混乱局势。如当时横行广州的"九军"便是地方恶势力害民的典型例子。"九军"是顺治二年(1645)六月兴起于潮州揭阳一带的九股地方武装。从方志的记载看,这九股力量很可能是明中叶以来活跃于当地的山贼,因官方剿灭不力,以至于明清鼎革时期形成肆掠一方的军事

---

① [清]万寿祺著,余平整理:《隰西草堂诗集》,浙江人民美术出版社2019年版,第23页。

力量,地方士绅和大姓宗族是"九军"攻杀劫掠的重要目标。顺治三年(1646),"九军"攻破揭阳城后的所作所为更是令人发指。雍正《揭阳县志》记载:"(将人)钉锁于天中,以猛火燃迫至于皮开肉绽;掘坎于地下,以滚汤灌溃,至于体无完肤;多以纸浸油,男烧其阳,女焚其阴,异刑不能阐述。"① "九军"于顺治三年(1646)攻破揭阳县城后,有数十位揭阳士绅文人被杀害或者间接受害,其中被害乡绅许国佐是诗人陈衍虞的好友,听闻此难,陈作《过揭阳追哭故友许班王枢部二首》以寄追思,其一云:

> 当时计亦左,城陷不抽身。吾鼎良堪爱,山魈讵可邻。
> 盗终戕孝子,世遂丧奇人。酹尔风霜内,含悲采白蘋。②

　　潮州士人郭之奇一家也在"九军"攻陷揭阳后遭难。最终,揭阳地区"通县生员被杀七十余人,饥寒因以病故四十余人"③。郭之奇从揭阳城陷落到脱逃共计八十一天,其自称"为日九九",并作诗八十一首名《九九篇》,云"世事不堪逢九九,休言今日是重阳"④,以记遭遇。当时不论是清朝官兵还是抗清义军,豪强抑或盗匪,无不取用于民间,这致使处于各种武装势力之间的民众无所适从。再加上各方矛盾、冲突与王朝易代的动乱交织在一起,使得顺治时期的社会民不聊生。

---

① 《(雍正)揭阳县志》卷三,书目文献出版社1991年版,第310页。
② 张启龙:《明清鼎革时期广东地方武装研究》,暨南大学博士学位论文(2017),第56页。
③ 《(雍正)揭阳县志》卷三,书目文献出版社1991年版,第310页。
④ [明]郭之奇:《郭忠节宛在堂集·九九篇自序》,光绪三十四年刊本,第654页。

　　此外,顺治为对付郑成功而实施"迁海令",对东南沿海的人民生活造成极其恶劣的影响。"迁海令"是清廷针对郑成功军队实行的封锁政策,以杜绝郑军的后勤供应,这固然一定程度上遏制了郑军的发展,但对沿海地区民众的生活造成了极大的破坏。顺治十六年(1659),郑成功、张煌言率领舟师展开的长江战役虽然在南京城下遭到了重大挫折,但这个战役的政治影响却不可低估,显示了郑成功、张煌言为首的东南沿海义师还拥有雄厚实力,特别是大江两岸缙绅百姓的群起响应,使清朝统治者不寒而栗,他们感到当务之急是不惜代价切断义师同各地居民的联系。所以,在顺治十八年(1661),清廷断然决定实行大规模的强制迁徙政策,史称"迁海令"。"迁海令"强迫江、浙、闽、粤等省的沿海居民迁徙到内地,这使祖祖辈辈靠海为生的居民一下失去生路,广大沿海人民流离失所,无处寄身。扬州诗人汪懋麟的《无家叹》就是以一个家园被夺、亡命天涯的流民口吻,悲愤地揭露和控诉了清廷这项法令给当地人民带来的灾难:

> 有家有家在江洲,欲往归兮江水流。
> 江水横流不敢渡,漂我屋兮拔我树。
> 屋兮我所居,树兮我所息,
> 何为一旦苦相逼? 中野哀鸣泪霑臆。
> 仰视野鸟双双飞,林中有巢莫得归。
> 流离使我独辛苦,瞻彼四方谁乐土?
> 苍天不肯罢干戈,呜呼奈人无家何。①

---

① [清]汪懋麟撰:《百尺梧桐阁诗集》,《清代诗文集汇编》,上海古籍出版社2010年版,第348页。

张煌言是明清之际著名的抗清英雄,尽管他不以诗名,但在戎马倥偬之际,也创作了一定数量的直陈时事、反映现实的诗歌。如他的《辛丑秋,虏迁闽浙沿海居民。壬寅春,余舣棹海滨,春燕来巢于舟,有感而作》诗,也记载了当时清廷实行的"迁海"政策给沿海居民所带来的灾难:"去年新燕至,新巢在大厦。今年旧燕来,旧垒多败瓦。燕语问主人,呢喃泪盈把。画梁不可望,画舫聊相傍。肃羽恨依栖,衔泥叹飘飏。自言昨辞秋社归,比来春社添恶况。一片蘼芜兵燹红,朱门那得安无恙。最怜寻常百姓家,荒烟总似乌衣巷。君不见晋室中叶乱五胡,烟火萧条千里孤。春燕巢林木,空山啼鹧鸪。只今胡马复南牧,江村古木窜鼪鼯。万户千门徒四壁,燕来亦随檐上乌。海翁顾燕且太息,风帘雨幕胡为乎?"①"辛丑"即顺治十八年(1661),已经是明清易代的尾声了。此时郑成功已兵败退守台湾,清廷为从经济上围困郑成功,施行了"迁海"政策,即将福建、广东、浙江、江苏、山东、河北六省沿海及各岛屿的居民内迁三十至五十里,使沿海一带形成一个无人区,造成了东南沿海地区千里无鸡鸣的状况;再加上清军在驱赶居民内迁的过程中一路烧杀抢掠,导致沿海地区几成废墟。迁海令的施行,不仅给当时的社会经济带来严重恶果;而且,由于沿海空虚,海盗乘机活动,造成沿海社会治安恶化,百姓不得安宁。张煌言由海路还师浙江,北归途中见沿岸屋宇坍毁,不禁感慨万分,写下此诗。

相对于江南地区,北方地区由于一些当地头面人物的亲清倾向,是较早与清廷合作的地区,清初的大学士及六部尚书多是北人担任,但是底层老百姓的生活并没有因此得到改善。清初官至大学士的山东人刘正宗在顺治八年(1651)经过洛阳时,一路上目睹

_____

① [明]张煌言撰:《张苍水集》,上海古籍出版社1985年版,第155页。

洛阳的残破景象,写下《洛阳道中》一诗,描述了战乱给这个昔日繁华的古都带来的破坏:"重来过洛阳,萧瑟昔时陌。千室一逃亡,荆榛出败壁。但见野火余,片片旧垄黑。寒日照荒林,黄叶时弄色。逶迤逾连冈,云迷衰草白。行旅慎所投,应伤物役迫。"[1] 洛阳之萧条衰败,百姓千无存一,这些都使他感到非常痛惜,表现了对战火给人民带来伤害的沉痛之情。刘正宗还有一首《济上行》诗,语调更为沉痛:

> 百鸟皆有巢,群动各有匹。艰虞生不辰,满目一凄恻。
> 有客济上来,为我述荡析。絷累鬻道旁,云是捷功得。
> 初但贵红颜,后乃空原隰。红颜供余欢,老稚获赎直。
> 百年生聚地,千里涨荆棘。朝廷望拊循,吁嗟谁失职?
> 同是血气伦,不许恋蓬荜。芣楚古有谣,相对付啾唧。
> 非无东陵资,安堵正深壁。每读《舂陵行》,泪落沾胸臆。
> 眼前旌旗红,又向春明出。所愿念疮痍,无使生相失。[2]

这首诗更为深刻地揭露了清军的暴行,他们把掠夺来的无辜百姓当成商品售卖于道边。年轻妇女被当成了娱乐品供清军将士享乐,而老幼则标价出售,等待他们的家人来赎买。回望清军所过之处,本是人烟稠密的生聚之地,而今成了千里荆棘;这还没结束,眼前,红旗招展,军队又要出征了。为此,作者表现出了深深的忧虑,"所愿念疮痍,无使生相失"。再如,山东遗民诗人徐夜写于顺

---

① [清] 刘正宗撰:《逋斋诗》卷二,《四库未收书辑刊》捌集16册,北京出版社1997年版,第236页。
② [清] 刘正宗撰:《逋斋诗》卷一,《四库未收书辑刊》捌集16册,北京出版社1997年版,第129页。

治十年（1653）的一首名为《雨多急，民不堪命，忧思所及，作为此诗》，其诗云：“大官从天来，小邑若雷轰。数年积逋赋，一旦期取盈。安坐肆督避，鞭扑无停声。……昨者东村妇，躲匿抛孩婴。捉人俾代输，遗累邻舍丁。籽粒委场圃，半入他人铛。有地不自食，被以逃户名。吾人斯何罪，遭此暴敛征。伤哉无多言，群阴方横行。”①这首诗形象地揭露了清朝官吏横征暴敛使得百姓穷家荡产、骨肉分离的社会现实，是对统治阶级残暴统治的血泪控诉，堪比杜甫的“三吏”“三别”。河北诗人申颋也写有一首《哀流民》诗，读来令人凄惨满怀：

> 朔风吹枯蓬，数里闻号呼。行行见流民，狼狈纷路衢。
> 面上多尘土，身上无完襦。逢人跪告诉，欲语泪连珠。
> 岂不怀乡土，恐惧急征输。频年逢旱魃，原野尽焦枯。
> 即欲鬻男女，无人能养奴。盗贼食生人，官司笞瘦肤。
> 性命无由保，何暇念田庐。弃绝祖父坟，扶持兼妻孥。
> 所过州与县，贫苦略无殊。年荒禁令严，不许入城郭。
> 各村慎提防，不许栖檐庑。白日食草根，黑夜卧榛芜。
> 老稚不耐苦，沿途死沟渠。到此十余一，充肠半粟无。
> 自然死不免，或可缓斯须。言久气力绝，伏地但欷吁。
> 令我摧肺肝，欲去更踌躇。所愧书生囊，能得几青蚨。
> 人各给数文，聊为一食需。食已还复饥，更将之何都。
> 乐土知无地，流离徒崎岖。不见吾乡民，亦多远逃逋。
> 圣人握至治，备荒足仓储。赈济行天仁，诏下万汇苏。

---

① ［清］徐夜著，武润婷、徐承诩校注：《徐夜诗集校注》，山东大学出版社1997年版，第212页。

请为歌帝德,相劝返乡间。①

　　大量流民流落街头、挨冷受饿,想卖儿鬻女都无人收买,甚至出现人吃人的现象。在这种情况下,作者本人也是竭尽全力,慷慨解囊,但终是杯水车薪。最后,作者仍把希望寄托在君王身上,恳求皇帝能够怜悯百姓,赈灾行仁政。

　　清初叙事诗中这种"哀民生之多艰"的作品,不仅是对百姓命运的悲叹,更是对清初战乱的强烈谴责,其中寄托着诗人朴素的民本意识及民胞物与的仁爱精神,表现了士大夫关爱苍生、忧心黎庶的强烈社会责任感。

二、战乱中的女性

　　明清易代所引发的乱世,将处于那段时空中的每一个人都卷入其中,而女性更是无处可避、无路可逃。无论生与死,女性都是那个时代最为无辜却又最易受到伤害的群体,她们所承受的死亡、逃亡、屈辱较男性更为深重。

　　易代动乱之际,许多女性首先面对的就是死亡。顺治二年(1645),清军南下,到处烧杀抢掠,他们在扬州遭到了史可法的抵抗。城破后,清军进行了惨无人道的屠城,扬州城内的女性也受到了空前的摧残,一时间烈女辈出。许多女性为免受污辱,慷慨赴死。扬州诗人吴嘉纪有一首著名的《李家娘》诗,生动地刻画了一个不甘忍受清军凌辱而惨遭屠戮的少妇李家娘。吴嘉纪在诗前小序简略地述写了事情的原委:"乙酉夏,兵陷郡城,李氏妇被掠,掠者百计求近,不屈。越七日夜,闻其夫殁,妇哀号撞壁,颅碎脑出而

————————————

① [清]申颋撰:《耐俗轩诗钞》,《四库全书存目丛书》,齐鲁书社1997版,第437页。

死。时掠者他出，归乃怒裂妇尸，剖腹取心肺示人，见者莫不惊悼，咸称李家娘云。"① 李家娘的命运可说是战乱时代千千万万个妇女的一个缩影，其诗曰：

> 城中山白死人骨，城外水赤死人血。
> 杀人一百四十万，新城旧城内有几人活？
> 妻方对镜，夫已堕首；腥刀入箭，红颜随走。
> 西家女，东家妇，如花李家娘，亦落强梁手。
> 手牵拽语，兜离箛吹。团团日低，归拥曼睩蛾眉。
> 独有李家娘，不入穹庐栖。
> 岂无利刃，断人肌肤，转嗔为悦，心念彼姝。
> 彼姝孔多，容貌不如他。
> 岂是贪生，夫子昨分散，未知存与亡。
> 女伴何好，发泽衣香，甘言来劝李家娘。
> 李家娘，肠崩摧，簪挺磨灭，珠玉成灰。
> 愁思结衣带，千结百结解不开。
> 李家娘，坐军中，夜深起望，不见故夫子，
> 唯闻战马嘶悲风；又见邗沟月，清辉漾漾明心胸。
> 令下止杀残人生，寨外人来，殊似舅声。
> 云我故夫子，身没乱刀兵。恸仆厚地，哀号苍旻！
> 夫既殁，妻复何求？脑髓与壁，心肺与雊。
> 不嫌剖腹截头，俾观者觳觫似羊牛。②

---

① [清]吴嘉纪著，杨积庆笺校：《吴嘉纪诗笺校》，上海古籍出版社1980年版，第208页。
② [清]吴嘉纪著，杨积庆笺校：《吴嘉纪诗笺校》，上海古籍出版社1980年版，第208页。

　　诗中还写到与李家娘同时被掠而忍辱偷生的妇女,她们虽未遭屠戮,身心也倍受蹂躏:"若羊若牛何人? 东家妇,西家女。来日撤营北去,驰驱辛苦。鸿鹄飞上天,麇兔不离土。乡园回忆李家娘,明驼背上泪如雨!"① 战乱为祸之烈,妇女命运之苦,实在惊心动魄,惨不忍言。无论生者还是死者,她们都是兵难的牺牲品。

　　扬州城破,涌现出不少像李家娘这样的烈妇。黄宗羲的长篇叙事诗《卓烈妇并序》,就记录了城破时一位卓姓妇人身死故国的壮烈事迹。诗前有序如下:"烈妇为广陵诸生钱公颖女,年十七,归前指挥卓焕,焕字文伯,其先忠贞公,死逊国难,族诛,公之子有逸去者,至宣德朝事觉,其时禁网稍宽,得戍广宁卫,是为焕二世祖,至三世祖,以军功累官指挥使,焕袭祖职。逮广宁陷,徙居扬州,随督辅史公可法守城。乙酉夏四月,扬州郡城将陷前一日,烈妇曰:'城陷必屠,妇女不能免辱,孰若先死?'焕止之。谋匿复壁,烈妇不可,抱三岁儿奔后园,家人追之,烈妇急抱儿跃入池死。时焕之姑适王氏者少寡,归宁于家,亦跃入,焕未字之妹二,幼弟三,亦皆跃入。呜呼,烈妇一言,未亡之人,未嫁之女,孩提之童,一时感愤激烈,相率从死,真可慨也。吾友萧山王自牧作传,甚详其事,余为赋诗四章。"其诗曰:

一

　　兵戈南下日为昏,匪石寒松聚一门。
　　痛杀怀中三岁子,也随阿母作忠魂。

①[清]吴嘉纪著,杨积庆笺校:《吴嘉纪诗笺校》,上海古籍出版社1980年版,第208页。

二

无数衣冠拜马前，独传闺阁动人怜。

泪罗江上千年泪，洒作清池一勺泉。

三

问我诸姑泪乱流，风尘不染免贻羞。

一行玉佩归天上，转眼降幡出石头。

四

王子才华似长卿，断肠数语写如生。

至今杜宇声声血，还向池头叫月明。①

　　黄宗羲对乱世之中能洁身守志的女性给予了高度的赞扬，他为不少节妇烈女作碑传、墓铭并以诗歌咏之。在黄宗羲的笔下，有刚健英烈的宁武总兵官周遇吉之妻，有被北兵所执直接咬断北兵一根手指而被杀的诸生俞铎之妻，有为了不让丈夫牵挂不能瞑目于是选择自缢的左春坊左中允刘理顺之妻妾等。黄宗羲表彰这些烈妇有两方面的意义：一是通过对这些节烈妇女的表彰，而达到颂扬忠烈、有补于世道人心的目的；另一方面，也意在讽刺明清易代之际一些变节之人——堂堂男儿还不如文弱女子有节操。正因如此，作者以闺阁女子的忠义气节映照衣冠拜马者的丑陋无耻，让那些平时高冠危坐、满口仁义道德的士大夫能感惭而雄起。卓尔堪的《遗民诗》收录了时人黄遜的同题《卓烈妇》诗，可与黄诗互为补充："乙酉围扬州，城门一月闭。丁壮死城头，老弱哭街市。烈妇语其夫，请君从此逝。不见高杰兵，杀掠无巨细。况兹雄师来，后先

①［清］卓尔堪编，萧和陶点校：《遗民诗》，华东师范大学出版社2013年版，第65页。

皆铁骑。忆昔结发时,双双坐罗绮。池上两鸳鸯,见之娇不起。如
今张网罗,反复迷天地。雄飞雌必随,雌在雄反累。所有周岁儿,
地下为君乳。城角一声裂,城内兵四至。遣夫前出门,驱家后园
避。白发夫长姑,黄口夫诸弟。小姑两齐眉,掌珠抱者是。共妾为
八人,所去唯夫婿。妾身不可污,兵刀一何利。长幼聚一堂,缓急
权大义。夫婿园中池,夫婿池中水。池中自有天,藏我蛾眉丽。一
跃妇与儿,再跃长姑继。三跃双小姑,四跃无遗类。生愿相从生,
死愿相从死。清波激其上,明月枕其底。不闻门外兵,杀人如屠
豕。"① 此外,还有范光阳《殷仲会妻范氏殉节诗》、高时显《江阴黄
烈妇》等,都将女性置于战争之中来描写。残酷的战争中女性为保
节操,慷慨赴死,生命的瞬间陨落,尤显悲壮。方文的长篇叙事诗
《大明湖歌》虽然叙述的是山东左布政使张秉文的忠烈事迹,但其
中有一大段记载了其妻方氏(方文堂姐)与一妾投水而死的壮烈场
面,表现了作者由衷的敬仰之情。诗人钱澄之的妻子方氏出身书
香门第,乱世之中她早怀死志,后在逃亡途中殉节。她留下了一首
《绝命诗》:

　　女子生身薄命多,随夫飘荡欲如何?
　　移舟到处惊兵火,死作吴江一段波。②

　　方氏死前留下的《绝命诗》是缝于衣物中的,可知她为随时
可能降临的死亡做好了准备。为了死后为人发现时保全名誉,她

①［清］卓尔堪编,萧和陶点校:《遗民诗》,华东师范大学出版社 2013 年版,
　　第 456 页。
②钱仲联主编:《清诗纪事》,凤凰出版社 2004 年版,第 3887 页。

还特意提前嘱咐其儿曰："一旦遇兵即赴水死，毋令人剥衣露体耳。"[1] 在钱澄之自己的记载中，他是从其子衣物中得到妻子的《绝命诗》的，其子转达了母亲最后的言语："异时使汝父知我志耳。"[2] 其"志"便在死节。这些烈女节妇体现了对中国传统道德的坚持与捍卫。身处动荡之际的女性以生命作为代价，她们和当时的忠臣烈士一样，从根本上体现了一种忠义的气节。

　　清初除了文人所写的这些表彰节妇的诗作外，还有女性自己写作的《绝命诗》留传下来，反映了女性面对死亡时所独具的细腻情感与复杂心态。如一位杜姓节妇的《绝命诗》曰：

　　　　不忍将身配满奴，亲携酒饭祭亡夫。
　　　　今朝武定桥头死，留得清风故国都。[3]

　　诗前有编者序，"明亡后清兵入燕京，有杜氏妇，夫早死，色美丽，性淑静，不苟言笑，为一兵所见，掳之去，欲污之。妇曰：待我祭亡夫后乃从尔。兵信之，妇携酒饭至武定桥哭奠，赋诗云云。遂跃入河中而死"。[4] 从这段记载来看，杜氏是一位性格淑静、容貌美丽的女性；夫死而守节，表明了她是一位深受礼教熏陶的女性。其《绝命诗》中虽有"亡夫""故国都"等数语以抒发其对自我遭际的悲悯，但夫死国亡，杜氏却并未随之殉身，真正迫使她投水而死的

---

① [清]钱澄之著，彭君华校点：《田间文集：先妻方氏行略》，黄山书社 1998 年版，第 567 页。

② [清]钱澄之著，彭君华校点：《田间文集：先妻方氏行略》，黄山书社 1998 年版，第 567 页。

③ 钱仲联主编：《清诗纪事》，凤凰出版社 2004 年版，第 3892 页。

④ 钱仲联主编：《清诗纪事》，凤凰出版社 2004 年版，第 3892 页。

是诗中最后两句"今朝武定桥头死,留得清风故国都",是为了保住自己清白之身而不得已的抉择。再如被清兵掠掳后自缢的广东女子李氏,临终前有诗云:

> 恨绝当时步不前,追随夫婿越江边!
> 双双共入桃花水,化作鸳鸯亦是仙! ①

屈大均在《广东新语》中说:"昧其辞,其夫必先自沉者。"② 可能出于求生的欲望,李氏没有立即追随丈夫自沉,直至再度遇兵时方选择了守节而死;诗中还对自己当初没有与夫同死而表现出深切的悔意。还有一位赵姓女子,在鲁王兵败、清兵入城时,不甘受辱,留下一首题于衣间的绝命诗后投水而死。其诗云:

> 鼓鼙满地不堪闻,天道人伦那足云?
> 听得睢阳空有舌,裙钗只合吊湘君。③

明清时期的女性接受教育的程度较高,尤其是受过儒家思想熏陶的女性,在面临死节之事时也会产生为国捐躯、杀身成仁的想法,她们的死也有着如男子那般忠于国家、不肯投降于外族的英勇忠烈。如杜小英的《绝命诗》之十便是这般地言辞豪迈:

> 图史当年强解亲,杀身自古欲成仁。

---

① [清]屈大均撰:《广东新语》卷八,中华书局 1985 年版,第 266 页。
② [清]屈大均撰:《广东新语》卷八,中华书局 1985 年版,第 266 页。
③ 钱仲联主编:《清诗纪事》,凤凰出版社 2004 年版,第 3892 页。

　　簪缨虽愧奇男子,犹胜王朝共事臣。①

　　诗中表达其求死的决心时,展现了不输于殉国志士的英雄气魄,也饱含对偷生贰臣的谴责之意。时人计六奇在《明季南略》中道:"读至卒章'杀身''犹胜'等语,则非闺秀口角,俨与文山争烈矣!"② 在国破家亡之时,每个人都面临着生死拷问,是舍生取义?还是苟且偷生? 这些明清易代之际的女性没有屈服和畏惧,而是选择以死坚守民族的气节。每个人都珍惜自己的生命,因为它只有一次,有些女性在诗中也表现了她们内心深处的矛盾与纠结,以及在情感、道德和欲求相互缠绕交织之间的徘徊。如扬州城陷时,一张姓女子被掳至金陵,后投江而死,临终前留下绝命诗曰:

　　　　深闺日日绣鸾凰,忽被干戈出画堂。
　　　　弱质难禁罹虎口,只余魂梦绕家乡。

　　　　碎环祝发付东流,吩咐河神仔细收。
　　　　已将薄命拼流水,身伴豺狼不自由。③

　　又如一江阴女子,在江阴城失守后,题诗城墙,从内容上看应该也是临终之前的绝命诗。其诗如下:

---

① 钱仲联主编:《清诗纪事》,凤凰出版社 2004 年版,第 3892 页。
②[清]计六奇撰,任道斌、魏得良点校:《明季南略》卷十四,中华书局 1984年版,第 446 页。
③[清]计六奇撰,任道斌、魏得良点校:《明季南略》卷三,中华书局 1984 年版,第 207、208 页。

　　腐胔白骨满疆场,万死孤城未肯降。

　　寄语路人休掩鼻,活人不及死人香。①

　　明清易代之际,对于女性来说是一个极尽恐怖与艰难的时期。除了那些慷慨赴死者,也有不少女性在乱世中挣扎求生,然而生亦难矣;尤其对于弱质红颜来说,苦苦挣扎中亦能看出时代赋予她们的悲苦命运。一位名为宋蕙湘的弘光宫人,南京城破,她没有殉节而死,而是被掳北行。临行之时,她作题壁诗三首,抒发自己身不由己的遭际,同时又隐含一丝希望:"风动江空羯鼓催,降旗飘飏凤城开。将军战死君王系,薄命红颜马上来。""广陌黄尘暗鬓鸦,北风吹面落铅华。可怜夜月箜篌引,几度穹庐伴暮笳。""盈盈十五破瓜初,已作明妃别故庐。谁散千金同孟德,镶黄旗下赎文姝?"②

　　乱世之中,女性更比男性面临了多一重的威胁,即对其身体与人格的侮辱。如果不能义无反顾面对死亡,那唯一的选择就是屈辱地活下去。与民间节烈妇人相比,一些出身高贵的女性选择了忍辱苟活这条路。她们有的是富贵大户人家的千金小姐,有的甚至是勋臣侯王的贵妇皇妃。如陈祚明有《皇姑行》一诗,就描写了易代之际一位原来高贵的郡王妃成为地位低下士兵妻的遭遇:

　　隆准王孙数不忆,时移姓改耕田食。

　　楚王之后三户身,东海为渔使人识。

① 福建师范大学古典文学教研室选注:《清诗选》,人民文学出版社 1984 年版,第 26 页。

② 钱仲联主编:《清诗纪事》,凤凰出版社 2004 年版,第 3916 页。

将妻织履夜黄昏，火鼓追呼吏到门。

龙泉饮血委黄土，被驱玉貌生啼痕。

双颊惨桃花，双眉羞柳叶。

昔日郡王妃，今朝俘卤妾。

司农署里日纷纷，没入姬人千百群。

赐予功臣为从婢，给将荒塞配边军。……①

　　陈祚明，字胤倩，浙江仁和人，是清初诗人兼诗文选家，有诗歌选评本《采菽堂古诗选》传世。他诗中这位出身高贵的"郡王妃"在战乱之后沦落为低贱的俘虏妾，身份地位的巨大反差，令人不胜唏嘘；还有一些贵族女性，她们或被赐予功臣为婢，或被配予边军为妻，下场都很悲惨，表现了动乱时代上层妇女的不幸命运。她们平时养尊处优，一旦国变，往日尊荣不复存在，又没有勇气以死全身，只能忍辱苟活。这样的事情在明清易代之际绝非个别，而是比较普遍的现象。曾担任清廷贵州巡抚、云南左布政使的诗人彭而述有一首《邯郸行》诗，就是一首描绘动乱中女性命运的优秀长篇。其诗前有小序："乙未（顺治十二年，1655）仲秋，骑马邯郸，呼女郎涂佐觞。询及知为江右名族，以金变流徙如燕为兵子妇，后兵子阵没，再传乃至此。噫！伤已然！顷年来，吴楚闽粤如此类亦复不少，予为挑灯记其事，作邯郸行。噫！独悲一女子乎哉？"其诗云：

八月廿三邯郸城，秋风黄沙马头生。

邯郸有女南城里，菡萏欲吐朝霞明。

---

① 钱仲联主编：《清诗纪事》，凤凰出版社 2004 年版，第 185 页。

依违向我欲有言，微见衣褶旧泪痕。
郎当似属不得意，落叶满庭坐黄昏。
为问女郎年几许，爷娘更是某乡土。
如何流转值此中，更向邯郸学歌舞。
几番欲说且逡巡，羞将姓字向人闻。
古来生女良足悲，未详本贯泪先垂。
吴头楚尾是妾乡，南昌故郡傅家郎。
父母生我年十六，等身刚与阿嫂长。
阿翁远作岭南客，阿母深闺头半白。
流苏帐里绣鸳凰，摽梅未赋莫雁阙。
将军姓金名声桓，激变全由獬豸冠。
公然跋扈生割据，欲将洪都抗长安。
洪都城内百万家，城头半载闻吹笳。
犹记北军破城日，旌阳观里尸如麻。
惟有红颜多薄命，纵横紫驼踏晓镜。
曳红拖绿无哭声，鼓角报入庐山磬。
将军掠我入氊屋，手执乳酪倾一斛。
双桨直入琵琶洲，闻得长官喜杀戮。
娇身随营渡秦淮，戈船又向广陵开。
明眸暗湿青淄道，蛾眉浪卷天津来。
燕市十月大风雪，贱妾马上声哽咽。
……

云中一旦干戈起，债帅乃是姜家子。
河东泽潞黑云横，上谷渔阳筑战垒。
长官奉命又出师，手挽弧矢竟不归。
阿兄卖妾狭斜巷，倚门忍作青楼姬。

去冬转徙邯郸道,香阁日把双蛾扫。

……

揭来今日遇使君,胡琴欲奏不敢闻。

倘得窃附红拂去,人间省得苏小坟。

此言未已潸潸泣,华裀珠襦一时湿……①

　　这首诗叙述了作者在邯郸城中遇到一位歌女,以歌女之口叙述出清初两场战乱给百姓带来的灾难。这两场战乱即"金声桓之乱"与"姜瓖之乱"。金声桓,字虎臣,陕西榆林人,本来是左良玉军中将领,后跟从左良玉子左梦庚降清,任江西总兵,驻守南昌,顺治五年(1648)闰三月,因愤清廷封赏太薄,金声桓与部将王得仁在南昌反正归明。次年二月,南昌被清军攻破,金声桓投水而死。清军进入南昌城大肆屠杀抢掠,"犹记北军破城日,旌阳观里尸如麻"。姜瓖,崇祯时任大同总兵,后投降李自成大顺政权,李自成兵败后又降清。后随阿济格进兵征伐山西、陕西,封为统摄宣化、大同诸镇兵马的将军。但是姜瓖对清朝统治者崇满歧汉政策心怀不满,又值江西金声桓、广东李成栋反清归明气势正旺。于是,顺治六年(1649)姜瓖自称大将军,占据大同起义反清。后清兵攻打大同,姜瓖被部将杨振威所杀,清军入城照例屠杀抢掠。全诗以第一人称口吻写出,借一女子的身世浮沉,映照出乱世中战争对个体生命的摧残,以小见大,整个艰难时世也显露无遗,正如诗前小序末句所言,此诗实不止"独悲一女子"。

　　相同题材的还有刘易的《邯郸才人嫁为厮养卒妇》诗。咏南

_____

①［清］彭而述撰:《读史亭诗集》卷七,《清代诗文集汇编》,上海古籍出版社2010年版,第2页。

京沦陷后福王宫女的流离生活："锦衾犹未暖,华屋已生烟。耻作秦宫人,流落归市廛。"① 一个"耻"字尽显女子的故国情思,悯国难,存志节。"日夕望故宫,悽然双泪沱"②,难以抚平的悲痛追加在日日流落的遭际之上,柔弱的女子唯有借着对故宫的遥望,黯然垂泪。施闰章也有一首《邯郸才人嫁为厮养卒妇》:"委作沟中泥,宁为箧中扇。扇弃犹自可,泥污谁忍见? 宿昔倾城姿,窈窕称邦媛。佩玉珥明珰,挟瑟侍欢宴。春华辞旧枝,荣悴中途变。未能自决绝,摧颓就鄙贱。洗妆卧委巷,夜梦犹广殿。卷舌怀故恩,愿化堂前燕。"③ 同类题材的还有福建人李世熊的《闻说马上俘妇》一诗,该诗笔墨集中于清兵入闽所施行的灭绝人性、于街市上淫掠妇女的暴行:

> 人似明珠马似龙,褰鞭遥指杏花中。
> 市边帘舞香回酒,骑后胡催骤入风。
> 颭罩半枝金杏粉,垂裙一派石榴红。
> 汉家画史今如在,再榻明妃控玉骢。④

　　清兵霸道地闯进街市旁边的房舍,屋帘翻飞,酒店里被撞倒的酒水还在弥漫出香气,而清兵掳掠的行为已经完成。美丽的女子

①［清］卓尔堪编,萧和陶点校:《遗民诗》,华东师范大学出版社2013年版,第602页。
②［清］卓尔堪编,萧和陶点校:《遗民诗》,华东师范大学出版社2013年版,第602页。
③［清］施闰章撰:《施愚山先生学余文集二十八卷施愚山先生学余诗集五十卷》,《清初诗文集汇编》,上海古籍出版社2010年版,第264页。
④ 邓之诚撰:《清诗纪事初编》,中华书局1965年,第285页

被俘至马上，清兵策马扬长而去，这首诗逼真地再现了清兵掳掠百姓、欺凌妇女的罪行。顺治二年（1645）七月十四日，清兵攻陷常熟，顾炎武嗣母王氏绝食半月，以身殉国，遗命顾氏读书隐居，无仕二朝。其后顾炎武再次投身抗清战斗，他将自己这段抗清经历的所见所感写进了《秋山》组诗中。此诗所记载的历史事件非常丰富，其中写到清军对江南女性的掠掳："秋山复秋山，秋雨连山殷。昨日战江口，今日战山边。已闻右甄溃，复见左拒残。旌旗埋地中，梯冲舞城端。一朝长平败，伏尸遍冈峦。北去三百舸，舸舸好红颜。吴口拥橐驼，鸣笳入燕关。昔时郐鄃人，犹在城南间。"①在这组诗中，顾炎武以绵亘的秋山、凄冷的秋雨、鲜血般殷红的山色，营造了一种悲凉的氛围。"昨日战江口"，指江阴典史陈明遇率众守城之战。据《明史·阎应元传》："闰六月朔，诸生许用倡言守城，远近应者数万人。典史陈明遇主兵，用徽人邵康公为将，而前都司周瑞龙泊江口，相掎角。战失利。"②"今日战山边"，是指吴淞总兵吴志葵守金山之战。"已闻右甄溃"中"右甄"指军队的右翼。《晋书·周访传》载："使将军李恒督左甄，许朝督右甄。""复见左拒残"中的"左拒"指军队的左翼。这二句写南京城陷后昆山的战事。接下来的"一朝长平败，伏尸遍冈峦"二句，指的是清军对江南人民血腥的大屠杀。长平，古城名，故址在今山西高平西北。公元前260年，秦将白起大破赵兵，坑杀战俘四十余万于此，史称"长平之战"。诗中借指江阴、昆山、嘉定等地战败后，清兵屠戮百姓，制造了血腥的江阴大屠杀、嘉定三屠等惨案事。"北去三百舸，舸

---

① [清]顾炎武撰，华忱之点校：《顾亭林诗文集》，中华书局1983版，第266页。
② [清]张廷玉等撰，中华书局编辑部点校：《明史》，中华书局1974年版，第7100页。

舸好红颜"两句最为形象生动揭露了清军对江南妇女掠夺的人数之多、年龄之轻。另据《嘉定屠城纪略》:"妇女寝陋者,一见辄杀,大家闺秀及民家妇女有美色,皆生掳。白昼宣淫,不从者,钉其两手于板,仍逼淫之。嘉定风俗,雅重妇节,惨死无数,乱军中姓氏不闻矣! 七月初六日,成栋拘集民船,装载金帛女子及牛马羊等物三百余艘,往娄东。"① 当时清兵所到之处,将掳掠汉族女子尽数北去,屈大均《广州吊古》诗中有"无多越女留炎徼,不断明妃去紫台"的描写。

河北诗人申涵光虽然与张盖、殷岳等友人隐居山林之中,但对于清廷在征服全国的过程中所犯下的血腥罪行并未熟视无睹,他的不少诗作都记述了清军对百姓的残害蹂躏,包括对女性的摧残。如他的《燕京即事》组诗云:

其六

山前兔急雁飞号,黑雾黄尘落氅袍。

猎罢归来催夜饮,江南少妇解弓刀。

其八

日暮垂鞭过画楼,市旁舞女木棉裘。

歌声尚带殊方语,半是扬州半潞州。

其九

郊外香车锦作帏,顺城门下马争飞。

独怜贫女无颜色,拾得残蔬首戴归。②

---

① [清]留云居士辑:《明季稗史初编》,上海书店1988年版,第277—278页。

② [清]申涵光撰:《聪山集》卷八,《清代诗文集汇编》,上海古籍出版社2010年版,第66页。

　　这首诗描写了三种不同类型的妇女的遭遇：第一种是被清廷贵族从江南掠来当作家奴使唤的女性；第二种也是从南方掳掠而来，被迫从事卖笑生涯的舞女；第三种未写明是哪里人，或是被清兵掠来而流落街头的妇女，或是本来就在北方的贫苦人家的妇女，她们靠拾捡别人的残蔬为生。清军铁蹄踏入中原，所到之处烧杀抢掠、无恶不作，男子尚可奋力逃命，可怜那些柔弱年轻的女子，等待她们的只有被掠掳、被摧残的命运。金陵诗人纪映钟有一首名为《女姬姜》的诗作，记述了清初买卖妇女的恶行：

> 女姬姜，买自漳。
> 去袒衣，肤筑脂。
> 着眼看，无疤痍。
> 买如一犊，卖得一斛！　①

　　来自漳州的妇女被脱去贴身的衣服，让买主察看皮肤，这是极大的人格侮辱！这还不算，卖主还自艾自怨赔钱了："买如一犊，卖得一斛。"买来时是一头小牛的价格，卖出时只价值一斛米。这种买卖妇女的不幸之事，太平时一般不会发生，只有在战乱中，妇女才被当作胜利品任人宰割，如诗中的女姬姜就被人像物品一样到处转卖。纪映钟还有一首描写战乱中女性命运的诗作，名为《三泣妇》。这三位妇女的丈夫在战乱时节做了贼，于是被"黄堂唤官媒，变价充兵食"。三个妇女，价格不一，"一妇五贯赢，一妇十贯抑。一妇稍姿容，白金一镮直"②。之后的生活更加屈辱不堪，上级官府

---

① 邓之诚撰：《清诗纪事初编》，中华书局1965年版，第20页。
② 邓之诚撰：《清诗纪事初编》，中华书局1965年版，第20页。

来指示,估价不实,就又将她们幽禁起来。"大府羽书来,估价不以实。仍驱入幽室,不得见天日。"① 以上诸诗中所记述,均是作者自己的亲见亲闻,可称为时代的真实记录,也是战乱中妇女命运的真实写照。

战乱中的另一类妇女命运更是离奇曲折。如时任清刑部主事的安徽诗人施闰章于顺治八年(1651)所作的《浮萍兔丝篇》一诗,就讲述了两个动乱中女性离奇的遭遇。此诗前有序:"李将军言:部曲尝掠人妻,既数年,携之南征,值其故夫,一见恸绝。问其夫,已纳新妇,则兵之故妻也。四人皆大哭,各反其妻而去。予为作《浮萍兔丝篇》。"其诗曰:

> 浮萍寄洪波,飘飘东复西。兔丝胃乔柯,袅袅复离披。
> 兔丝断有日,浮萍合有时。浮萍语兔丝:离合安可知?
> 健儿东南征,马上倾城姿。轻罗作障面,顾盼生光仪。
> 故夫从旁窥,拭目惊且疑。长跪问健儿:"毋乃贱子妻?
> 贱子分已断,买妇商山陲。但愿一相见,永诀从此辞。"
> 相见肝肠绝,健儿心乍悲。自言"亦有妇,商山生别离;
> 我戍十余载,不知从阿谁? 尔妇既我乡,便可会路岐"。
> 宁知商山妇,复向健儿啼:"本执君箕帚,弃我忽如遗。"
> 黄雀从乌飞,比翼长参差。雄飞占新巢,雌伏思旧枝。
> 两雄相顾诧,各自还其雌。雌雄一时合,双泪沾裳衣。②

---

① 邓之诚撰:《清诗纪事初编》,中华书局1965年版,第20页。
② [清]施闰章撰,何庆善、杨应芹点校:《施愚山集》,黄山书社2018年版,第12页。

　　此诗以长篇乐府歌行的形式,用浮萍、兔丝及黄雀作比,叙述夫妻离合遭遇,以此折射战争给人民带来的苦难。

第三节　顺治朝的党争

　　党争一直是明朝的一个痼疾,它一直伴随到明朝的灭亡,降清的一些汉官又把它带到清廷,再加上清初统治者对汉官集团的利用策略,致使顺治朝南北党争形成,其具体表现为南方籍降清官员与北方籍降清官员之间的权力斗争。据邓之诚先生在《清诗纪事初编》一书中考证,清初朝廷之上:"是时有南北党之争,北人冯铨、刘正宗为之魁,南则名夏及陈之遴也。"[1]南党的官员大多有东林党、复社的背景,而北党的一些官员则与阉党有不少关联。北党的党魁冯铨是河北涿州人,曾名列魏忠贤阉党的名单,并且是主要干将;南党的党魁陈名夏是东林党的后裔、复社的名士;冯铨纠合的多是北方魏党的余孽,陈名夏所联合的多系东林的子孙;两党有传统上不能合作的根源,造成朝廷中南北各亲其亲、各友其友的局面。

　　清初南党与北党之争,是清代政治史上的大事之一,表面看南北党争是前明阉党与东林、复社斗争的延续,实质上则具有满汉相争的意味,带有民族矛盾的色彩。孟森先生曾在《心史丛刊》中描述过清初的政局:"满汉水火,而汉之无耻者又欲借满以倾汉,倾汉以结满。"[2]其中结满排汉的大多为北方汉官,后来南党的领袖陈名夏就是被满洲贵族宁完我与北党的冯铨、刘正宗联手置于

---

① 邓之诚撰:《清诗纪事初编》,中华书局1965年版,第490页。
② 孟森著:《心史丛刊》,中华书局2006年版,第41页。

死地。对于南北党争,双方可说是两败俱伤。当然,从最终结局上看,南党受打击程度更重,这与清廷抑南扶北的政治态度有关。虽说两党较为重要的争端皆由科道官弹劾而起,但最高统治者的抉择才是决定争端走势的根本性力量。顺治初年,多尔衮当政,他向来偏袒北方汉族地主而压制江南士大夫。所以在顺治早期,基本是北党较为得势,南党处于下风,这从顺治初年朝廷重要部门的人员安排中可以看出来。清初首任大学士冯铨、宋权均为北党成员。两人不只是儿女亲家,在政事上也是互通声气。持同一立场的还有六部尚书中的谢启光、李若琳、党崇雅、刘余祐等,他们均为冯铨一党。顺治朝的"重北抑南"政策从顺治二年(1645)清廷对弹劾冯铨案的处理可看出来,这也是入清以来南北党争的第一次交锋。

顺治二年(1645)二月,南党成员御史吴达弹劾冯铨:"今日用人皆取材于明季,逆党权翼,贪墨败类,此明季所黜而今日不可不黜。"① 吴达的弹劾主要从冯铨曾经投靠魏忠贤阉党的往事着手,弹劾没有得到多尔衮的回应;八月初,吴达再次弹劾冯铨,他分别从"贪污""结党""擅权"三个方面对冯铨进行严厉的抨击。奏疏呈上,力请罢黜冯铨,多尔衮认为冯铨等人率先剃发,忠诚勤勉有功于朝廷,冯铨一党的孙之獬甚至"举家男妇,皆效满装"②,因而指责吴达等人的弹劾是结党谋害。多尔衮对冯铨不但不予追究惩处,反而抓住弹劾冯铨的南党中一位重要人物龚鼎孳曾投降李自成一事大作文章。龚鼎孳(1616—1673),字孝升,号芝麓,合肥人,崇祯七年(1634)进士,在明官至兵科给事中。崇祯十七年

---

①《御史吴达题参冯铨本》,《历史档案》1981年第4期。
②《世祖章皇帝实录》卷二十,中华书局1985年版,第177页。

（1644）的甲申之变时，龚鼎孳降于李自成大顺政权，授直指使。五月清军入关后，龚鼎孳再仕于清廷，被授原职，时任吏科右给事中。龚鼎孳在弹劾冯铨的疏奏中有"冯铨乃背负天启、党附魏忠贤作恶之人"之语，冯铨随即反唇相讥，指出龚鼎孳曾任职李自成的大顺政权一事："忠贤作恶，故尔正法。前此铨即具疏，告归田里。如铨果系魏党，何为不行诛戮？又何为不行治罪？流贼李自成，将我故主崇祯陷害，窃取神器，鼎孳何反顺陷害君父之李贼，竟为北城御史。王曰：'此言实否？'鼎孳曰：'实。岂止鼎孳一人，何人不曾归顺？魏徵亦曾归顺唐太宗。'王笑，曰：'人果自立忠贞，然后可以责人。己身不正，何以责人？鼎孳自比魏徵，以李贼比唐太宗，殊为可耻。似此等人，何得侈口论人。但缩颈静坐，以免人言可也。'"①南党官员这次对冯铨的弹劾以全面失败告终。一些弹劾冯铨的南方籍官员如龚鼎孳、许作梅、庄宪及御史桑芸等人，相继因此事被罢黜或降级；冯铨却被多尔衮温语褒奖，赏赐有加。客观地讲，南方众科道官员群起弹劾冯铨与明末党争或多或少存在一定的联系，其间指控也多风闻，并无实指，但多尔衮偏袒冯铨并极力为其剖白却是再明显不过。这场风波过后，冯铨为首的"北党"在清廷汉官集团中占据比较显赫的地位。

　　清初近二十年，清廷对江南士民都是实行严厉的打压政策。这主要是因为清廷在强力推行满化措施时，江南民众的反应更为激烈。如顺治初年颁布的剃发令，就导致了江南士民大规模的反抗运动，使清军受到了一定程度的打击，延缓了统一中国的进程。为此，清廷对江南耿耿于怀，连续在江南地区兴起"奏销""通海""明史"三大狱，对南方籍士民进行了严格的防范，并给予他们

①《清世祖实录》卷二十，中华书局1985年版。

严厉的打击,在朝的南党官员自然也在防范之列。顺治一朝,南北党官员虽然都属汉官集团,但其政治立场却有根本性的分歧。以冯铨为首的北党等人对清廷一味迎合,最先倡言剃发的都是北党之人,如冯铨、李若琳、孙之獬等;而南党中士人则大多出于文化的责任感敢于向朝廷提出异议,表达自己的意见,而不是一味附和清廷论调。在清初政治文化秩序的确立过程中,南党官员在一定程度上与清廷展开了博弈,他们希望维护传统汉民族文化习俗,劝说入主中原的满洲贵族能在汉官的启发影响下接受儒家学说。冯铨、刘正宗等人归附后,不只为清政府献计献策,对清廷稳固在北方的统治有不可忽视的作用,甚至在某些领域成了清朝统治者的先锋官。比如冯铨的死党孙之獬,主动剃发,并上奏顺治皇帝:"陛下平定中国,万事鼎新,而衣冠束发之制,独存汉旧,此乃陛下从中国,非中国从陛下也。"① 之后清廷准其奏议,向全国范围内强行推广剃发令,使广大民众尤其是江南民众饱受其害,数百万生灵涂炭;而南党的领袖陈名夏则因主张"留发、复衣冠"而被杀,南北党人的不同政治立场可见一斑。凡此种种,多尔衮及满洲贵族的天平自然向北党倾斜。顺治八年(1651),顺治帝亲政,南党开始崛起,逐步改变其劣势地位,这与顺治帝打击多尔衮残余势力有很大关系,同时也是顺治帝利用汉官矛盾以平衡满汉关系、防止汉官势力过度扩张的重要手段。由于冯铨一党受到多尔衮的恩宠过多,势力不断增强,顺治帝一度下令将其罢黜,并将北党的一些官员免职,使得冯铨为首的北党势力在朝中受到严重打击;与此同时,南党的势力开始抬头。但随着南党陈名夏等人势力的膨胀,再加上南方士人在一定程度上继承了明末东林党和复社的结党倾向而受

① 徐珂编撰:《清稗类钞》,中华书局 2010 年版,第 6172 页。

到顺治帝的防范。顺治帝对朝廷官员结党一直特别反感,并常常警惕此类事件发生,后来"任珍案"的发生给顺治帝一个清理南党的借口。任珍时任陕西西安镇总兵,因为擅杀宗属多人,受到刑部审讯,论死。再议时,满洲官坚持原议,而以南党中陈名夏、陈之遴等为首的二十七名汉官则一致反对处死任珍,引起顺治帝的猜疑,怀疑以陈名夏为首的二十七名汉官在此问题上声气相通、结党营私。任珍事件后,顺治帝内心的天平慢慢地不再向南党倾斜。为了制约南党,顺治又一次召回冯铨并委以重任,随后陈名夏被宁完我与冯铨、刘正宗联手而置于死地。

陈名夏(1601—1654),字百史(伯史),溧阳人,明崇祯十六年(1643)进士,殿试第三名,在明官至翰林修撰兼户兵二科都给事中。崇祯十七年(1644)甲申之变中,陈名夏被长班告发而被迫任职于李自成政权,被南明弘光朝列入从逆的"顺案"。清顺治二年(1645)七月,陈名夏抵河北大名投清,入清历官弘文院大学士、吏部尚书等。陈名夏为人很有才干,清初的一些规章制度大多出自其手;他为了提高南人在政局中的位置苦心经营,并曾一度受到多尔衮和顺治帝的青睐,是清初首任吏部汉尚书,并在皇城内拥有赐宅。陈名夏利用在内城和外城取得的权力资源,提携任用了交往圈中的一批南方籍士人,为当时备受打击的江南士人开辟和拓宽了生存空间;而冯铨则利用科举考试大力招揽北方才俊以相抗衡。顺治三年(1646),冯铨两次为会试正考官,利用职务之便招揽了不少北人举子,为自己在朝廷中培养有生力量。当时许多北方青年士大夫与他有亲密关系,比较著名的有李霨、冯溥、郝浴等。

清廷对南北党争的总倾向是抑南扶北,多尔衮如此,后来的顺治也是如此。顺治一朝,南方汉官的境遇大都不太顺利,这在当时在朝汉官的诗文中有所表露。如陈之遴诗中有"莫唱吴门新越

调"，因为"座中南客旅怀多"①，表现出南人之间的惺惺相惜。陈
之遴（1605—1658），字彦升，号素庵，海宁人，出身名门望族，崇祯
十年（1637）一甲二名进士，授翰林院编修，后陈之遴因父罪株连，
被罢官。陈之遴于顺治二年（1645）降清，历任翰林院侍读学士、
礼部右侍郎、都察院左都御史等职，顺治帝亲政后升礼部尚书加太
子太保，为清初南方汉官之居高位者，与陈名夏同为清初南党的领
袖，后受陈名夏案牵连被流放辽阳，卒于贬所。南党的另一重要
人物龚鼎孳，其诗集中也有若干首描写南人在清初朝廷受到打击
的诗作，如"云罗已尽山头雀，马角难归塞外乌"②。龚鼎孳在诗下
自注云："梁溪方罹大狱而海昌行戍，故五六及之。"梁溪指的是吴
达，也是南方汉官，为龚鼎孳的好友，因弹劾冯铨而入狱；海昌指的
是陈之遴，时被贬居沈阳。龚鼎孳在写给同僚好友曹溶的《读友
人寄情秋岳诗和柬秋老》一诗中隐晦表现出南方官员失意的信息：
"寒虫响乱燕台月，早雁人过庾岭松。"③诗下自注云："秋岳计将入
粤矣。"秋岳即曹溶，秀水人（今浙江嘉兴），明崇祯十年（1637）进
士，曾任清户部右侍郎等职，后被贬任广东布政使。从龚鼎孳的诗
中，可见南方汉官群体在当时大都受到了不同程度的打击，他们或
被贬官或被罢职，同病相怜使龚鼎孳的诗中处处洋溢着悲凉："到
日凭高望京国，一时南客总飘零。"④"一时南客总飘零"是顺治朝

①［清］陈之遴、徐灿著：《浮云集·拙政园诗余·拙政园诗集》，黑龙江大学出
　版社 2010 年版，第 140 页。
②［清］龚鼎孳著，陈敏杰点校：《龚鼎孳诗》卷二十四，广陵书社 2006 年版，
　第 799 页。
③［清］龚鼎孳著，陈敏杰点校：《龚鼎孳诗》卷二十四，广陵书社 2006 年版，
　第 799 页。
④［清］龚鼎孳著，陈敏杰点校：《龚鼎孳诗》卷二十七，广陵书社 2006 年版，
　第 931 页。

南方汉官政治际遇的真实写照。此时龚鼎孳本人亦不断遭到来自北党的弹劾，连连被降级调用，最重的一次是在顺治十三年（1656）四月被连贬八级补上林苑番育署署丞。降职后，龚鼎孳被派出使广东。吴伟业为之作《送旧总宪龚公以上林苑监出使广东》一诗，诗中清楚地表明了南党在朝中受到的打击：

> 三仕三已总莫问，一贵一贱将奚为？
> ……
> 只因旧识当涂少，坐使新知我辈轻。①

　　同年十月，吴伟业即借嗣母之丧，告假南归。在朝的绝大多数南方汉官则在清廷的警告和打击中战战兢兢，如履薄冰。龚鼎孳在他的《定山堂诗集》中还有一首题目很长的诗作，名为《归舟过章江，雪堂先生谢病山居，轻帆出晤，并诵见怀诗，有"何人当国愁孤掌，有客还山避老拳"之句。湖上阻风，怅然感忆，因拈诗中平韵赋寄八章，兼志从游岁月》。② 这首诗中的"老拳"即指北党的冯铨，"客"即指龚鼎孳自称。雪堂先生即熊文举，是江西籍官员，与龚鼎孳关系非常亲密。当时（顺治十四年，1657）龚鼎孳出使广东回来，途经南昌去看望熊文举，熊文举将以前写给龚鼎孳的一首诗相赠，并将诗中"投林"改为"还山"，将原诗中的"秉国"改为"当国"。熊的原诗是在家乡闻听龚鼎孳被贬为上林丞时所作，见到龚鼎孳后，根据当时的实际情况对此诗略有改动。熊原诗名为《用

---

① ［清］吴伟业著，李学颖集评标校：《吴梅村全集》卷十一，上海古籍出版社1990年版，第291页。
② ［清］龚鼎孳著，陈敏杰点校：《龚鼎孳诗》卷十七，广陵书社2006年版，第365页。

简斋韵书赠芝麓》：

> 杜门高枕不须怜，拂拭青萍气浩然。
> 凤鸟只巢阿阁树，龙蛇空蛰介山田。
> 何人秉国愁孤掌，此子投林避老拳。
> 闻道瓯枚虚左在，上林春暖听莺迁。①

　　作为南党领袖的陈名夏常常恃才自傲，有强烈的南人意识及南人优越感。他认为北人喜于抄旧，喜好用不可读的字与句，可笑可怪。陈名夏的这种态度自然招来北人的忌恨，所举南人被北人弹劾为"结党行私，铨选不公"，导致与北方籍的刘正宗、冯铨等人"益贾怨相同"②。谈迁在《北游录》中记载陈名夏为人恃才傲物，有强烈的南方情结："（名夏）好为名高，有志经济，性锐虑疏，虽多推荐，人不见德。""语人辄露微指，如植花木曰向南者终佳，所推毂南人甚众，取忌于北。"③顺治十年（1653），顺治帝依陈名夏之建议，决定亲自考试部分京官。冯铨对此力加阻拦，回奏道："皇上简用贤才，亦不宜止论其文。或有优于文而不能办事，行止弗臧者，或有短于文而优于办事，操守清廉者。南人优于文而行不符，北人短于文而行可嘉。今兹考试，亦不可止取其文之优者而用之。文行优长、办事有能者兼而用之可也。"④"南人优于文而行不符，北人短于文而行可嘉"是冯铨对南北士人的评价，明显有褒贬倾向；至

---

① ［清］熊文举撰：《雪堂文集·耻庐近集》卷一，引自张升《冯铨史事杂考》，《清史研究》1998 年第 3 期。
② ［清］谈迁撰，汪北平点校：《北游录》，中华书局 1960 年版，第 390 页。
③ ［清］谈迁撰，汪北平点校：《北游录》，中华书局 1960 年版，第 390 页。
④ 《世祖章皇帝实录》卷七十三，中华书局 1986 年影印版，第 2072 页。

于他建议顺治帝"不可止取其文之优者而用之",更是针对南方士人而言。

顺治十年(1653),冯铨等人弹劾南党另一重要人物大学士陈之遴营私结党,顺治帝对陈之遴给予警告处理,后陈之遴受到陈名夏的牵连,以"巧饰欺蒙"罪论死。顺治帝下诏从宽处理,只削官衔二级,罚俸一年,仍供原职。顺治十三年(1656),顺治帝复又以陈之遴"结党"的罪名,令他以原官发往辽阳。顺治十五年(1658),又有人弹劾陈之遴向内监吴良辅行贿,按律本当正法。顺治帝免去了他的死罪,但下诏革了他的职,抄没了他的家产,并将其全家流放盛京(今沈阳)。陈之遴之事,当时在京中传闻颇广,遗民诗人方文此时正寓居北京慈仁寺,作有《都下竹枝词》二十首,记述京师见闻,其中第十七首说的就是陈之遴事:

> 故老田居好是闲,无端荐起列鸳班。
> 一朝谪去上阳堡,始悔从前躁出山。①

南党中人下场最惨的当数陈名夏。顺治十一年(1654)三月,陈名夏被宁完我与刘正宗联名弹劾,最后被论死罪。宁完我(1593—1665),字公甫,辽阳人,隶汉军正红旗,授弘文院大学士,充明史总裁官,历任内弘文院大学士、议政大臣兼太子太傅。刘正宗(1594—1661),字可宗,号宪石,山东安丘人,崇祯元年(1628)进士,在明历任真定府司理、翰林院编修、东宫讲读官、侍讲、礼部会试副主考等官,是北党中与冯铨地位不相上下的另一重要人物。

---

① [清]方文撰,胡金望、张则桐校点:《方嵞山诗集》,黄山书社2010年版,第482页。

清廷定都北京后,启用明朝旧臣,刘正宗屡接诏书,于顺治三年(1646)正月应诏到北京上任,历任内翰林国史院编修、礼部会试副主考官、翰林弘文院大学士、吏部尚书等职,在朝廷中具有很大的能量;他排挤南党,致南党领袖陈名夏与陈之遴一死一谪,但他自己后来也未得善终。顺治十七年(1660)三月二十日,顺治帝当众宣读了弹劾他的奏疏,想让他承认错误,他却暴跳如雷,竭力争辩。顺治帝大怒,将他置于法司,从宽免死,家产一半入旗。刘正宗从此一病不起,于顺治十八年(1661)十二月二十日离世,寄厝于北京西直门外。康熙四十五年(1706),康熙帝准其归葬。

顺治朝的党争,表面上看是南北地域的官员争权夺利,最后南党以陈名夏之死为标志宣告在党争中失败。实际上,陈名夏之死这件事并不简单,这不仅是清廷中南北汉官相互倾轧的结果,也是北方汉官与满官共同对垒南方汉官的结果,陈名夏实际上是死于北方汉官与满官的联手绞杀。陈名夏案之后,南党的其他核心人物先后遭到罢黜,如龚鼎孳被降职、曹溶被外放、陈之遴被发配盛京等。说起南北党争结果,其实并没有谁输谁赢。如果非要说有一个赢家的话,那这个赢家一定非顺治帝莫属。顺治帝通过制衡手段,达到让南派北派平衡的目的,不让他们任何一派独大。同时,南北两派为了争夺皇帝的恩宠,必要尽心竭力,从后来效果上看,可以说顺治帝达到了这个目的。

第三章 清初叙事诗中的南明王朝

"南明"是指北京的崇祯王朝覆灭后,明朝宗室在南方建立的抗清政权,历经三帝一监国,前后存在时间共十八年。"三帝"即弘光帝、隆武帝、永历帝,"一监国"即鲁王监国。此外,还有仅仅存在四十一天的绍武政权,因为时间太短,没有产生实际影响,故忽略不计,而郑成功在台湾虽仍沿用永历年号颁布历法,但实际上是独立王国。

第一节 弘光朝

崇祯十七年(1644)三月十九日,李自成率领农民军攻陷北京,崇祯帝走投无路,在煤山自缢殉国。同年五月初,陪都南京的留守诸臣决定迎立新君,以伦序拥立崇祯的堂兄福王朱由崧为帝,年号"弘光"。朱由崧是明神宗之孙,光宗之侄,崇祯之堂兄,是福王朱常洵的庶长子,在伦序、血缘关系上都与崇祯帝最近。弘光政权是南明第一个,也是影响最大的政权,但这个政权只存在一年就土崩瓦解了。就天时地利人和而言,弘光政权本应有一番作为。它拥有江南富庶的物质支持,又有长江天险作为天然屏障,军队也有百万,但弘光即位后采取的一系列举措,却让众人大失所望。弘光君臣不但不去征讨逼死崇祯帝的李自成的大顺军,对迫在眉睫的清军南侵也视而不见,这给清廷留下了口实。清廷摄政王多尔衮有一封寄给史可法的信,提到弘光朝成立一年来文恬武嬉、无所作为。信中所言,虽说是清廷南征的借口,但也不无事实依据。如信中谴责弘光君臣:"闯贼李自成,称兵犯阙,肆毒君亲。中国臣民,未闻有加遗一矢……岂意南州诸君子苟安旦夕,不审事机,聊慕虚名,辄忘实害。予甚惑焉。"因此,多尔衮大言不惭地宣称"夫国家之定燕都,乃得之于闯贼,非得之于明朝也"①。多尔衮给史可法信后不久,便派其弟多铎带兵南下征讨弘光朝。清军一路势如破竹,不久直抵南京城下,朱由崧逃到芜湖,被黄得功手下的总兵田雄劫持献给清军,后被押往北京,翌年被清廷处死,在位仅八个月。弘光朝存在的时间虽短,但表现出来的问题却不少,时人对之有很多批判与反思,这从当时的诗文中可略见一斑。

一、弘光朝党争

历史上多数党争只止于一朝,而未有延续,如唐朝的牛李党争、北宋的新旧党争等,而明朝的党争持续之长,史所罕见。明朝的党争不仅影响了万历、泰昌、天启以及崇祯朝的政局,南迁以后的弘光朝亦未能幸免。

明朝党争早在万历时已露端倪,一直延续到南明最后一个小朝廷永历朝的灭亡,几乎伴随着半个明朝,所以当时有明亡于党争的说法。如温睿临认为党争是明亡的原因之一:"尝论明之亡也,始于朋党,成于阉竖,终于盗贼,南渡继之。"②计六奇曾这样描述弘光朝的党争及其带来的毁灭性后果:

---

① [清]抱阳生编著,任道斌校点:《甲申朝事小纪》卷七,书目文献出版社1987年版,第608页。
② [清]温睿临撰:《南疆逸史》序,中华书局1959年版,第1页。

呜呼！有明自南渡以后，小朝廷事难言之矣！当时北都倾覆，海内震惊，即薪胆弥厉，未知终始。乃马、阮之徒，犹贿赂公行，处堂自喜，不逾载而金瓯尽缺，罪胜诛哉！①

计六奇认为，若大臣与君王同心治理，弘光小朝廷或许还可以延续时日。但官员们党同伐异、同室操戈，马士英、阮大铖等人伙同牵涉逆案被废弃的官员，排挤朝中的东林党官员史可法、高弘图、姜曰广、吕大器等人，并且将魏忠贤等编定的《三朝要典》重新刊行，又下令处死了东林党人周镳、雷演祚等人，引起朝政混乱，最终导致弘光朝灭亡。弘光朝的党争源于"定策"之争。定策之争的实质，是明朝后期东林党与阉党相争的延续，从拥立的对象来看，可分为"拥潞派"和"拥福派"。"拥潞派"拥戴的对象是崇祯帝的叔父潞王朱常淓，"拥福派"拥戴的对象则是崇祯帝的堂兄福王朱由崧，这两派都是出于一己私利，而不是出于公心。美国学者司徒琳先生说："选择新皇帝的时候，党争即已开始，而且势头不弱。"②两派之间的争斗归根结底都是为了争夺新朝廷的控制权，希望能拥立于自己有利的傀儡皇帝，以便左右政局。

按照明朝制度，帝位的继承人要从活着的藩王世子中去选择，当时可供选择的藩王有福藩、桂藩、惠藩和潞藩。诸藩中处于优势地位的是福王。福王朱由崧的父亲朱常洵是崇祯帝父亲朱常洛的异母弟，朱由崧是崇祯帝的堂兄，血缘最近，统系最正，应该是最合适的候选人，但聚集于留都南京的官员们，在新君的人选问题上出

①［清］计六奇撰，任道斌、魏得良点校：《明季南略》自序，中华书局1984年版，第1页。

②［美］司徒琳著，李荣庆等译：《南明史：1644—1662》，上海人民出版社2017年版，第58页。

现了分歧,分化为所谓"立贤"与"立亲"两派。"立亲"派主张应
该按血缘伦序迎立福王朱由崧,因为他的血统与崇祯帝最近;"立
贤"派则主张立君不应以伦序论,而应以贤明为上,主张迎立潞王
朱常淓。潞王在血统上与崇祯帝较远,属于崇祯的叔叔辈,从后来
潞王的表现上来看,也根本不"贤"。这一派的官员之所以反对立
福王,也不是出于什么真正的"立贤"考虑,而是出于门户之间的
恩怨。因为此派的官员大多有东林党背景,与朱由崧的奶奶郑贵
妃在万历朝为争太子有历史宿怨,他们担心福王登基于己不利,所
以才借"立贤"为名极力排斥福王。东林人士找到兵部尚书史可
法寻求支持,向他陈述福王不可立的理由。史可法犹豫不决,对新
君问题不置可否。"立贤"派的官员又攻击朱由崧人品低下,无才
无德。据《明纪》记载,东林党人雷演祚对吕大器说立福王有"七
不可":"福王,神宗之孙也,伦序当立,而有七不可,贪、淫、酗酒、不
孝、虐下、不读书、干预有司也。"① 张岱在《石匮书后集》中更是评
价弘光"痴如刘禅,淫过隋炀"②。《石匮书后集》中《福王世家》还
记载:"河南城破,福王(朱常洵)殉,世子(朱由崧)逃出,附潞王舟
至淮安,寓清江浦,编户杜家。世子为人佻僈轻狂,无藩王态度。"③
由此可见朱由崧只是一纨绔子弟而已。不论朱由崧的个人修养
如何,由于其父所引起的万历朝政治纷争及其后东林人士受到的
迫害,都使东林派官员无法接受福王,还有一个重要的原因是担
心朱由崧即位后清算历史旧账。正如钱谦益、雷演祚游说吕大器
说:"潞王,穆宗之孙,神宗犹子,昭穆不远,贤明可立。福恭王觊觎

① [清]陈鹤撰:《明纪》卷五十八,世界书局 1935 年版,第 603 页。
② [明]张岱著:《石匮书后集》卷五,中华书局 1959 年版,第 50 页。
③ [明]张岱著:《石匮书后集》卷五,中华书局 1959 年版,第 50 页。

天位,几酿大祸,若立其子,势将修衅三案,视吾辈俎上肉。"①此一语更是直接道破了立福王后东林党将面临的后果,因此东林党借福王"七不可"的理由向南京兵部尚书史可法陈述了他们的意见。史可法虽表示同意,但并未立刻作出决断,而是选择去浦口找拥有兵权的凤阳总督马士英商量。马士英起初同意拥潞之议,后见掌握军队的四镇拥护福王,便见风使舵改拥立福王。

东林复社人士的小算盘,有人看得很清楚。李清在《南渡录》中说道:"江南在籍诸臣恐福王立后,或追怨妖书及梃击、移宫等案,谓潞王立则不惟释罪,且邀功。"②夏允彝也有精准的分析,并且指出此事所引起的严重后果,他在《幸存录》中说:"南都再建,国事累卵,宜尽捐异同,尚恐难支,而相仇益甚。当拥立之始,凤督马士英移书商之枢部史可法,有择贤语。可法意士英有所谓也,遽与姜曰广、吕大器辈移文士英,言今上失德事。而钱谦益虽家居,往来江上,亦意在潞藩。若以福邸向有三案旧事,与东林不利也。士英得移文,即与大帅黄得功、高杰辈持为口实,力主今上。其所操伦序之说自当,但与初时移书意不相合,可法辈实为其所卖。"③正如夏允彝所言,这场定策之争的实质,是明朝后期东林与阉党相争的继续,是不同利益集团为争夺新政权垄断地位的一场争斗。东林后人黄宗羲说阮大铖、马士英等人以迎立福王为居功根本,其实东林党人又何尝不是这样的考虑呢!东林党人出于历史宿怨而反

①[清]徐鼒撰,王崇武点校:《小腆纪年附考》卷五,中华书局1957年版,第154—155页。
②[明]李清撰,何槐昌点校:《南渡录》卷一,《南明史料(八种)》,浙江古籍出版社1988年版,第1页。
③[清]计六奇撰,任道斌、魏得良点校:《明季北略》卷二十四,中华书局1984年,第692—693页。

对迎立福王的举动,却又恰恰与东林前辈们的言行相左,正如时人章正宸所说:"当光庙在青宫时,则以光庙为国本,当光庙与熹、毅二庙皆绝时,则又以福藩为国本。若谓潞可越福,犹谓福可越光庙也,于国本安居?"① 正是在"定策"上东林党官员的私心,才导致了凤阳总督马士英成为定策首功之人,也使本是败军之将的江北四镇成为"开国功臣",并最终导致史可法被排挤出朝。史载:"时阁臣士英与曰广同诋上前,曰广曰:'皇上以亲以序当合立,何功?'士英厉声曰:'臣无功,以尔辈欲立疏藩,绝意奉迎,故成臣功耳!'"② 这次定策之争造成的后果是严重的,既导致了弘光一朝武人跋扈,又拉开了党争的序幕。"拥潞派"的钱谦益、张慎言、姜曰广等人都是东林党人,而"拥福派"之幕后主使阮大铖则是阉党中人。钱谦益等人之所以反福迎潞,是怕福王立后翻历史旧账于己不利;而阮大铖等人拥立福王,也因为"福王与东林有隙,福王立,东林必逐,而'逆案'可翻,己可出也"③。两派所争归根结底都是为了争夺新朝廷的控制权,这必将引起天下大乱,当时有识之士都看出这一点,据李清记载:

　　北都变闻,在籍钱宗伯谦益有迎潞王议。扬州郑进士元勋密语予:"予语里人解少司马学龙曰:'祸从此始矣。神宗四十八年,德泽犹系人心,岂可舍孙立侄?况应立者不立,则谁不可立?万一左良玉扶楚,郑芝龙扶益,各挟天子以令诸侯,谁禁之者?且潞王既立,置福王于何地?死之耶,抑幽之

①[明]李清撰,顾思点校:《三垣笔记》,中华书局1982年版,第93页。
②[明]李清撰,何槐昌点校:《南渡录》,《南明史料(八种)》,浙江古籍出版社1988年版,第75页。
③[清]戴名世撰,王树民编校:《戴名世集》,中华书局1986年版,第364页。

耶？是动天下之兵也，不可。'"①

　　淮抚路振飞也主张拥立福王。他说："议贤则乱，议亲则一，现在惟有福王。"② 路振飞等人都认为如果以"立贤"为名，各地割据的军阀都可擅自拥立所在地的朱姓皇室后代，必将引起混乱。平心而论，党争的产生，东林、复社负有很大的责任。这一派中一些人士在弘光政权中不仅没有起到中流砥柱的作用，反而专注于排斥异己，其排斥之激烈不仅仅是言论上的攻击，甚至涉及人身攻击，这样东林复社的反对派当政后必然会对之进行同样的报复。当史可法被排斥出朝后，马士英推荐阉党余孽阮大铖进入弘光朝担任要职，引起在朝的东林党官员的强烈不满。他们以阮大铖是崇祯帝钦定的"逆案"中人为由，反对给予任用。于是阮大铖便以甲申之变中投降大顺政权的明官员多有东林复社人士这一事件为借口，兴起了旨在打击对手东林党人的"顺案"。时人李清在他的《南渡录》中记载："时阁臣士英以荐阮大铖为中外怨，甚忿。大铖亦语人云：'彼攻逆案，吾作顺案相对耳。'"③ 又一次掀起党争，引发了弘光朝政局的激烈动荡。

　　阮大铖，字集之，号圆海，安徽桐城人，万历四十四年（1616）进士。天启初，因争史科给事中一职与东林党人结怨，转而投向魏忠贤阉党，崇祯初清查阉党官员，阮大铖名列其中。他虽然没有被

①［明］李清撰，顾思点校：《三垣笔记》，中华书局1982年版，第93页。
②［清］计六奇撰，任道斌、魏得良点校：《明季南略》卷一，中华书局1984年版，第6页。
③［明］李清撰，何槐昌点校：《南渡录》，浙江古籍出版社1988年版，第42页。

定为死罪,但"论赎徒为民,终庄烈帝世,废斥十七年"①。后阮大铖避乱南京,被以顾杲为代表的东林党后裔所仇视,他们以《留都防乱公揭》的发表为武器,掀起了一场轰轰烈烈的驱阮运动。阮大铖招架不住,落荒而逃,回到家乡。弘光朝建立,阮大铖的密友马士英当政,举荐阮大铖入朝,引起东林党人的强烈反对。其实马士英并没有很深的门户之见,成为大学士进入内阁以后,也曾极力协调各方人士,维持朝中的和平局面。他引进阮大铖也只是为了报当年的知遇之恩,但是东林、复社人士异常狭隘,他们关心的并不是如何组织力量抵御农民军,而是在即将成立的南明小朝廷夺取最高统治权。排斥福王继统的计划破产以后,他们又借阮大铖起复的事打击马士英和其他非东林人士,试图将朝局掌控在自己手中。此时史可法也意识到了党争对朝廷政局的危害,上奏疏向弘光帝指陈其害:"臣草疏甫毕,哀痛不胜,溯流穷源,因致追恨诸臣误国之事非一,而门户二字实为祸首。"②但此时党争已趋白热化,不只是史可法,就是弘光帝也无力控制。面对在朝东林党官员的强烈反对,阮大铖想出用"顺案"来对抗打压反对他的人,并借机报宿仇。"顺案"的来由是这样的:甲申三月崇祯皇帝殉国后,在北京的几千官员中,只有二十一名官员自杀以殉明王朝。其中有东林党人倪元璐、马士奇等人,但并非所有的东林、复社人士都殉了国。在刘宗敏等将领的严刑拷掠之下,出任"伪"官的东林、复社人士也有不少。当李自成的大顺政权被清军击溃以后,其中的一些人开始南归。如何对待这部分官员,弘光朝廷内部意见不一。

①[清]张廷玉等撰,中华书局编辑部点校:《明史》,中华书局1974年版,第7938页。
②[明]李清撰,何槐昌点校:《南渡录》,浙江古籍出版社1988年版,第244页。

一些官员主张应该对这些人区别对待,酌情量用,吏部尚书张慎言
就持这种观点,他曾经向弘光帝上奏《中兴十议》,其中提到"从逆"
的问题:"国家三百年养士之报致有今日,诸屈膝腼颜之臣,家属在
南者量仍旧籍,俟其归正,不宜以风闻谣谤即行苛议,无论清浊混
而真赝淆,既无可还之辙,恐增从逆之想。至若自投来归,尤从宽
分别酌议。或原系废籍,或曾经推拟,或原无官守,或有地方之责,
无兵马之权,倘才堪一割,情可矜原,宜酌定一用之法,不当概以死
责。"① 张慎言认为新的政权刚刚建立,首先需要一些有才干的人
来治理这个国家;其次南京的官员在对北京破城的情况无法详细
了解的境况下,如果仅根据少数南归者的消息就对在职官员进行
中伤,会造成恐慌。张慎言的这封奏疏语言中肯客观,刑部尚书解
学龙也表示赞同,所以在对南归官员的处理上态度比较温和,这对
弘光政权初期的稳定起到了重要的作用;但后来阮大铖入朝当政,
张慎言、解学龙都被迫致仕离朝,事情便发生了逆转。崇祯十七年
(1644)七月,在阮大铖的主持下缉捕投降李自成的官员,在定刑上
从重从严,南归的官员中有一百多人因此被定罪,阮大铖还借机杀
害了复社名士周镳。黄宗羲《感旧》诗其七即记录了此事:

> 南都防乱急鸱枭,余亦连章祸自邀。
> 可怪江南营帝业,只为阮氏杀周镳。②

"鸱枭"是猫头鹰一类的恶鸟,用来比喻阮大铖。诗中讽刺弘

---

① [明]李清撰,何槐昌点校:《南渡录》,浙江古籍出版社1988年版,第8—
　9页。
② [清]黄宗羲撰:《南雷诗历》卷一,《清代诗文集汇编》,上海古籍出版社2010
　年版,第389页。

光朝廷建立后无所作为，只是为阮大铖报了私仇，即"可怪江南营帝业，只为阮氏杀周镳"。在《弘光实录钞》一书中，黄宗羲又重申了一遍"南都之立，百无一为，止为大铖杀一周镳而已"①，可见黄氏对此事的气愤与痛恨。其他复社中人如龚鼎孳、方以智、陈名夏等在京官员都列名"顺案"，分别加之程度不同的刑罚。弘光朝的这种做法断绝了他们南归效力于弘光朝的希望，而已经从北京逃出来的官员也不得不再一次踏上逃亡之路，以致后来有些人无奈之下选择了投靠清廷，成为清朝定鼎中原统一天下的得力助手，如复社名士陈名夏、姚文然等都是因为被列名"顺案"才投身清廷的，真正是"逐客以资敌国，损民以益仇"（李斯《谏逐客书》）。

　　陈名夏在甲申之变崇祯帝自杀后，本打算逃走，却被仆人揭发而被迫任职于李自成农民军政权。清军进入北京不久，陈名夏即秘密潜回家乡，本打算效命于弘光政权，却被视为"从贼逆臣"要捉拿归案，陈名夏无奈之下被迫逃往安徽，后几经辗转，于深秋进入福建境内，在太姥山遇见好友方以智。方以智当时也名列"顺案"，不过定的罪名比陈名夏轻，但也在逃亡途中。方以智的一首《斋戒》诗中有简洁的记载："北变为甄苏，潜窜终自嘻。南渡诬赵鼎，远游遂支离。大厦忽如此，一木何以支！岐华互争夺，朋党偏险巇。"②方以智与陈名夏既是挚友，又是儿女姻亲，当即赠以盘缠，帮助陈名夏从水路逃到江西，经湖北、河南，从睢州渡过黄河。陈名夏为此写有《太姥山下遇方密之怆然别去》《太姥山下风沙篇别方密之北行》《遇方密之于太姥山下赠予金》等诗记述这段逃亡

①［清］黄宗羲撰：《弘光实录钞》卷四，《黄宗羲全集》第二册，浙江古籍出版社 2012 年版，第 89 页。

②［明］方以智著，诸伟奇整理：《浮山后集》卷一，黄山书社，2019 年版第235 页。

历程。其《遇方密之于太姥山下赠予金》诗云："龙眠山下独身走，山下遇之真不偶。天涯儿女仍在否，不能相问踌躇久。方子出金置袖中，万里相思看北斗。"① 陈名夏的逃亡历程几乎经过了大半个中国，其中所受的艰难险阻可想而知。王僧士《濑上篇》诗真实记录了陈名夏这段历程：

> 此日南朝初拥立，此日新亭堪饮泣。
> 归国谁怜庾信哀，钩党方求张俭急。
> 亡命交游孙赵稀，望门兄弟袁融执。
> 丈夫一身将安之，摇摇万里嗟何及。
> 吴山楚水何绵连，狐号鬼啸黄河边。
> 江左未传建武号，北地新编居摄年。②

陈名夏颠沛逃亡于全国各地，走投无路之际，投奔了同年成克巩，成克巩又把陈名夏推荐给保定巡抚王文奎。王文奎与陈名夏交谈后，非常赏识陈的才干，又推荐给清廷。从此陈名夏平步青云，扶摇直上，一直做到吏部尚书、弘文院大学士、太子太保的高位。这段史实有详细记载："（陈名夏）国变后南奔，时南朝方治逆党且迹捕，七月自负襁被，从长兴合溪岭别项煜走宁国，道困，憩一凉亭……又走衢之龙游，匿袁雅儒所，已露端，则走处州王口山中，于太姥山遇桐城方以智，得赠金航海入闽，而豫章，而楚，自武昌出麻城、黄州，宿三日，历商城、固始，又折而南颍州，上睢州

---

① 刘丽：《陈名夏与方以智、阎尔梅的诗歌酬唱》，《重庆社会科学》，2007年第8期。
②［清］龙顾山人著，卞孝萱、姚松点校：《十朝诗乘》，福建人民出版社2000年版，第44页。

渡河,经大名,同年编修成克巩方被召,留其家,则十一月也,寓北
山之北,克巩以告保定巡抚王文奎,文奎召语,大善之,称盟,荐于
朝。"① 陈名夏的同年好友姚文然也列名"顺案"之中,面临着被捕
入狱的危险。姚文然在《寄宋其武》诗中,说明了自己南归后的
两难处境:"高堂华发在,汝我宦游非。万死今谁问,余生不可归
(注:时正议北归之罪)。楼台沧海结,云雨帝阍飞。北返挥残泪,
何山采蕨薇。"② 后来姚文然也在无奈之下转投清廷,受到重用,成
为清初名臣之一。"顺案"兴起时,"明末四公子"之一的侯方域也
在南京,他因为参加了崇祯十一年(1638)由复社士人发起的驱逐
阮大铖的"留都防乱揭"行动,也受到了迫害。侯方域也开始了逃
亡之旅,他先是逃到史可法军中,后来又逃到左良玉营中才躲过了
追捕。

　　一些敏感的文人从弘光朝"党争"中已看出小朝廷的不可为,
纷纷表达不满。如方以智之弟方其义,有感于其兄的遭遇,写有
《党祸》一诗揭露阮大铖的险恶用心及其给弘光朝廷带来的恶劣
影响:

> 北都既陷贼,南都新立帝。宵人忽柄用,朝野皆短气。
> 魑魅登庙廷,欲尽杀善类。忾者立斋粉,媚者动高位。
> 麒麟逢鉏商,豹虎遂得势。手翻钦定案,半壁肆罗织。
> 萧遘反被诬,赵鼎亦受詈。直以门户故,忠邪竟倒置。
> 可怜士君子,狼狈窜无地。我家为世仇,甘心何足异?

---

① [清]谈迁撰,汪北平点校:《北游录·纪闻下》,中华书局1960年版,第
　388—389页。
② [清]姚文然撰:《姚端恪公诗集》卷三,康熙二十二年姚士塈刻本,《四库未
　收书辑刊》18册。

冤死不必悲，所悲在国事。先帝儿难保，我辈合当毙。
仰首视白日，吞声一洒泪。①

　　方其义的这首诗描述了弘光朝污浊不堪的政局，以及阮大铖
当政后迫害东林复社文人的事实，表现出作者对国事的失望和悲
愤。党争的高潮阶段，是阮大铖作成了《蝗蝻录》，这是一份"黑名
单"，把东林党及其子弟比作蝗和蝻，企图把东林党人一网打尽。
后来清军南下，弘光朝很快瓦解，东林党人才避免了这场劫难。党
争使弘光朝的政治呈现一片混乱，武将、勋贵为了自己的私利，都
参与到党争中来。当时的情形是："武臣各占分地，赋入不以上供，
恣其所用，置封疆一切不问，与廷臣互为党援，干预朝政，排挤异
己，奏牍纷如，纪纲尽裂。"②党争的直接后果是造成了政治的腐败，
而政治的腐败使弘光朝堂上无一人为国家出力。庐江诸生宋儒醇
有《南渡》诗，可作为弘光朝党争带来的严重后果的一个总结：

黯黯钟阜云，咽咽秦淮水。南渡事已非，门户争未已。
坐视大厦倾，无人雪国耻。独有史督辅，尽瘁继以死。
一片孤臣心，众口交肆毁。守江与守淮，议论徒尔尔。③

　　明崇祯十六年（1643）进士、入清官至吏部左侍郎的高珩写过
一首《后长恨歌》，诗中有"当时阮马气熏天，得意金吾亦盛年""天
子无愁将相骄，只言千载常尔尔""重兴诏狱杀清流，甲起晋阳朱

①［清］朱彝尊选编：《明诗综》，中华书局2007年版，第3918页。
②［清］李天根著，仓修良、魏得良校点：《爝火录》，浙江古籍出版社1986年
　版，第236页。
③钱仲联主编：《清诗纪事》，凤凰出版社1987版，第284页。

桁愁”“建业荒亡怨狡童,丘墟亦复坐诸公”“自古奢淫是死媒,累臣怀璧谁容汝”[①]等句,都是对弘光朝党争的回顾与批判。

平心而论,弘光朝的灭亡固然与阮大铖等人掀起的党争有关,但作为党争另一方的东林党人也有一定的责任。东林、复社士人也并非全是正人君子,如吴暄山云:“阉党固多小人,东林岂尽君子?”[②]弘光朝党争从“逆案”转向“顺案”,南都的政治由此而更为混乱,从而使政治益加腐败。当两党士人在朝堂之上攘臂相争、内斗不已时,弘光政权的亡国危机已悄然而来。面对北面而来的清军,上下腐败的弘光政权不可避免地走向了灭亡。

二、弘光朝“三大案”

弘光朝虽然只存在不到一年的时间,却发生了不少扑朔迷离的事件,其中以“三大案”最为著名,即“假亲王案”“童妃案”“假太子案”。

先说“假亲王案”。弘光政权成立半年之后,即崇祯十七年（1644）十二月,有个叫大悲的和尚忽然出现在南京城。他夜叩洪武门,自称是明朝亲王,语出不类,被总督京营戎政赵之龙逮捕下狱。弘光帝派官员审讯他的来历,大悲起初信口开河说崇祯时封他为齐王,他没有接受,又改封吴王。弘光君臣见他语无伦次,形迹可疑,严加刑讯,最后弄清大悲是徽州人,在苏州为僧,其实是个骗子。时任弘光朝兵部尚书的阮大铖与御史张孙振乘机起意,拟以此迫害东林党及素与之不合者。于是两人密谋,捏造了十八罗汉、七十二菩萨等名目,皆为“前主立潞王议及东林、复社之有名

---

① 邓之诚撰:《清诗纪事初编》,中华书局 1965 年版,第 667 页。

②［明］史惇撰:《东林缘起》,《恸余杂记》,中华书局 1959 年版,第 67 页。

者,冀以一网尽之"①,借机打击在朝的东林党官员,此举由于马士英的反对没有成功,后经九卿科道会审后,于三月初二日将大悲处斩。大悲直言不讳说潞王人品端庄应立为帝,这确实令人联想到东林党人。因为在当初定策之时,东林党人就提出过拥立潞王,后来迫于马士英的兵威,不得不同意立朱由崧为帝。大悲和尚这个案子众人异议不多,当时议论较多的是后两案,即"假太子案"与"童妃案"。

　　"假太子案"的缘由是这样的。顺治元年(1644)十二月,鸿胪寺少卿高梦箕的奴仆穆虎从北方南下,途中遇到一位少年,结伴而行。晚上就寝时,穆虎发现少年内衣织有龙纹,惊问其身份,少年自称是崇祯皇太子。抵南京后,高梦箕难辨真假,急忙将其送往苏州、杭州一带藏身。可是,这少年经常招摇于众,露出贵倨的样子,引起人们的注意,背后窃窃私议。高梦箕不得已密奏朝廷,弘光帝派遣内官持御札宣召。顺治二年(1645)三月初一日,这个少年从金华被带到了南京,交付锦衣卫冯可宗处看管,随后令侯、伯、九卿、翰林、科、道等官同往审视。大学士王铎曾经担任东宫教官三年,自然熟悉太子的模样,一眼就看出是假冒。王铎会同群臣审视后查明少年的真实身份为原驸马王某的侄孙,名叫王之明。弘光帝又命旧东宫伴读太监丘执中往认,少年见丘执中面亦不识也,于是下王之明于狱中。史可法也认为太子是假的,因为他在清军发布的公告中,看到多尔衮提到在崇祯的岳父周奎家里,曾发现一个自称太子的人。被崇祯砍断一臂的崇祯长女长平公主一见到少年就失声痛哭。周奎惧祸,向清廷献出太子,多尔衮找了几个前明

――――――――――
①［清］徐鼒撰,王崇武点校:《小腆纪年附考》卷九,中华书局1957年版,第328页。

官员及崇祯的袁妃来辨认，俱指为假，多尔衮便以假冒之罪处死了少年。史可法认为，被清廷处死的，才是真正的太子。

　　由于朱由崧的考虑不周、优柔寡断，再加上参与辨认的人员口径不一，有的认定为真（一些太监），有的认定为假（王铎等朝臣），使案件产生了诸多疑问，朝野舆论顿时失控。所以虽然弘光朝廷审出太子是假冒，但一些臣民并不相信这个结果。出于对弘光君臣的不信任心理，他们私下里都认为，这是弘光帝为了保住皇位而编造的借口。当时南京城中流传关于此事的两首诗作，应该是民间文人的匿名之作，在一定程度上能反映当时的民心民意。第一首诗写道：

　　　　兵卫严防古寺中，内臣识得旧东宫。
　　　　夜分送入金吾宅，玉貌明朝便不同！①

　　这首诗叙述了"太子案"的另一版本。朱由崧听说"北来太子"在杭州，于是派遣曾在北京皇宫服侍过太子的两个太监前去迎接，结果这两个太监当场就抱住这位"太子"痛哭，并看见他穿着单薄，脱下了自己的衣服给换上。于是朱由崧只好派人把"太子"接到了南京，安置在兴善寺，还严旨令文武官员不许私自前往拜谒，并命人在深夜偷偷将"太子"转移到皇宫。这首诗的作者认为朱由崧使用了调包计，害死了真太子，以偷换的假太子掩人耳目。第二首诗如下：

①［清］吴伟业撰：《鹿樵纪闻》，《台湾文献史料丛刊》第五辑，台湾大通书局1987年版，第11页。

百神扈跸贼中来，会见前星闭复开。

海上扶苏原未死，狱中病已又奚猜。

安危定有关宗社，忠义何曾到鼎台？

烈烈大行何处遇，普天同向棘圜哀。①

扶苏是秦始皇的长子，秦始皇死后，佞臣赵高等人惧怕他即位后对自己不利，于是使用计谋逼迫他自杀。诗中把"假太子"比作扶苏，深切同情其生死难测的境况。

方其义也认为太子是真，他在《党祸》一诗中这样写道："冤死不必悲，所悲在国事。先帝儿难保，我辈合当毙。仰首视白日，吞声一洒泪。"②值得注意的是，这几首诗在当时是以谣谚的形式流播的，南京城尽人皆知，这种舆论严重侵蚀着弘光政权的公信力，产生的破坏作用无疑是巨大的。"假太子"案在民间众口纷纭，各执一词，表明弘光政权已经丧失了百姓最后的一丝信任，甚至有人怀疑弘光帝也是假的。再加上东林党人有意识地散播消息，大造舆论，导致众说纷纭，各种猜测层出不穷、莫衷一是，如曾担任过太子讲官的方拱乾的儿子方孝标甚至认为假冒太子的王之明也是假冒，其真实身份是王昺府里的家僮穆七。方孝标为此写有一首长诗论及此事。其诗曰：

独是假太子，知其事最明。太子悲殂落，二王亦黄尘。

斯人名穆七，王昺之家伻。昺固先朝戚，宫闱事略闻。

---

①［清］吴伟业撰：《鹿樵纪闻》，《台湾文献史料丛刊》第五辑，台湾大通书局1987年版，第10页。

②［清］朱彝尊选编：《明诗综》，中华书局2007年版，第3918页。

昺死七逃散，寓与穆虎邻。两人因同姓，遂结为弟兄。

虎挟七南走，中途资斧贫。假称王昺子，诱胁获金银。

遂有妄男子，中途与深言。见其宫闱事，依稀语有凭。

乃教假太子，可致捆载行。路旁愚惑者，见之或沾巾。

洎至石头城，事遂不可泯。……载诏往视之，斯人匿床桹。

再三始出见，应对乖且繁。……冒曰王之明，斯亦伪姓名。

一伪且再伪，吐实甘服刑。维时宁南叛，借端欲逞兵。

乃长系诏狱，论久将平衡。五月大兵下，君逃相亦奔。

市侩者吴二，率众破棘垣。拥戴出监国，胡床作辇轮。

……自始至终事，皆以太子称。并无定王说，颊舌何自腾。

……痛彼太子故，有人目击曾。平西哭庭日，榆关戈甲临。

李贼仓皇出，三王俱北辕。榆关西十里，螳臂思奋薨。

有庵曰地藏，有僧曰法乘。亲见李贼至，南面坐称尊。

三王立左右，从珥谷大宾。私谓法乘言，此俱天潢亲。

贼败拔营走，僧亦俘抢捈。西行三十里，蓐食红花村。

忽见贼传命，太子遽告崩。挥刃向定王，痛哉同时薨。

……只有永王在，马上发髡鬇。僧时肠寸裂，欲救力不能。

此予出塞日，亲遇此僧云。永王独至京，或见之贼营。

只履色尚赤，衣带接以绳。自言两哲昆，已是未招魂。

惟恐他人狙，四顾泣为吞。贼臣刘宗敏，须臾命成禽。

哀哉赤帝胄，又掩白杨坟。前后合所闻，沉痛迫心神。

嗟乎明祚绝，不与古先并。人心因思汉，庶几永祚存。

又恶马阮奸，欲甚其贯盈。故于此等事，组织成意林。

不知史臣笔，权与天王均。疑或传以信，伪且淆其真。①

---

① 邓之诚撰：《清诗纪事初编》，中华书局 1965 年版，第 564—565 页。

　　方孝标诗中所述的太子及二王的遭遇均来自一位僧人的述说。这个僧人曾在李自成的军中见过太子与二王,目睹了三人被李自成杀死。如果方孝标诗中所言属实,那这个太子必假无疑。但出于对弘光朝廷的不满心理,朝廷越说是假,众人就越疑其真,"人心因思汉,庶几永祚存"即此意。"假太子"一案,不只是南京市民的街谈巷议,就连一些带兵在外的武将,如黄得功、刘良佐、左良玉等人也都参与进来。他们纷纷上疏表达意见,多持太子为真的看法。如左良玉上疏请求"保全太子,以安臣民之心",并激烈抨击"皇上独与二三奸臣保守天下,无是理也"①,后来左良玉东下称兵便是以此为口实,称奉太子密诏"清君侧",以此为借口率兵向南京进攻,从而加速了弘光政权的瓦解。"假太子"事一直闹到清军占领南京,弘光朝廷覆亡,方告平息。

　　朱由崧在位期间疑案丛生,"假太子案"尚未结束,又出现了更加离奇的"童妃案"。弘光二年(1645)三月十三日,河南巡抚越其杰与广昌伯刘良佐派人给朱由崧护送来一位女子。她自称是河南孟津人,是朱由崧为福王时的东宫妃子,生了一个儿子,后来离散。听说朱由崧当了皇帝,便寻至南京。弘光帝闻言大怒,不仅不予相认,还把童妃说成是妖妇,令人使用酷刑,将她活活折磨致死。李清在《南渡录》中记载,弘光帝见到童氏招供后大怒,驳斥说:"朕前后黄早夭,继妃李殉难,俱经追谥。且朕先为郡王,何有东西二宫?……宫闱风化所关,岂容妖妇阑入!"②应该说,弘光帝的驳斥是合乎情理的。李清也称童氏举止轻浮,毫无大家风范:"凡所经

①［清］文秉撰:《甲乙事案》,《南明史料(八种)》,江苏古籍出版社1999年版,第536页。

②［清］黄宗羲、顾炎武等撰:《南渡录》卷六,《南明史料(八种)》江苏古籍出版社1999年版,第385页。

郡邑,或有司供馈稍略,辄诟詈,掀桌于地,间有望尘道左者,辄揭帘露半面,大言曰免,闻者骇笑。"① 这个童妃应该也是假冒无疑。因为朱由崧当时身为亲王,按明朝典制,亲王、郡王立妃由朝廷派员行册封礼,并无东西二宫。有人推测,童氏可能是周王府或其他王府的宫人。崇祯十四年(1641),洛阳被李自成军攻破,老福王被杀,朱由崧与几个亲随逃到尉氏县,童氏或在此过程中与朱由崧相识并同居,朱由崧南下后失散。就案件本身而言,无论童氏是骗子,是误认,抑或是战乱里与朱由崧有过一段情后想要诈个皇后都有可能,但可以肯定她绝不是弘光帝的王妃,且此案也不应成为政局的焦点。但有人出于对弘光朝不满,遂怀疑官方的这个定论,为童氏赋诗云:

> 多病王孙薄命姬,一见悲哀不自持。
> 国亡家破相怜惜,淮上渔舟风月夕。
> 白鱼渡江化为龙,美人清夜泣芙蓉。
> 留得红颜惧消歇,来诣王家旧宫阙。
> 何为驱呼入棘门,不思故剑曾随君?
> 寒铁无情带头锁,暗将泪点弹鬼火。②

　　这首诗对童妃表示了同情,谴责了弘光帝的薄情寡义,也反映了民间对弘光朝的态度。当时朝野很多人都倾向于童妃为真。史学家徐鼒就认为童氏所言为真:"童氏之事可疑乎? 无可疑也。天

---

① [明]李清撰,顾思点校:《三垣笔记》,中华书局1982年版,第127页。
② [清]吴伟业撰:《鹿樵纪闻》,《台湾文献史料丛刊》第五辑,台湾大通书局1987年版,第11页。

下至顽劣之妇,未闻敢有冒为人妻者,况以天子之尊,宫禁之严乎?"①甚至连马士英都相信没人敢胆大到冒充天子妻子的程度。于是一些东林党人借机对弘光帝进行人身攻击,污蔑弘光帝为假冒者,以此否定弘光政权的合法性,并且暗示马士英等人为了贪图定策之功,有意将假冒者当成朱由崧使之登上帝位。

　　浙东史派的创始人黄宗羲就是其中有代表性的一位,他撰写的《弘光实录钞》以国史自居,书中对弘光迎立过程作了如下的描述:"北都之变,诸王皆南徙避乱。时留都诸臣议所立者,兵部尚书史可法谓:'太子、永定二王既陷贼中,以序则在神宗之后,而瑞、桂、惠地远,福王则七不可(原注:谓贪、淫、酗酒、不孝、虐下、不读书、干预有司也)。唯潞王讳常淓素有贤名,虽穆宗之后,然昭穆亦不远也。'是其议者,兵部侍郎吕大器、武德道雷演祚。未定,而逆案阮大铖久住南都,线索在手,遂走诚意伯刘孔炤、凤阳总督马士英幕中密议之,必欲使事出于己而后可以为功。乃使其私人杨文聪,持空头笺,命其不问何王,遇先至者,即填写迎之。文聪至淮上,有破舟河下,中不数人,或曰,福王也。杨文聪入见,启以士英援立之意,方出私钱买酒食共饮。而风色正顺,遂开船,两昼夜而达仪真。可法犹集文武会议,已传各镇奉驾至矣。士英以七不可之书用凤督印印之成案,于是可法事事受制于士英矣。"②黄宗羲的这段记载许多地方不符合事实,比如派杨文聪携带空头笺不问是哪位藩王迎来南京,拥上帝位,就共享定策之功,简直是胡说八道。史可法在迎立问题上受了马士英的欺骗确有其事,

---

① [清] 徐鼒撰,王崇武点校:《小腆纪年附考》卷九,中华书局1957年版,第335页。

② 沈善洪主编:《弘光实录钞》,《黄宗羲全集》第2册,浙江古籍出版社1986年版,第3页。

但说马士英"用凤督印印之成案"却毫无意义。史可法"七不可
立"的信件落在马士英手里,不盖凤督印仍是个重大把柄。黄宗
羲这段"高论"的关键是"或曰,福王也",这句话的实际意思是说
弘光帝的身份未经"验明",是否是真身还应存疑。这完全是黄宗
羲的凭空臆想,无根之词。难道杨文聪随意见到一舟,只因有人
说舟中人是"福王",就未加任何验证而轻率迎回,他难道不怕日
后真正福王来到吗?或者认识福王的人戳穿吗?这一弘光帝为
假的观点也表明了童妃案和前面的大悲案、太子案一样,背后均
有政治势力的介入,是马士英、阮大铖与东林、复社之间的权力斗
争。《怀陵流寇始终录》记载了黄宗羲弟子万斯同对"童妃案"的
分析,观点更为离奇,几乎骇人听闻。万斯同假设福王朱常洵及
其数子皆死于乱中。南下逃难的朱由崧之真正身份为福府伴读
李某,假冒福王次子通城王的身份,与福藩的数名太监联手设下
骗局,竟瞒过崇祯皇帝与文武百官,成功袭封福王,后得马士英之
助即位为弘光帝,并以"童妃案"作为李某假冒福王世子身份的
证据。"童妃固通城王之元配,弘光固不令入宫,恐败事也。"① 还
有人通过弘光帝与太后相见的不自然反应,证明福王与太后实不
相识。

　　钱澄之在诗中对弘光朝震动江南的三大疑案有详细记载。并

①［清］戴笠、吴殳著,陈协琹、刘益安点校:《怀陵流寇始终录》卷十八:"鄞县
　万斯同曰:河南府破时,福王为贼所啖,诸子未有存者。府中数宦侍逃至怀
　庆,无所得食。其中有福府伴读李某者,貌颇似福王次子通城王。乃相与谋
　曰:'诸王子不接外臣,谁能谛知!事在吾辈耳,何忧无食。'乃以通城避难
　闻于县,遂达上前。上深念叔父荼毒,世子已死,即以李袭福王爵,马士英因
　立以为帝。其后太后至,弘光趋迎,屏人密语者久之,遂为母子。弘光在位
　且一年,不立后,与太后寝处如夫妇,初非忝继母也。童妃固通城王之元配,
　弘光固不令入宫,恐败事也。"辽沈书社1993年版,第345页。

针对案中的许多疑点进行分析,提出了自己的看法:

假太子

昔闻燕京亡,诸王已陷贼。挟之左右随,贼去无消息。
如何妄小儿,憔悴来河北。云是旧东宫,脱身今返国。
官监无敢认,讲官不相识。后云王之明,拷讯已吐实。
党人为主使,大狱事罗织。国亡天子走,群小拥登极。
与上同就擒,并侍贤王侧。贤王偕北还,真伪竟谁测?　①

钱澄之认为这个南来的太子是假的。"如何妄小儿,憔悴来河北"
一语已表明作者的态度。对于"假亲王",钱澄之的观点也很明确:

假亲王

狂贼昔猖獗,诸藩皆炭涂。幸免有几人,亡命窜天隅。
如何妄男子,乃有非分图。诏狱酷锻炼,一死伏其辜。
或云福世子,国破民间逋。南都新立帝,匍匐趋乘舆。
微幸思袭国,冒昧还遭诛!不闻隽不疑,叱收黄犊车。
满朝尽通经,世子来何愚!　②

对于"假后",钱澄之的态度则很微妙:

假后

福国昔破散,骨肉如飘蓬。诸王更衣遁,妃主不得从。

---

① [清]钱澄之撰,汤华泉校点:《藏山阁集》,黄山书社2004年版,第86页。
② [清]钱澄之撰,汤华泉校点:《藏山阁集》,黄山书社2004年版,第85页。

如何妄妇人,御史訖还官。叩阍不容见,榜掠词已穷。
愿归披庭死,得一识重瞳。或云世子妇,流落里妇同。
闻王即帝位,自谓匹圣躬。庶几邢夫人,御环得相逢。
不知今上谁,空死囹圄中! ①

　　钱澄之在诗中含蓄地指出,这个童妃可能认错人了。因为龙椅上坐的这个并不是她熟知的福王,而是另外一人。在这首诗里,钱澄之隐晦地提出一个观点——弘光帝可能是假的!"不知今上谁,空死囹圄中"即是此意。钱澄之的观点代表了东林党人一种猜测,可视为党争的延续,不只是针对福王本人,还指向拥立福王的马士英、阮大铖等人。

　　事实上,弘光朝的大臣见过福王朱由崧的人不少,不可能是假的。从洛阳被攻破到明朝覆亡,明政府也从未怀疑朱由崧的福王世子身份,而逃难南下的宗室、懿亲、勋贵也没有一人提出疑问,就连竞争对手潞王朱常淓也未有任何质疑。若朱由崧来历不明,朱常淓绝不可能缄默不语,更不可能大谈当年收留朱由崧,接济其生活的旧事,希望弘光帝能顾念旧恩亲情,消除对自己的提防之心。在"北来太子案"中,明朝宗室们几乎未置一词,没有人怀疑朱由崧的真实性,但东林党人与复社人士却只凭着来历不明的女子一面之词,就怀疑朱由崧为假冒者,又诬蔑弘光母子私通乱伦,反映出东林党人对弘光政权的痛恨,不惜以史家之笔,记道听途说、捕风捉影之事,殊为可叹。清代史家戴名世分析了"南渡三案"的疑点后,提出弘光政权不亡于清军,而亡于党祸的观点,有一定道理。一般以为东林、复社名士皆骨鲠正直之人,其实不然,不少热衷于

---

① [清]钱澄之撰,汤华泉校点:《藏山阁集》,黄山书社2004年版,第86页。

名利的人也混迹其间,使东林复社成为一复杂的团体。戴名世在
《南山集》中评论:"呜呼,南渡立国一年,仅终党祸之局。东林、复
社多以风节自持,然议论高而事功疏,好名沽直,激成大祸,卒致宗
社沦覆,中原瓦解,彼鄙夫小人,又何足诛哉。自当时至今,归怨于
嗣主之昏庸,丑语诬诋,如野史之所记,或过其实。而余姚黄宗羲、
桐城钱秉澄,至谓帝非朱氏子。此两人皆身罹党祸者也,大略谓童
氏为真后,而帝他姓子,诈称福王,恐事露,故不与相见,此则怨怼
而失于实矣。"①戴名世以为东林党人造谣,乃因怨怼弘光帝任用
小人,但考虑到上述的迎立问题与文武冲突,可知"南渡三案"也
有阉党借机兴狱的性质。"大悲案"的矛头对准潞王及主张迎立潞
王的东林党人,阉党欲借此案掀起大狱,推翻逆案,将东林党人连
根拔起;而"太子案"与"童妃案"则是东林党人的反击。南明史
专家顾诚先生指出:"这三个案件表面上是孤立的,互不相涉,却都
贯串着对朱由崧继统不满的政治背景。"②"童妃案"与"太子案"
的矛头对准了弘光帝及主张迎立福王的马士英,东林党欲借两案
动摇弘光帝皇权的正当性基础,增加了弘光君臣的不安全感。可
以说"南渡三案"是弘光朝党争制造的恶果,也是弘光朝廷旋即覆
亡的重要导火线之一。各派都想利用"三案"损害敌对一方的利
益,这给弘光政权带来了许多麻烦。尤其是"太子案"加速了弘光
政权的瓦解。当时南京城遍传谣言,以为伪太子才是真太子,弘光
帝根本是一冒充者,于是给了左良玉东下称兵的理由,尤其是曾为
左良玉监军的御史黄澍记恨马士英,向左良玉"日夜言太子冤状,

---

① [清]戴名世著,王树民编校:《戴名世集》,中华书局2019年版,第452页。
② 顾诚著:《南明史》,光明日报出版社2011年版,第112—113页。

请引兵除君侧恶"①。左良玉便以奉太子令、清君侧为由,率领大军沿江东下,让弘光帝与马士英误以为左良玉叛乱,不得不调集军队抵御左良玉的军队,造成江北防线空虚,使清军乘虚而入,导致弘光政权不战而降。杨凤苞说:"明末南都之亡,亡于左良玉之内犯。"②此处不拟论证两案真伪,只是透过其实质来剖析弘光政权因腐败而导致的必然覆亡的命运,正如刘中平所言:"童妃若真,说明弘光帝置结发之妻于不顾,足以证明弘光帝喜新厌旧,无情无义;太子若真,足以证明弘光帝为保全自己已到手的帝位,无亲情,无君义。童妃、太子若假,可以从中看出弘光帝的统治已不似建立政权之初那样深得人心,经过时间考验,弘光政权的种种施政方针已渐渐不得人心,在这种情况下,已有人欲利用此类事件向弘光帝统治表示不满。总之,此类案件无论真假,它们的发生和结局反映了弘光政权的腐败,这一点是毋庸置疑的。"③此可谓精当之论。

三、弘光朝失政

弘光朝的建立一度给当时的民众带来巨大的希望,期望它能够成为反清复明的一面旗帜。朱由崧于崇祯十七年(1644)五月初一入南京,受到了南京民众的热烈欢迎。有史籍记载:"王辇所至,都民聚观,生员及在籍官沿途皆有恭迎者。"④后来成为史学大家的谈迁也在当时欢迎的人群之中,目睹了这一盛况,写下《甲申

①[清]张廷玉等撰,中华书局编辑部点校:《明史》,中华书局1974年版,第7943页。
②[清]温睿临撰:《南疆逸史》,中华书局1959年版,第5页。
③刘中平:《"南渡三案"述论》,《明史研究》第十二辑,黄山出版社2012年版,第330页。
④[清]计六奇撰,任道斌、魏得良点校:《明季南略》卷一,中华书局1984年版,第8页。

五月迎銮》一诗：

> 欢声雷动吏民同，犹是讴吟玉帛中。
> 白水真人原帝籍，大横佳兆本天宗。
> 永嘉建武狗遗迹，虎踞龙蟠踵旧风。
> 好上新亭休洒泪，夷吾江左有诸公。①

　　诗中描写了迎接朱由崧的盛大场面，把朱由崧比作中兴汉室的刘秀，"建武"是刘秀的第一个年号。这首诗不只是表达了南京民众对朱由崧及文武大臣的热切期待，也代表了全国士民对弘光朝的殷殷期望。对于弘光朝的建立，很多有志复明的江南文人都如谈迁一样，用诗歌表达喜悦鼓舞的心情。安徽贵池人李蟄闻弘光登基有"九州翘首瞻星宿，行看龙图献帝阍"（《八月家筵欣闻行在消息》）②，浙江东阳人金肇元有"陪京昭代惟丰镐，三百年来德泽深"（《喜南都庆诏至》）③ 等。顾炎武在读到福王即位诏后，心情激动，作《感事》诗七首，对弘光朝廷寄予了恢复神州的厚望，其中第二首云："缟素称先帝，春秋大复仇。告天传玉册，哭庙见诸侯。诏令屯雷动，恩波解泽流。须知六军出，一扫定神州。"④ 顾炎武期望弘光帝即位后，把报仇雪恨作为当务之急，利用广大民众痛悼崇

① [清] 谈迁：《枣林诗集》卷一，《谈迁诗文集》，辽宁教育出版社 1988 年版，第 52 页。引自张晖著：《帝国的流亡：南明诗歌与战乱》，中国社会科学出版社 2014 年版，第 10 页。
② [清] 陈济生编：《天启崇祯两朝遗诗》卷八，中华书局 1958 年版，第 1153 页。
③ [清] 陈济生编：《天启崇祯两朝遗诗》卷十，中华书局 1958 年版，第 1499 页。
④ [清] 顾炎武撰，华忱之点校：《顾亭林诗文集》，中华书局 1983 年版，第 260 页。

祯帝的有利形势,厉兵秣马声讨李自成的农民军,一举诛灭乱臣贼子,恢复大明的江山社稷。"一扫定神州"之语可以看出顾炎武对弘光朝的乐观估计。同年四月,顾炎武应弘光朝举荐赴南京就职,当他行至镇江时,面对这兵家必争的江防重镇,心潮澎湃,写下了《京口即事》系列组诗,其一云:"白羽出扬州,黄旗下石头。六双归雁落,千里射蛟浮。河上三军合,神京一战收。祖生多意气,击楫正中流。"① 当时弘光朝派黄得功、刘良佐、刘泽清、高杰四将分守江南江北,号称"四镇"。弘光朝大学士、兵部尚书史可法亲自出朝督师扬州,顾炎武对史可法这位明朝的忠臣与重臣寄予厚望,期盼在他的指挥之下,四镇将领能同心协力,早日收复北京,而自己如同当年击楫中流的东晋祖逖,愿意身为前驱,为抗清复明奉献出自己的全部力量。徐州诗人万寿祺听到南京立新君的消息后喜不自禁,作《五月》一诗记述此事:"乔云五色日重光,今上龙飞丰沛乡。藩将自称新节度,国书初遣老中郎。侵晨旋马入高庙,半夜焚香哭上皇。中外拥兵争定策,一时谁是郭汾阳。"② 乔云,三色彩云,古人视为祥兆。郭汾阳,即郭子仪,是再造唐室、平定安史之乱的首功之臣。弘光朝的建立,使万寿祺心中燃起中兴的希望,期望朝廷能出现像郭子仪一样的名将,平定国乱,再造社稷。

　　弘光朝初立,朝野上下无不寄予殷殷厚望。此时尚在常熟家居的钱谦益闻讯作有《甲申端阳感怀》组诗,第十四首用充满欣喜的笔调写道:

---

① [清]顾炎武撰,华忱之点校:《顾亭林诗文集》,中华书局1983年版,第261页。

② 钱仲联主编:《清诗纪事》,凤凰出版社2004年版,第34页。

喜见陪京宫阙开，双悬日月照蓬莱。

汉家光武天潢近，江左夷吾命世才。

地自龙兴留胜概，人乘虎变勒云台。

王师指日枭凶逆，露布高标慰九垓。①

　　钱谦益作为当时名满天下的前朝重臣及东林党魁，把朱由崧即位南京视为"汉家光武"的刘秀，看成是当时士民的普遍心态。因为朱由崧的封地在洛阳，东汉建都也在洛阳，所以时人都觉得这种历史的巧合暗示着明朝中兴的希望。吴伟业也作有《甲申十月南中作》一诗，同样对弘光朝表现出热切的期盼：

六师长奉翠华欢，王气东南自郁盘。

起殿榜还标太极，御船名亦号长安。

湖吞铁锁三山动，旗绕金茎万马看。

开府扬州真汉相，军书十道取材官。②

　　表面上看兵强马壮、王气郁盘，就连朱由崧为享乐而兴建的宫殿与游船，吴伟业也误以为乃开国盛事。"太极宫"是初唐政事活动的中心，高祖、太宗在这里君临天下，成就了一代圣制；"长安号"是三国时孙权所造的一艘大战船，是当时世界上最大的战船，曾经到达东南亚地区。吴伟业对弘光朝廷充满信心还有一个原因，就是朝中有史可法的支撑，即诗中所言"开府扬州真汉相"。他在《读

---

① 钱仲联主编：《清诗纪事》，凤凰出版社2004年版，第321页。

② ［清］吴伟业著，李学颖集评标校：《吴梅村全集》，上海古籍出版1990年版，第137页。

史杂感十六首》其一中也表达了同样的感情："吴越黄星见，园陵紫气浮。六师屯鹊尾，双阙表牛头。镇静资安石，艰危仗武侯。新开都护府，宰相领扬州。"[①]吴伟业在诗中以击败前秦大军并中兴东晋的谢安与六次北伐的蜀相诸葛亮来比史可法，期望弘光政权能在史可法的带领下，北御强敌、恢复中原。桐城布衣方文听闻朱由崧即位，作有《除夕咏怀》诗表达了喜悦之情："江左重瞻新气象，墙东无改旧门闾。"[②]就连远在山西的诗人傅山闻听福王即位后都喜悦难禁。甲申之变时，傅山时年三十八岁，国家易鼎，山河变色，作者自感生不如死："三十八岁尽可死，栖栖不死复何言？徐生许下愁方寸，庚子江关黯一天。蒲坐小团消客夜，烛深寒泪下残编。怕眠谁与闻鸡舞，恋著崇祯十七年。"[③]当听到弘光朝成立的消息，傅山一下子重新燃起了对明振兴的信心，以至于连做梦都梦到了这件事："掩泪山城看岁除，春正谁辨有王无？远臣有历谈天度，处士无年纪帝图。北塞那堪留景略，东迁岂必少夷吾？朝元白兽尊当殿，梦入南天建业都。"[④]甲申之变，清军的铁骑踏破中原，结束了明王朝的统治，国破家亡，傅山之所以未追随崇祯帝而殉国，是因为他看到江南还存在着复兴明室的希望。他对弘光朝廷寄予厚望，也盼望有像管仲一样的人才辅助弘光，以重建大明基业。但弘光朝廷存在仅八个月便烟消云散，其立国时间甚至不如同样偏安的南宋朝廷的百分之一。这不是弘光朝实力不够，当时弘光朝廷

①［清］吴伟业著，李学颖集评标校：《吴梅村全集》，上海古籍出版 1990 年版，第 96 页。

②［清］方文撰，胡金望、张则桐校点：《方嵞山诗集》，黄山书社 2010 年版，第 241 页。

③ 邓之诚撰：《清诗纪事初编》，中华书局 1965 年版，第 165 页。

④［清］傅山著：《霜红龛集》，山西人民出版社 1958 年版，第 279 页。

据有长江天险，还拥有中国最富庶的江南地区及河南、山东的大部分，四镇军队及左良玉军共计超过百万，这还不包括各地忠于明室的义军。就综合实力而言，弘光朝廷丝毫不弱于大清和大顺，弘光朝廷的短命，与它的失政密切相关。

　　朱由崧能够当上皇帝，离不开马士英的大力推举，为了报恩，对马士英格外的关照。而马士英以前只是个边臣，并没有朝廷履职的经历，他要想入朝辅政必须得先排挤走兵部尚书、东阁大学士史可法，而史可法对马士英又未曾设防，所以在"定策"问题上被马士英抓住把柄，陷于被动境地。朱由崧即位后，史可法怀着对明朝的赤胆忠心，在弘光朝初立就提出几个迫切需要解决的问题："数月以来，陵庙荒芜，山河鼎沸，复仇之师未出，河上之防未固；此时即卑宫菲食、卧薪尝胆，尚恐无济于事。今观庙堂之作用、百职事之精神，殊未尽然。忆陛下初莅南都，语及先帝，则泣下沾襟；进谒孝陵，则泪痕满袖。曾几何时，可忘前事？先帝以圣明罹惨祸，此千古未有之变也；先帝崩于贼、恭皇帝亦崩于贼，此千古未有之仇也。庶民之家，父兄被杀，犹思穴胸断脰，得而甘心；朝廷顾可漠置？又，近得北示，公然以逆遇我，和议决不可成；和不成，惟有战。战，阃外事也。然阃外视庙堂，庙堂视皇上，伏愿深思痛念，无然泄沓。慎名器以劝有功，假便宜而责成效。凡不急之工役、可省之繁费，一切报罢；声色之蛊惑、左右之献谀，一切谢绝。即事关典礼，亦概从俭约。朝乾夕惕，振举朝之精神，萃四海之物力，以并于选将厉兵一事，庶人事克尽，天意可回。"[1]史可法词意恳切，字字切中时弊，希望弘光帝能俭约从政，杜绝个人享受。弘光帝对此反应非

①［清］吴伟业撰：《鹿樵纪闻》，《台湾文献史料丛刊》第五辑，台湾大通书局1987年版，第7—8页。

常冷漠,而马士英则为了迎合弘光帝的私心,提出当朝必须急办的四件大事分别是:圣母宜迎、皇考梓宫宜迁、诸王宜防、宜选淑女。弘光闻奏十分感兴趣,令马士英马上备办。马士英的举措引来了朝野的一片哗然,有人题诗嘲讽:

> 尚方有宝剑,相传出欧冶。
> 砍断佞臣头,试取先斩马。
>
> 世人但求福,危哉祸所倚。
> 寄语塞翁知,得马莫狂喜！①

　　诗中把弘光帝的昏聩归咎于佞臣马士英的作梗,表达了对马士英的痛恨,也流露出对弘光帝的失望,并提醒他把复兴大业的希望托错了对象,进而预言弘光朝终将败于马士英之手。黄宗羲对弘光帝素无好感,认为他只是诸臣争权夺利的工具:"马阮挟之以翻逆案,四镇挟之以领朝权,而诸君子亦遂有所顾忌而不敢为,于是北伐之事荒矣。"② 果然,弘光政权建立不到一个月,史可法就被马士英排挤出朝廷,前去镇守江北重镇扬州。而史可法名为督师,但掌握军队实权的江北四镇根本不听他的调遣,朝廷大权又被马士英、刘孔昭等人把持,时人为之很是忧虑,钱澄之《二忠诗》的前一首便是写史可法势单力孤的无奈:

---

① [清]吴伟业撰:《鹿樵纪闻》,《台湾文献史料丛刊》第五辑,台湾大通书局1987年版,第78页。
② 沈善洪主编:《弘光实录钞序》,《黄宗羲全集》第2册,浙江古籍出版社1986年版,第1—2页。

史公将略本非长，半壁南朝一死偿。

庭议只知除异己，庙谋宁复顾危疆。①

史可法文臣出身，于军事方面是外行，他一片忠心死守扬州，最后落得以身殉城的下场。史可法之死确实令人深感惋惜，他竭力保护的弘光帝，是一个平庸无能的人，而所谓从龙的文武大臣，也是各怀私心，争权夺利，明朝国运至此，确实需要一位能够运筹帷幄的股肱之臣来主持局面才行，但史可法忠心有余，能力方面实有不足。钱澄之虽然不在朝中任职，但他对弘光政权内部的矛盾冲突十分了解，对明朝积淀已久的弊病也非常清楚，眼光十分尖锐，这首诗表达了他对弘光朝政的失望之情。

弘光朝廷初立，弘光帝万事依从马士英，而马士英自恃拥戴之功，朝廷之上，任人唯亲，大开卖官鬻爵之门，为了维持国家运转和个人腐朽生活的巨大开销，弘光帝也默认了马士英的行为。马士英从州县生童纳金免考到后来以官职高低出卖官爵的一系列行为，确实为弘光朝廷聚敛了一些财富，但这种行为严重损害了朝廷的声誉，肥的却是马士英等人的腰包，当时有民谣讽刺这种现象：

中书随地有，都督满街走。

监纪多如羊，职方贱如狗。

荫起千年尘，拔贡一呈首。

扫尽江南钱，填塞马家口。②

---

① [清]钱澄之撰，汤华泉校点：《藏山阁集》，黄山书社2004年版，第87页。
② 顾诚著：《南明史》，光明日报出版社2011年版，第94页。

在弘光二年(1645)二月开始实行纳银买翰林待诏后,"都督满街走"又被改成"翰林满街走"。当时南京城还流传着如下词句:"有福自然轮着,无钱不用安排。满街都督没人抬,遍地职方无赖。　　本事何如世多?多才不若多财。门前悬挂虎头牌,大小官儿出卖。"① 又有时语曰:"金发莫试割,长弓早上弦。求田方得禄,买马即为官。""马"即马士英,"田"即田仰,为马士英亲信。弘光帝则只顾个人享乐,放任马士英卖官鬻爵,贪污受贿,把朝廷搞得乌烟瘴气。民间还传诵有《西江月》词一首云:"弓箭不如私荐,人材怎比钱财?吏兵两部挂招牌,文武官员出卖。　　四镇按兵不举,东奴西寇齐来。虚传阁部过江淮,天子烧刀醉坏。"② 时人辛升有感于弘光政权的腐败,作《世变十更》诗讽刺,其中一首云:

世局于今又一更,天教害气满朝廷。
科场久作招商店,选部尤开闹市门。
甫戴进贤忘布素,一行作吏满金银。
弥天塞地皆黄白,何处秋壶一片冰。③

"弥天塞地皆黄白"说明弘光朝的官场已完全沦落由马士英、阮大铖等把持的卖官鬻爵的市场了,连科举考试都可以用钱操纵。弘光朝廷的这种情况令一些正直的朝野之士痛心疾首,宜兴遗民徐懋曙为此创作了《甲申乙酉间事》组诗,其第四首就记述了弘光朝大肆卖官鬻爵,以枢府为纱帽店肆之事,其诗云:"三百年来重

① 顾诚著:《南明史》,光明日报出版社 2011 年版,第 94 页。
② 顾诚著:《南明史》,光明日报出版社 2011 年版,第 94 页。
③ 顾诚著:《南明史》,光明日报出版社 2011 年版,第 94 页。

制科,弓旌此日贲山阿。天曹枢府双开邸,为问金钱多不多。"末注:"待诏、鸿胪、都司、参将,银到即除,市贩白衣,一无所择。"[1]弘光帝任由马士英的胡作非为,激起了一些人的强烈痛恨,弘光二年(1645)三月,有人竟然在马士英的厅堂上贴了这样一副对联:

> 闯贼无门,匹马横行天下;
> 元凶有耳,一兀直捣中原。[2]

"闯"字无门是"马","匹马"谓马士英一人,上联寓意马士英横行霸道,独揽大权;"元"字与"耳"字组合成"阮"字,"兀"字谓断一足之义,讥讽阮大铖一条腿有残疾的体貌特征;下联寓意阮大铖残暴奸诈,是祸国殃民的元凶。弘光帝出于对马、阮等人的极度信任,以至被蒙蔽了视听,即使清兵即将打到家门口,他也浑然不知,依然沉醉于权臣为其营造的享乐生活之中。就此,有人在长安门柱上题:

> 弘主沉醉未醒,全凭马上胡诌;
> 羽公凯歌以休,且听阮中曲变。[3]

"弘主"指弘光帝,"马上"指马士英,"羽公"是郑鸿逵的字,

---

① 潘承玉:《〈且朴斋诗稿〉:遗民徐懋曙的诗史追求》,《绍兴文理学院学报》2011年第4期。

② [清]邹漪撰:《明季遗闻》,《台湾文献史料丛刊》第五辑,台湾大通书局1987年版,第85页。

③ [清]吴伟业撰:《鹿樵纪闻》,《台湾文献史料丛刊》第五辑,台湾大通书局1987年版,第14页。

"阮"指阮大铖。意谓在马士英频传郑鸿逵抗清捷报的哄骗之下，弘光帝沉醉在阮大铖制作的戏曲声乐当中不能自拔。郑鸿逵是郑芝龙之弟，原名芝凤，在考取武举人时，改名鸿逵，号羽公。郑鸿逵当时担任镇江总兵，他在得知清军渡过长江后，不敢与清军对抗，一边虚报抗清业绩，一边率军退往福建。弘光朝除了马士英等朝廷大臣祸乱朝政外，一些有权势的内臣也不甘落后，当时有一副对联这样写道："福运告终，只看卢前马后；崇基尽毁，何劳东捷西沾。"① "卢"指司礼太监卢九德，"马"指宰相马士英，"捷"指吏部尚书张捷，"沾"指左都御史李沾，四人均属一丘之貉。意谓朱由崧做皇帝的命运及崇祯朝留下的尚好基业，全毁在这一干人手里了。河南人李发愚历尽艰辛到达南京后大失所望，作诗云："怪底新朝无个事，大家仍做太平官。"② 本来应该是秣马厉兵、百废待兴的新建朝廷却"无个事"，这样的政权岂能长久！

　　弘光朝廷以阮、马为首的文臣只知贪腐弄权，而镇守在外的武将则拥兵自重，跋扈难驯。弘光朝廷建立后，设立江北四镇，镇守江北各地要冲，以抵御清军南下。江北四镇分别是淮安、扬州、庐州、泗州四个重要军区，统军将领为黄得功、刘良佐、高杰及刘泽清四人。四镇之中兵力最强的是高杰。高杰曾是李自成部下，后来与李自成妻邢氏私通，惧诛而投到明将贺人龙麾下，后来跟随贺人龙攻打各地农民起义军，崇祯朝官至副总兵，至弘光朝因"定策"之功而被封为兴平伯，驻军于泗水。高杰艳羡扬州富庶，遂提兵至扬州，扬州之民惧杰兵残暴，闭门不纳。高杰便纵兵抢掠，杀戮了

①［清］计六奇撰，任道斌、魏得良点校：《明季南略》卷四，中华书局1984年版，第210页。
②顾诚著：《南明史》，光明日报出版社2011年版，第95页。

不少居住在城外的扬州士民。扬州人也在当地官员的带领下，固城自保，伺机劫杀高杰之散兵。新科进士、扬州盐商后裔、复社著名领袖郑元勋因为调停高杰与扬州市民的关系，而被乱民杀害，这给了高杰攻占扬州的借口。他在扬州城外纵兵报复，大开杀戒。扬州诗人汪懋麟对此事件有真实的记载，其《刘庄感旧》诗云：

> 扬州甲申岁，夏四月终旬。城头箭如雨，城内夜杀人。
> 余时方七龄，历历记犹真。吾翁守空城，遣家避海滨。
> 提携仗老母，跋涉尝艰辛。……中兄死兵革，季兄陷营屯。
> 老母日夜泣，枯口复焦唇。小时不晓事，索食遭母嗔。[1]

后来，在史可法等人的调解下，高杰退兵，扬州民众得以保全，但扬州城已经遭到一次洗劫。弘光朝的四镇不只是掠夺人民，相互之间为了争权夺利也是内斗不断。如黄得功就垂涎扬州的富庶，为此与高杰发生几次内讧，双方各有伤亡，后来也是经史可法的悉心调解，才维持了双方表面上的相安。泰州诗人吴嘉纪虽然远居海滨，但也耳闻目睹不少四镇的不法之事。他在《赠汪生伯先生》诗中就提道："忆昔甲申岁，四镇拥兵卒。兴平称最强，争地民不恤。下令助军饷，威迫甚于贼。国家财富区，一朝为萧瑟。"[2]诗中提到高杰的军队以助饷为名，掠取民财，残害百姓，甚于盗贼。侯方域在诗中对于武将跋扈也有记载："当时领四藩，皆封公侯爵。饱飏恣跋扈，郊甸互纷攫。……譬彼虎狼群，焉肯食藜藿。二刘与

---

① [清]汪懋麟撰：《百尺梧桐阁诗集》，《清代诗文集汇编》，上海古籍出版社2010年版，第384页。
② [清]吴嘉纪著，杨积庆笺校：《吴嘉纪诗笺校》，上海古籍出版社1980年版，第439页。

靖南，久受马阮约。唯有兴平伯，末路秉斠酌。志骄丧其元，乃缓猛兽缚。遂起广漠尘，负隅氛转恶。"① 侯方域在诗中所说"四藩"即高杰、黄得功、刘良佐、刘泽清四人。他们怯于公战，勇于内斗，互相之间争名夺利，内讧不已，其中黄得功与刘良佐、刘泽清三人都听马士英、阮大铖的号令，只有兴平伯高杰后来受到史可法忠义精神的感召，愿意听从他的调遣，准备北伐中原，但又因为骄傲自大而死于总兵许定国之手，导致功败垂成。弘光本人为四镇拥立，朝廷威权远逊承平之日，四镇以从龙开国功臣自居，骄横难制。当时关中诗人孙枝蔚正流寓江南，他的《昨有》诗就反映了这种情况："昨有金陵信，遥传恐未真。朝廷忧四镇，宫女盛千人。驾驭英雄主，艰难社稷臣。万邦深属望，何日慰沾巾。"② 诗中对四镇的飞扬跋扈表示了担忧，并且对弘光帝的好色进行了委婉的批评。

许多史籍都记载弘光帝好色，不以国事为重，曾对身边太监说"天下事，有老马在"③ 的话，把军国大事完全委托给马士英，自己则同一班佞幸过着花天酒地的生活。有史书载："医者郑三山以合媚药得幸，雀脑蟾酥，市中一夕踊贵。乞儿手一虫一介，贴黄书上用，人莫敢犯。（考曰：华亭单恂《金陵纪事》诗云："苑城雁闭绿杨丝，江介军书醉不知。清晓内珰催尚药，官虾蟆进小黄旗。"）"④ 内官们也公然打着"奉旨捕蟾"的旗号到处骚扰百姓，民间称弘

① 明月熙：《从〈四忆堂诗集〉看侯方域"以诗存史"的创作追求》，《辽宁师范大学学报》（社会科学版），2015 年 3 月。
② ［清］孙枝蔚撰：《溉堂集》，《清人别集丛刊》，上海古籍出版社1979年版，第211页。
③ 顾城著：《南明史》，光明日报出版社2011年版，第92页。
④ ［清］徐鼒撰，王崇武点校：《小腆纪年附考》卷八，中华书局1957年版，第310页。

光帝为"虾蟆天子"①。朱由崧登上皇帝宝座不久,就以"大婚"为名派出内官往南京、苏州、杭州等地挑选"淑女"。太监田成、屈尚忠之流趁机作威作福,"都城内凡有女之家,不问年纪若何,竟封其门,受金然后释放,又顾别室。邻里哭号,唯利是图"②。太监们借口为弘光选妃,四处搜刮骚扰南京城内有女之家,百姓苦不堪言。给事中陈子龙为此上疏言:"有中使四出搜巷,凡有女之家,黄纸贴额,持之而去,闾井骚然。明旨未经有司,中使私自搜采,殊非法纪。"③工科李维樾也上疏云:"日来路途鼎沸,不择配而过门,皆云:'田、王两中贵强取民间室女,以备宫闱。'有方士营、杨寡妇家,少女自刎,母亦投井死。"④甚至还发生因为朝廷征搜秀女,民间被迫上演拉郎配的闹剧,造成许多女性的不幸婚配。这些记载看似淮中人民的愚笨,实则反映了朝廷的暴虐无道。经朱由崧的不断催逼,各地陆续报来所选淑女:"贡院选七十人,中选阮姓一人。田成浙选五十人中,中选王姓一人。周书办自献女一人,俱进皇城内。"⑤从这则史料中看到,选中的女子有三位,分别是阮、王、周。还有史书有不同的记载,选中的女性为阮、祁、徐。虽然各家所记略有差异,但那些被选中女子的悲剧命运却是一致的。吴伟业有一首长诗《听女道士卞玉京弹琴歌》,记载了弘光朝覆亡后几位中选淑女的命运。全诗借吴伟业的故交、女道士卞玉京之口说

① 顾城著:《南明史》,光明日报出版社2011年版,第93页。
② 顾城著:《南明史》,光明日报出版社2011年版,第92页。
③ [清]计六奇撰,任道斌、魏得良点校:《明季南略》卷二,中华书局1984年版,第92页。
④ [清]李天根著,仓修良、魏得良点校:《爝火录》,浙江古籍出版社1986年版,第315页。
⑤ [清]计六奇撰,任道斌、魏得良点校:《明季南略》卷三,中华书局1984年版,第156页。

出了这些中选女子的不幸命运,既描述了弘光朝的荒淫腐败,也揭
露了清兵南下掠夺妇女的恶行。其诗如下:

> 驾鹅逢天风,北向惊飞鸣。
> 飞鸣入夜急,侧听弹琴声。
> 借问弹者谁?云是当年卞玉京。
> 玉京与我南中遇,家近大功坊底路。
> 小院青楼大道边,对门却是中山住。
> 中山有女娇无双,清眸皓齿垂明珰。
> 曾因内宴直歌舞,坐中瞥见涂鸦黄。
> 问年十六尚未嫁,知音识曲弹清商。
> 归来女伴洗红妆,枉将绝技矜平康。
> 如此才足当侯王。
> 万事仓皇在南渡,大家几日能枝梧。
> 诏书忽下选蛾眉,细马轻车不知数。
> 中山好女光徘徊,一时粉黛无人顾。
> 艳色知为天下传,高门愁被旁人妒。
> 尽道当前黄屋尊,谁知转盼红颜误。
> 南内方看起桂宫,北兵早报临瓜步。
> 闻道君王走玉骢,犊车不用聘昭容。
> 幸迟身入陈宫里,却早名填代籍中。
> 依稀记得祁与阮,同时亦中三宫选。
> 可怜俱未识君王,军府抄名被驱遣。
> 漫咏临春琼树篇,玉颜零落委花钿。……①

① 徐世昌编,闻石点校:《晚晴簃诗记》,中华书局 2018 年版,第 575—576 页。

　　诗中谈到被弘光选中的三位女性的命运。一位是"中山好女",指的是明朝开国功臣徐达的后代;另外两位"祁与阮"中的"阮"是阮大铖的侄女,"祁"是名臣祁彪佳家族中的女性。徐懋曙《甲申乙酉间事》组诗中也记载了被选中入宫的祁姓女子遭遇,与吴伟业的记载相同:"夷光原自苎萝村,掌捧明珠配至尊。凤舫入来龙辇出,琵琶马上拭啼痕。"末注:"绍兴选宫,大中丞以祁姓者应诏,云系国色。弘光奔后,遂为北将所得。"①

　　弘光帝不仅好色,而且贪杯。据董含《莼乡赘笔》记载,弘光宫殿曾悬挂一副对联,上面写着"万事不如杯在手,人生几见月当头"②,据说是大学士王铎奉敕所书,从中可见弘光宫中歌舞彻夜不休,君臣醉生梦死。弘光朝廷建立在国破山河碎的愁云惨雾中,前后也只苟延残喘了不到一年的时间,但宫内歌舞之盛却不亚于明代的任何一位帝王,这在时人的诗文中多有描述。《明季南略》中记载了这样一件事:"除夕,上在兴宁宫,色忽不怡。韩赞周言:'新宫宜欢。'上曰:'梨园殊少佳者。'赞周泣曰:'臣以陛下令节,或思皇考,或念先帝,乃作此想耶。'"③弘光帝甚至为了看演戏而不视朝,顾炎武在《圣安本纪》中记载一事:"初五日丙戌,上不视朝。端阳节也,上以演戏故,不视朝。"时人丁澎在他的《扶荔堂集·弘光宫词》中有云"续命朱丝五色裁,龙舟竞渡五湖回",说的就是此事。《扶荔堂集·弘光宫词》中又有:"吴姬织手擘鹍弦,国色倾城倍可怜。"又有:"平阳歌舞未曾休,回鹘新排万岁楼。特爱教坊诸

―――――――――

① 潘恩玉:《〈且朴斋诗稿〉:遗民徐懋瞩的诗史追求》,《绍兴文理学院学报》2011年第4期。

② [清]刘声木撰,刘马龄点校:《苌楚斋续笔》,中华书局1998年版,第339页。

③ [清]计六奇撰,任道斌、魏得良点校《明季南略》卷二,中华书局1984年版,第117页。

乐妓,大家亲赐与缠头。"① 这首诗说的是弘光一段更为不堪之事。按明宫中制,后宫承幸者头戴金花。有次伶人在宫中演《麒麟》传奇,曲剧未终,头戴金花的已经有三人了。

吴伟业在顺治三年(1646)创作了《读史杂感》系列诗作,此诗名为"咏史",实则是"讽今",是对弘光朝政事的全面回顾。其中或讽刺弘光帝的好色荒淫、宠信佞幸,或揭露秉政者的专权跋扈、卖官鬻爵,或指斥弘光群臣的文恬武嬉、苟且偷安,一唱三叹,流连俯仰,寄寓了诗人无尽的哀伤。如这组诗第二、三首就形象地描绘了弘光朝廷的吏治腐败,并道出当时的一些重大事件:

其二

莫定三分计,先求五等封。国中唯指马,阃外尽从龙。

朝事归诸将,军输仰大农。淮南数州地,幕府但歌钟。

其三

北寺谗成狱,西园贿拜官。上书休讨贼,进爵在迎銮。

相国争开第,将军罢筑坛。空余苏武节,流涕向长安。②

第二首诗中"莫定"二句意思是说弘光朝大臣们不首先确定立国的根本大计,却争着封爵。"三分计",据《史记·淮阴侯列传》,韩信占据齐地后,盱眙人武涉和齐人蒯通都劝说他与汉、楚三分天下,鼎足而立,自成势力。又据《三国志·蜀书·诸葛亮传》,刘备初见诸葛亮于隆中,诸葛亮即提出据有荆州、益州,而与曹操、孙权三

① 李真瑜:《南内新词送南朝——南明弘光朝宫廷戏剧》,《紫禁城》2010 年第
　3 期。
② [清]吴伟业撰,[清]程穆衡原笺,[清]杨学沆补注,张耕点校:《吴梅村诗
　集笺注》卷二,中华书局 2020 年版,第 62—63 页。

分天下之计。这里"三分计"是指与清朝抗衡，稳固弘光朝基业，讽刺弘光朝大臣不首先确定立国的根本大计，却争着封爵。"国中"二句专批当时弘光朝掌权者马士英，因当时朝中大事唯其马首是瞻。最后两句指拥戴弘光即位的高杰、刘泽清、黄得功、刘良佐等以拥立居功封侯，只知寻欢作乐，而不作抗击清军的任何准备。

　　第三首诗中的第一句"北寺"即北司，这里指阮大铖炮制的"顺案"。所谓"顺案"指阮大铖将出仕李自成大顺政权的东林党官员列名在案，借此诬逮了东林子弟顾杲及左光先，并杀死了东林党人雷演祚等人。第三句指史可法曾上书请求讨伐李自成，朝廷置之不理。五六句分别指马士英建造相国府第，争着入朝辅佐政事，能臣路振飞因不依附马士英而被罢免将军职务。弘光朝初，路振飞任淮阳巡抚，驻军淮上。路振飞治军有方，力保江淮不失，然而马士英因其不亲附自己，并忌其威名，不仅不表彰其功劳，还诬其靡费军饷，罢免了其职务，用其亲信田仰代替。最后两句指左懋第事。福王即位后，派遣右佥都御史左懋第北上与清朝议和，同时祭祀崇祯帝后陵墓。到北京后左懋第抗节不屈，后因拒绝清廷招降而被害。第五首就是记载所选淑女的遭遇：

> 闻筑新宫就，君王拥丽华。尚言虚内主，广欲选良家。
> 使者螭头舫，才人豹尾车。可怜青冢月，已照白门花。①

　　顺治十年（1653），吴伟业应清廷征召，再次经过扬州，抚古感今，又作《扬州四首》，其中两首都是咏叹弘光朝政事。一首云："野哭江村百感生，斗鸡台忆汉家营。将军甲第囊弓卧，丞相中原拜

---

① ［清］吴伟业撰，［清］程穆衡原笺，［清］杨学沆补注，张耕点校：《吴梅村诗集笺注》卷二，中华书局 2020 年版，第 64 页。

表行。白面谈边多入幕,赤眉求印却翻城。当时只有黄公覆,西上偏随阮步兵。"① 这首诗是说当年四镇及其他将领拥兵高卧,不思抵御清兵,只有史可法曾向弘光帝上疏请求北伐,收复失地。"赤眉"指高杰要求镇守扬州,因而与黄得功发生冲突,并遭到扬州人民激烈反对。另一首说的是弘光朝军阀内斗误国之事:"尽领通侯位上卿,三分淮蔡各专征。东来处仲无他志,北去深源有盛名。江左衣冠先解体,京西豪杰竟投兵。只今八月观涛处,浪打新塘战鼓声。"② 四镇均被封侯,各有统领地区。除高杰驻于泗水辖徐、泗二州外,其余三镇,刘泽清驻淮北辖淮海,刘良佐驻临淮辖凤阳、寿州,黄得功驻庐州辖滁、和二州。这些人在自己辖地有官员任免权及税收权。"处仲"东晋王导字,这里指左良玉,说他南下只是要讨伐马士英,并没有篡夺政权的野心。"京西豪杰"指刘良佐,清军南下时,清将招降他说:"尔等豪杰,不知天命乎?"③ 他遂率部投降,随即率兵掳弘光帝于芜湖,献于清军。

弘光政权在军事上毫无作为,在军费开支上却极度膨胀,导致在财政上入不敷出,户部采取的对策是变相加征。此政一出,道路哗然,百姓苦不堪言,一时怨声载道。为此,时人辛升作《京饷》诗云:"一年血比五年税,今岁监追来岁银。加二重头犹未足,连三后手急须称。可怜卖得贫儿女,不饱奸胥一夕荤。"④ 辛升又有《县

---

① [清]吴伟业撰,[清]程穆衡原笺,[清]杨学沆补注,张耕点校:《吴梅村诗集笺注》卷六,中华书局 2020 年版,第 296 页。

② [清]吴伟业撰,[清]程穆衡原笺,[清]杨学沆补注,张耕点校:《吴梅村诗集笺注》卷六,中华书局 2020 年版,第 297 页。

③ [清]计六奇撰,任道斌、魏得良点校:《明季南略》卷四,中华书局 1984 年版,第 220 页。

④ 顾诚著:《南明史》,光明日报出版社 2011 年版,第 90 页。

令》诗又云："世局于今又一更，为民父母虎狼心。鞭笞只作肉鼓吹，痛哭如闻静好音。"①弘光朝廷敲骨吸髓搜刮民脂民膏以奉骄民悍将，最终却落得身死国灭的下场。钱澄之有一首五古长篇《悲愤诗》可以作为弘光朝失政的大总结，即君昏、臣奸、将骄：

> 南渡失国柄，二竖覆皇都。武昌兴甲兵，传檄诛奸徒。
> 烽火照河北，四镇还相图。撤兵防上游，坐视扬州屠。
> 所虑楚师下，宁忧胡马驱？胡马渡江来，奸臣弃主逋。
> 可怜佳丽地，士女成炭涂。我友报韩切，义旗倡三吴。
> 磨盾草檄文，鬼神泣通衢。一战不得当，诸将人人殊。
> 书生愤所激，攘臂愿执殳。兵力虽不敌，志已无完躯。
> 遇难震泽滨，事败志勿渝。我友赴深渊，我生聊须臾。
> 宛转娇儿女，枕藉江与湖。哀号浮水出，泣涕通市俱。
> 抚尸哭一声，痛绝还复苏。烈士死不悔，妻孥何罪辜。
> 首祸者谁子？至今犹缓诛。椎心问苍天，苍天安足呼？②

这首诗回顾了弘光朝从兴至亡的过程，可谓一篇弘光朝史诗。钱澄之在诗中清醒地分析了弘光朝灭亡的根本原因：朝政混乱、奸臣当道、军队内讧等。"南渡失国柄，二竖覆皇都"，是痛斥马士英、阮大铖等奸党祸乱朝政；"武昌兴甲兵，传檄诛奸徒"则是指左良玉借"太子案"兴兵讨伐马士英。当左良玉打着"清君侧"的旗号兴兵讨伐南京时，马士英调集四镇兵力围堵左良玉，导致史可法镇守的扬州城失守被屠，即所谓"撤兵防上游，坐视扬州屠"。钱

---

① 顾诚著：《南明史》，光明日报出版社 2011 年版，第 91 页。
② ［清］钱澄之撰，汤华泉校点：《藏山阁集》，黄山书社 2004 年版，第 88 页。

澄之在诗中批评了弘光朝统治集团内部分裂,指挥失当。明朝的甲申之变,乱在江北,江南基本安定,如果南京弘光政权敢于正视前朝灭亡的教训,抛弃不利于国家长久发展的举措,起用敢于直言、忠正无私的大臣,将兴国大任放在首位,将会有不同的结果,但弘光朝廷计不出此,导致其政权仅仅维持了不到一年的时间就覆灭了。在南京建立的弘光朝廷,就人力、物力、财力而言,比清廷、大顺政权都占有非常明显的优势。它控制着中国的半壁江山,淮河以南是当时人口最密集、经济最发达的地方,而且受战乱破坏最小。然而,弘光统治集团的腐朽比起崇祯朝还有过之而无不及,内部又陷于严重的倾轧纷争,特别是作为政权主要支柱的军队,已经蜕化成了将领维护和扩张私利的工具。他们敌视人民,又都是农民军和清军的手下败将,怯于公战,勇于私斗;遇敌望风而逃,而视民如俎上之肉,任意宰割,所以成为昙花一现的短命王朝也就不足为怪了。多铎进入南京后,在一则布告中这样评价弘光君臣:"福王僭称尊号,沉湎酒色,信任金壬,民生日瘁。文臣弄权,只知作恶纳贿;武臣要君,惟思假威跋扈。上下离心,远近仇恨。"① 可谓一针见血!

第二节　　隆武、鲁王朝(附郑成功)

弘光小朝廷灭亡后,明朝旧臣为了延续国祚,再图恢复,相继拥立明宗室后裔建立政权与清廷对抗。顺治二年(1645)六月,镇江总兵官郑鸿逵、户部主事苏观生等迎奉明太祖朱元璋九世孙唐

---

① [清]邹漪撰:《明季遗闻》,《台湾文献史料丛刊》第五辑,台湾大通书局1987年版,第93—94页。

王朱聿键抵福建,当地军阀郑芝龙及文臣黄道周、张肯堂等请唐王监国,同年闰六月二十七日,唐王登极正式称帝,改元"隆武"。几天后,清廷招降使就闻讯赶来要他削号称臣。朱聿键果断杀掉使臣,并敕谕群臣说:"朕今痛念祖陵,痛惜百姓。狂彝污我宗庙,害我子民,淫掠剃头,如在水火。朕今诛清使、旌忠臣外,誓择于八月十八日午时,朕亲统御营中军平彝侯郑芝龙、御营左先锋定清侯郑鸿逵,统率六师,御驾亲征。尚赖文武臣民勇效智力、谋富才能,同报祖宗,以救百姓。有功者,朕必重报,再无食言。特谕。"①这篇敕文是隆武帝御驾亲征的动员令,既说明了此次讨伐的理由,也有对臣下寄予的期望,文辞简短,但极富感染力,很能打动人心。

隆武帝朱聿键出生于河南南阳,为明太祖朱元璋第二十三子唐定王朱桱的后裔,崇祯五年(1632)继位为唐王,封地南阳。崇祯九年(1636)清军入侵,朱聿键违反朝廷禁令,擅自带兵勤王,被废为庶人,关进凤阳皇室监狱,后弘光帝即位,朱聿键才得以被赦出狱。在明朝诸帝中,朱聿键是经历比较坎坷的一个,也是读书较多的一个。隆武朝的很多诏书符令,都是他亲自撰写。朱聿键还曾写诗赠给臣下,其诗虽然文学价值不高,但有一定的史料价值,如在隆武元年(1645)八月十一日,武将黄斌卿奉旨移师舟山,朱聿键亲自到郊外饯别,并御制诗赐之:

> 朕今伸大义,卿任董恢征。
> 寸心达圣祖,一德壮神京。
> 将廉天地祐,恩遍事功成。

①〔清〕佚名:《思文大纪》,《台湾文献史料丛刊》第五辑,台湾大通书局1987年版,第21页。

终始封劳报,君臣共治平。①

黄斌卿(1597—1649),字明辅,一字虎痴,福建莆田人,其祖先因为抗击倭寇有功,被授予千户之职。黄斌卿在崇祯末,为舟山参将,福王时,升为九江总兵,后改广西征蛮将军,未赴。隆武帝即位,封肃鲁伯,太子太师,赐尚方剑,为浙东地区拥兵较多的实力派。隆武帝诗中对黄斌卿寄予厚望,把他比作三国时蜀国的董恢,事实上这个比喻不太合适,董恢在当时以能言善辩著称。隆武帝的诗中既有对黄斌卿寄予的厚望,也有论功行赏的承诺。史学家就此评价说:"如此隆眷,一时罕比。信矣! 君能将将,不知将何如将兵也"。② 从诗中也可以看出,隆武帝对恢复中原充满信心。隆武朝的重臣黄道周也是信心满满,他在《召入内廷面谕》一诗前陈述:"国事艰难,群工须尽改崇、弘时陋习,庶可光复旧物。臣道周伏地痛哭,内监掖之起,赐御诗一章,恭和原韵,呈进上慰宸衷。"诗写道:

> 丑夷寇掠几时休,扰害民生二十秋。
> 岂有残山容立马,更无剩水荡扁舟。
> 君臣立志卑南宋,文武齐心剿北酋。
> 人定胜天天降鉴,乾坤万里克时收。③

---

① [清]佚名:《思文大纪》,《台湾文献史料丛刊》第五辑,台湾大通书局1987年版,第29页。
② [清]佚名:《思文大纪》,《台湾文献史料丛刊》第五辑,台湾大通书局1987年版,第29页。
③ [明]黄道周撰,翟奎凤、郑晨寅、蔡杰整理:《黄道周集》,中华书局2017年版,第2687页。

　　这首诗写得极有气魄,在黄道周诗歌中不多见。诗开头即以"丑夷"称呼清廷,足见黄道周的愤慨与蔑视,同时又流露出"君臣立志卑南宋"的雄心与自信。颔联紧承"丑夷"句,言国之危亡,山河破碎,充满悲愤。颈联一转,描绘其美好想象,认为只要"君臣立志,文武齐心",恢复明室指日可待。黄道周认为朱聿键是一位贤君,对他寄以热切的中兴之望,也表达了自己愿意鞠躬尽瘁辅佐朱聿键再造明室的决心,这种思想在黄道周的奏疏、诗文中屡屡提及。如《赴仓苗别亲友兼示白石》诗:"缅怀幽蓟三千里,惆怅江东仅一春。幸遇少康光旧物,残念岂敢惜余身。""六十年来事已非,翻翻覆覆少生机。老臣拼尽一腔血,会看中兴万里归。"[1]少康是夏朝第六代君主,他的父亲被寒浞所杀,少康长大后攻灭寒浞,恢复了夏王朝的统治,史称"少康中兴"。黄道周在诗中把隆武帝比作少康,对他恢复明室充满信心。隆武建国的消息很快传播四方,浙江、安徽、江西各地的义军及湖广荆襄十三家军都响应诏令。当时,隆武政权管辖的领土自福建、两广、云贵之外,尚兼有安徽、江西、湖南、湖北的一部分,很有光复的希望,这给了一些士人很大的信心。远在江南的顾炎武闻听唐王登基消息后,怀着激动的心情写下了《闻诏》一诗:"闻道今天子,中兴自福州。二京皆望幸,四海愿同仇。灭虏须名将,尊王仗列侯。殊方传尺一,不觉泪频流。"[2]顾氏所闻之诏可能是隆武帝的即位诏,也可能有七月初六日隆武帝颁布的亲征诏。当明遗民们还在为弘光朝廷一再延误北伐战机而扼腕叹息的时候,隆武帝即位之后雷厉风行的亲征号令,怎

①[明]黄道周撰,翟奎凤、郑晨寅、蔡杰整理:《黄道周集》,中华书局2017年版,第2684页。
②[清]顾炎武撰,华忱之点校:《顾亭林诗文集》,中华书局1983年版,第267页。

不使人为之振奋！顾炎武心中再次激起了对明朝中兴的信心，希望新朝君王将相能够和衷共济，不负四海苍生的深切期望。

相比于弘光帝朱由崧，隆武帝朱聿键是一位较有作为的皇帝。他不饮酒，不好色，精通吏事，喜欢读书，洞达古今，个人品德在南明诸帝中是最值得称道的一个。朱聿键一生命运坎坷，他曾先后两次入狱，囚牢生活长达二十四年，这样的经历养成了他顽强坚韧的性格和俭素勤劳的生活习惯。在监国期间，朱聿键"断荤酒，衣大布衣，后宫十余人，皆老妪"。[①]他无声色犬马之好，没有妃嫔，身边只有曾皇后一人，夫妻恩爱，后宫也没有年轻宫女，供奉服役的都是老妪。他做了皇帝后生活还是很俭朴，有敕谕云："行宫不许备办金银玉各器皿，止用磁、瓦、铜、锡等件，并不许用锦绣、洒线、绒花、帐幔、被褥，止用寻常布帛，件件俱从减省。"[②]当时正在隆武朝任职的钱澄之有《宫词》六首，描绘了隆武帝俭朴的生活。其一云：

> 内使承恩新置机，诏传大布织龙衣。
> 六宫罗绮无人着，敕与元戎绣将旗。[③]

诗前有序云："比闻宫中蔬布辛勤如一日也，北狩之祸，天乎，人乎，追思往事，令人痛绝。"隆武帝还很勤政，他经常通宵达旦地批阅章奏，有的批旨多达数百字。如《宫词》其三云：

---

① [清]邹漪撰：《明季遗闻》，《台湾文献史料丛刊》第五辑，台湾大通书局1987年版，第4页。
② [清]佚名：《思文大纪》，《台湾之献史料丛刊》第五辑，台湾大通书局2000年版，第21页。
③ [清]钱澄之撰，汤华泉校点：《藏山阁集》，黄山书社2004年版，第141页。

宫漏沉沉迥未眠,大家秉烛在甘泉。

遥瞻御笔珠帘里,夜半频闻手诏传。①

奏章多得批阅不过来的时候,隆武帝还请皇后代劳一部分,夫妻俩由此赢得了"二圣"的赞誉。《宫词》其五云:

外廷章奏晚犹通,侍史开封五夜同。

传道君王看不及,黄罗亲裹送中宫。②

隆武帝酷爱读书,这一点也是弘光帝所不及的,隆武朝的很多章奏都是他亲手所写,不用词臣代拟。钱澄之称隆武帝:"好读书,博通典故,为文下笔数千言立就。手撰三诏及与鲁监国书。凡馆阁诸臣拟上者,皆屏不用,亲洒宸翰,洋洋洒洒,诸臣相顾皆不能及也。"③钱澄之《宫词》其四云:

旌旗十万护乘舆,二圣军中共起居。

长信宫人骑马出,从龙只有五车书。④

钱澄之诗中对隆武帝充满了赞誉,这也说明朱聿键颇有中兴之主的气概。

隆武帝朱聿键确实是一位很有作为也很想有作为的皇帝。他登极之初,就把恢复大计列为国之要务,但一直受到郑芝龙家族的

---

① [清]钱澄之撰,汤华泉校点:《藏山阁集》,黄山书社2004年版,第141页。
② [清]钱澄之撰,汤华泉校点:《藏山阁集》,黄山书社2004年版,第141页。
③ [清]钱澄之撰,诸伟奇辑校:《所知录》,黄山书社2006年版,第18页。
④ [清]钱澄之撰,汤华泉校点:《藏山阁集》,黄山书社2004年版,第141页。

掣肘而无法有效落实。郑芝龙本是福建沿海控制通往日本及南洋群岛航道的海盗,明朝官兵曾经对他很无奈。崇祯元年(1628),郑芝龙被时任两广总督的熊文灿招抚,利用他打击其他海盗。郑芝龙后来官至福建总督,福王时又被封为南安伯。其弟郑鸿逵本为镇江总兵,南京失陷后他在南逃途中遇见同样南逃的唐王朱聿键,视为奇货带至福州,与郑芝龙一起拥立朱聿键为帝。郑芝龙凭借拥立之功,尽掌隆武朝内外大权。内则在朝廷安排亲信党羽,外则操控兵马钱粮。他为保家族经济利益,并不真心抗清,也无复明的打算,只想盘踞福建操控海上贸易,保住自己庞大的家财,隆武帝也认识到这一点,"不入闽不兴,不出闽不成"①,所以打算离开福建北上联合何腾蛟等抗清力量,以摆脱郑芝龙的控制。郑芝龙暗中早已与即将南下的清军勾结,降臣洪承畴曾以同乡之谊劝其归降,但当时形势尚未明朗,所以郑芝龙一直首鼠两端,没有表明态度,但对隆武帝的抗清措施处处掣肘。朝中一些官员也持观望态度,有些人甚至已与清军暗通款曲。对于朝中的这些行为,隆武帝也是有所察觉的,钱澄之在《初见朝恭纪》诗中记载了这样一件事:

> 钟报御门早,朝趋受命初。府僚班苦后,天语听全疏。
> 庭宣迎驾表,帕覆出关书。中使传烧却,君王度有余。②

钱澄之在诗下自注:"是日朝退,忽命中使捧一样出,覆以黄帕,谕群臣曰:'此关上搜得迎虏书,计二百余函,朕不欲知其名,可于午门外悉烧之。'"隆武帝此举乃效仿曹操。曹操在官渡之战打

---

① [明]张家玉撰,杨宝霖点校:《张家玉集》,广东高等教育出版社1992年版,第43页。
② [清]钱澄之撰,汤华泉校点:《藏山阁集》,黄山书社2004年版,第125页。

败了袁绍后,从袁绍处获取了不少手下将士与袁绍通款的书信,为免这些人担心畏惧,曹操当众将这些信件全部焚毁,那些写信的将士十分感动,从此忠心效力。隆武帝当众焚烧这些书信,表示不咎以往,希望朝臣能同心抗清。钱澄之在诗中赞扬了隆武帝的胸怀与气度,但此一时彼一时,隆武帝的宽仁大度并没有收到多少效果。

隆武帝虽贵为国君,权力却已被郑氏架空,皇帝的明察与宽容都未能阻止郑芝龙的投降。半年后,郑芝龙主动撤走设在闽浙交界处的仙霞岭的防务,对清兵实现"遇官兵撤官兵,遇水师撤水师"①的诺言,为清军南下洞开大门,这种行为对隆武朝来说是一个致命打击。清军消灭南京弘光政权后,认为天下已定,几位重要的亲王全部回京,只换了一位年轻的贝勒博洛为征南大将军,负责东南事宜。顺治三年(1646)二月,博洛调集了一批明朝投降兵将,开始进攻浙江和福建。六月一日,清军占领绍兴,鲁王政权瓦解。八月十八日,仙霞岭毫无抵抗,清军轻松过岭,当时有民谣讽刺毫不抵抗的郑芝龙军队:"峻峭仙霞路,逍遥车马过。将军爱百姓,拱手奉山河。"②八月,隆武帝决定前往赣州,中途于汀州遭遇清军遇害。关于隆武帝的下落有两种说法:一是被杀,或汀州,或福州;一是逃粤,代死者为一个叫张致远的人③。大学士路振飞更愿意相信

---

① [明]徐鼒撰,王崇武点校:《小腆纪年附考》卷十二,中华书局1957年版,第477页。

② [明]徐鼒撰,王崇武点校:《小腆纪年附考》卷十二,中华书局1957年版,第486页。

③ 《小腆纪传》卷三《纪第三·隆武》载:"或曰:遇害于福京,后投九龙潭死,亦曰死于建宁,或又曰,建宁代死者为唐王聿钊,汀州代死者为张致远,上实未死。后朱成功屯兵鼓浪屿,有遣使存问诸臣者,云为僧于五指山,然亦莫别真伪也。"参见徐鼒撰,[清]徐承礼补遗:《小腆纪传》卷三,中华书局2018年版,第40页。

后者,其《吊张公致远》云:

> 驾幸长汀逼敌营,计穷烈士显忠贞。
> 衮龙暂着纲常重,刀锯仍甘性命轻。
> 纪信乘车能建汉,韩成赴水实兴明。
> 张公凛烈追千古,魂气犹应傍帝京。①

　　路振飞把张致远比为纪信、韩成一类的人物。纪信是刘邦手下的大将,由于样貌酷似刘邦,在荥阳城危时假扮成刘邦向西楚诈降,项羽见其忠心,有意招降,但被纪信拒绝,最终被杀。韩成为明初开国名将,从朱元璋起事,屡立战功。后朱元璋攻打陈友谅,鄱阳湖战事失利时,韩成代朱元璋而死。路振飞相信隆武帝没有死,因此他不避千难万险踏上前途未卜的寻帝之途:"几番捧读御诗新,感遇篇中更怆神。衮冕身能思袯襫,珍馐味觉让鲈莼。共传载耟深荆阻,仍说吹笙入汉津。肯订老臣同杖履,追随负汲供樵薪。"②路振飞(1590—1647),字见白,号皓月,广平曲周(今河北曲周)人。天启五年(1625)进士,崇祯朝历任泾阳知县、都察院监察御史、福建巡按御史、光禄寺少卿、右佥都御史等职。路振飞为官清正,不媚权贵。魏忠贤专权时,各地官吏争先恐后为魏造生祠,路振飞的上级曾想建祠泾阳,路振飞坚执不从,由此受到阉党迫害。在南京立帝的问题上,路振飞非常有远见,曾致书南京兵部尚书史可法,主张以伦序当立福王。弘光帝被杀害后,隆武帝立于福州,先后加封路振飞为左都御史、太子太保、文渊阁大学士兼吏

---

① [清]陈济生编:《天启崇祯两朝遗诗》卷六,中华书局1958年版,第587页。
② [清]陈济生编:《天启崇祯两朝遗诗》卷六,中华书局1958年版,第588页。

部尚书等职。顺治三年（1646）隆武帝走汀州时，路振飞追赴不能及，后汀州被清军攻破，隆武帝遇难，路振飞避走居海岛。永历元年（1647）路振飞倡议颁行"隆武四年戊子大统历"，寄托挽救故国的殷殷期盼。

隆武朝的灭亡除了郑氏家族操纵权柄外，隆武帝本人也负有一定的责任。他未能团结皇室的其他力量，而是一味争正统导致内讧。如在浙江建立政权的鲁王与隆武之间就存在很深的矛盾，两者势如水火。在朱聿键建立隆武政权的同时，鲁王朱以海作为朱明的远支宗室，宣布在浙江继承大统，尽管唐、鲁政权都是以反清复明为宗旨，但很大一部分精力却消耗在内部争斗上。本来两方是唇亡齿寒的关系，一方沦陷另一方必受威胁，双方都应以国事为先，不可先仇同姓，自毁长城。然而双方都认识不到这一点，为争正统不惜互挖墙脚，导致关系不断恶化，这不但削弱了抗清的力量，也给双方带来了灭顶之祸。对此，一些清醒的官员表示了深切的忧虑。隆武二年（1646）七月，曾皇后生了儿子，隆武帝非常高兴。当时清兵已经攻破浙东，鲁王政权危在旦夕，朱聿键却不管不问，只顾兴高采烈地庆祝皇太子诞生并给官员们加级封赏，不久后皇子夭折。钱澄之为此作有《越东破》一诗，批评隆武帝在清兵进攻浙江的紧要关头不肯发兵援助，坐视鲁王政权溃灭。钱澄之在诗中痛心地写道：

当今天子高皇孙，鲁国同是至亲藩。
改元本非利天下，域内原宜奉一尊。
越东诸臣殊可笑，誓死不开登极诏。
天子洒笔亲致书，相期先谒高皇庙。
闽中恃越为藩篱，如今越破闽亦危。

　　　　往事纷争不足论,与国既失应同悲。

　　　　昨夜中宫诞元子,通侯鹊印何累累?

　　　　中兴所重在边疆,恩泽滥冒同烂羊。

　　　　唇亡齿寒古所忌,君不闻元子之诞唇先亡。①

　　此诗真实地反映了唐鲁两个政权之间的内讧。在大敌当前,不能一心对外,最终被一一击破、两败俱伤。钱澄之既谴责"越东诸臣殊可笑,誓死不开登极诏",慨叹兄弟阋于墙,也委婉地批评了隆武帝不懂唇亡齿寒的道理。据载,隆武帝即位后,曾派人到浙江宣诏,鲁王及其大臣拒不开诏,拒绝承认隆武朝廷。鲁王朝的大将方国安还把隆武帝派去犒师的使臣杀害了,隆武帝大怒,随即斩杀鲁王派来的使者陈谦。陈谦与郑芝龙关系亲密,斩杀陈谦,导致了郑芝龙与隆武帝的矛盾激化,为他日后降清也埋下了伏笔。钱澄之为此事作了一首《陈将军》诗,曰:

　　　　行官门外人纷纷,争传看杀陈将军。

　　　　郑家勋侯上殿救,天子两耳塞不闻。

　　　　天子英明文且武,勋侯难挽雷霆怒。

　　　　必罚用惩东向心,伤恩岂顾北道主。

　　　　自从登极行天诛,西市骈首阿大夫。

　　　　今年二竖冒官职,即时赐死冤谁呼?

　　　　从来乱国用重典,将军观望那得免。

　　　　君不见郑家出抱将军尸,颈血淋漓亲为吮!②

①[清]钱澄之撰,汤华泉校点:《藏山阁集》,黄山书社2004年版,第124页。
②[清]钱澄之撰,汤华泉校点:《藏山阁集》,黄山书社2004年版,第124页。

　　在大敌当前的危急关头，隆武帝与鲁王还内斗不已，最终只能落得个鹬蚌相争，给了清军逐个击破的机会。虽然隆武帝多次声称要亲赴前线督战，但总是拖延着不肯行动，辜负了百姓的期望，钱澄之对此非常不满，他在《无题》诗中忧愤地写道："廷议半年长不决，澶渊亲诏已全虚"，"六龙此日无消息，夜半占星泪几行"。①钱澄之对隆武帝的感情非常复杂，他一方面批评隆武不能与鲁王同心抗清，一方面对他的遇难非常伤心，"夜半占星泪几行"即是此意。

　　钱澄之诗中还有不少长篇歌行，内容都是记叙清初江南各地反清战争，其中记载隆武朝战事的《虔州行》就是一篇力作。这首长诗赞扬了隆武朝官员杨廷麟、万元吉等人死守赣州的英雄事迹。其诗曰：

> 渔阳白马动地来，中原十城九城开。
> 吉安已破皂口失，孤城水上空崔嵬。
> 铁骑连山风雨集，炮火塌天城不摧。
> 城头壮士不畏死，夜半缒城砍敌垒。
> 腰间夺得乌孙刀，背上插来白羽矢。
> 紫髯将军不敢逼，立马西山时咋指。
> 城悬粮绝无援兵，四面尽是吹笳声。
> 初犹食马后食人，登楼击鼓鼓不鸣。
> 朔风吹雪酒盏大，守陴人病三日饿。
> 遥见营火渡河来，一半传更一半卧。
> 兵声暗杂风雨声，五更未醒虔州破。

─────────────

① [清]钱澄之撰，汤华泉校点：《藏山阁集》，黄山书社2004年版，第139页。

闭城刈人人莫逃,马前血溅成波涛。

朱颜宛转填眢井,白骨撑拄无空壕。

自从司马誓城守,老弱登陴谁敢走。

清江龙泉居上游,突围入城今在否?

诸君磊落忠义人,死去名节千秋新。

可怜虔州十万户,日暮飞作沙与尘!　①

　　钱澄之的这首《虔州行》前有一篇小序,记载了写作此篇歌行的来龙去脉。其文曰:"江右人来,言虔州以去年十月破,哀而赋之。"虔州就是今天的赣州,钱澄之这首歌行描绘的是发生在顺治三年(1646)的赣州之战。在这场战役中,守卫赣州的杨廷麟、万元吉等数十位隆武朝官员或战死、或自尽,官兵士绅数以千百皆赴死,城破后,数十万百姓遭到清军屠杀。钱澄之诗中所描述的史事在清初的一些史籍当中也有记载,但立场与态度都是站在官方一边,并且对死难人数语焉不详。如在徐鼒的《小腆纪年》中这样记载:"(顺治三年三月)辛未(二十四日),我大清兵克吉安,明职方主事郭锟死之,万元吉退保赣州。初,中书舍人张同敞于崇祯末调兵云南,及抵江西,而南都已陷,退还吉安,杨廷麟留与共守,待以客礼。其将赵印选、胡一青频立战功。会赣督李永茂以忧去位,王以元吉为督,诏廷麟入直。元吉讲体统,申约束,诸将稍不乐。而峒帅张安既以破敌立功,其诸营亦愿受抚。宁都乡绅曾应选请诸朝,遣其子傅灿入山招之,皆听命,赐名龙武营,计日出赣,下吉安。……廷麟尝遣救湖西,所过残破。及大兵逼吉安,诸军皆内

①［清］钱澄之撰,汤华泉校点:《藏山阁集》,黄山书社2004年版,第157—158页。

携,不战而溃。"① 这段记叙轻描淡写地把这场惨烈的战争一笔带过,与钱澄之诗中表达的悲愤之情对比鲜明。

南明的几个政权军纪都很差,不只是朝廷直接管辖的"正军"军纪败坏,还有一些打着抗清复明旗号的"义军"也借机大肆掠抢,对百姓造成极大的伤害。如隆武朝廷建立之初,为扩大兵源,不惜收编绿林强盗。这些强盗被收编后,仍旧习不改,到处残害百姓。钱澄之对此非常痛恨,他在《莲子峒》诗中有这样的记述:"跃腾绿林雄,杀人何草草。长技在掠夺,迅若疾风扫。窟宅莲子峒,官军漏征讨。今来张义旗,出入恣所扰。得志倾巢来,卷地欲未饱。已觉井邑空,转怅市廛小。千队忽出城,沙飞城南道。四郊无人居,田荒屋亦倒。骨肉尽为俘,蹂躏何时了。杀气瘦浮云,长戟阻飞鸟。安得主帅明,散尔归田早。"② 莲子峒兵虽也张扬着义军的旗帜,行事依然如匪徒一般,干着掠夺的营生。他们不去驱逐清兵,却来蹂躏本已处于万难境地的黎民百姓,使得田荒屋倒,四野无人,骨肉尽为其所俘。诗人最后在诗歌的结尾使用"安得"句式,提出了自己的期望,希望英明的主帅能将这样的军队解散归田,勿令其再危害人民的生活。诗人因哀念人民的苦难,而于抗清斗争之关键时刻生发出解散这支义军的主张,可见在诗人心目之中,民生问题处于极为重要的地位,隆武朝这种毫无底线的扩军行为应受到谴责。隆武二年(1646)八月,隆武帝被害于汀州,钱澄之此时正在福建一带催办兵饷,此后一直在福建山区之间颠沛流离,其间亦写有多篇诗歌记录闽地失控的情况,以及一些所谓"义

---

① [清] 徐鼒撰,王崇武点校:《小腆纪年附考》卷十二,中华书局1957年版,第469页。

② [清] 钱澄之撰,汤华泉校点:《藏山阁集》,黄山书社2004年版,第198页。

军"仍打着隆武朝义军名号而屡次害民的情形。他的《哀哉行》诗
就描述了"义兵"军纪混乱、祸害百姓之事。其诗曰:"沙县昔富
盛,苦遭墨吏虐。开门揖义兵,如何反驱略?银铛遍郊原,旌帜塞
城郭。谁怜富家儿,出门行带索。富人何罪辜,累累马前缚。"① 这
些以"义兵"名义组织起来的军队,虽然打着抗清的旗号,却不敢
抗清,而是以这个名义骗取人民的信任,然后进行掠夺。善良的山
民本以为这些义兵会帮助他们过上安定的生活,不想自己却成为
他们掠夺的对象。湖北名士顾景星在逃难途中,曾被吴易领导的
太湖抗清义军"白头军"袭击。当闻听吴易被清军抓获后,顾景星
专门作了两首《吴易擒》拍手称快,其二为:

> 斗大娄东印,兵声满太湖。量沙总儿戏,阻水是穷途。
> 游卒初传箭,楼船辄献俘。道人金粟梦,稳在白云无。②

　　由此可以看出,一些士人们对反清复明已经不再关注,他们对
于社会秩序稳定的渴望超过了对于复国的希望。隆武帝被害后,
同年十一月,隆武帝之弟朱聿鐭即位于广州,改元绍武,而此时广
西的永历政权也已经建立,两者同以前的鲁王与隆武一样,为争正
统,不惜刀兵相见,互相火并。江西诗人曾灿有《路传闽广共立三
帝感而赋此》诗记载此事:"徒嗟离乱日,书剑自飘零。鼎足三分
势,天涯一小亭。干戈淹旧国,榛棘托浮生。不惜迢遥意,诔茅颂
屈平。"仓促间拼凑起来的绍武小朝廷更是短命,仅仅四十一天就

----

① [清]钱澄之撰,汤华泉校点:《藏山阁集》,黄山书社 2004 年版,第 199 页。
② [清]顾景星撰:《白茅堂诗文全集》卷六,《清代诗文集汇编》,上海古籍出
　版社 2010 年版,第 96 页。

覆灭了。

　　鲁王朱以海是明太祖朱元璋的十世孙,鲁肃王朱寿镛的第五子。第一代鲁王朱檀是朱元璋的第十个儿子,藩封于山东兖州。鲁王爵位传到朱以海的父亲朱寿镛时,已经是第八代,朱寿镛死后,朱以海的哥哥朱以派被嗣封为鲁王,崇祯十五年(1642),清兵南下山东,攻破兖州,朱以派遇难。朱以海也差点被清军杀害,死里逃生后于崇祯十七年(1644)二月袭封鲁王。朱以海受封仅一月后,李自成便攻陷北京,朱以海逃离藩地,仓皇南奔,福王朱由崧即位于南京之后,命朱以海驻守台州。弘光二年(1645),清军攻破南京,朱由崧被俘,带到北京后被杀害,浙江乡绅钱肃乐、张煌言等人起兵浙东与郑遵谦、张国维等大臣迎朱以海监国于绍兴,并且以1646年为监国鲁王元年,颁监国鲁王元年大统历,不奉唐王朱聿键的隆武年号。鲁王政权建立后,控制浙东绍兴、宁波、温州、台州等地,拥有浙中义师及原明总兵方国安、王之仁部,且凭借钱塘江天险,曾汇兵合攻杭州,后又得到张名振的倾心支持并联合郑成功部,取得了一定的抗清成绩。

　　鲁王朱以海在当时诸王中是比较有勇气的人,他多次亲临抗清前线。如1651年(顺治八年,鲁监国六年)七月,清军在浙闽总督陈锦带领下,向舟山发起进攻。朱以海亲自率军北攻吴淞,张煌言后来写的《瀍州行》一诗里详细描述了当年舟山之战的情况,并记载了鲁王亲行军旅、在前线督战的情况,这比弘光、隆武两人的表现都要强多了。但鲁王有个缺点,就是在个人生活上追求享乐奢侈,这与隆武帝的生活简朴形成鲜明对比。鲁王生活非常铺张,尤喜声色歌舞。徐霞客的第四子李寄在诗中批评过监国君臣的纵乐行为:

　　鲁国君臣燕雀娱，共言尝胆事全无。

　　越王自爱看歌舞，不信西施肯献吴。①

　　该诗题名为《西施山戏占》。诗后有注："鲁监国之在绍兴也，以钱塘江为边界。闻守江诸将日置酒唱戏，歌吹声连百余里。当是时，余固知其必败矣。"②他描绘当时闻见的场景是"守江诸将日置酒唱戏，歌吹声连百余里"，并由此发出感叹："即此观之，王之调弄声色，君臣儿戏，概可见矣。何怪诸将之沉酣江上哉！期年而败，非不幸也。"此外，朱以海在用人上也有失误，唯皇亲国戚是信。元妃张氏的哥哥张国俊招权纳贿，竟然任用匪人担任朝廷官职，曾多次向清军告密的乡绅谢三宾在被迫参加鲁监国政权后，走的就是国舅张国俊的后门，被委任为大学士，鲁王政权用人行政由此可见一斑。

　　鲁王政权成立之初，拥有浙东绍兴、温州、宁波、台州等地，实力还是比较雄厚的。如果鲁王能够与福建隆武政权戮力同心、共图恢复的话，可以从海道方面联合进攻清军后方，从而牵制敌军，对抗清斗争是大有裨益的。但是，鲁王听信庸臣谗言，坚决不奉隆武登极之诏，对唐王手书中"叔侄之序""以鲁为继"等言辞，也不以为然，甚至还将唐王派来犒赏江上义师的使臣陆清源杀害；隆武方面也不甘示弱，斩鲁使陈谦，终致双方势同水火，正所谓"鹬蚌相争，渔翁得利"。由于唐、鲁二王同姓相仇，自坏长城，给了清军逐一歼灭的机会。史学家计六奇为此痛心疾首，他在《鲁王惧闽发兵》条中写道："与其惧之于后，何如计之于始。大敌在前而操戈

————————

① 邓之诚撰：《清诗纪事初编》，中华书局1965年版，第48页。

② 邓之诚撰：《清诗纪事初编》，中华书局1965年版，第48页。

同室,晋之八王可以鉴矣。夹两大间而与为仇难,以是求济,未之前闻,方、马真罪人哉!"① 计六奇谴责当时拥有重兵的方国安大敌在前,不思量如何一致对外,反而在唐鲁两个小朝廷间骑墙观望,导致两败俱伤,真乃大罪人!表面看来是谴责方马二人,实质上也是谴责隆武、鲁王的自私行为,把他们之间的内斗与晋八王之乱相提并论。1647 年,鲁王的根据地舟山城失守,在浙江沿海站不住脚的鲁王不得已率领部众南下厦门依托郑成功,意图休整恢复后卷土重来。无奈亲隆武的郑成功不承认鲁王政权,只同意鲁王以明藩王的身份借住于金门,保证他的生活优渥而已,又借机分化收编鲁王部下将领。鲁王灰心之余,决定上表于永历朝廷,放弃监国名义。虽然永历帝为了维护朱明王朝对东南地区的影响,仍然让他保留监国的名义,但这并没有多大实际意义。在郑成功的严密监视之下,朱以海只是作为寓公过着寄人篱下的生活而已。顺治十八年(1661)十一月,朱以海病故于金门,享年四十五岁。

至于郑成功军事集团,其实是一股独立的地方武装力量。由于郑成功曾被隆武帝认为义子,赐国姓,所以他对隆武政权怀有很深的感情。在他的父亲郑芝龙降清后,郑成功还尊隆武年号,当然这其中有出于政治上的考虑,但毋庸置疑,郑成功对隆武帝是有一定感情的。由于鲁王曾有过与隆武争正统而互相倾轧的经历,所以郑成功对鲁王的到来很是冷淡。出于家族利益的考虑,郑成功与清廷时战时和,这种首鼠两端的摇摆态度有违于传统的政治道德。在政治立场上和复明态度上,郑成功完全没有黄道周、张煌言等南明旧臣的赤胆忠心,郑成功的这种行为受到鲁王政权实力派

---

① [清]计六奇撰,任道斌、魏得良点校:《明季南略》卷四,中华书局 1984 年版,第 291 页。

人物张名振的批评,这表现在他的《题金山》一诗中。其诗云:

> 十年横海一孤臣,佳气钟山望里真。
>
> 鹑首义旗方出楚,燕云羽檄已通闽。
>
> 王师枹鼓心肝喜,父老壶浆涕泪亲。
>
> 南望孝陵兵缟素,会看大纛祃龙津。①

据计六奇《明季南略》记载,张名振舟师在顺治十一年(1654)正月十三日抵镇江,二十日才与刘孔昭等同登金山,遥祭孝陵,题此诗于壁。"鹑首",指张献忠的旧部,时被永历帝封为秦王的孙可望。第四句"燕云羽檄已通闽",也不是说北方有什么义师送来书信响应,而是指清廷给郑成功的招降书,暗指郑成功与清廷有讲和之意。清政府从顺治九年(1652)起就谕令闽浙总督刘清泰招抚郑成功,又叫已降清的郑芝龙写信劝儿子投降。郑成功为了争取时间,培养兵力,派人与清廷谈判,这时正谈到关键时候,清廷已答应封郑成功为"海澄公",划四个府的地方给他驻兵,张名振此诗表示了对郑成功与清议和的谴责之意。后来郑成功与清和议破灭,曾联合张名振一起进攻清军。万历朝名相徐阶的族孙徐孚远是当时著名诗人,鲁监国任为左副都御史,他当时就在张名振、张煌言的军中,对当时发生的一些重要事件都是耳闻目睹,曾将部分内容写入诗中,可为研究南明史料之补充。徐孚远的《送张宫保北伐》一诗,就描绘了顺治十四年郑成功联合张煌言一起北伐抗清的军事行动,其诗云:

---

① [清]计六奇撰,任道斌、魏得良点校:《明季南略》卷十六,中华书局1984年版,第484页。

上宰挥金钺，还兵树赤旗。留闽纡胜略，入越会雄师。
制阵龙蛇绕，应天雷雨垂。一戎扶日月，群帅奉盘匜。
冒顿残方甚，淳维种欲衰。周时今大至，汉祚不中夷。
赐剑深鸣跃，星精候指麾。两都须奠鼎，十乱待非罴。
烟阁图形伟，殷廷作楫迟。独伤留滞客，落魄未能随。①

　　这一年，永历帝自西南遣使，封郑成功为延平郡王、招讨大将军，张煌言为东阁大学士兼兵部尚书。当时，清兵分三路攻入云南，为了牵制清兵，保卫永历朝廷，再图恢复中原，张煌言驰书郑成功，请他火速出兵，相约北伐长江。顺治十五年（1658）四月，郑成功率十七万精兵出征，张煌言率领本部将士六千人与郑成功会师，并充任先锋，夺取浙江定海，挺进长江口。北伐取得瓜州大捷，一时间江淮震动，民心思归，江淮地区抗清形势一片大好。随着北伐节节胜利，郑成功与张煌言连克数镇，后驻扎镇江，逼近南京。但由于郑成功的过度自信，对形势判断不够准确，导致战术失误，又逢清军增援，所以最后大败而归。

　　郑成功这次北伐有非常深刻的教训，失败的原因也是多方面的，但是郑成功军队自身存在问题是一个重要的原因。南明的几个抗清政权（包括郑成功政权），最令诸贤气短的地方是这一阵营居然存在种种与神圣使命完全不相符合的灰色现象。从郑成功重大军事决策的失误，到郑成功政权对沿海人民施行的重税政策之严酷，甚至残害民众；从部分军事将领的豪纵逸乐、不思进取，到最高集团中的内斗自毁等，不一而足，徐孚远、卢若腾等原南明政

①［明］徐孚远撰：《钓璜堂存稿》，《清代诗文集汇编》，上海古籍出版社2010年版，第576页。

权里的旧人对这些都有大胆的揭露和批评,体现了不为尊者讳的实录精神。如顺治十六年(1659)郑成功、张煌言联军大举进抵南京城下,长江两岸州县纷纷归附,眼看胜券在握,南都必复,却在一个月后迅速溃败,几乎全军覆没。卢若腾事后反思,认为这次战败在于郑成功等人决策的重大失误。郑成功过于轻敌,以为南京这样的重要城市可以轻易攻取,中了敌人的诈降缓兵之计,使原本猝不及防的清军获得喘息之机,从而被各地调集的清军击败;又陶醉于大江南北人民的相继来归,将帅都沉湎于眼前的胜利之中,军队失去了战斗力。卢若腾同时还婉转地批评了郑成功不是明朝的纯臣,军队都已经打到了南京城下,却没有去拜谒孝陵,使这场反清军事斗争一时失去了道义上的灵魂和方向。

郑成功还有一个战略失误,就是在这次战役之初,为免内顾之忧,下令全体官兵皆携女眷同征,而将熟悉江南风土人情和支持反清复明的人士置于后方,将本可在这次军事行动中起到参谋作用的士大夫文人丢到一边,导致这次北伐功败垂成。徐孚远的《北伐命偏裨皆携室行因歌之》诗就指出了郑成功这个决策的失误:

> 浪激风帆高入云,相看一半石榴裙。
> 箫声宛转鼓声起,江左人称娘子军。
> ……
> 挥戈筑垒雨花台,左狎夫人右酒杯。
> 笑指金陵佳丽地,只愁难带荔枝来。①

① [明]徐孚远撰:《钓璜堂存稿》,《清代诗文集汇编》,上海古籍出版社2010年版,第613页。

这是一首讽刺意味极强的诗歌,几乎句句都在对比。首句写大军出征,风帆高举,但看军中一半红装,没有军士呐喊,没有战鼓铿锵,只闻箫声婉转。这样的情景,诗人看到眼里,急在心里,他极其讽刺地用"娘子军"来形容随行玩乐的女眷。接着诗人写战事顺利,南京近在咫尺,此时本应振奋军心,一鼓作气,可是领军将领盲目自大,贪图享乐,士兵们挥汗如雨构建堡垒,将军们却花前月下,毫无斗志,颇有"战士军前半死生,美人帐下犹歌舞"的意味。不只是徐孚远、卢若腾等军中文人对郑军的这种行为表示不满,就是顾炎武也对此颇有微词,他的《江上》诗就对郑成功的好大喜功提出批评:"宋义但高会,不知兵用奇……一举定中原,焉用尺寸为。"①

此外,郑成功的军队对沿海居民还有苛剥掠夺甚至残民害民的不义之举,既有制度上的,也有纪律上的,还有两者交互为用的。如卢若腾《老乞翁》一诗对此有揭露:

> 老翁号乞喧,手携幼稚孙。问渠来何许?哽咽不能言。
> 久之拭泪诉,世居濒海村。义师与狂虏,抄掠每更番。
> 一掠无衣谷,再掠无鸡豚。甚至焚室宇,岂但毁篱藩。
> 时俘男女去,索贿赎惊魂。倍息贷富户,减价鬻田园。
> 幸得完骨肉,何暇计饔飧。彼此赋役重,名色并杂繁。
> 苦为两姑妇,莫肯念疲奔。朝方脱系圄,夕已呼在门。
> 株守共敲朴,残喘岂能存。举家远逃徙,秋蓬不恋根。
> 渡海事行乞,冀可活晨昏。我听老翁语,五内痛烦冤。

① [清]顾炎武撰,华忱之点校:《顾亭林诗文集》,中华书局1983年版,第345页。

人为禽兽等，弱肉而强吞。出师律不肃，牧民法不尊。
纵无恻隐心，因果亦宜论。年来生杀报，皎皎如朝暾。
胡为自作孽，空负天地恩。①

好一个"彼此赋役重"，"出师律不肃，牧民法不尊"！这说明郑
成功武装管辖之下民众在经济上的困苦处境，与施行民族压迫和
剥削的清廷治下已无差别，郑军经过的地区鸡犬不宁，甚至对抗清
基地也一如既往地掠夺抢掳。东南沿海人民受到郑成功军队和清
军的双重压榨，其困苦更超过其他地区。在郑成功最重要的抗清
基地金门，老百姓也过着暗无天日的生活。卢若腾的《庚子元夕》
诗中有这样的描写："年来萧条景，无如今元夜。箫鼓哑无声，火树
光华谢。旱荒久为虐，邻不富禾稼。加之助军兴，箕敛无等差。丁
壮及梢手，应募索高价。家家剜肉供，此例何时罢。悍卒猛于虎，
纵横任叱咤……"卢氏还有《抱儿行》等，揭露了郑氏权贵子弟强
占民女，悍将骄卒掳卖百姓幼儿的罪行。卢若腾的诗集中随处可
见的篇章都揭露了郑成功部队军纪不严、对百姓时有侵害的现象，
他的《甘蔗谣》诗云："岂料悍卒百十群，嗜甘不恤他人苦。拔剑
砍蔗如刈草，主人有言更触怒。翻加谗蔑恣株连，拘系榜掠命如
缕。"②悍卒百十成群随意夺取农户种的甘蔗吃，而主将不仅不严加
管束，反而"仍劝村民绝祸根，尔不莳蔗彼安取"！出语未免可笑，
诗人认为这就是"纵之示鼓舞"。郑军将士还强占百姓的住房。卢

---

① ［明］卢若腾撰：《岛噫诗校释》，《台湾文献丛刊》245 册，台湾银行经济研
　究室 1959 年版，第 8 页。
② ［明］卢若腾撰：《岛噫诗校释》，《台湾文献丛刊》245 册，台湾银行经济研
　究室 1959 年版，第 16 页。

氏《借屋》诗云:"本言借半暂居停,转瞬主人被驱逐。"[1] 对此,诗人
非常气愤,这样的"义师"和"狂虏"有什么两样! 在《骄兵》诗中,
卢氏这样描绘郑兵:"骄兵如骄子,虽养不可用。古之名将善用兵,
甘苦皆与士卒共。假令识甘不识苦,将恩虽厚兵意纵。兵心屡纵
不复收,肺肠蛇蝎貌貔貅。嚼我膏血堪醉饱,焉用舍死敌是求。"[2]
如此种种,既是卢若腾个人的所见所感,也是当时局势的具体反
映。徐孚远亦有《劫后问寓不得》一诗,揭露郑氏将领残害民众的
行径:"即看群帅拥旌旄,新起甲第连云高。问尔何能得如此,天崩
地裂心独喜。麾下健儿食人肉,掠食村村如走鹿。江南寓客寓荒
郊,被掠携孥中夜哭。生者窜州城,死者填山谷。"

　　顺治十八年(1661)辛丑,郑成功攻克澎湖后进军台湾。郑成
功经略台湾的动机遭到很多将领的质疑,张煌言便是最突出的一
位。张煌言深知,一旦郑成功抛弃光复大陆的计划转而去经营台
湾,那么沿海乃至滇中抗清武装将失去依靠,中原抗清志士也将无
法得到支援,而台湾远离大陆,从战略上看并无价值。而此时,清
廷用暴力手段推行"迁海令"以隔绝沿海居民和抗清武装的联系,
群情汹涌,人心浮动,此时若能有大军前来接应必能成大事。为
此,张煌言作有《感事四首》诗,希望郑成功能放弃进攻台湾,投身
到抗清队伍中来:

　　　　箕子明夷后,还从徼外居。端然殊宋恪,终莫挽殷墟。
　　　　青海浮天阔,黄山裂地虚。岂应千载下,摹拟到扶余。

---

①[明]卢若腾撰:《岛噫诗校释》,《台湾文献丛刊》245 册,台湾银行经济研
　究室 1959 年版,第 17 页。
②[明]卢若腾撰:《岛噫诗校释》,《台湾文献丛刊》245 册,台湾银行经济研
　究室 1959 年版,第 20 页。

闻说扶桑国,依稀弱水东。人皆传燕语,地亦辟蚕丛。
荜路曾无异,桃源恐不同。鲸波万里外,倘是大王风。

田横尝避汉,徐福亦逃秦。试问三千女,何如五百人?
槎归应有恨,剑在岂无嗔?惭愧荆蛮长,空文采药身。

古曾称白狄,今乃纪红夷。蛮触谁相斗?雌雄未可知。
鸠居粗得计,蜃市转生疑。独惜炎洲路,春来断子规。①

　　郑成功拥兵自重,又以延平王自居,沿海抗清诸师均对郑成
功礼让有加。张煌言在诗中也始终不露锋芒,仅用典故来抒发自
己的见解,然而尽管语气温和,其对郑成功逃往台湾的反对态度却
非常坚定,对郑成功无心经营大陆将造成的后果表示了强烈的担
忧,即"独惜炎洲路,春来断子规"背后的含义。张煌言对郑成功
退居台湾的行为多次在诗中进行批评,如"中原方逐鹿,何暇问虹
梁""围师原将略,墨守亦夷风""只恐幼安肥遁老,杖藜皂帽亦徒
然""寄语避秦岛上客,去冠黄绮总堪疑"②等。郑成功闻之"一笑
而已"③,并不加以理会。张煌言又有《上延平王书》云:"殿下诚
能因将士之思归、乘士民之思乱,回旗北指,百万雄师可得、百十
名城可下矣!又何必与红夷较雌雄于海外哉?况大明之倚重殿下

①[明]张煌言撰:《张苍水集》,上海古籍出版社1985年版,第61页。
②[清]徐鼒撰,王崇武点校:《小腆纪年附考》卷二十,中华书局1957年版,
　第773页。
③[清]徐鼒撰,王崇武点校:《小腆纪年附考》卷二十,中华书局1957年版,
　第773页。

者,以殿下之能雪耻复仇也。区区台湾,何预于神州赤县!"① 但郑成功终不为所动,视本集团的利害高于抗清大业,一心只为割据自雄。张煌言的一生戎马倥偬、出生入死,经历着血与水的考验,有着自觉的以诗代史的创作动机,其诗歌几乎涵盖了南明沿海所有的抗清重大事件,可为研究鲁王及郑成功史料之补充。

　　对于郑成功放弃抗清事业征台一事,当时很多人都曾表示反对。卢若腾《东都行》曰:"苟能图匡复,岂必务远征。"② 徐孚远虽然与郑成功私人关系很好,但是在这样的重大战略问题上,并没有为之辩白,而是一针见血、毫不留情地进行了讽刺与批评。

> 东夷仍小丑,南仲已专征。部落哀刘石,崩奔怯楚荆。
> 况闻蒙面众,皆有反戈情。一举清江汉,何难靖九京。③

　　诗中的"东夷"指的是当时盘踞在台湾地区的荷兰人,"南仲"为周宣王大将,曾率师征讨不顺服周王朝统治的猃狁部落。《诗经》之《小雅·出车》有言曰:"王命南仲,往城于方。出车彭彭,旐旟央央。天子命我,城彼朔方。赫赫南仲,猃狁于襄。"首联指的是郑成功征讨台湾一事,诗以"小丑"代指荷兰人,以"南仲"指代郑成功。双方力量悬殊,胜负已经可以预科,暗指郑成功攻打台湾是大材小用之举,而非当下之急务。颔联"刘石"指的是西晋大将刘琨,字越石,为合五言句式乃用"刘石"指代,这两句描写郑氏军队

---

① [明]张煌言撰:《张苍水集》,上海古籍出版社1985年版,第19页。
② [明]卢若腾撰:《东都行》,《留庵诗文集》,金门县文献委员会1969年版,第12页。
③ [明]徐孚远撰:《钓璜堂存稿》,《清代诗文集汇编》,上海古籍出版社2010年版,第499页。

骁勇善战之气势、克敌制胜之雄壮。徐孚远在描写了郑成功军力强大之后指出，郑成功如果以征台的坚定意志与强大的军队，去积极联络中原地区的反清仁人志士，那么驱逐清人、兴复明室，便是易如反掌的事情，但是郑成功这样一位栋梁之臣，只知道去攻打台湾，却没有心思去收复广阔的中原大地。

1661 年（顺治十八年，永历十五年），顺治帝崩，皇三子康熙继位；郑氏降将黄梧向当权者鳌拜建议"平贼五策"，内容包括长达二十年的迁界令，范围从山东至广东沿海二十里，断绝郑成功的经贸财源，毁沿海船只，寸板不许下水；同时斩成功之父郑芝龙于宁古塔流徙处（一说斩于北京菜市口）。郑成功接连听闻噩耗，加上在台将士水土不服人心惶惶，其子郑经又在澎湖与四弟的乳母私通，使得郑成功内外交困，情绪失常，于 1662 年（康熙元年）五月初八急病而亡，年仅三十九岁。

第三节　永历朝

永历政权，是继弘光、隆武之后的第三个南明政权。顺治三年（1646），隆武帝朱聿键在福建汀州被清军俘虏，随即被害。国不可一日无主，一些旧臣按照明朝的继承制度，经过伦序筛选，确定皇位由神宗的孙子桂王朱由榔继承。朱由榔是桂王朱常瀛之子，光宗朱常洛之侄，崇祯皇帝之堂弟。朱常瀛是明神宗第七子，建藩湖南衡阳，于天启七年（1627）九月二十六日就藩，后为避李自成农民军南下逃亡，于弘光二年（1645）十一月初四病死于广西梧州，王位由第三子安仁王朱由楥承嗣，不久朱由楥也因病去世，朱由榔于顺治三年（1646）袭封桂王，同年十一月十八日，在广西巡抚瞿式耜等人的拥立下，于肇庆称帝，第二年改元永历。

永历朝廷是南明几个朝廷中存在时间最长的一个,从永历帝1646年即位到1662年缅王将其献给吴三桂为止,共存在了十六年,时间比前几个政权加一起还要多几倍。永历政权存在时间较长的原因有两方面:前期主要是拥戴永历帝的瞿式耜掌军队和兵权,瞿式耜不贪图富贵和权力,能够为了国家大局而团结将士,共同抵御清兵,且一度有李成栋与金声桓等握有重兵的反正将领加持,形势有所好转;后期又有大将之才李定国、刘文秀等人的忠心辅佐,所以永历朝廷才能存在较长的时间,并在抗清活动中取得了一定的成绩。永历本人虽然才不过中人,且性格比较懦弱,一遇到危险就知道逃跑,但人长得相貌堂堂,很有帝王气势。钱澄之的《郧将军入对歌》一诗中就写出了永历皇帝的气势、威严和威仪:

> 将军趋朝求召见,天子传宣御水殿。
> 将军廷辨声怒嗔,百官拱手颜色变。
> 中使促对上龙舟,有事面奏香案头。
> 舟中天子东面坐,将军俯伏汗交流。
> 汗流浃背猛气沮,诏谓将军从容语。
> 炉烟移近再三陈,但闻誓死报明主。
> 叩头再拜出君门,忆起胸中未尽言。
> 天威咫尺说不得,始信君王是至尊。①

"郧将军"即郧国公高必正,原名高一功,是李自成妻子高夫人的弟弟,李自成死后,高一功与李自成的侄儿李过接受隆武政权的收编,受何腾蛟、堵胤锡节制,号"忠贞营"。高一功被赐名高必正,

---

① [清]钱澄之撰,汤华泉校点:《藏山阁集》,黄山书社2004年版,第297页。

封为郧国公,李过被赐名李赤心。高必正为人勇毅刚正,当时永历
朝的兵部尚书、东阁大学士王化澄与户部尚书吴贞毓等"吴党"人
士想拉拢高必正来对抗"楚党"的人,在听到高必正要入朝时,都
迎到远郊参拜。高必正不为所动,还严词告诫王化澄等人不要结
党营私,贻误朝廷。高必正还曾经怒斥孙可望派到永历朝廷强求
封王的使节,并为"楚党"的金堡等人求情,永历帝非常尊重他的
建议,但就是这么一个威猛的令人生畏的郧国公,见到永历帝时却
汗流浃背、呼吸急促,显得非常紧张,从侧面表现了永历皇帝的威
仪,同时也让读者看到了永历帝的另一面。

　　永历即位,给当时处于低潮的复明运动事业带来了新希望,也
给江南心系明室的士人打了一剂强心针。顾炎武有一首标题很长
的诗,名为《隆武二年八月上出狩,未知所之,其先桂王即位于肇
庆府,改元永历,时太子太师、吏部尚书、武英殿大学士路振飞在厦
门,造隆武四年大统历,用文渊阁印颁布之。九年正月,臣顾炎武
从振飞子中书舍人臣路泽溥见此有作》,在这首诗中,顾炎武表达
了对新君的殷切希望:

> 粤西已建元,来岁直丁亥。侵寻一年中,迫蹙限厓海。
> 厦门绝岛中,大泽一空罳。新历尚未颁,国疑更谁待?
> 遂命畴人流,三辰候光彩。印用文渊阁,丹泥胜珠琲。
> 龙驭杳安之,台星陨衡鼐。犹看正朔存,未信江山改。①

　　从诗题可以看出,顾炎武是在路振飞的儿子路泽溥处知道永
历即位的消息,这使顾炎武又重新燃起了复明的信心,即"犹看正

---

① 邓之诚撰:《清初纪事初编》,中华书局1965年版,第4—5页。

朝存,未信江山改"。永历政权的建立使江南士人深受鼓舞,并成
为他们的精神支柱。顺治三年(1646)八月清兵攻入福建时,官
至隆武朝司李的钱澄之正在沙县、永安等地收税,听闻隆武帝遇
难,遂流落沙县、邵武一带避难,一直到1648年(顺治五年,永历二
年),钱澄之闻听永历建元的消息后,立即奔赴肇庆行在。在历经
千辛万苦于当年十月到达肇庆之时,钱澄之喜极而赋《喜达行在
二十韵》五古一篇:"异域疑终老,生归吾岂望。谁怜灰劫后,重见
曜灵光。只讶魂超越,犹愁梦渺茫。饥寒来北海,涕泪睹南阳。日
出明宫阙,云低抱苑墙。朝廷遂礼乐,我辈竟冠裳。诸将鸣鞭锐,
千官佩玉锵。避车多矛绣,骑马有貂珰。访旧勋俱大,逢儿我并
长。去珠还入掌,断雁再随行。趋陛肘时露,陈书指欲僵。故人相
问讯,童仆转凄凉。发向僧居保,颜从虎穴苍。赖将诗过日,但忆
笋堪肠。濯足通身暖,寻医百节伤。屦穿知步履,肩袒验刀疮。已
慰玉关愿,宁劳属国偿。解装存笔砚,纪事足篇章。钓艇三人酒,
茅庵一月粮。此生依辇跸,歌咏六龙旁。"[1]永历三年(1649),钱澄
之参加了永历朝的考试,被授为庶吉士,后又迁编修,知制诰,负责
朝廷的诏令起草等事,因此对永历朝的一些政事颇为知晓。这期
间,钱澄之创作了多首诗作记述永历朝的政事,如《放诏歌》描写
了永历三年(1649)永历帝颁布亲征诏书,大大鼓舞了民心士气的
情景:"亲征诏草已一年,亲征诏书今始宣。诏下百官同拜舞,即时
雷动边庭传。诸将接诏勇十倍,南军奋臂咸争先。"[2]这首诗描述了
永历宣布新征后将士们的欢欣鼓舞,诗中他自己的感奋之情也尽
显无遗。

---

[1]〔清〕钱澄之撰,汤华泉校点:《藏山阁集》,黄山书社2004年版,第239页。
[2]〔清〕钱澄之撰,汤华泉校点:《藏山阁集》,黄山书社2004年版,第280页。

　　永历朝廷在抗清运动中取得了一定的战绩,尤其是震动全国的"桂林大捷",在南明史上堪称空前绝后,极大地鼓舞了全国的抗清运动。"桂林大捷"是指 1651 年(顺治八年、永历五年)六月,永历朝廷的大将、原大西军将领李定国率军攻破桂林。当时镇守桂林的清朝定南王孔有德走投无路,全家自焚而死。"桂林大捷"打破了清军自入中原以来不可战胜的神话,同年十一月,清廷派定远大将军尼堪率军来救桂林,当行军到湖南衡阳时,进入李定国事先设计好的埋伏。清军惊慌失措,突围不成迅速被击败,尼堪也在混战中被杀死,李定国的军士取下尼堪的首级献功。这次大捷给清廷极大的震动与恐慌,也极大地鼓舞了各地军民的抗清士气。远在江南的顾炎武自永历朝建立以来,就一直密切关注其政治军事活动。当"桂林大捷"的消息传到江南时,顾炎武怀着激动的心情,写下了《传闻》二首,记叙了自己喜悦的心情:

　　　　传闻西极马,新已下湘东。五岭遮天雾,三苗落木风。
　　　　间关行幸日,瘴疠百蛮中。不有三王礼,谁收一战功。

　　　　廿载河桥贼,于今伏斧锧。国威方一震,兵势已遥临。
　　　　张楚三军令,尊周四海心。书生筹往略,不觉泪痕深。①

　　顾炎武的第一首诗首联以"传闻"二字起句,实承杜诗"剑外忽传收蓟北,初闻涕泪满衣裳"(《闻官军收河南河北》)中"忽传"二字而来,微妙地传达了诗人在国运衰颓、心情低落的情形下,忽

---

① [清]顾炎武撰,华忱之点校:《顾亭林诗文集》,中华书局 1983 年版,第 300—301 页。

闻官军胜利的传讯时的惊喜之情。欣喜过后,顾炎武总结这次战役胜利的原因,认为永历帝以"秦王"的封号换取孙可望的忠心是非常英明的抉择,如果不出此策,根本不可能取得这场战役的胜利,即第一首的最后两句"不有三王礼,谁收一战功"。"三王"指原张献忠部下兼义子的孙可望、李定国、刘文秀,当时三人均已封王。顾炎武此诗的原抄本《亭林诗集》中的原文是:"不有真王礼,谁收一战功",这里牵涉到永历朝一件"真假秦王"的事件。张献忠死后,有养子四人,孙可望、李定国、刘文秀、艾能奇,一起统率大西军。孙可望,原名孙可旺,陕西延长(或作米脂)人,为人勇敢、狡奸,每遇敌,率部下沉着应变,被军中呼为"一堵墙"。因为他识字,又机灵,很受张献忠器重,为张献忠四个养子中之长子,后来这支军队归附永历朝廷。孙可望位居三人之上,派人到永历处请封秦王,永历朝廷经过激烈的争论,否决了秦王的封号,只封孙可望为景国公。永历守臣陈邦傅与孙可望驻地相近,唯恐此事引起孙可望不满对自己不利,便矫诏改封秦王。事情败露后,孙可望大怒,以兵相胁,永历帝不得已,终改封秦王。顾炎武仅据传闻,以为李定国战绩当归功于孙可望,故诗中有此感慨,殊不知孙可望乞封秦王,实存不臣之心。顾炎武的门人潘耒认为其师之论失之偏颇,故改原抄本之"真王"作"三王"。依据是顺治九年(1652)七月,永历帝以李定国、刘文秀战绩卓著,加封李定国为"西宁王"、刘文秀为"南康王",并孙之"秦王"共称"三王",潘耒改动了一字反而反映了这段历史的真相。李定国,陕西延安人(一说榆林人),也是张献忠义子。张献忠战死后,与孙可望等率部联明抗清。李定国骁勇善战,永历六年(1652)他率军入广西,克桂林,乘胜北上,连克永州、衡阳,令清廷一度准备放弃吞并西南七省。李定国因为战功赫赫遭到孙可望的嫉忌,无奈之下只好率部退入云南,永历十年

（1656）李定国奉永历帝密诏起兵迎帝入昆明。

顾炎武的第二首诗表达了对孔有德伏诛的欣喜之情。孔有德原是辽东皮岛守将毛文龙的部将，毛文龙为袁崇焕所杀后，孔有德投奔登莱巡抚孙元化。崇祯四年（1631）八月，皇太极率清兵攻打凌河城（今辽宁锦县），守将祖大寿困于城内，孙元化派孔有德率领八千人赶赴前线增援。当孔有德抵达位于山东与河北交界的吴桥时，遭遇了一场大雨雪，部队给养不足，士兵在当地大户王象春家吃东西不给钱，其子向孔有德控诉，孔有德对违纪士兵施以贯耳游营之刑，于是士兵大哗，焚烧王家庄园。第二天，部下李九成说服孔有德发动吴桥兵变，起兵反明，后明朝派兵镇压，孔有德渡海投降后金。清军入关后，孔有德追随豫王多铎追剿农民起义军，镇压江南各地的抗清斗争，深受清廷信任。因为孔有德是在吴桥发动叛变的，所以顾炎武说他是"廿载河桥贼"并对他的"于今伏斧砧"表示了极大的兴奋。对于这场战事，清朝的一些史籍记载多是有意模糊，顾炎武此诗有助于对此战事情况的全面了解。曾任清廷西南封疆大吏的彭尔述也曾有诗记载此事，其诗曰："东珠璀璨嵌兜鍪，千金竞购大王头。"① 彭尔述时任清湖南分守道，后来又多次往来湖南，对这次战役的经过了解甚详，这首诗的题目为《草桥》，当是尼堪阵亡的地名，与顾炎武诗相对照，可补充文献缺略。

虽然永历朝廷在抗清战绩较前面的弘光、隆武朝廷为强，但永历朝廷的建立与弘光、隆武朝廷却近似，即朝政大权都由武将权臣把握，而文臣依旧忙于党争。永历朝廷虽然常处于播迁之中，有时候永历皇帝甚至居于"水殿（小舟）"办公，但朝廷内的党争却丝毫

---

① [清]彭而述撰：《读史亭诗集》，《清代诗文集汇编》，上海古籍出版社2010年版，第14页。

不逊色于有明任何一朝。他们党同伐异，分门立户，非我者去，近我者留，彼此争权夺势，相互倾轧，将有明一代积重已久的官场陋习又带入新创的朝廷，全然不顾当前的紧迫形势。永历时期的党争主要表现为"吴党"和"楚党"之争，其实质就是以广西军阀陈邦傅和广东李成栋"反正"勋贵为后盾的朝堂之争。对于永历朝内部党派斗争，钱澄之在他的《书所闻》诗前的序文中有详细的记叙："先是，朝士有东西之分，自粤东来者，以反正功气凌西人；而粤西随驾至者，亦矜其发未剃以嗤东人；而东、西又各自为类。久之，遂分吴楚两局：主持吴局者，阁臣朱天麟、吏部侍郎吴贞毓、给事张孝起、李用楫，外则制辅堵胤锡也，而江右之王化澄、万翱、雷德复，蜀中之程源、粤东之郭之奇实为之魁；主持楚局者，丁时魁、蒙正发、袁彭年。彭年楚人，然私粤而不私楚。陕西刘湘客、杭州金堡既与丁时魁等合，桂林留守瞿式耜亦每事关白，居然一体矣。……凡自湖南、广西随驾至，出于督师、留守门者，大半归楚。吴人谓楚东恃元胤、西恃留守。实则吴亦内倚吉翔，外倚邦傅，特其踪迹秘密，不似时魁等招摇人耳目耳。"[①]永历朝廷上的党争实际上是地方军阀之间的矛盾在朝廷上的反映。永历朝廷"吴党"的成员有朱天麟、吴贞毓、王化澄等人，他们对外依梧州守将陈邦傅、制辅堵胤锡，内靠永历近臣马吉翔。"楚党"成员分别是袁彭年、刘湘客、丁时魁、金堡、蒙正发等人，这五人号称"五虎"。他们对外依靠反正过来清朝将领李成栋的义子李元胤，对内依靠永历朝督师何腾蛟、桂林留守瞿式耜。两党当中都有小人，也有君子，如"吴党"的严起恒、堵胤锡等都是持节守正的大臣；而"楚党"中的瞿式耜、金堡也是直声满天下，尤其瞿式耜为永历朝廷鞠躬尽瘁，死而后已，而"吴党"

---

① ［清］钱澄之撰，诸伟奇辑校：《所知录》卷三，黄山书社 2006 年版，第 96 页。

中的蒙正发、"楚党"中的袁彭年都是不折不扣的小人。

两党成员在朝廷上互相攻讦,锱铢必较,在永历前期,朝廷上"吴党"处于劣势,后来李成栋北伐失败身亡,朝廷为躲避清军追击,来到广西梧州陈邦傅控制的地盘,形势发生了急剧的变化,"楚党"失去了靠山,楚党中的"五虎"受到"吴党"的报复性弹劾,五人除袁彭年因随李成栋反正有功外,其余四人全被下狱,受到严刑拷打,其中金堡受伤最重。钱澄之的组诗《梧州杂诗》从不同侧面写到了吴楚两党的大臣不顾国家命运,徇私舞弊,凡利必争,置对方于死地而后快的情形。如下面这首诗写"五虎"中金堡受刑时,钱澄之上疏进行营救的情况:"执政今何日,山阴又闭门。……小臣有封事,职在敢无言。"①诗下有自注:"时金溪王化澄在政府,一切徇私,不谙衙门典例,小疏争之。"钱澄之下面的这首诗更为详细叙述了"楚党"失势,"五虎"被弹劾的情况:

> 请对真何事,寒蝉此日喧。露章承内旨,诏狱见君恩。
> 负国罪应得,除奸功莫论。虏氛还咫尺,朝局已全翻。②

金堡作为"五虎"之首"虎牙",下狱几死,赖瞿式耜、钱澄之等人解救,方得以出狱,但已饱受酷刑,左腿已折,被贬至清浪卫(今贵州岑巩)。钱澄之诗中对金堡受到的惨重迫害表达了同情,并对一些落井下石的人表示了谴责与鄙视:"独树维舟处,联樯并楚伧。同官应有疏,入狱自伤情。事定交如旧,天回论渐平。凄凉金给谏,破舫听人争。"③(《梧州杂诗》之十二)钱澄之在此诗下有自

---

① [清]钱澄之撰,汤华泉校点:《藏山阁集》,黄山书社2014年版,第293页。
② [清]钱澄之撰,汤华泉校点:《藏山阁集》,黄山书社2014年版,第292页。
③ [清]钱澄之撰,汤华泉校点:《藏山阁集》,黄山书社2004年版,第293页。

注：“金堡被逮，仅存破舫，为缇骑牵去。”钱澄之还在诗中记载了瞿式耜对金堡的营救情况：“桂林留守重，奏使亦频来。咫尺青骢返，频烦白简催。廷争犹未息，圣怒已将回。好是徼恩放，休称苏轼才。”[1]诗下自注：“留守特救五人，疏词过激，且盛称金堡之贤，颇忤上意。”钱澄之在解救金堡的过程中也发挥了重要的作用，他于永历四年（1650）五月向永历帝上了一封请求宽恕金堡的奏疏，得到永历帝的答复：“金堡量改近戍，该部知道。”[2]钱澄之得知消息后，兴奋地写下《圣德诗》称颂永历的仁德：

> 文帝贵止辇，太宗宝魏徵。古来神圣主，皆有纳谏名。
> 我皇仁且孝，不大色与声。小臣叨侍从，窃睹神采英。
> 大帅对失措，圣度和且平。所以诸藩镇，见者识中兴。
> 给谏触太后，愚直气以盈。举朝请加诛，受杖罚殊轻。
> 及与群臣语，往往叹其清。瞿相老崛强，遇事上书争。
> 温纶皆手答，曾无勉强情。去年献史卷，拟同金鉴呈。
> 今复问主上，还经御览曾？所言过戆直，左右因相倾。
> 上言实未读，朕殊有愧卿。从此事披阅，勿负谆谆诚。
> 举朝叹圣德，臣等实不能！虚怀本天授，皇哉我圣明。[3]

此诗写得典雅庄重，通篇都是称颂永历的宽厚仁德，然而在解救金堡的过程中，一度很不顺利，钱澄之有一首诗曾含蓄地表示了对永历的不满：“诏狱非仁政，况逢离乱晨。从龙宽典得，请剑小臣

---

①［清］钱澄之撰，汤华泉校点：《藏山阁集》，黄山书社2004年版，第292—293页。

②［清］钱澄之撰，汤华泉校点：《藏山阁集》，黄山书社2004年版，第364页。

③［清］钱澄之撰，汤华泉校点：《藏山阁集》，黄山书社2004年版，第295页。

频。狼狈悲同类,艰危附党人。山阴真相国,申救跪沙滨。"① 彼时
永历帝将"五虎"下锦衣狱,阁臣严起恒欲解救,但不得面圣,只好
"跪沙滨申救,不允"②。当时钱澄之内心悲愤,故赋前诗。阁臣严
起恒当时被视为"吴党",但他不同陈邦傅、马吉翔等人,为人持正,
为营救"五虎"出力不少。所以钱澄之在诗中称赞严起恒(即山阴
相国)持以大体,不计前嫌搭救金堡等五人,这就是诗人自注所说
的"山阴屡遭诸公指摘,今特为申救"。后来严起恒因为反对封孙
可望为秦王,被孙可望部将所杀,钱澄之非常悲痛,作《曼公书至得
山阴死事信》诗表示哀悼,有"青天已毕蠲躯志,白日空悬报主心"
之句。永历朝的文武大臣为各自的权势地位或依陈邦傅、或附李
成栋,根本不可能为抗清斗争紧密地联系在一起。永历皇帝迁回
梧州以后对五虎采取的措施只能表明这实质是各勋镇为争夺朝廷
权力的一场内讧。永历政权在肇庆时,五虎以李成栋父子为靠山,
神气活现;一旦进入陈邦傅的地盘,立即失宠受辱,"这一事件再一
次说明永历朝廷始终不能威福自操,在很大程度上要看朝廷依附
的是哪一派军阀"③。永历朝的这种党派内斗造成了严重的内耗,
再加上清军强大的攻势,使得永历政权最终也未能逃脱被历史淘
汰的命运。钱澄之也因救金堡事,被大学士王化澄忌恨,钱澄之见
事不可为,又有病,遂乞假,于永历四年秋离开梧州去桂林,与留守
桂林的瞿式耜过从唱和,后于永历五年冬十二月回到家乡。

　　永历政权在军事上虽然取得了如"昆明大捷"这样的胜利,
但失败的战事也不少,这固然有各种因素在内,其中军纪涣散是

①［清］钱澄之撰,汤华泉校点:《藏山阁集》,黄山书社 2004 年版,第 292 页。
②［清］钱澄之撰,诸伟奇辑校:《所知录》卷四,黄山书社 2006 年版,第 110 页。
③顾诚著:《南明史》,光明日报出版社 2011 年版,第 428 页。

一个重要原因。如 1648 年金声桓、王得仁反正后，又有张自盛、潘永禧、潘自友、洪国玉、杨起龙、魏汝庆、王三岩等人纷纷举兵反清，永历朝臣揭重熙以明朝旧抚的身份联络各部并同福建省的宁文龙、陈德容等互通声气。金声桓建议他们向福建方面发展，借以扩大声势，牵制清军。这年春夏之交，揭重熙率领各部义师进攻福建邵武，城内拥明势力已准备开门接应，但由于揭重熙的军队组织松散，纪律不严，清福建左路总兵王之纲带领的援兵一到竟不战而溃，致使城中起而响应的绅民惨遭屠戮，钱澄之为此作《哀邵武》一诗表示气愤与谴责："豫章兵亦锐，主将亦有名。今春大出师，曾一近郡城。是时义声震，志在开门迎。城外忽奔北，势溃无枝撑。可怜内附者，锋刃骈首婴。攻城既失利，攻野肆掠掳。居积既以尽，搜括罄瓶罍。此岂主将过，或未纪律明。嗟哉乌合众，约法安能行？"[1] 其实，不只是揭重熙的军队如此，当时所谓反清"义军"有很多都是这样的扰民、害民、残民的乌合之众，钱澄之对此很是愤怒。

　　永历朝一些重要人物的事迹及命运在当时一些诗人的笔下也有反映。如永历十年（1656），孙可望密谋篡位，引发了南明内部一场内讧。由于孙可望的日益逼迫，永历帝处境艰危，密诏晋王李定国到安隆接驾。永历十一年（1657）孙可望派部将白文选到永历帝的住处贵州安龙劫持永历帝，谁知白文选临阵反戈，与李定国兵合一处，护送永历帝远走昆明，摆脱了孙可望的控制，次年大败孙可望，孙可望势穷降清。三年后，清廷的封疆大吏彭而述路过此地赋诗回顾这次事件：

_____

① [清]钱澄之撰，汤华泉校点：《藏山阁集》，黄山书社 2004 年版，第 214 页。

停鞭下马系长亭,道旁遗老为我说。

是日东南风正急,秦军大衄宝刀折。

秦王帐下曹无伤,夜半曾将军情泄。

秦王塌翼望东行,晋亦跤马回昆明。[①]

曹无伤是刘邦军中的左司马,在刘邦攻占咸阳后,曾密报项羽告知刘邦的野心,这里指白文选。清廷对于孙可望的来归十分重视,这年(1657)十二月,特旨封孙可望为义王。第二年孙可望应诏进京陛见顺治帝,清廷举行了盛大的欢迎仪式,命硕简亲王济度、和硕亲王岳乐带大批高官出城迎接,场面相当隆重,遗民诗人方文当时正寓居北京,目睹其事,赋诗寄慨云:"南海降王款北庭,路人争拥看其形。紫貂白马苍颜者,曾搅中原是杀星。"[②]孙可望降清后,将西南军事虚实尽告清廷,为清军进攻云贵出谋划策,还亲自手书招降自己旧部属。但令孙可望没有想到的是,他受到清廷的重视,靠的是出卖云贵川抗清事业,随着清军在西南的节节胜利,他的价值日益降低。1658年(顺治十五年,永历十二年)四月,清军主力从湖南、四川、广西三路进攻贵州,年底吴三桂攻入云南,次年正月攻下昆明,永历帝狼狈西奔,进入缅甸境内,永历政权宣告覆灭,云南全境为清军所有。这时,孙可望本人的地位也随着永历朝廷的衰微逐渐走向没落。顺治十七年(1660)十一月,孙可望不明不白地死了。官方的说法是病死,真相如何,不得而知。

永历朝廷组织的抗清运动虽然失败了,但是比起前几届南明

---

①[清]彭而述撰:《读史亭诗集》卷八,《清代诗文集汇编》,上海古籍出版社 2010 年版,第 14 页。

②顾诚著:《南明史》,光明日报出版社 2011 年版,第 637 页。

政权,还是有不少值得称道的地方。尤其是永历十三年(1659)二月二十一日,清军在渡过怒江逼近腾越州之时,李定国决定利用当地险峻的磨盘设伏,给清军以出其不意的打击。部署已定,清军在吴三桂等率领下进入伏击区,正在这一决定胜负之际,明光禄寺少卿卢桂生叛变投敌,把埋伏的机密报告吴三桂。双方展开一场恶战,清将固山额真沙里布等被击毙,李定国手下大将窦名望、王玺等也战死。清初滇遗民诗人陈佐才有《吊窦将军名望王将军玺死战》诗两首,真实地记录了这场战役的惨烈残酷及窦名望、王玺的勇猛无畏、视死如归:

> 烽烟遍地卷旌旗,凤辇龙车欲远驰。
> 受命忘家生不顾,以身许国死宁辞。
> 路逢峡道夷兵泣,力竭重围汉卒悲。
> 一自磨盘血战后,谁如老将具须眉。
>
> 退师千里外,险道复相持。悲壮声闻鼓,纵横步伍旗。
> 胜兵汗滴滴,败卒血滴滴。天地魂皆落,将军死战时。①

第一首诗叙述了窦名望、王玺两将军受命征战、万死不辞、以身许国的壮烈事迹。第二首诗描写了磨盘山战斗的壮烈场面。磨盘山战役是明军给予占有明显优势的清军最后一次沉重的打击,之后未能再对入滇清军展开有效的反击。李定国在兵势已如强弩之末时,仍然能够组织和指挥这样一场勇猛的阻击战,证明他不愧

---

① [清]陈佐才撰:《陈翼叔诗集》卷三,沈乃文主编:《明别集丛刊》第五辑第91册,黄山书社2016年版,第490页。

是明清之际最杰出的军事家之一。陈佐才还有不少记载西南抗清
英烈的诗作,如《吊沅江世守那公》记述的是云南土司那嵩忠于永
历朝廷,举兵征伐吴三桂清军失败后退守沅江城仍坚持抵抗的情
形。吴三桂派人来招降,那嵩誓死不从,城破全家登楼举火自焚。
陈佐才赞叹说:"万姓水中絮,一家火里丹。黑烟悬日月,红焰现
衣冠。汉将浑身冷,夷兵彻骨寒。六诏如斯者,从古至今难。"这
些诗,饱含深厚真挚的情感,哀婉中有激越,凄楚中有悲壮。陈佐
才写这些诗的用意,他说得很明白:"余吊之者,恐史书编不到之意
也。"① 很显然,他是要把这些诗歌作为南明的历史书写,使这些没
有被编入史书的英烈也能流芳后世。

永历十五年(1661),吴三桂率清军入缅,索求永历帝,同年
十二月缅甸国王将永历帝交与清军,次年四月永历帝与其子被吴
三桂杀害于昆明箅子坡。七月,李定国在西双版纳的勐腊得知永
历帝死讯,痛不欲生,不久亦忧愤而死。永历帝被害,意味着明室
完全失去了恢复的希望,远在江苏常熟的钱谦益闻讯写下《后秋
兴》组诗共十三首,其后有自注:"壬寅七月至癸卯五月,讹言繁兴,
鼠忧泣血,感恸而作,犹冀其言之或诬也。"② "讹言繁兴"就是指
钱谦益曾多次听到永历殉难的传闻,"犹冀其言之或诬也"是希望
这种传闻是误传,但是很明显,钱谦益最终还是丢掉了幻想,承认
了明朝已经彻底灭亡了。《后秋兴》其一、其二就对永历帝殒亡的
悲悼:

---

① [清]陈佐才撰:《陈翼叔诗集》卷三,沈乃文主编:《明别集丛刊》第五辑第
   91册,黄山书社2016年版,第490页。
② 钱仲联主编:《清诗纪事》,凤凰出版社2004年版,第337页。

地坼天崩桂树林，金枝玉叶痛萧森。

衣冠雨集支祈锁，阊阖风凄纣绝阴。

丑虏贯盈知有日，鬼神助虐果何心？

贼臣万古无伦匹，缕切挥刀候斧砧。

海角崖山一线斜，从今也不属中华。

更无鱼腹捐躯地，况有龙涎泛海楂。

望断关河非汉帜，吹残日月是胡笳。

姮娥老大无归处，独倚银轮哭桂花。①

　　第一首诗中，"地坼天崩桂树林，金枝玉叶痛萧森"，即是指永历帝遇难一事，因为永历曾袭封桂王。钱谦益对杀害永历帝的吴三桂恨之入骨，"贼臣万古无伦匹，缕切挥刀候斧砧"，恨不能将他千刀万剐以解心头之恨。第二首诗中"海角"本指伸入海中的狭长陆地，后常指偏僻、荒远之处。"崖山"，亦名崖门山，在广东新会海中，此地即南宋末陆秀夫背负帝昺跳海之处。永历政权的主要根据地在西南地区，地理上距离中原地区较远，但即便这么一个荒凉、偏远的地方从此也不再属于中华了。最后两句说永历已逝，江山易主，只剩自己这位亡国失君的老臣粟雨夜哭。钱谦益的这首诗写得悲痛沉郁、苍凉凄楚，确有杜甫《秋兴》诗的风格，但在内涵上却比杜诗厚重许多。

　　吴伟业虽然没有参与永历政权的建设，但他密切关注西南抗清的活动，永历政权覆灭后，吴伟业写有一首长诗《昙阳观访文学博介石兼读苍雪师旧迹有感》，对整个永历朝的大事做了梳理：

---

① 钱仲联主编：《清诗纪事》，凤凰出版社 2004 年版，第 337 页。

先生头白发垂耳,博士无官家万里。

讲席漂零笠泽云,乡心断绝昆明水。

南来道者为苍公,说经如虎诗如龙。

大渡河头洗白足,一枝椰栗栖中峰。

与君相见秦然笑,石床对语羁愁空。

……

呜呼!铜鼓鸣,庄蹻起。

青草湖边筑营垒,金马碧鸡怅已矣。

人言尧幽囚,或言舜野死,目断苍梧泪不止。

吾州城南祠仙子,窈窕丹青映图史。

玉棺上天人不见,遗骨千年蜕于此。

先生结茅居其旁,归不归兮思故乡。

尽道长沙军,已得滇池王。

伏波南下开夜郎,乌爨孤城犹屈强,青蛉绝塞终微茫。

忽得山中书,苍公早化去。

支遁经台树阴花,文翁书屋风飘絮。

噫嘻乎悲哉!香象归何处?

杜宇啼偏哀,月明梦落桄榔台。

丈夫行年已七十,天涯戎马知何日?

点苍青,洱海白,道路虽开亦无及! ①

　　“苍雪师”即苍雪禅师,为云南呈贡人,是清初著名的诗僧。吴伟业的这首诗借访友及读苍雪禅师的旧迹对永历朝末期的重要事件进行了叙述。“铜鼓鸣,庄蹻起”所影射的时事为顺治四年

---

① [清]吴伟业著,李学颖集评标校:《吴梅村全集》,上海古籍出版社1990年版,第253—254页。

（1647）李定国联明抗清、经营云南之事。"庄蹻"为战国时期楚国将军,楚庄王之苗裔。楚顷襄王在位时率领楚军夺取巴郡和黔中郡以西的地区,占领滇地。后来秦国攻打楚国,庄蹻无法返回,遂在滇地称王,建立滇国,定都在今昆明市晋城镇。庄蹻是史料记载的第一个开发云南边疆的历史人物,诗中代指李定国;"青草湖边筑营垒",指洪承畴开府长沙,经略五省,时间为顺治十四年（1657）四五月。"人言尧幽囚,或言舜野死",指永历帝被孙可望安置到贵州安隆（后改为安龙）千户所,时间为顺治九年（1652）正月。"尽道长沙军,已得滇池王",指孙可望攻打李定国失败投降洪承畴,时间为顺治十四年（1657）十一月二十八日。"伏波南开下夜郎",指吴三桂攻克云南,俘虏永历帝,时间为顺治十四年（1657）至顺治十八年（1661）;"乌爨孤城犹屈强,青蛉绝塞终微茫",指李定国在云南、中缅边境山丛坚持抗清。"杜宇啼偏哀,月明梦落桃榔台",即是指永历帝朱由榔被害之事。其后退守台湾的郑成功集团虽仍然沿用永历年号直到郑克塽降清,但永历政权早已有名无实。

第四节　南明诸臣的绝命诗

中国是诗歌的国度,中国古代文人对这种文体最为青睐,应用也最得心应手。唐诗宋词元曲,虽说中国古典诗歌在各个历史时期的表现形式不同,但内容大都不离抒情言志,他们在诗中或抒凌云之志,或表不遇之情,或表达对社会生活的种种感受。清初诗人们也不例外,他们也用诗歌抒情言志,但有一种情怀在前代诗人们的作品中很少提及,那就是对死亡的感受,就是所谓的"绝命诗"。"绝命诗"顾名思义就是生命即将结束之时所作的诗歌,表现的是一个人面对死亡的态度和思考。清初涌现了大量绝命诗,作者有平民百姓,有王侯将相,但更多是追随南明各个政权的士人。

南明历经弘光、隆武、鲁王、永历,时间长达十八年,失败接踵、存亡相继的南明皇帝是明清交替之际特殊历史时期出现的特殊人物,他们次第登上历史的舞台,演出一幕幕惊心动魄的凄苦活剧而终致覆灭。然而令人惊讶的是,这些难称得上是明君的几位君主以及他们建立的风雨飘摇的王朝,竟有那么多士人为之奋斗献身,谱写了一曲曲壮烈的悲歌。南明每一王朝的覆亡,都有一些士人为之赴汤蹈火,慷慨捐生,留下一首首激动人心的绝命诗。南明诸臣的绝命诗无论是主动求死还是兵败被俘,都真实地表现了他们的心路历程。这些绝命诗不单单是一个个士人在明清易代之际生命的逝去,以此为窗口,更可见出他们在面临生死抉择时的让人感喟不已的抗争不屈形象。绝命诗本来是一种个人性质的写作,但明清易代之际的绝命诗既是个人的,又是时代的,折射出士人在易代之际的集体价值和情感趋向。赵园在《明清之际士大夫研究》中指出:"明亡之际的大量的死,仍不妨认为由崇祯之死为揭幕。崇祯之死即使不是此后一系列的死的直接诱因,也是其鼓舞,是道义启导、激发,是示范、垂训,是人主施之于臣子的最后命令。"①

1644 年三月,崇祯皇帝在闻听李自成进京后,走投无路自缢于煤山,这在中国历史上是前所未有的壮举。改朝换代之际,失败一方的君主要么是被杀,要么投降,而崇祯却选择了悲壮的自杀,即所谓"国君死社稷"。崇祯这种以死殉国的行为在当时朝野上引起巨大的震动,也开启了各阶层人士自杀殉君的先河。当时在京官员中,最先自尽者是户部尚书倪元璐与左副都御史施邦曜,盖因崇祯之死,二人最早知道,故殉难最先。其后陆续殉节者共计二十余

---

① 赵园著:《明清之际士大夫研究》,北京大学出版社 1999 年版,第 24 页。

人,诸人临终前多有文字留下。倪元璐临终遂捉笔题案曰:"宗社至此,死当委我于壑,慎勿衾帷,以志吾痛。"[1] 与倪元璐前后殉节的左副都御史施邦曜,其绝笔诗有云:"惭无半策匡时难,惟有孤身报国恩。"[2] 考功员外郎许直自尽前留下绝命诗:"掷笔翩然辞世行,老亲幼子隔幽明。丹心未雪生前恨,青简空留死后声。"[3] 相比于后来南都诸臣的绝命诗,北都死难诸臣绝命诗写得比较平和,不像南明诸臣那样决绝,也可能他们对复明还存有希望。随着清军南下的步伐不断加快,弘光、隆武、永历诸朝的相继覆灭,殉国士人的数量也在不断增加,这些士人在临难之际大多以绝命词的形式表明自己的志向与立场。弘光二年(1645)五月,南京城被多铎率领的清军攻破,成立不到一年的弘光朝廷覆灭,当时自杀、被杀的弘光朝官员甚多,姓名可考的有黄端伯、祁彪佳、朱集璜、许琰、麻三衡等人,他们殉难前都留下了绝命诗,其中以黄端伯临刑前的绝命词写得最为壮烈,在当时即广为流传。其诗云:

> 对面绝商量,独露金刚王。
> 问我安身处,刀山是道场![4]

黄端伯(1585—1645),字元公,号迎祥,新城(今江西黎川)

---

[1] [清]张怡撰,魏连科点校:《玉光剑气集》卷六,中华书局2006年版,第283页。

[2] [清]张怡撰,魏连科点校:《玉光剑气集》卷六,中华书局2006年版,第285页。

[3] [清]张怡撰,魏连科点校:《玉光剑气集》卷六,中华书局2006年版,第288页。

[4] 沈善洪主编:《弘光实录钞》卷四,《黄宗羲全集》第二册,浙江古籍出版社2012年版,第92页。

人,崇祯元年(1628)进士,历任浙江宁波推官、杭州推官,为官有直声。弘光朝建立,经礼部尚书姜曰广推荐,授礼部主事。弘光二年(1645)五月,南京失守,福王逃逸,忻城伯赵之龙、礼部尚书钱谦益等百官皆迎降,黄端伯在其寓所能仁寺闭门不降,并大字题其门"大明忠臣黄端伯"。多铎大怒,将其关押在南京。在狱中,他谈笑如常,六月十四日,清政府下令剃发,黄端伯宁死不剃发。临刑前,黄端伯面北遥拜,颜色不变,观者万余,皆焚香拜泣。

　　祁彪佳的绝命诗影响也很大。祁彪佳,浙江山阴(今绍兴)人,天启二年(1622)进士,崇祯四年(1631)升任右佥都御史,后受权贵排斥,被罢官家居有八年之久,一直到崇祯末年才复官,任苏松巡抚。祁彪佳为人刚毅果敢,勇于任事。弘光朝立,授为右佥都御史,巡抚江南,后受马士英等排挤去职。弘光二年(1645)六月,清军南下,杭州失陷,祁彪佳闻清廷将征诏自己,即绝食明志,家人苦劝不得。至闰月四日,假言令家人先寝,自己则身穿朝服赴池中而死,时年四十四。隆武朝立,赠少保、兵部尚书,谥忠敏。祁彪佳选择坐水自杀的方式,拒绝清廷征召以保存自己的名节,其绝命词云:

> 运会厄阳九,君迁国破碎。鼙鼓杂江涛,干戈遍海内。
> 我生何不辰,聘书乃迫至。委赘为人臣,之死谊无二。
> 光复或有时,图功审机势。图功为其难,殉节为其易。
> 我为其易者,聊尽洁身志。难者待后贤,忠义应不异。
> 余家世簪缨,臣节皆阘替。幸不辱祖宗,岂为儿女计?
> 含笑入九原,浩气留天地。①

---

① [明]祁彪佳著,赵素文笺校:《祁彪佳诗词编年笺校》卷十一,浙江古籍出版社2016年版,第419页。

祁彪佳殉节后，其妻商景兰写有著名的《悼亡》诗："公自垂千古，吾犹恋一生。君臣原大节，儿女亦人情。折槛生前事，遗碑死后名。存亡虽异路，贞白本相成。"[①]商景兰诗中赞扬了丈夫殉国的君臣大节，也坦言自己不能随死的原因是为了抚育子女。商景兰的这首悼亡诗，把家国情怀和夫妇感情融合在一起，较一般的悼亡之作境界高出许多，在当时就广为传诵。

弘光朝殉节诸臣中，凌駉要算比较独特的一个，他死于南京城破之前。凌駉（1612—1645），原名云翔，字龙翰，歙县沙溪（今属安徽）人。凌駉为崇祯十六年（1643）进士，授兵部职方司主事，为大学士李建泰军前赞画。后李自成攻入北京，李建泰兵溃降清，凌駉不明就里，跟着李建泰一起降清，并接受了清朝的官职。因为清廷当时打着替崇祯报仇的旗号进入北京，因而迷惑了不少人。在打败李自成之后，清廷暴露出要成为中原之主的意图，并开始南下进攻弘光政权。当凌駉发现清廷的意图后，毅然投向弘光朝廷，被任命为浙江道监察御史，巡按山东，后又任命巡抚河南，守归德。顺治二年（1645）三月清兵渡黄河南下，守归德的明将王之纲弃城逃走，凌駉带领数百名士兵死守孤城，游击赵擢入城说降，凌駉斩之以殉。后城破凌駉被俘，多铎非常看重凌駉，命具酒馔，亲自劝酒并专门为凌駉设一幕，赠大帽一、貂裘一、革舄一，凌駉俱不受。一天夜里，凌駉在军帐中题诗于衣，与侄儿凌润生同时自尽死。其绝命诗曰：

> 艰难历尽乃徒然，谢世长归碧落天。
> 从古文山能有几，不如仗节效平原。

---

① 钱仲联主编：《清诗纪事》，凤凰出版社2004年版，第3888页。

心愈酸,志益励。肥马轻裘,忠贞不易。

事亲无日,事君无才。从容就义,目闭心开。

叔尽忠,侄尽烈。炯炯双魂,千秋凛慄。①

　　其侄凌润生留诗一首:"鞠旅陈师誓大川,时乎不济怅徒然。偃卧沙场声一啸,鞭驭青黄问上天。"另据遗民姜埰的《凌御史传》记载:"敌帅为设宴享,公闭目不食,捧貂裘革舄进,公闭目不受,贻书敌帅曰:'駉世受国恩,不克有济,天乎人乎,报之以死,駉谊尽矣……今事不可为,正駉从容就义之日也。惟愿贵国尚有初志,永敦邻好,大江以南,不必进窥。否则扬子江头凌御史,即昔日钱塘江之伍相国也。承贵国隆礼,义不私交,裘帽革舄谨缴。侄润生相从殉义,以愧天下为人臣而怀二心者。'"②

　　弘光朝还有一位大臣的死节也比较特殊。与凌駉不同的是,他是死于北京城,这个人就是左懋第。左懋第(1601—1645),字仲及,号萝石,山东莱阳人,崇祯四年(1631)进士,历官韩城知县、户科给事中。弘光朝立,授太常寺少卿,不久又升任都察院右佥都御史,巡抚应天、安庆、徽州诸府。六月,左懋第临危受命,奉诏率使团赴北京与清廷议和,在出使过程中,他据理力争,守节不屈。当时清廷派一些降清的官员进行劝降,前同僚洪承畴、李建泰等人相继前来劝降,都被左懋第严词斥责,最后清廷决定杀害左懋第。计

---

① [明]姜埰撰,印晓峰点校:《敬亭集》卷九,华东师范大学出版社2011年版,第250页。

② [明]姜埰撰,印晓峰点校:《敬亭集》卷第九,华东师范大学出版社2011年版,第250页。

六奇在《明季南略》中有这样一段记载："兵部侍郎金之俊曰：'先生何不知兴废。'公曰：'汝何不知羞耻！我今日则有一死，又何多言！'摄政王挥出斩之。"① 金之俊在明担任过兵部侍郎，是左懋第的上级，还曾向朝廷举荐过左懋第。左懋第就义时"神气自若，南向四拜，端坐受刑"。其绝命诗云：

峡坼巢封归路迥，片云南下意如何？
寸丹冷魄消难尽，荡作寒烟总不磨。②

徐鼒在《小腆纪年附考》中记载左懋第的绝命诗略有不同："金之俊曰：'先生何不知兴废！'懋第曰：'汝何不知羞耻！'摄政王挥出斩之。……懋第南向再拜曰：'臣等事大明之心尽矣！'题绝命词。（考曰：词云：漠漠黄沙少雁过，片云南下竟如何。丹忱碧血消难尽，荡作寒烟总不磨。）"③

其后的鲁王、隆武、永历三朝相继覆亡，导致众多的名臣良相离开人间，他们在离世前也多写有绝命诗言志。如在顺治八年（1651），清兵进攻舟山，鲁王东阁大学士张肯堂阖门老小二十余口自缢尽节。④ 张肯堂，南直华亭（今属上海市）人，字载宁，号鲲渊（一作鲲渊），天启五年（1625）进士，崇祯七年（1634）擢御史，累迁

①［清］计六奇撰，任道斌、魏得良点校：《明季南略》卷四，中华书局1984年版，第276页。
②［清］计六奇撰，任道斌、魏得良点校：《明季南略》卷四，中华书局1984年版，第276页。
③［清］徐鼒撰，王崇武点校：《小腆纪年附考》卷十，中华书局1957年版，第396页。
④［清］徐秉义著：《明末忠烈纪实》卷十四，浙江古籍出版社1987年版，第261页。

右金都御史,巡抚福建,隆武朝进太子少保、吏部尚书,寻改左都御
史,掌都察院事。陈子龙吴淞起事败,张肯堂请出募舟师由海道抵
江南,招合义旅以图恢复,为郑芝龙所阻无成。后隆武政权败亡,
张肯堂漂泊海外,顺治五年(1648)张肯堂至舟山,鲁王拜其为东
阁大学士。有史籍记载,舟山城破后,张肯堂"衣蟒玉,南向坐,视
其妾周氏、方氏、姜氏、毕氏、子妇沈氏、女孙茂漪次第缢死,乃从容
赋诗",其诗曰:

> 虚名廿载误尘寰,晚节空余学圃闲。
> 难赋归来如靖节,聊歌正气续文山。
> 君恩未报徒长恨,臣道无亏在克艰。
> 寄语千秋青史笔,衣冠二字莫轻删。①

　　赋诗之后,张肯堂自缢于自家庭院的雪交亭内。张肯堂在诗
中明志,说自己不能学陶渊明终老林下以明哲保身,而愿当文天祥
以死尽忠。诗中还表达了自己君恩未报、复国无成的遗憾。部下
汝应元,从福建跟随张肯堂来到舟山,后在普陀山出家,僧名无凡。
舟山城破之时,汝应元冒死进入废墟间,收拾张肯堂骸骨,并全力
营救被俘的张肯堂孙子张茂滋。其后,张肯堂骨骸被安葬在普陀
山,汝应元守其墓终生。与张肯堂一同死节的有二十一位高级官
员,城内的百姓死伤更是不计其数。
　　鲁王政权死节的著名人物还有张国维。张国维(1595—1646),
字玉笥,金华东阳人。张国维是天启二年(1622)进士,历任番禺

---

① [清]翁洲老民等撰:《海东逸史(外三种)》,《明末清初史料选刊》,浙江古
　籍出版社1985年版,第48页。

知县、右佥都御史、兵部尚书等官,崇祯十六年(1643)被解职。顺治二年(1645),张国维在台州拥立鲁王朱以海监国,顺治三年(1646)清军进攻金华,总兵方国安叛降,张国维决心以死报国,遂召二子问其生死态度。长子世凤即表示决不偷生,次子世鹏应答稍缓。张国维即以石砚掷击,不中。世鹏泣对"从容尽节,慷慨捐躯,儿等甘之如饴,唯祖母年迈八旬"。午夜,张国维穿戴衣冠,向母诀别,从容赋《绝命书》三章,又写:"忠孝不能两全,身为大臣,谊在必死。汝二人或尽忠,或尽孝,各行其志,勿贻大母死,使吾抱恨泉下!"掷笔于地,付遗书于次子,投园池而死,年五十有二。张国维绝命诗共三首:

自述

艰难百战戴吾君,拒敌辞唐气励云。

时去仍为朱氏鬼,精灵当傍孝陵坟。

念母

一暝纤尘不挂胸,惟哀茕母暮途穷。

仁人锡类能无意,存殁衔恩结草同。

训子

夙训诗书暂鼓钲,而今绝口莫谈兵。

苍苍若肯施存恤,秉耒全身答所生。①

鲁王政权死节诸臣中的陈函辉也较有影响。陈函辉原名炜,字木叔,号小寒山子,台州临海人。崇祯七年(1634)进士,曾任

---

① [清]计六奇撰,任道斌、魏得良点校:《明季南略》卷六,中华书局1984年版,第294页。

靖江县令,福王立于南京,被召任职方主事监河南军。南京失守,时鲁王朱以海居台州,陈函辉劝其监国,并侍监国至绍兴,任少詹事兼侍读学士,后进东阁大学士兼礼、兵二部尚书。鲁监国元年(1646)六月,钱塘江防守被清军攻破,朱以海迅速避难逃离,陈函辉因追随不及避入台州云峰山自缢身亡,死前赋绝命词十首。现选录其中五首:

> 生为大明之人,死作大明之鬼。
> 笑指白云深处,萧然一无所累。
>
> 子房始终为韩,木叔死生为鲁。
> 赤松千古成名,黄檗寸心独苦!
>
> 父母恩无可报,妻儿面不能亲。
> 落日樵夫河上,应怜故国孤臣。
>
> 臣年五十有七,回头万事已毕。
> 徒惭赤手擎天,惟见白虹贯日。
>
> 敬发徐陵五愿,世作高僧法眷。
> 魂游寰海名山,身到兜率内院。①

　　这组诗为六言绝句,语言通俗易懂,全无藻饰,诚如作者所说:

---

① [清]计六奇撰,任道斌、魏得良点校:《明季南略》卷六,中华书局1984年版,第296—297页。

"乱离无诗韵,皆信笔口占,将死才尽。"①

隆武朝死节大臣最著名的是黄道周。黄道周是福建漳浦铜山人,字幼玄,号石斋,为天启二年(1622)进士,在崇祯朝历官翰林院修撰、詹事府少詹事,是明末著名学者。隆武时,任吏部尚书兼兵部尚书、武英殿大学士,深受隆武帝的器重。黄道周对隆武立国报有热切的希望,他在《陛见后门下士毛生来作诗示之》中憧憬:"幸有八闽地,绵延三百春。"②诗人希望隆武政权能够借助八闽大地再延祚大明三百年江山。黄道周与隆武帝君臣一心,期待北上抗清。但黄道周虽为兵部尚书,有职无权,隆武朝的兵权、财政大权都掌握在郑芝龙手里,而郑芝龙早已与清廷暗通款曲。怀着对朝廷的责任,隆武元年(1645)七月廿二日,黄道周在几乎无兵无饷的情况下,毅然踏上了抗清的道路。一路上,黄道周靠自己的名气卖字筹措军饷、招兵买马,九月,黄道周带领招募到的三千人出仙霞关北上,行到江西婺源时,遭遇清兵被俘,被押到南京。隆武二年(1646)三月从容就刑,临难时有绝命词四首:

> 陋巷惭颜闵,行筹负管萧。风烟起造次,毛羽合飘摇。
> 火炽难栖焰,江横舍渡桥。可怜委佩者,燕燕坐花朝。
>
> 劫火愁开眼,冰轮倦著身。持危千古事,失路一时人。
> 碧血流芳草,白头追钓纶。更何遗憾处,燥发为君亲。

①[清]翁洲老民等撰:《海东逸史(外三种)》,《明末清初》,浙江古籍出版社1985年版,第128页。

②[明]黄道周撰,翟奎凤、郑晨寅、蔡杰整理:《黄道周集》,中华书局2017年版,第2684页。

　　诸子收吾骨,青天知我心。为谁分板荡,不敢共浮沉。
鹤怨深山浅,鸡啼终夜阴。南阳山路远,怅作卧龙吟。

　　搏虎仍之野,投豺又出关。席心如可卷,鹤发久难删。
愁子不知愁,闲人安得闲。乾坤犹半壁,何忍道文山。①

　　作为写在生命最后时刻的诗歌,真实展现了一个忠心耿耿老臣的心路历程。黄道周殉国后,隆武帝震悼罢朝,哀痛万分。隆武朝愈发无人了。黄道周本为大儒,以学问名世,带兵非其所长,当时就有人批评黄道周不应轻易出兵,以致殒身亡命。门生钱澄之闻黄道周死讯痛不欲生,赋诗三首,诗中有"总戎已弃全军遁,丞相何难匹马还? 长啸请缨虚有愿,惟余涕泪洒龙颜"②之句,指出恩师遭人排挤、只身募兵抗清的愤懑,但也委婉地指出文人带兵非其所长,"长啸请缨虚有愿"即是此意。黄道周的好友路振飞也说"道德公自重,文章公自深。若夫军旅事,似非公所任"③,为黄道周的殉难倍感痛惜。顾诚先生认为黄道周"为人迂直,不达权变"④,这个评价就有些贬义了。黄道周以一腔热血、满怀孤忠,为乱世之际的世道人心树立了一个道德榜样,这才是他殉难的意义。清初的邵廷寀评价黄道周:"道周说经议事,与匡衡、刘向相类,而直节则李膺、范滂之流;虽才不及济乱,要亦三百年之元气所留也。"⑤这

①［清］计六奇撰,任道斌、魏得良点校:《明季南略》卷八,中华书局1984年版,第321页。
②［清］钱澄之撰、汤华泉校点:《藏山阁集》,黄山书社2004年版,第120页。
③［清］陈济生撰:《天启崇祯两朝遗诗》卷六,中华书局1958年版,第585页。
④顾诚著:《南明史》,光明日报出版社2011年版,第213页。
⑤［清］邵廷寀撰:《东南纪事》,神州国光社1952年版,第202页。

是公允的评价。单就功业而论,黄道周是失败的,但就道德层面而言,黄道周是"三百年之元气所留",体现了士人在国难当头挺身而出的担当精神。黄道周的妻子蔡玉卿在听闻朱由榔建立永历政权时,思念亡夫,写道:"石斋殉节,未及从死,惨酷萦怀,益无聊赖,偶吟时事数律,以舒愤痛。"诗云:"永历元年诏已颁,黎民喜噪震人寰。千群辁辒丧魂魄,三尺儿童尽笑颜。万里咸欣有共主,一戎大定旧河山。行看褒节文明伯,内殿谢恩预列班。"①为丈夫身死国难而不能再位列朝班为明尽力而痛惜不已。

隆武朝殉国的著名士人还有杨廷枢。杨廷枢,字维斗,号复庵,苏州府长洲人,为复社领袖之一。顺治四年(1647),苏松提督吴胜兆反清,策划人戴之隽为杨廷枢的门生,遂受牵连被捕,不屈被杀。临刑前赋《血衣诗》十二首,现存六首:

> 人生自古谁无死,留取丹心照汗青。
> 正气千秋应不散,于今重复有斯人。
>
> 浩气凌空死不难,千年血泪未曾干。
> 夜来星斗中天灿,一点忠魂在此间。
>
> 社稷倾颓已二年,偷生视息又何颜。
> 只今浩气还天地,方信平生不苟然。
>
> 骂贼常山有舌锋,日星炯炯贯空中。

---

① [明]黄道周撰,翟奎凤、郑晨寅、蔡杰整理:《黄道周集》,中华书局2017年版,第2697页。

子规啼血归来后,夜半声闻远寺钟。

有妻慷慨死同归,有女坚贞志不移。
不是一番同患难,谁知闺阁有奇儿?

近来卖国尽须眉,断送河山更可悲。
幸有一家妻共女,纲常犹自赖维持。①

　　隆武朝著名的抗清忠烈还有陈邦彦。陈邦彦(1603—1647),
字令斌,号岩野,广东顺德龙山人,隆武朝任兵部职方司主事,"岭
南三忠"之首。"三忠"分别是陈邦彦、陈子壮、张家玉。陈邦彦本
为一书生,未有功名官职。弘光朝廷成立,陈邦彦历尽艰辛来到南
京,上《中兴政要策论》,不见用。南京政权被清军攻灭后,福州建
立隆武政权,陈邦彦被委任为兵部职方司主事,统领广西狼兵万余
人前往江西南安,协同大学士苏观生抗击清兵。在隆武帝被清军
俘获后,陈邦彦被迫率部随同苏观生撤回广东。永历元年(1647),
陈邦彦与陈子壮密约,起兵攻广州,以牵制清军对永历朝廷的进
攻。清将捕其妾及二子招降,陈邦彦批书尾答之云:"妾辱之,子杀
之,身为忠臣,义不顾妻子。"②陈邦彦后兵败入清远,城破被捕,惨
遭磔刑。临刑前作《临刑绝命诗》:"无拳无勇,无饷无兵。联络山
海,矢佐中兴。天命不佑,祸患是婴。千秋而下,鉴此孤贞。"③诗
中写尽了他起兵抗清的艰辛历程及无力回天的满腔悲愤,读来令

---

① [清]计六奇撰,任道斌、魏得良点校:《明季南略》卷四,中华书局1984年
　　版,第257页。
② 黄文宽:《南明广东诗说》,《岭南文史》,1988年第1期。
③ 黄文宽:《南明广东诗说》,《岭南文史》,1988年第1期。

人感愤不已。

隆武朝有位大臣的结局值得一提，就是苏观生。苏观生是广州东莞人。弘光帝时，官至户部主事。清军南下，避兵至杭州，与郑鸿逵等人奉唐王朱聿键入福建，隆武帝即位，拜大学士。隆武帝死后，又联同大学士何吾驺、广东布政使顾元镜、侍郎王应华等人拥立隆武之弟朱聿鐭即位为绍武帝，与永历朝政权相争。后清军攻入广州，苏观生闻听绍武帝遇害的消息后，决心殉国，题诗于壁上，然后自缢而死。其诗曰："人皆受国恩，时危我独苦。丹心佐两朝，浩气凌千古。"① 苏观生在时人的记载中，一直是热衷于名利的小人形象，但他在广州城破时不逃不降，选择殉节而死，晚节还是值得称道的。

永历朝最早殉节的官员是姜曰广。姜曰广（1584—1649），万历四十七年（1619）进士，选庶吉士，授编修，崇祯朝历任右中允、吏部右侍郎、詹事等职。福王时拜礼部尚书兼东阁大学士，与史可法、高弘图并称为"南中三贤相"，后为马士英所忌，罗织其五大罪状，姜曰广只得乞休归家。永历二年（1648），金声桓在南昌反正，邀姜曰广起义，后南昌城溃，金声桓自杀，姜曰广作《又绝句二首》，投池而死，一家从死者三十余人。其诗曰：

自古谁人不死亡，要知遗臭与流芳。
读书九世才今日，莫谓偷生是吉昌。

要知善死原非死，况复衰年岂计年。

---

① ［清］江日升撰：《台湾外记》卷之三，福建人民出版社 1983 年版，第 86 页。

杯酒从容微笑去,此心朗畅亦何言。①

永历朝重臣何腾蛟殉难前也曾赋诗两首,其一云:

天乎人事苦难留,眉锁湘江水不流。

炼石有心嗟一木,凌云无计慰三洲。

河山赤地风悲角,社稷怀人雨溢秋。

尽瘁未能时已誓,年年鹃血染宗周。②

何腾蛟(1592—1649),字云从,贵州黎平府(今贵州黎平)人,隆武、永历两朝重臣,1645 年任湖广总督。永历元年(1647)清军攻陷湖南,他退至广西,守全州,击退了清军。永历二年(1648)反攻清军,收复湖南大部,后在湘潭兵败被俘,遇害于长沙。

永历朝中期殉节的大臣有"十八先生",不过他们不是死于清军,而是死于孙可望之手。永历六年(1652)正月,朱由榔不敌清军的铁蹄,自广西广南逃至贵州安龙,进入孙可望的势力范围,虽然暂时保全了性命,却遭遇了孙可望的挟持,受到了严密监视和严格控制。以东阁大学士吴贞毓为首的一批大臣非常愤慨,密谋搬掉压在永历帝身上的这块大石头,密诏李定国前来接驾,不料被孙可望发现。事情败露之后,孙可望派部将郑国举兵问罪,最后孙可望在永历八年(1654)三月初六杀害了吴贞毓等共十八名大臣,此即为南明史上的"十八先生之狱"。孙可望是一个充满了政治野心

---

① [清]计六奇撰,任道斌、魏得良点校:《明季南略》卷十二,中华书局 1984 年版,第 395—396 页。

② [清]莫芝友编纂,张剑、张燕婴整理:《黔诗纪略》卷之二十二,中华书局 2017 年版,第 1023 页。

和帝王欲望的人物。张献忠死于川北后,孙可望与张献忠的其他三位养子李定国、刘文秀、艾能奇率大西军进入云贵,上表永历朝廷表示愿意联明抗清。大西军联明抗清后,初试锋芒就旗开得胜,收复了湖南大部分州县,但孙可望的个人野心也随之不断膨胀。他在大西军内部处心积虑打压李定国等拥明将领,对永历帝也是横加欺凌。孙可望曾派人到梧州,要求永历帝封他为秦王,遭到朝廷大臣的坚决反对,只册封他为景国公,这使孙可望对文官集团恨之入骨。永历六年(1652)冬,孙可望派人把永历帝接到他的势力范围——贵州安隆所,并改名安龙府,作为永历朝廷的行在,达到挟天子以令诸侯之目的。孙可望自己在贵阳设立了内阁六部,建立太庙和社稷,制订朝仪,名义上是建立永历王朝的秩序,实质上是为他将来篡位做准备。永历八年(1654)初,永历帝不堪孙可望的威逼,在大学士吴贞毓等人的支持下,秘密写信给出征在外的李定国,请求他带兵回来护驾,这个消息被宦官马吉翔报告给了孙可望。孙可望在盛怒之下,严刑拷掠永历诸臣,并胁迫永历帝下诏处死吴贞毓以及刑部给事中张镌、中军左都督郑允元等十八位大臣。史载,"诸臣就刑,颜色不变,各赋诗大骂而死"[1],现节录诸人绝命诗如下:

吴贞毓

九世承恩恨未酬,苍茫天意泄良谋。

四朝身历惟依汉,一死心甘愿报刘。

忠孝两穷嗟百折,匡扶再造忤同俦。

贼臣未斩身先殉,留取忠魂复国仇。

---

① [清]夏燮撰,沈伸九点校:《明通鉴》附编第六,中华书局2009年版,第3395页。

李开元

幽愤呼天共赋诗，何时逆贼就诛时。

中原残后危明主，西府闻宜起义师。

报国忠心终不死，从亡殉难早先知。

他年光复中兴日，始妥游魂慰所思。

"西府"即李定国，可知殉难众臣对李定国抱有极大的希望。

胡士瑞

生久虽无补，常存报国丹。

太阿芒倒置，社稷祚将寒。

明主成孤立，忠魂塞两间。

权奸逃显戮，厉杀又何难？

蒋乾昌

臣死甘心痛主危，臣心不死上天知。

圣君未卫忧难释，志士成仁意不悲。

十载空筹思报国，孤魂犹恋望匡时。

愿为厉鬼同诛贼，就刃从容且赋诗。①

这四首诗虽出自不同人之手，但表达的意思基本相同，即忠诚于朱氏朝廷及遗恨锄奸未成。四人赋完诗，向各官员拱手说："我们去了！中兴大事就交付各位了。但各位都要忠于朝廷，切不可附庞天寿、马吉翔卖国，我们虽死犹生！"说完，引颈受刑，观者无

---

① 龙尚学、陈翰辉辑录：《贵州地方志载明末清初史事、人物传选录》，《南明史料集》，贵州人民出版社 2010 年版，第 966—967 页。

不垂泪泣涕。时人杨宾有《十八先生墓》：

　　董曹李郭总难驯，漫说中兴气象新。
　　十八先生同日死，更将密诏与何人？ ①

　　诗中把孙可望比作三国卓时期的奸臣董卓、曹操、李傕、郭汜，感叹"十八先生"的忠义，痛惜朝廷再无可托之人。孙可望在用刑时十分残忍，充分表现了他作为流寇的本性。十八先生之狱是永历朝廷内部激烈党争白热化的结果，也是孙可望图谋不轨专权跋扈的结果，但无论如何，十八先生的死加速了风雨飘摇的永历朝廷的覆灭。

　　1659 年，即永历十三年二月，清平南王尚可喜、靖南王耿继茂带领大批清军进攻两广抗清义师，明军大败，永历朝督师大学士郭之奇兵败流亡安南。清政府多次发出檄文招降，郭之奇不为所动。永历十五年（1661）八月，郭之奇为交趾令韦永福诱捕，献给清廷。郭之奇矢志不屈，于次年八月在桂林遇难。郭之奇（1607—1662），字仲常，一字菽子，号正夫，广东揭阳人，为崇祯元年（1628）进士，历任福建提学参议，詹事府詹事，永历时官至礼、兵二部尚书，太子太保，武英殿大学士。永历十三年（1659）清军入滇，郭之奇走交趾，自此流转无定，或藏匿山谷，或荒山结庐，雨宿风餐，几历粮食不继、风涛瘴氛与虎狼之险。早在被押解桂林的途中，郭之奇已抱必死之心，写有绝命诗明志：

　　十载艰虞为主恩，居夷避世两堪论。

_____
① 钱仲联主编：《清诗纪事》，凤凰出版社 2004 年版，第 732 页。

一声平地尘氛满,几叠幽山雾雨翻。

晓涧哀泉添热血,暮烟衰草送归魂。

到头苦节今方尽,莫向秋风洒泪痕。

成仁取义忆前贤,几代同心著几鞭。

血比苌弘新化碧,魂依望帝久为鹃。

曾无尺寸酬高厚,惟有孤丹照简篇。

万卷诗书随一炬,千秋霜管俟他年。①

　　至桂林,叛将李栖凤等劝郭之奇降清,均被严词斥责。就义时慷慨从容,面不改色。

　　当时被传诵的南明诸臣绝命诗的作者还有沈士柱、夏完淳、林化熙、彭期生、黄毓祺、吴钟峦等人。沈士柱,字昆铜,号惕庵,芜湖人。顺治十四年(1657),沈士柱因参加抗清活动失败被执,于顺治十六年(1659)在南京凤台门外就义,临刑前赋《绝笔三首》,现录二首:"三百年恩总未酬,宸居何意卧羁囚。先皇制就琉璃瓦,还与孤臣作枕头。""落日昭阳半作灰,寒鸦犹带影飞来。上林无树堪留宿,唤醒羁人梦一回。"②沈士柱死后,其一妻二妾同时在芜湖自殉,可谓一家节烈。少年英雄夏完淳十四岁起跟随父亲夏允彝、老师陈子龙抗清,后兵败被俘,不屈而死,年仅十七岁。夏完淳被捕后已抱必死之志,写有绝命诗《别云间》表明心志:

三年羁旅客,今日又南冠。

①[清]徐鼒撰,王崇武点校:《小腆纪年附考》卷二,中华书局1957年,第777页。
②钱仲联主编:《清诗纪事》,凤凰出版社2004年版,第15页。

　　无限河山泪，谁言天地宽。

　　已知泉路近，欲别故乡难。

　　毅魄归来日，灵旗空际看。①

　　这首诗直抒胸臆，不事雕琢，表现了夏完淳临难前复杂的思想感情，既有对故土亲人的眷恋，又有壮志未酬的不甘，这位少年英雄至死也没有忘记恢复故国的远大志向。

　　在流传下来的南明诸臣的绝命诗中，以弘光朝都御史刘宗周、永历朝兵部尚书瞿式耜、鲁王东阁大学士兼兵部尚书张煌言的绝命诗影响最大。

一、刘宗周绝命诗

　　刘宗周（1578—1645），字起东，别号念台，山阴（今浙江绍兴）人，万历二十九年（1601）进士，崇祯朝历任顺天府尹、工部左侍郎、左都御史等官，立朝以敢言闻名，多次被罢官又起复。崇祯十五年（1642），被罢官在家的刘宗周又被重新起用为左都御史，尽管刘宗周不太情愿复出，但君命难违。入朝后，刘宗周多次上疏，请崇祯革除弊政，以摆脱国家的危机。崇祯帝面对内忧外患，急于求治，而刘宗周却说求治先治心；崇祯帝要求才干之士，刘宗周却说选拔人才要操守第一；崇祯帝访问退敌弭寇之术，刘宗周却说治国要以仁义为本。崇祯帝非常生气，说他"愎拗偏迂"，又一次将他革了职，这一年刘宗周六十五岁，这是他第三次被革职。刘宗周历经万历、天启、崇祯三朝，通籍四十五年，实际立朝时间不到四年。刘宗周虽然官场失意，在学术上的声望却如日中天，经史大家黄宗

_____

① ［清］谈迁著，罗仲辉、胡明校点校：《枣林杂俎》，中华书局2006年，第145页。

羲,著名诗人陈子龙,戏曲理论家祁彪佳,大画家陈洪绶,哲学家陈确、张履祥等,以及气节之士王毓蓍、彭期生、吴钟峦、叶廷秀等皆出自刘宗周门下。

　　崇祯十七年(1644),北京的崇祯政权覆灭后,福王朱由崧在南京监国,随后即位称帝建立了弘光政权。为了壮大朝廷的声势,也为装点门面,弘光帝诏令刘宗周官复原职,仍任左都御史赴朝办事。刘宗周应诏入朝后不久,就因与马士英、阮大铖等人政见不合,辞职归家。弘光二年(1645)五月,清军占领南京,俘获弘光帝,随即兵逼杭州,身在绍兴的刘宗周绝食七日而死。刘宗周作为明末学问渊博的大儒,负天下之声望,他的死对时人震动很大,影响也很大。他殉节前所作的诗歌,是他在死亡过程中思考的展开。六月二十二日,距弘光朝覆灭一个月,刘宗周写了一首《示秦婿嗣瞻》,诗中已经表露出殉节的念头。在写这首诗之前,刘宗周曾与学生王毓蓍相约共死,不久王毓蓍以自沉的激烈方式死在刘宗周之前。王毓蓍自沉前,留下绝命诗二首,其二云:

　　　　抉目东门看弄婆,报仇大事付清波。
　　　　胡氛羞染山阴道,且涤耶溪当汨罗。①

　　王毓蓍此诗透露出极为绝望的心情,清军已经占领南京,即将进军绍兴,报仇雪耻已无望,要想保全名节只能一死。王毓蓍的死震撼了许多士人,后来成为康熙诗坛领军人物的朱彝尊写有《吊王义士》一诗赞曰:"中丞弟子旧家风,杖履相随誓始终。闭户坐忧天下事,临危真与古人同。短书燕市遗丞相,余恨平陵哭义公。此地

①[清]陈济生编:《天启崇祯两朝遗诗》卷九,中华书局1958年版,第1299页。

由来多烈士,千秋哀怨浙江东。"①朱彝尊诗前有序曰:"毓蓍义士
受学于都御史刘公宗周,公闻南都不守,乃绝食。义士上书于公曰:
'慎勿为王炎午所笑!'乃衣儒巾蓝衫投柳桥下死。与义士先后死
者潘生集、周生卜年。"同为刘宗周弟子的陈确在《哀江南》组诗中
对浙东"多烈士"的士风有另一表述:"契丹莫漫贪降晋,自古南人
不易平。"②这个"南人不易平"不只是指行动上对清朝的武装抵
抗、以死相争,更有思想文化上的不易趋同。明清易代之际,浙东
出现了许多忠义之士,正如王思任在讨马士英的檄文中所言:"吾
越乃报仇雪耻之国,非藏垢纳污之区。"③刘宗周得到王毓蓍自沉的
消息恰好在六月二十二日,这给他很大的压力,刘宗周闻之曰:"王
生死,吾尚何濡滞哉?"④六月二十九日,刘宗周已经绝食七天、奄
奄一息,临终前写有《绝命辞》:

> 留此旬日生,少存匡济志。
> 决此一朝死,了我平生事。
> 慷慨与从容,何难亦何易。⑤

刘宗周作为东南士人的代表,以国亡身死的气节,继方孝孺后

---

① [清]朱彝尊撰:《曝书亭集》卷三,《清代诗文集汇编》,上海古籍出版社 2010
年版,第 60 页。
② [清]陈确撰:《陈确集》,中华书局 1979 年版,第 744 页。
③ [清]计六奇撰,任道斌、魏得良点校:《明季南略》卷五,中华书局 1984 年
版,第 282 页。
④ [明]刘宗周著,吴光主编,钟彩钧审校:《刘宗周全集》,浙江古籍出版社
2012 年版,第 34 页。
⑤ [清]计六奇撰,任道斌、魏得良点校:《明季南略》卷五,中华书局 1984 年
版,第 282 页。

又一次昭示了江南的士风,体现了士人崇高的道德人格,为乱世作
一表率。以刘宗周为首的"浙东学派"中的士人在明清易代之际
多为抗清烈士和遗民,作为刘宗周高足的黄宗羲在《蕺山同志考
序》一文中就曾不无自豪地宣称:"当沧海之际,其高第弟子,多归
风节。"① 蕺山即刘宗周,因为刘宗曾讲学蕺山,故人称蕺山先生。
钱澄之也赋诗感叹:

> 天下刘夫子,节义岂所论?
> ……
> 绝粒殉国难,七日息犹存。
> 王生本高足,振袖赴清源。
> 上书促夫子,先期于九原。
> 三叹亦殒命,无愧知己言。
> 王生义诚烈,夫子道益尊。②

　　自崇祯政权覆亡,刘宗周便自称"草莽孤臣",在诗歌当中多
次表现了以死明志的心声,如"吾儒学力平生系,亡国君臣一死
留""孤臣死罪曾无恨,欲净尘氛释主忧""报主真拚一死休,高
风千古白云浮""门人还有王炎午,绝粒怀沙总国忧"③。他赞赏那
些与国俱亡的忠贞之士,在《十哭诗》中,他凭吊了在崇祯十七年
(1644)甲申国变中殉难的十位官员。在吊好友倪元璐的诗中写
道:"台阁文章星斗寒,风标不比俗儒酸。回澜紫海皆通汉,照乘明

① 张仲谋著:《清代文化与浙派诗》,东方出版社1997年版,第254页。
② [清]钱澄之撰,汤华泉校点:《藏山阁集》,黄山书社2004年版,第164页。
③ [明]刘宗周著,吴光主编,钟彩钧审校:《刘宗周全集》,浙江古籍出版社
　2012年版,第1004页。

珠只走盘。莫向当场看早暮,先从下手较轻安。忠臣第一垂青史,
五十工夫儿也般。"[①] 最终他自己也以身殉证之,成为"忠臣第一垂
青史" 的英烈典范。

二、瞿式耜绝命诗

在清初咏忠烈的诗作中,瞿式耜是被称赞较多的一人,他本人
的绝命诗也流传很广。瞿式耜的死,是清初的一件大事,引起众多
文人的痛惜与悲悼。

瞿式耜(1590—1650),字起田,号稼轩,江苏常熟人,万历
四十五年(1617)进士,授江西永丰知县,颇有政绩。崇祯元年
(1628)擢户科给事中,屡疏劾斥掌权佞臣,后遭温体仁、周延儒等
排挤陷害,与其师钱谦益同被贬削,继而罢归常熟。崇祯十七年
(1644)三月,李自成农民起义军攻下北京,崇祯帝在煤山自杀,福
王朱由崧在南京建立弘光政权,瞿式耜被任命为广西巡抚。顺治
三年(1646)八月,清兵攻破汀州,隆武帝被杀。消息传来,瞿式耜
和大臣们拥立桂王朱由榔,年号"永历",瞿式耜升任吏部右侍郎、
东阁大学士,兼掌吏部事。永历朝初立,主持维系大局者为何腾蛟
与瞿式耜。在何腾蛟殉国后,瞿式耜兼任督师,独当一面,陆续收
复了靖州、沅州、武冈等地,抗清局面一时颇有起色。永历帝朱由
榔性格懦弱,才不过中人,太平时作为守成之君尚可,乱世中要担
起再造河山的重任则绝难胜任。无论是农民军还是清军,他只要
一听到警情就闻风而逃,其间多赖瞿式耜留守备战,安抚人心,收
拾残局。永历四年(1650)正月,朱由榔驻地南雄被清兵攻破,他

---

① [明] 刘宗周著,吴光主编,钟彩钧审校:《刘宗周全集》,浙江古籍出版社
2012 年版,第 1022 页。

立即逃向梧州,一些守城将领也不战而逃。留守桂林的瞿式耜气愤到极点,决心以身报国,当桂林城将破时,身边人劝他逃走,被瞿式耜坚决地拒绝了。他端坐在衙门里,与专门过来准备与他一同殉节的总督张同敞一起被执。清军统帅孔有德对瞿式耜非常敬重,在多次劝降无果后,于次年杀害了他。

瞿式耜于顺治七年(1650)被捕,于顺治八年(1651)被杀害,其间赋有多篇《绝命诗》,又有《临难遗表》等诗文传世。与瞿式耜一起殉国的还有张居正的曾孙张同敞,作有《自决诗》。瞿、张二人在狱中留下的诗歌共五十四首,均收入《浩气吟》集中,其中瞿式耜作有三十九首,张同敞自己的诗作及和诗十五首。瞿式耜狱中诗的发端,起于他的《庚寅十一月初五日,闻警,诸将弃城而去。城亡与亡,余自誓一死,别山张司马自江东来城,与余同死,被刑不屈。累月幽囚,漫赋数章,以明厥志,别山从而和之》组诗。这组诗共八首,张同敞有和诗八首。其八作为整组诗的结尾,是瞿式耜对自己一生总结性的陈述:

> 年逾六十复奚求,多难频经浑不愁。
> 劫运千年弹指到,纲常万古一身留。
> 欲坚道力凭魔力,何事俘囚学楚囚。
> 了却人间生死业,黄冠莫拟故乡游。①

瞿式耜早就抱定一死,这一来源于对无力回天复明现实的绝望,二来准备以死激励永历朝的骄兵悍将,期望对世道人心有所匡

---

① [清]计六奇撰,任道斌、魏得良点校:《明季南略》卷十三,中华书局1984年版,第430页。

正,也可能他更多的是把死作为一种解脱("年逾六十复奚求","了却人间生死业")。在永历朝,他呕心沥血,殚精竭虑,但无兵无饷,文臣结党营私,武将拥兵自重,均不以朝廷为意。永历帝又懦弱贪生,数次置瞿式耜安危于不顾。瞿式耜对永历君臣的这种行径失望之极,内心早已报定死志。在写给张同敞的诗中,瞿式耜表明了以身报国的必死之志和对张同敞的知己之感:

> 已拼薄命付危疆,生死关头岂待商。
> 二祖江山人尽掷,四年精血我偏伤。
> 羞将颜面寻吾主,剩取忠魂落异乡。
> 不有江陵真铁汉,腐儒谁为剖心肠! ①

瞿式耜虽然对抗清前景有些绝望,但他并非束手等死之人。在被俘后的十一月十四日晚,瞿式耜与张同敞派遣一名老兵通知部下焦琏,让他趁城中清兵不多,率兵攻入,可生擒孔有德。老兵去八十里后被清军捕获,孔有德担心日久生变,才决心处死瞿式耜,遂于十七日将瞿式耜、张同敞杀害。临刑前,二人整肃衣冠,向南行五拜三叩头之礼。瞿式耜写了最后两首七绝,一首给自己,一首赠张同敞。写给自己的诗,即《十七日临难赋绝命词》:

> 从容待死与城亡,千古忠臣自主张。
> 三百年来恩泽久,头丝犹带满天香。②

---

① [清]计六奇撰,任道斌、魏得良点校:《明季南略》卷十三,中华书局1984年版,第429页。
② [明]瞿式耜撰:《瞿忠宣公集》,《明别集丛刊》第五辑,黄山书社2016年版,第469页。

此诗以平淡从容的口气讨论死亡,将自己定位为"忠臣",而不是如前面那样纠缠于节义纲常,显得余音袅袅,回味无穷。瞿式耜不愿在暗室中自杀而宁愿被捕后当众被杀,是因为瞿式耜希望把死亡暴露在公众的视野之下,以激发更多的忠义。然而瞿式耜死于战火前线桂林,目睹他死亡的仅仅是一些军士,并未达到瞿式耜所期待的激励效果。在其大义凛然视死如归的背后,我们还可发现他内心的激愤、苦闷和绝望。

南明史籍中对与瞿式耜一同死难的张同敞的记载均较为简略,所记事实多为殉难前两三年间行迹。张同敞,字别山,江陵人,张居正曾孙,以荫补中书舍人。永历年间,任兵部侍郎、总督广西各路兵马兼督抗清军务,又因其文思敏捷被永历帝授予翰林院侍读学士之职。后与瞿式耜同守桂林,并任桂林总督。于顺治七年(1650)与瞿式耜在桂林被孔有德俘获,二人坚贞不屈,被杀。张同敞有绝命诗曰:

> 一月悲歌待此时,成仁取义有天知。
> 衣冠不改生前制,名姓空留死后诗。
> 破碎山河休葬骨,颠连君父未舒眉。
> 魂兮懒指归乡路,直往诸陵拜旧碑。①

张同敞所著诗文四十余卷,以兵燹亡失,只留下遇难前与瞿式耜幽囚唱和时所写的十五首诗。两人死后,曾在永历朝任职的金堡给孔有德写了一封信,要求收葬两人。信中写道:"衰国之忠臣

---

① [清]计六奇撰、任道斌、魏得良点校:《明季南略》卷十三,中华书局1984年版,第434页。

与开国之功臣,皆受命于天,同分砥柱乾坤之任。天下无功臣,则世道不平;天下无忠臣,则人心不正。事虽殊轨,道实同源。"① 其实,两者并不同源,因为开国功臣的功勋都是建立在前朝忠臣的生命之上的,他们的双手沾满了忠臣的鲜血。

瞿式耜被杀后,很多人作诗伤悼,有瞿式耜的师友钱谦益的《哭稼轩留守相公一百十韵》、陈璧的《挽留守相公稼翁夫子七十韵》、钱曾的《哭留守相公一百五韵》、归庄的《吊大学士临桂伯瞿公》等。永历帝在读到瞿式耜与张同敞的绝命诗时,边读边哭,命工部刻印,以资流传,并赐名为《御览伤心吟》。瞿式耜的死是刘宗周绝食而死之后影响最大的事件,这不仅仅是因为瞿式耜位高权重,还因为他的死象征着桂林城的彻底沦陷,而永历朝也从此再无恢复的希望,此后李定国虽然一度收复桂林,但不久又失去了。

三、张煌言的绝命诗

张煌言(1620—1664),字玄著,号苍水,鄞县(今浙江宁波)人,崇祯举人。弘光朝廷覆灭后,张煌言与同乡钱肃乐等起兵抗清,并奉表到天台请鲁王朱以海北上监国。鲁王到达绍兴,开始主持浙东反清事宜,二十六岁的张煌言以赐进士出身的身份,先后任翰林院修撰、兵科给事中等职。后清军攻破钱塘,张煌言随鲁王逃至浙闽沿海,入据舟山,联络十三家农民军,亲率部队连下安徽二十余城。在1654年与张名振配合郑成功三次进入长江作战,并在郑成功退守台湾后,独立坚持对清作战。1662年五月,郑成功病逝于台湾,抗清斗争形势更为严峻,张煌言此时正转战于宁海临门

---

① [清]计六奇撰,任道斌、魏得良点校:《明季南略》卷十三,中华书局1984年版,第435页。

村一带。清廷浙江总督赵廷臣乘张煌言义军处境艰难之际,再次写信招降,张煌言不为所动,严词拒绝。1664年六月,张煌言见复明无望,在南田的悬岙岛解散义军,隐居海岛不出。不久,清军通过叛卒找到张煌言隐居地,夜半渡岛,张煌言被执,九月初七日,张煌言被害于杭州弼教坊。

　　张煌言在被囚期间,写有多篇诗作,包括绝命诗。先是,张煌言被捕押解到家乡宁波。自起兵以来,张煌言已经整整十九年不曾回家乡一次,如今重见父老乡亲,张煌言心中涌出无限感慨。他想起苏武坚持节操,留胡十九年;管宁坚守气节,也是十九年。他们终究能功成名就衣锦还乡,而自己却时运不济,国破家亡而不能救,想到这些,张煌言不胜感慨叹息,挥笔写下《甲辰七月十七日被执进定海关》一诗:"何事孤臣竟息机,鲁戈不复挽斜晖。到来晚节同松柏,此去清风笑蕨薇。双鬓难容五岳住,一帆仍向十州归。叠山迟死文山早,青史他年任是非。"① 不久,张煌言又写下著名的《甲辰八月辞故里》二诗:

> 义帜纵横二十年,岂知闰位在于阗。
> 桐江空系严光钓,震泽难回范蠡船。
> 生比鸿毛犹负国,死留碧血欲支天。
> 忠贞自是孤臣事,敢望千秋信史传。
>
> 国亡家破欲何之? 西子湖头有我师。
> 日月双悬于氏墓,乾坤半壁岳家祠。
> 惭将素手分三席,拟为丹心借一枝。

①[明]张煌言撰:《张苍水集》,上海古籍出版社1985年版,第175页。

他日素车东浙路,怒涛岂必属鸱夷! ①

　　关于张煌言的被捕和被杀的过程,黄宗羲在《兵部左侍郎苍水张公墓志铭》中有详细记载:"明年,滇上蒙尘。延平师既不出,公复归浙海。甲辰,散兵居于悬岙。悬岙在海中,荒瘠无居人⋯⋯议者急公愈甚,系累其妻子族属以俟。公之小校降,欲生致公以为功。与其徒数十人,走补陀,伪为行脚僧。会公告籴之舟至,籴人谓其僧也,昵之。小校出刀以胁籴人,令言公处。击杀数人,而后肯言,曰:'虽然,公不可得也。公畜双猿,以候动静。船在十里之外,则猿鸣木杪,公得为备矣。'小校乃以夜半出山之背,缘藤逾岭而入,暗中执公,并及子木、冠玉、舟子三人,七月十七日也。十九日,公至宁波,方巾葛衣,轿而入。观者如堵墙,皆叹息以为昼锦。张帅举酒属公曰:'迟公久矣。'公曰:'父死不能葬,国亡不能救,死有余罪。今日之事,速死而已。'后数日,送公至省,供帐如上宾。公南面坐,故时部曲,皆来庭谒。司道郡县至者,公但拱手不起,列坐于侧,皆视公为天神。省中人赂守者,得睹公面为幸。翰墨流传,视为至宝。每日求书者堆积几案,公亦称情落笔。九月七日,幕府请公诣市。公赋绝命诗曰:'我年适五九,复逢九月七。大厦已不支,成仁万事毕。'② 张煌言口占此诗时,为他记录的书吏录错一字,张煌言笑道:"他日自有知之者!"遂挺立受刑。张煌言于南明抗清事业,虽知难挽危局,仍不遗余力,谋事在人,成事在天,知其不可为而为之,是儒家精神的忠实践行者。其实,所有的南明

---

① [明]张煌言撰:《张苍水集》,上海古籍出版社1985年版,第176页。
② 沈善洪主编:《黄宗羲全集》第10册,浙江古籍出版社2012年版,第284—285页。

忠烈,又何尝不是如此呢!他们虽然在功业上是失败者,但在道义上却是成功者。这些南明忠烈留下的绝命诗,没有复杂的诗艺和华丽的文辞,只有感情和思想的自然倾诉,但却是诗言志的最好见证。

这里还要特别提及朱明皇室子弟的临终诗,具有珍贵的史料价值,如绍武帝朱聿鐭在临终时写于内衣的一首诗。诗云:

> 一抔青草久埋香,瘦马嘶风过北邙。
> 松柏断碑吟晓月,麒麟荒冢冷斜阳。
> 金蚕难织衔铜镜,玉树无花荫石床。
> 莫叹佳人泉路杳,百年身世几茫茫。①

绍武帝名朱聿鐭(1605—1647),明太祖朱元璋第二十三子唐定王朱桱八世孙,唐王朱器墭之子,隆武帝朱聿键之弟。隆武遇难后,朱聿鐭在隆武二年(1646)十一月初五被大学士苏观生及广东布政使顾元镜等在广州拥立为帝,年号绍武,与肇庆的永历朝廷互相抗衡。绍武政权的寿命很短,同年腊月十五,李成栋率兵攻入广东,夺占广州,朱聿鐭自缢而死(一说被杀),结束了他为期一个多月的皇帝生涯。

还有跟郑成功旅居台湾的宁靖王朱术桂的临终诗更是值得注意。他不是死于南明各政权败亡之际,而是自尽于台湾即将被清廷收复之际。史载:"(朱术桂)闻澎湖之败,叹曰:'主幼臣强,将骄兵悍,不知托足何所矣!'已而刘国轩议降,曰:'是吾归报高皇帝之日也。'分其田赏佃人,舍府舍为佛宇。召妃媵袁、王、

---

① 黄文宽:《南明广东诗说》,《岭南文史》,1988年第1期。

荷姁、梅姑、秀姐曰:'我死期至,汝辈自便。'咸对曰:'王全节,
妾岂失身乎! 请先赐尺帛,死随王所。'术桂曰:'善哉!'备六
棺,沐浴更衣,环坐欢饮。五人起自缢,术桂为殓毕,加翼善冠,衣
衮腰玉系绶,以宝付郑克塽,拜辞天地祖宗……遂绝。"① 其绝命
诗曰:

> 艰辛避海外,总为几茎发。
> 于今事毕矣,不复采薇蕨。②

　　短短二十字的绝命词,清楚地解释了朱术桂之所以在清朝入
关近四十年后仍决意自杀的原因,那就是为了保存自己"受之父
母"的头发,在黄泉之下仍能昂首面对朱氏列祖列宗。在明清易
代之际,各阶层尤其是士人遭遇了人类史上的一次大浩劫,殉节人
数达到了空前规模。这些忠臣义士杀身成仁,舍生取义,相继以血
肉之躯书写了南明无可挽回的悲壮历史。南明虽然以彻底失败告
终,但具有深刻的历史意义,如清史专家张玉兴所言:"南明出现与
存在有其积极意义,那就是让人们尽忠报国,为正义之奋斗有了依
凭","南明是凝聚民族意志的中心","南明是坚持抗清的一面旗
帜","南明的惨痛教训足堪鉴戒。""有两点值得注意:一是应该
看到南明皇帝尽管是彻底的失败者,但并非一群浑浑噩噩、庸庸碌
碌,干尽坏事之辈,其中还有颇有思想、颇有超乎前人之见解与惊
世骇俗之举措者。二是应该看到南明竟出现了那么多感天动地,

---

① 钱海岳撰:《南明史》卷二十七,中华书局 2016 年版,第 1458—1459 页。
② 钱仲联主编:《清诗纪事》,凤凰出版社 2004 年版,第 1078 页。

以热血铸忠诚的杰出非凡的人物,使历史大放光彩,光耀后世。" ①
在南明存续期间,众多的士人不避艰险前往投奔,甚至为之赴汤蹈
火,其行动、其精神感人至深。

第四章　以诗存人：清初叙事诗中的历史人物

　　清初的叙事诗，不仅记载了明清易代之际风云变化的历史事件，还存录了极有价值的历史人物，这些人物本身的生活和命运就是一个时代的缩影。他们或是明清之际重大历史事件的参与者，其行为直接影响着事件的发展与走向；或是历史事件的见证者，耳闻目睹了明清易代之际的沧桑巨变。对于这些历史人物，尽管官修史书也有记载，但出于政治考虑或各种忌讳，多具有倾向性，因而一定程度上遮掩了历史的真相，而清初叙事诗从另一视角描述记录了这些历史人物，对客观全面地认识历史人物具有重要的文献价值。

第一节　备受赞美的亡国之君崇祯帝

　　崇祯皇帝朱由检（1611—1644），明光宗朱常洛第五子，天启帝朱由校异母弟，天启二年（1622）被册封为信王，天启七年（1627）登基，改元崇祯。崇祯是明朝的第十六位皇帝，也是明朝的最后一位皇帝，在位十七年。崇祯十七年（1644）三月十九日，李自成率领农民起义军攻入北京，崇祯帝走投无路，与太监王承恩一同吊死于煤山之上，结束了近三百年的大明统治，崇祯帝也成了"亡国之君"。

　　一般而言,亡国之君或暴虐无道,或荒淫纵欲,或暗弱无能,但崇祯皇帝没有上述任何一条劣行。他乾纲独断,处事果敢,十七岁即位不久即用雷厉风行的手段铲除了魏忠贤的阉党;他不好女色,皇宫只有周皇后、田贵妃及袁贵妃等屈指可数的几位妃嫔。对于田弘遇进献的美女陈圆圆,崇祯连面都没见,就给打发出宫了,而吴三桂却"冲冠一怒为红颜",为陈圆圆不惜牺牲全家性命及个人名节;他生活俭朴,一件龙袍要穿几年,袖子破了打上补丁照样穿着;他自己的御用之物也只是些铜锡和木制品,不用金银器具;他勤于政事,宵衣旰食,他每日批改奏章到深夜。在明朝十六个皇帝之中,崇祯勤政程度完全可以与太祖朱元璋、成祖朱棣相媲美,就连李自成在讨伐明王朝的檄文中也承认:"君非甚暗,孤立而炀蔽恒多;臣尽营私,比党而公忠绝少。"[1] 但历史就是这样的吊诡!明朝没有亡于酒色财气俱全的万历帝,也没有亡于荒唐无知的天启帝,却亡于励精图治的崇祯帝,不能不令人感慨万端。但也正是因为崇祯帝这些值得称道的个人素质,才在清初出现了一种奇怪的现象,即作为亡国之君的崇祯帝,与历史上其他亡国之君受到的谴责与鞭挞不同,他受到了当时各个阶层的肯定与赞扬。不只是汉族士民对崇祯之死表达了深切的同情与刻骨的思念,就连后来入主中原的清朝统治者对崇祯帝也给予了高度的肯定。

　　在清军打着为崇祯帝复仇的旗号进入北京不久,掌握清廷实权的摄政王多尔衮就下令北京城全体官民为崇祯帝举哀,并重新礼葬崇祯帝后。多尔衮对崇祯帝给予极高的评价:"崇祯皇帝也是好的,只是武官虚功冒赏,文官贪赃坏法,所以把天下失了。"[2] 多

①[清]计六奇撰,任道斌、魏得良点校:《明季北略》卷二十,中华书局1984年版,第427页。

②《多尔衮摄政日记》,北京故宫博物院编,1993年版,第3—4页。

尔衮认为崇祯皇帝"也是好的"，把亡国的责任都推给了崇祯朝的
文武官员，这种观点奠定了清初评价崇祯的基调，对后世也不无影
响。当然，多尔衮对崇祯帝的评价有政治上的考量，与清朝打着为
崇祯帝复仇的旗号入主中原有一定关系，但也不能否认多尔衮本
人对崇祯帝的认同感。毋庸置疑，多尔衮的话说出了崇祯朝廷的
部分事实，即在国事纷纭之时，以阁臣为首的各级官员不只是贪鄙
怯弱，彼此还分门立户、党争不休，对明亡确实应该承担一定的责
任。顺治帝更对崇祯帝怀有深厚的感情，曾入宫陪侍顺治的清初
高僧释道忞在他的《挽大行皇帝哀词》第三首云：

> 洞开四目舜诸瞳，天鉴高垂度亦洪。
> 孝重鰌生翻野纪，才怜下士念尤侗。
> 闲谭思庙长挥涕，因说嘉鱼亟叹忠。
> 惠我生民须哲后，堪嗟莫挽鼎湖龙。①

这首诗中涉及了包括崇祯帝在内的几个明清之际的著名人
物，是顺治与释道忞当日在宫中闲谈的话题。释道忞在诗后分别
有注："孝重鰌生翻野纪"，指孝子黄尚坚；"才怜下士念尤侗"，指吴
会才子尤侗；"因说嘉鱼亟叹忠"，指在崇祯朝被廷杖、入清后剃发
为僧的熊开元。其中"闲谭思庙长挥涕"中之"思庙"，乃崇祯帝之
庙号，"长挥涕"描述了顺治在谈到崇祯之死时的哀伤之情。释道
忞在他的《北游集》中多处记载了顺治对崇祯帝的追怀之情，说顺
治每语及崇祯帝，则惨然不乐："上曰：'……宫城之北有山，明称煤

---

① ［清］释道忞撰：《弘觉忞禅师北游集》卷六，《清代诗文集汇编》，上海古籍
出版社 2010 年版，第 509 页。

山。朕今改之,所谓景山也。煤山,即崇祯帝投缳之所。'语毕潸然,后唏嘘叹息曰:'崇祯帝亦英主,惜乎有君而无臣。'"① 顺治甚至还爱屋及乌,对崇祯的书法也推崇备至。据释道忞记载,他曾与顺治谈论书法并对顺治的书法加以赞扬。当时顺治笑着说:"朕字何足尚?崇祯帝字乃佳耳。""命侍臣一并将来,约有八九十幅,上一一亲展示。师时觉上容惨戚,默然不语。师观毕,上乃涕洟曰:'如此明君,身婴巨祸,使人不觉酸楚耳。'"② 其侍臣于片刻间能"一并将来"崇祯手迹八九十幅,而顺治又能为释道忞"一一亲展示",可见顺治平日对崇祯之书法习玩之勤、认知之深。更有甚者,顺治在展示崇祯的书法时,还"容惨戚,默然不语",良久之后,顺治才用悲痛的语调说崇祯以明君而身婴巨祸,表示了伤悼之情。从以上的诗句可以看出,释道忞挽诗中"闲谭思庙长挥涕"句,是纪实之笔,不是凭空而言。

李清在《三垣笔记》中也记载,顺治十四年(1657),顺治帝谕工部曰:"朕念明崇祯帝孜孜求治,身殉社稷。若不急为阐扬,恐千载之下,竟与失德亡国者同类并观,朕用是特制碑文一道,以昭悯恻。尔部即遵谕勒碑,立崇祯帝陵前,以垂不朽。又于所谥怀宗端皇帝上加谥数字,以扬盛美。""又尝登上陵,失声而泣,呼曰:'大哥大哥,我与若皆有君无臣。'"③ 顺治不仅在释道忞面前啼哭崇祯,甚至在拜祭崇祯陵墓、众目睽睽之下也曾"凄然泣下"。当日曾随扈顺治谒陵的礼部侍郎兼翰林院掌院学士王熙曾有诗纪录此事,

① [清]释道忞撰:《弘觉忞禅师北游集》卷六,《清代诗文集汇编》,上海古籍出版社 2010 年版,第 487 页。
② [清]释道忞撰:《弘觉忞禅师北游集》卷六,《清代诗文集汇编》,上海古籍出版社 2010 年版,第 492 页。
③ [清]李清撰,顾思点校:《三垣笔记》,中华书局 1982 年版,第 90 页。

诗题名为《思陵纪事二首》。诗题下注云："明庄烈愍皇帝陵也。御
制碑文在焉。大驾经过，焚楮拜奠，且为下泣。感而纪之。"①"庄烈
愍皇帝"是清廷给崇祯的谥号。诗曰：

> 怅望思陵路，萧条易怆神。鼎湖龙去远，禹穴鸟耘频。
> 园寝存先典，丰碑识至仁。后来传竹牒，莫比怠荒伦。
>
> 千载兴亡恨，前朝倍可怜。玄黄纷数党，门户竞持权。
> 宵旰忧空切，兵荒势岂延。翠华凭吊处，也为一潸然。②

第一首诗对崇祯的失国表示叹惜，没有其他内涵。值得注意
的是第二首诗的最后两句"翠华凭吊处，也为一潸然"，所咏即顺治
帝当日在思陵哭吊祭崇祯帝之事，与释道忞诗中的记载可互为印
证。顺治帝认为崇祯帝乃锐意求治之主，不是无德败道的帝王，亡
国的责任都在臣下。顺治十六年（1659），大学士金之俊奉顺治帝
之命拟撰崇祯帝碑文，正式代表清廷向臣民宣扬对崇祯君臣的评
价和明亡原因的认识："岂非天之所废，莫能兴之，而人谋不臧，适
任其咎者邪？考史传所载，凡末季亡国之君，覆车之辙，崇祯帝并
无一蹈焉，乃身殉社稷，不引天亡之言，小綦烈矣。"③清朝最高统治
者对崇祯朝"有君无臣"的愤慨和对崇祯帝国破身亡的哀痛竟有
甚于明之遗民！这也构成了历史上易代之际新政权对于旧政权独
特的历史评价方式，这固然与清廷出于政治层面的各种考虑有关，

---

① ［清］王熙撰：《王文靖公集》卷六，上海古籍出版社 2010 年版，第 193 页。
② ［清］王熙撰：《王文靖公集》卷六，上海古籍出版社 2010 年版，第 193 页。
③ 李文玉：《"有君无臣"论：明清之际崇祯君臣的历史评价与君臣观流变》，
　《求是学刊》，2015 年第 4 期。

但更多还是因为崇祯帝以身殉国的行为激励了各层次的群体。

　　与历代亡国之君屈膝苟活不同,崇祯帝在兵临城下时选择了身殉社稷的壮烈行为,体现了君主的尊严和荣誉,达到了一个帝王的道德高度。在某种意义上说,有示范天下的意义。因此,在明清之际就出现这样一种奇怪现象:无论是君临天下的最高统治者,还是深怀故国之感的遗民,甚至身仕两朝的"贰臣",都对崇祯帝表示出浓厚的缅怀之情。"三月十九日"是崇祯帝的殉国之日,每年此日,都有不少士人抒写诗文表达怀念之情,表现出强烈的"崇祯情结"。如顾炎武虽然在文章中对专制君主制度有过深刻的揭露与批判,但对崇祯帝本人却怀有深厚的感情。他写有多首痛悼崇祯帝的诗作。如初闻崇祯帝死讯时写的《大行哀诗》:

神器无中坠,英明乃嗣兴。紫蜺迎剑灭,丹日御轮升。
景命殷王及,灵符代邸膺。天威寅降鉴,祖武肃丕承。
采茟昭王俭,盘杆象帝兢。泽能回夏暍,心似涉春冰。
世值颓风运,人多比德朋。求官逢硕鼠,驭将失饥鹰。
细柳年年急,崔苻岁岁增。关门亡铁牡,路寝泄金縢。
雾起昭阳镜,风摇甲观灯。已占伊水竭,真遭杞天崩。
道否穷仁圣,时危恨股肱。哀同望帝化,神想白云乘。
秘谶归新野,群心望有仍。小臣王室泪,无路哭桥陵。①

　　在"三月十九日"这个极具象征性的日子,顾炎武几乎每年都有诗作,如《三月十九日行次嵩山会善寺》《三月十九日有事于攒

────────────

① [清]顾炎武著,华忱之点校:《顾亭林诗文集》,中华书局1983版,第259页。

宫时闻缅国之报》等,抒发自己对崇祯帝的追思怀念之情。出于
对崇祯帝的尊崇,顾炎武还为陪同崇祯帝一起上吊的太监王承恩
写过一首《王太监墓》诗,赞扬王承恩对崇祯帝的忠贞。其诗曰:
"先帝宾天日,诸臣孰扈从。中涓能一死,大节独从容。地切山陵
闷,魂扶辇御恭。远同高力士,陪葬哭玄宗。"① 遗民方文同顾炎武
一样,未曾食明禄一天,但对崇祯帝也怀有深厚的感情,几乎每年
三月十九日都有诗怀念崇祯帝,其作于顺治四年(1647)的《三月
十九日作》诗就是一篇泣血之作:

> 年年今日强登高,独立南峰北向号。
> 漫野玄云天色晦,美人黄土我心劳。
> 虚疑杨柳牵愁绪,不忍沧浪鉴鬓毛。
> 前辈有谁同此恨,雪庵和尚读离骚。②

　　还有下面这两首《三月十九日》:"年年此日泪沾缨,况是今年
寓北平。双阙晓钟还似旧,千官春仗不胜情。褚渊王溥蒙恩泽,袁
粲韩通失姓名。犹有野夫肝胆在,空山相对暗吞声。"《三月十九
日作》:"鼎湖龙去再生天,荆棘铜驼已四年。太液有池谁饮马,上
阳无树不啼鹃。真人构造千秋业,宵小嬉游一掷钱。纵使海枯还
石烂,不教此恨化寒烟。"③方文虽一介布衣,未承明之恩泽,但对故

① [清]顾炎武著,华忱之点校:《顾亭林诗文集》,中华书局1983版,第343页。
② 方文撰,胡金望、张则桐校点:《方嵞山诗集》,黄山书社2010年版,第257页。
③ 方文撰,胡金望、张则桐校点:《方嵞山诗集》,黄山书社2010年版,第266页。

君还是表现得一往情深。"年年此日泪沾缨"的情怀一直持续到康熙八年(1669)。当时方文已病入膏肓,临终之前,又作了一首《三月十九日作》诗,可谓是绝唱:

> 野老难忘故国恩,年年恸哭向江门。
> 南徐郭外三停棹,北固山头独怆魂。
> 流水滔滔何日返,遗民落落几人存。
> 钱生未死重相见,双袖龙钟尽血痕。①

　　黄宗羲也有一首《三月十九日闻杜鹃》,表达了与方文同样的感情:"江村漠漠竹枝雨,杜鹃上下声音苦。此鸟年年向寒食,何独今闻摧肺腑。昔人云是古帝魂,再拜不敢忘旧主。前年三月十九日,山岳崩颓哀下土。……"②当时人们对崇祯帝之难守宗庙较多地持宽容和谅解态度,不乏赞誉甚至溢美之词,这成了中国历史上一个独特的文化现象。明清之际有个奇怪的现象,就是在对崇祯帝的态度上,反清的遗民与清廷的态度高度一致,都是认为明亡于诸臣,而与崇祯帝无关。如徐州诗人万寿祺就是个立场坚定的反清遗民,但在对待崇祯亡国的认识上与顺治的观点却是异口同声。他在悼念崇祯帝的《甲申》诗中把亡国的罪责一股脑儿归咎于大臣结党营私、不恤国事,而崇祯帝本人则完全不担一丝责任:

> 甲申三月十九日,地坼天崩日月昏。

①[清]方文撰,胡金望、张则桐校点:《方嵞山诗集》,黄山书社2010年版,第832页。
②严迪昌著:《清诗史》,浙江古籍出版社2002年版,第213页。

皇帝大行殉社稷，枢臣从逆启城门。

梓宫夜泣东华省，庙主朝迁西寝园。

身是我君双荐士，北临蹒踊丧精魂。

御极于今十七年，励精图治迈前贤。

臣工勾党争持禄，中外营私竞养奸。

遂使并兵皆赤子，几番举火达甘泉。

长安一夜阴风惨，万寿台前血未干。①

　　万寿祺在第一首诗中完整地记下了北京沦陷的经过，对崇祯帝的缢亡表示了强烈的悲痛，并表示虽然国君已亡，但自己不会改变忠于故国的立场。第二首如顺治帝一样，给予了崇祯帝毫无保留的赞美："御极于今十七年，励精图治迈前贤。"认为崇祯帝在位十七年，其励精图治超过前代的任何一位君王，这未免有过誉之嫌。接着指出亡国的原因在于大臣们结党营私、为己争利，使农民起义的规模越来越大。诗的最后一句以充满感伤的语调悲叹崇祯之死，表达了作者对崇祯帝沉痛的悼念之情。内容相同的还有河北大儒孙奇逢的《野哭》"至尊挺英姿，卓哉有为主"，"无如臣道微，有鼓而无舞"。②这种由怀念导致的过分赞美颇能代表时人对崇祯的思想感情。在崇祯殉国一年后，江南遗民许德溥在家中举行了祭奠仪式，并写了一首《乙酉先帝忌日设位哭奠》诗以纪之："痛忆先皇正泪连，伤心倏忽届期年。当时多少沾恩士，曾否今朝

①［清］万寿祺著，余平整理：《隰西草堂诗集》，浙江人民美术出版社2019年版，第80页。

②赵园著：《制度·言论·心态：〈明清之际士大夫研究〉续编》，北京大学出版社2006年版，第499页。

奠纸钱？"诗中谴责那些身仕清廷的"贰臣"忘记故君的恩典。

在专辑崇祯朝野阙失、南明诸公忠节事迹的《甲申朝事小纪》一书中也收录了一首名为龚仲震的遗民所作的哭崇祯诗，对崇祯帝更是充满溢美：

> 痛绝吾君称至仁，犹闻遗诏恤生民。
> 中原礼乐今何似？文武衣冠更不伦。
> 举国徒知推贼主，普天谁解念王臣。
> 啼猿声断悲难尽，慷慨何缘致此身！　①

诗中把崇祯帝称为"至仁"之君，还特别提到崇祯帝的临终遗诏内容为"恤生民"。所谓"遗诏"，指崇祯在煤山自缢时留下的遗言。关于崇祯帝遗诏的内容，在当时的文献中多有记载，如曾身历崇祯、弘光两朝的李清在《三垣笔记》中记载的遗诏内容为："朕已丧天下，不敢下见先人，亦不敢终于正寝。""朕误听文官言，致失天下，任贼碎裂朕尸，但弗伤我百姓。"②此诏写得充满悲愤，哀痛之极，对亡国原因虽有推脱，但总的来说集爱民、责任于一体，因此激起时人强烈的感受也在情理之中。崇祯帝一生共写下六份罪己诏，这份"遗诏"也可视为他最后的一份罪己诏，但这份罪己诏除了自责外还包含另外一层意思，就是谴责朝臣误国，为自己的失国辩护。崇祯之死激起全国各地士人强烈的反应，广东著名的"岭南三忠"之一的陈邦彦听到崇祯帝殉国的确切消息已经是四个月后

---

① ［清］抱阳生编著，任道斌校点：《甲申朝事小纪》，书目文献出版社 1987 年版，第 46 页。
② ［明］李清撰，顾思点校：《三垣笔记》，中华书局 1982 年版，第 229 页。

了，当时他正奔波在赶赴弘光朝廷的路上，闻讯悲不自胜，当即挥笔写下《七月念五日黄塘道中》七律一首。后来，陈邦彦感到七律形式的不足以淋漓尽致地表达他内心强烈的感情，于是又作七言古诗一篇，名为《江上逢大行哀诏，适欧嘉可惠寄诗笺，伏枕无聊，次韵奉答，语于来赠不伦，以志感也》，尽情地抒发了自己的悲哀："噫欷歔，天南遗民此日抱乌号，回风萧萧兮燕云万里望空劳。客子悲来病骨高，目随缟素送轻舠。十有七年明圣主，一旦谁知身似羽。万方闻变已经时，哀诏初来秋半去。"[①] 顺治十四年（1657），番禺诗人屈大均从家乡出游。他此次出游的第一站就是北京，到达北京后立即赶赴煤山哭拜崇祯帝。屈大均对故君、故国魂牵梦绕，甚至连偶然看到的崇祯帝遗物，也睹物生情，由物思人，他的长篇歌行《绿绮琴歌》就是一篇咏物怀人之作。这首诗篇幅很长，共六十六句，充满着亡国的悲伤。诗中不仅表达了对崇祯帝的怀念，还记述了与此相关的一些史事，如清军的入侵、复明运动的失败以及爱国志士的牺牲。在一定意义上说，"崇祯"代表的并非只是他的帝王身份及一个消逝的王朝，他还是一种逝去的文化象征。

不只是遗民对崇祯之死抱有深切的怀念，就是降清的"贰臣"也怀有同样的感情，并在诗中毫不避讳地表达出来。顺治二年（1645）三月十九日，即崇祯殉国一周年之际，已入仕清廷的原崇祯朝给事中龚鼎孳写下《乙酉三月十九日述怀》一诗追悼崇祯帝。他以饱含深情的笔触写道：

残生犹得见花光，回首啼鹃血万行。

---

① 张晖著：《帝国的流亡：南明诗歌与战乱》，中国社会科学出版社 2014 年版，第 18 页。

龙去苍梧仙驭杳,莺过堤柳暮云黄。

寝园麦饭虚寒食,风雨琱弓泣尚方。

愁绝茂陵春草碧,罪臣赋已罢长杨。①

"乙酉"为顺治二年(1645),距离崇祯殉国一周年。龚鼎孳在诗中用了"鹃血""残生""愁绝"等一系列感情色彩很强的语言表达了自己对崇祯帝的怀念。虽然崇祯帝驭臣严苛,龚鼎孳在李自成入京之时因言事得罪还被关在狱中,但龚鼎孳对故君还是毫无怨恨,满怀真挚的思念之情与锥心泣血的深恸。曾为多尔衮贴身亲随的江南名士李雯有和作《十九日集孝升斋和其原韵时同赋者朱邃初胡孝绪》:"残春回首见明光,饮泣东风又数行。国恨如新芳草碧,故人怀旧夕阳黄。花通鹤禁愁千绪,日冷松门天一方。谁抱衣冠游月窟,殷勤宫监说先皇。"② 原复社名士,入清后官至尚书的王崇简在顺治二年(1645)也写有《三月十九日哭先皇帝》三首,其诗如下:

昨岁今朝事,龙髯莫可攀。摧心望北阙,号泣在西山。

禹德歌同俭,尧天值偶艰。忧勤逢厄数,千古恨难删。

君德非云失,天心不可知。起居史有颂,喜怒圣无私。

民隐劳宸虑,时艰动睿思。金瓯全未缺,何事丧潢池?

① [清]龚鼎孳著,陈敏杰点校:《龚鼎孳诗》卷十六,广陵书社 2006 年版,第543 页。

② [清]李雯撰:《蓼斋后集》卷三,《清代诗文集汇编》,上海古籍出版社 2010年版,第 821 页。

臣世居都下，皇仁荷被繁。褒封三代泽，甲第两朝恩。

宵旰无深拱，焦劳有至尊。从来失国者，岂可并为论？①

　　龚鼎孳的好友、同为"贰臣"的熊文举也有一首《杂诗》，也是对崇祯极尽赞美："频开宣室召真儒，夜半披霜答谏书。十七年来辛苦尽，临春结绮等丘墟。"②诗中赞美崇祯勤于政事，把他比作爱才重士的汉文帝，这显然有些过誉了。

　　相比以上诸人，吴伟业对崇祯的感情就更深了。吴伟业于崇祯四年（1631）参加会试，获得了第一名的好成绩；紧接着廷试，又以一甲第二名连捷。当时有人怀疑这里面有舞弊情况，主考官周延儒只好将吴伟业的试卷进呈御览，由皇帝亲自裁决。崇祯帝阅毕试卷，亲笔批下了"正大博雅，足式诡靡"③八字，意思是文章立意端正，合乎圣贤之道，文辞丰富典雅，足为楷模。吴伟业由此声名鹊起并得旨回乡完婚，这使他对崇祯皇帝怀有一种刻骨铭心的知遇之感，更使他在被迫出仕清廷后一直心怀愧疚，乃至终生。明亡后，吴伟业曾参加了太仓遗民私祭崇祯帝的活动，在祭奠仪式上写有《新蒲绿》诗两首，感情极其沉痛悲凉：

白发禅僧到讲堂，衲衣锡杖拜先皇。

半杯松叶长陵饭，一炷沉烟寝庙香。

有恨山川空岁改，无情莺燕又春忙。

①［清］王崇简撰：《青箱堂诗集》卷四，《清代诗文集汇编》，上海古籍出版社2010年版，第388页。

②［清］熊文举撰：《雪堂先生集选》卷五，顺治刻本，天津图书馆藏。

③［清］吴伟业撰，［清］程穆衡原笺，［清］杨学沆补注，张耕点校：《吴梅村诗集笺注》，中华书局2020年版，第833页。

欲知遗老伤心事，月下钟楼照万方。

甲申龙去可悲哉，几度春风长绿苔。

扰扰十年陵谷变，寥寥七日道场开。

剖肝义士沉沧海，尝胆王孙葬劫灰。

谁助老僧清夜哭，只应猿鹤与同哀。①

吴伟业诗中除了表示对崇祯殉国的悲痛之情外，还表达了对投降李自成的在朝官员的讽刺，说他们是"无情莺燕"。当然，此时他还没有出仕清廷，还是遗民的身份，谁想不久后，自己也成了"无情莺燕"中的一员。其实，在内心深处，吴伟业对崇祯帝殉国的态度是矛盾的。一方面，他悲悼崇祯帝殉国的壮烈行为，另一方面又有些惋惜，认为崇祯大可不必如此偏激。在他著名的叙事诗《圆圆曲》中，首句就是"鼎湖当日弃人间"。一个"弃"字深堪玩味！无论是作"抛弃"还是"放弃"理解，都是"弃国""弃民"，是逃避君主的责任。吴伟业的这种看法和《明史》对崇祯帝之死的评价差不多："宗社颠覆，徒以身殉，悲夫！"②

原来，当李自成步步进逼北京之时，朝廷上曾有"南迁"及请太子监国南京两种变通方案。《明史》卷二十四《庄烈帝纪二》载："（崇祯十七年二月）丁亥（二十八日），诏天下勤王。命廷臣上战守事宜。左都御史李邦华，右庶子李明睿请南迁及太子抚军江南，皆不许……三月庚寅（二日），贼至大同……辛卯（三日），李建泰

———————

① 钱仲联主编：《清诗纪事》，凤凰出版社 2004 年版，第 372 页。

② ［清］张廷玉等撰，中华书局编辑部点校：《明史》卷三百九，中华书局 1974
年版，第 7948 页。

疏请南迁。壬辰(四日),召廷臣于平台,示建泰疏,曰:'国君死社稷,朕将焉往?'李邦华等复请太子抚军南京,不听……癸卯(十五日)……贼遂入关(居庸关)。甲辰(十六日),陷昌平。乙巳(十七日),贼犯京师,京营兵溃。丙午(十八日),日晡,外城陷。是夕,皇后周氏崩。丁未(十九日),昧爽,内城陷。帝崩于万岁山。"[1] 如果从二月二十八日李邦华、李明睿提出南迁之议算起,到三月十九日京师内城陷落,其间尚有二十天的时间。即便从三月三日李建泰疏请南迁算起,也还有十六天时间。无疑,崇祯帝原是可以避免一死的,也并非非死不可。又同书《后妃传》载:"(周)后性严慎。尝以寇急,微言曰:'吾南中尚有一家居。'帝问之,遂不语。盖意在南迁也。……崇祯十七年三月十八日暝,都城陷,帝泣语后曰:'大事去矣。'后顿首曰:'妾事陛下十有八年,卒不听一语,至有今日。'"[2] 另据徐鼒《小腆纪年附考》载曾任崇祯朝刑部尚书徐石麒的一段话:"李明睿之倡议南迁也,廷臣不能决。石麒闻而叹曰:'胶柱死守,亦非臣子爱君父之道也,苟翠华南幸,各镇抚之兵腾勇奋发以谋恢复,亦不为无策,倘观望狐疑,至求迁不得,尚忍言哉!'"[3] 徐石麒责备廷臣不能力劝崇祯帝南迁,与周皇后埋怨崇祯帝"不听一语,至有今日",虽批评对象不同,但以死守危城为不智则同。崇祯帝自己后来也意识到没有亲身或送太子"南迁"是个致命的错误。现存南开大学历史系的古代孤本里,有一部由杭州人韩顺

① [清]张廷玉等撰,中华书局编辑部点校:《明史》卷二十四,中华书局1974年版,第334—335页。

② [清]张廷玉等撰,中华书局编辑部点校:《明史》卷一百十四,中华书局1974年版,第3544页。

③ [清]徐鼒撰,王崇武点校:《小腆纪年附考》卷六,中华书局1957年版,第212页。

卿在苏州的故纸堆中发现题名为《天翻地覆日记》的手抄本,从文字表达判断应出自内宫宦官之手,也有学者怀疑它就是久已失传的宦官王永章的《甲申日记》。其中有这么一段情节:"崇祯十七年三月十六日,万岁谕娘娘云:'贼陷昌平,悔不从汝言,早令太子南迁。'"钱澄之的《煤山》诗也对"南迁"之议提出肯定,其诗云:

> 玄武门通一水环,君王遗恨满煤山。
> 廷争未必南迁谬,驾出犹闻夜阻还。
> 沧海日沉长此暗,青天龙去有谁攀。
> 即今御苑伤心地,草渍啼鹃旧血斑。①

　　"驾出"指崇祯帝于三月十八日夜逼周皇后自尽之后,携太监王承恩等数十人易服出东华门的事情。当时崇祯帝一行人行至安定门,为守城兵士所阻不得出去,于是折回宫内,自缢于煤山,成为中国历史上第一个殉国的亡国之君。

　　今人晁中辰在《崇祯帝"君非甚暗"透析》一文中,分析了崇祯帝受到怀念的三个因素:"第一,以东林党为首的士大夫群体长期遭受魏忠贤及其阉党集团的迫害,崇祯帝果断地处死了魏忠贤。'钦定逆案',使阉党成员永不得叙用,为东林党人出了一口恶气。东林党及其同情者长期活跃在明清之际的政治舞台上,他们大都说崇祯帝的好话。即使有些人对崇祯帝的施政措施有所批评,但总体上来看仍对崇祯帝持同情态度,这些士大夫的声音对整个社会都产生了广泛而深远的影响。第二,取代明王朝的是清,而清是由满族人为主建立的政权,由满族人当皇帝。汉族士大夫历来重

---

① [清]钱澄之撰,诸伟奇校点:《田间诗集》,黄山书社1998年版,第400页。

视所谓'夷夏之防',对清政权或明或暗地持反对态度。他们把对清朝的敌视化为对崇祯帝的怀念,为崇祯亡国而惋惜。受这种思想的影响,民间还不时发生以'反清复明'相号召的起义。在民族情绪的感染下,人们对崇祯帝大都一洒同情之泪。第三,崇祯帝吊死后,李自成的大顺政权占领了北京。清朝势力驱逐了李自成农民军,建立了清朝。因此,清朝统治者声称,清政权不是夺自明朝,而是夺自李自成'流贼',甚至声称要为明朝君臣复仇。……清朝统治者为了某种政治需要,还故意说崇祯帝的好话。"①综观崇祯帝的一生,他即位于危难之时,立志要革除时弊,拯救明朝灭亡的厄运。不幸的是,他又重蹈先王的覆辙,尤其是在关键时刻、关键问题上抉择失误,导致了明朝的灭亡,也把自己推入毁灭的深渊,但他最后以身殉国,体现了君王的尊严与壮烈,也给他的生命带来最后一抹亮色,因而受到时人的怀念也在情理之中。

第二节　充满争议的史可法与马士英

弘光朝廷是南明建立的第一个政权,朝中地位最高的文臣有两个:一是史可法,二是马士英。这两人在史书中有着截然不同的评价:一个被誉为民族英雄、千古忠臣;一个被骂为贪鄙无度、误国巨奸。但在清初的一些叙事诗中,有着不同于史书的一些记载,为全面认识这两位历史人物提供了另外一个视角。

一、史可法

史可法(1602—1645),字宪之,又字道邻,河南开封祥符县

---

① 晁中辰:《崇祯帝"君非甚暗"透析》,《文史哲》,2001 年第 5 期。

人。史可法是崇祯元年（1628）进士，历任西安府推官、户部主事、户部右侍郎等职，后因平定农民军有功，官至南京兵部尚书。崇祯帝自尽后，史可法在南京与马士英等人拥立崇祯的堂兄福王朱由崧即位，后出朝督师四镇军马，清军南下时，史可法殉节于扬州。在清初的叙事诗中，史可法有两件事毁誉不一：一是定策，二是守扬州。

　　崇祯帝殉国后，陪都南京的官员在立新君的问题上发生了分歧，即"立亲"与"立贤"之争，也叫"定策"之争。"立亲"一派主张立万历帝的嫡孙福王，这一派的代表是凤阳总督马士英及驻守在江淮地区的"江北四镇"；"立贤"一派主张立万历的侄儿潞王，这一派的代表是吕大器、高宏图、姜曰广等东林党官员。东林派之所以反对立福王，是因为万历朝"争国本"一案东林党与福王的祖母郑贵妃有过纷争，吕、高等人担心福王即位翻历史旧账。史可法是当时南京的兵部尚书，在朝廷中具有举足轻重的分量。在"定策"之争中，史可法的倾向最初也是潞王，并且和马士英当时互通了声气。按照宗法观念，福王朱由崧为崇祯帝的堂兄，与崇祯帝血缘最近，于伦序上也最合正统，最服人心。此外，如果按照东林派的"立贤"主张，还有可能引起各地藩镇拥立朱姓皇室的内部倾轧，从而引起天下混乱。当时的有识之士都看到了这一点，指出"立贤必乱"（路振飞、郑元勋）的严重后果，但史可法不能决断，来到浦口与马士英商量。马士英刚开始也赞同史可法等人的意见，但是不久得知凤阳的守备太监卢九德正联络总兵高杰等人拥立福王，于是又见风使舵转而支持拥立福王。史可法不知内情，仍致信马士英陈说福王"七不可立"的理由，并提议立桂王为折中，这一点后来成为马士英借以挟制他的把柄，并以此将他排挤出朝。所以"定策"是史可法一生中的重大失误，从当时的实际情形来看，福王朱由崧是当然的不二人选。

　　福王朱由崧的父亲老福王朱常洵,是神宗最喜欢的儿子,朱由崧又是其长子,和崇祯帝是同一辈,是崇祯帝的亲堂兄,均为神宗的嫡系孙子,显然优于惠、桂二王。至于潞王朱常淓,则是神宗的侄儿,与崇祯帝不但血缘关系隔了一层,连辈分也要大崇祯一辈,所以怎么都不太可能轮得到他。至于史可法后来提出的折中方案,即拥立桂王朱常瀛,这个主张就更不伦不类了,且不说桂王于伦序较福王为远,就连人也远在千里之外的广西。但是盘踞在南京的东林势力,丝毫没有考虑到这些现实的问题,只要不是福王朱由崧继位,无论选谁,他们都是不会有意见的。所以他们一接到史可法的方案,礼部就马上准备了各种仪仗,打算出发去广西迎接桂王到南京继位,对于确立新君这么一项关系重大的事情就这样轻率地决定了。其实,史可法对当时确定新君的重要性心里是很清楚的。他在与姜曰广私下商议拥立人选时,先曾对"拥潞"一事表态道:"此兵端也!"但当面对"拥潞"诸人气势汹汹、舆论大哗时,史可法既不敢表明自己的政治态度坦言福王伦序当立,也不敢站出来阐述自己对这一问题的认识,以打消众人对"拥福"的疑惧之心,而是畏首畏尾至于引避不言,最后竟搞出了一个试图两不得罪、不伦不类的"拥桂"方案。这个"拥桂"方案,一不合伦序纲常,放着崇祯帝的亲堂兄不立,却去立崇祯帝的叔叔。虽然大家都是万历皇帝所出,但这样做置天启、崇祯二帝于何地?置福王于何地?因此其本质和"拥潞"并无太大的区别。二是极度缺乏操作性,比之"拥潞"都不如。潞王朱常淓好歹和福王一样,都近在淮安,几天就可以到南京。而桂王却远在数千里之外的广西,一个来回几个月总是要的,到时候只怕这位桂王还没到南京,大顺军或清军早已兵临城下了。作为当时南京政府第一重臣的史可法,在关系到社稷安危如此重大的政治问题上,只求不得罪各方势力,缺乏一个卓越政治家的决断和魄力,以致后来不得不出京避祸,丧失重整朝廷的大好时机。黄宗羲对此评论道:"士英之所以挟可法,与可法之所以受挟于士英者,皆为定策之异议也。"① 这种观点是可以成立的。

史可法在定策问题上的失策,在时人诗文中记载不多,而他守扬州的决策是否得当,以及他是否具有军事才能,这在时人的诗歌中多有反映。史可法以大学士的身份出朝督师四镇,驻守扬州。经过近一年的苦心经营,于抗清局面不但没有任何起色,而且决策多有失误,这与他和马士英一味奉行"联虏平寇"的退让政策有关,同时也表明了他缺乏一个政治家、军事家应有的高瞻远瞩。对于史可法死守扬州的做法,时人阎尔梅多次表示了不同意见,这在他的诗中有记载。阎尔梅是江苏沛县人,崇祯三年(1630)举人,复社名士,其为人豪迈,有军事才能,清军南下时,阎尔梅散尽家财,在家乡组织了一支七千人的抗清队伍,失败后手刃爱妾,平毁先人坟墓,奔赴史可法幕中,其间多次为史可法出谋划策,但都没有被采用,最后阎尔梅愤而离去,他在组诗《至徐州辞阁部去,同年施诚庵留予,以诗答之》中表达了对史可法当时所采取的一些措施的不满,其诗云:

> 我岂从军者,登高北望寒。风来尘万里,何处是长安。
> 东卤已南下,金陵方议和。出师将半载,犹未渡黄河。
> 河南驻大军,河北尽胡服。一水不能过,中原何处复。
> 山田自可耕,偶为征书误。因人事不成,荒却山中路。

---

① 沈善洪主编:《黄宗羲全集》第 2 册,浙江古籍出版社 1986 年版,第 3 页。

南去近君家，我家故河北。若与君俱南，伤心惨颜色。①

诗中关于"金陵议和"一事是指弘光朝廷偏安南京不久，即制定了"联虏平寇"的国策，这也是当时朝中重臣史可法、马士英的主张，即联合清廷共同打击农民军。据曾经参与此事的李清在《南渡录》中的记载，1644年六月三日，也就是弘光政权建立不到一个月的时间，就确立了与清议和的政策。七月五日，朝廷决定派时任兵部右侍郎兼右佥都御史的左懋第为主使，陈洪范、马绍愉等人为副出使清廷，同时带给清廷及吴三桂大量的金银粮食等礼物，不出所料，弘光朝的这次没有任何军事行动作为后盾的"议和"以失败告终。阎尔梅在诗中对弘光朝这项举措提出批评，并提醒史可法清军已经南下，很明显暴露出吞没江南的野心，当务之急是如何防御，而不是议和；接着阎尔梅指出史可法经营江北毫无建树，"出师将半载，犹未渡黄河"，这是指责史可法统率的官兵畏敌如虎，止步不前。军队出师已经半年，没有收复尺寸失地，收复中原更是遥遥无期。诗中，阎尔梅发出这样的责问："一水不能过，中原何处复！"抒发了对史可法的失望及不满。在史可法幕中，他多次建议史可法收复山东等北方失地，积极北伐以图进取，但史可法顾虑太多没有采纳，而是决定退守扬州。阎尔梅后来有《史阁部驻军白洋河不进，以诗劝之》《予既劝阁部西行矣，至象山复留不进，因再劝之》《登云龙山北望呈史阁部》《书史阁部署中》等诗，都是对此事的记录。

弘光二年（1645）二月，清军在阿济格、多铎带领下追击李自成的大顺军，留守河北、山东、河南一带的清军并不多，正是收复

---

① 杨丽：《遗民诗人阎尔梅研究》，山东师范大学硕士论文（2010），第29页。

这些地区的大好机会。另外,在此前的元月十二日,四镇中实力最强也有抗清意向的高杰被总兵许定国杀害,许定国投降清军。史可法本应趁高杰部将因许定国诱杀主帅投降清朝的敌忾之心,改弦易辙,作出针对清方的战略部署。可是,史可法却在高杰遇害后失魂落魄,仓皇南逃。抱负难酬、苦闷无奈的阎尔梅愤然决定离开史可法,这在他的《已矣歌》一诗中有记载:"我公竟南归,已矣河北事。临行泣数行,不复能仰视。大事今已矣,哀极不成音。卷却离骚去,罗江独自沉。"①阎尔梅在诗中表示对史可法的失望及对弘光政权必遭覆亡的悲愤,他并没有因为史可法位高权重、鼎鼎大名而笔下留情。在长篇歌行《惜扬州》下有小引:"予劝阁部西征,徇河南,不听。劝之渡河北征,徇山东,又不听,一以退保扬州为上策,盖公左右用事诸人,家悉在南中故也。未几而扬州破矣。公之死与不死,固未可知。扬州之惨,则深有可惜者,作《惜扬州》云云。"②指出史可法偏信身边人的意见,而这些人由于家在南中,故都主张退守扬州,结果反而导致了扬州的沦陷。倘使史可法当时接受了阎尔梅的三条忠告,即首先安抚高杰旧部,再进攻占据军事重镇徐州,最后西征北进,控制鲁、豫,与徐州形成鼎足之势,那么,苟延残喘的大明帝国或许会获得新的生机,"扬州十日"的悲剧也可能不会上演。阎尔梅的《惜扬州》曰:

> 扬州今古称繁丽,本朝输转吭喉地。
> 时当南渡守长江,阴雨更勤桑土计。
> 议守长江先两淮,守淮先自河南议。

---

① 杨丽:《遗民诗人阎尔梅研究》,山东师范大学硕士论文(2010),第29页。
② 钱仲联主编:《清诗纪事》,凤凰出版社2004年版,第35页。

河南江淮之上流，河南不守江淮弃。
渡河径北是山东，江淮北藩于此寄。
恢复中原岂易言，大抵两河均首事。
史公督师入彭城，两河义士壶浆迎。
人心如此即天意，命将西征或北征。
缟素临戎直且壮，两河义士悉精兵。
西收群塞图函谷，北联济郸指神京。①

阎尔梅在诗中又痛心地回忆自己对史可法建议守卫河南的重要性，但遗憾的是史可法对此建议未置可否，居然“左右有言使公惧，拔营退走扬州去。两河义士雄心灰，号泣攀辕公不驻”。对史可法退守扬州极为不满的阎尔梅只能在诗中抒发悲愤：

公退扬州予奈何，携家远遁下邳阿。
下邳人说扬州信，愤极无音涕泗沱。
伤哉胡骑渡河南，杀人惟独扬州多。
……
一朝旗纛广陵飞，笳鼓声悲箫鼓歇。
鸣刀控矢铁锋残，僵尸百万街巷填。
邗沟泉流京观堆，乱漂腥血腻红湍。
掠尽巨商掠贵介，裘马郎君奔负戴。
缯帛银钱水陆装，香奁美人膻卒配。
妇男良贱苦鞭疮，疾驱枯骨投荒塞。
死者未埋生者死，鸭绿江头哭不止。

① 钱仲联主编：《清诗纪事》，凤凰出版社2004年版，第35页。

长江全恃两淮篱，篱破长江今已矣。
与其退守幸功难，毋宁决战沙场里。
谁实厉阶问苍天，谋之不臧祸至此。
公退扬州为公羞，公死扬州为公愁。
死与不死俱堪惜，我为作歌惜扬州。①

　　诗中阎尔梅详细阐述了自己对天下时局和地理形势的分析，提出"西征北征""剿寇御虏"的军事策略，以雪弑君之仇，以复沦陷之土。虽然阎尔梅多次向史可法指出守卫河南的重要性，但史可法都没有接受，而是决定退守扬州，结果史可法以身殉难，随后发生了"扬州十日"的历史惨剧。诗中记录了清军烧杀抢掠的屠城罪恶以及扬州百姓惨遭荼毒的悲惨命运。面对这一悲壮的结局，阎尔梅的心情既悲痛又充满了深深的惋惜，同时也有严厉的批评："公退扬州为公羞，公死扬州为公愁。死与不死俱堪惜，我为作歌惜扬州。"一个"惜"字足以表达他沉痛的心情，而一个"羞"字则把对史可法的失望与批评淋漓尽致地道了出来。阎尔梅在诗中直言不讳，真实地表达了自己的看法与情感，对史可法这位英雄也有着更客观的评价，诗歌也就有了补史的价值。

　　史可法虽有满腔孤忠，但却不是一位救时宰相。在制定弘光朝的一系列内外大政中，都不能随着形势的发展变化，逐步改变应对的策略，如他自始至终都主张"联虏灭寇"，沉湎在借清军消灭农民军的幻想之中。后来与清廷和谈失败，左懋第写来书信让朝廷加强备战，马士英等人居然还幻想与清廷划江而治。史可法虽然认识到清军将会南下，但也存有一丝幻想，所以，并没有采取积极

① 钱仲联主编：《清诗纪事》，凤凰出版社 2004 年版，第 35 页。

有效的措施加以防备。对史可法在军事方面的这种失策,钱澄之也表示了惋惜之情。他在《二忠诗》中虽然表示了对史可法处境艰难的同情,但是也客观认识到他的才能局限:

> 史公将略本非长,半壁南朝一死偿。
> 庭议只知除异己,庙谋宁复顾危疆?
> 上江斗罢扬州破,北府屯空建业亡。
> 二竖至今还兔脱,槛车独见送君王! ①

　　钱澄之认为史可法在国事危难之际,挺身而出自任督师,具有敢于担当的勇气,也歌颂了他以身殉国的气节,这是从传统的道德角度做出的评价。但就能力来说,钱澄之则认为"史公将略本非长"含蓄地指出史可法难当重任,最终导致"半壁南朝一死偿","偿"有对史可法自身疏于谋断,以致恢复愿望付之东流,而以死塞责的批评意味。

　　史可法的最后结局也引人疑问。当时流传一种说法,就是史可法并没有死于扬州,而是在城破时出逃了。时人张岱在他的《石匮书后集》里记载史可法自杀未遂后,与部将隐逸于离城数里的宝城寺;计六奇的《明季南略》则详细地记载史可法兵败离城的情景:"(廿五日)丁丑,清师诈称黄蜚兵到,可法缒人下城询之,云:'蜚兵有三千,可留二千在外,放一千入城。'可法信之。时敌在东门,约以西门入。及进,而屠戮甚惨。可法立城上见之,即拔剑自刎。左右持救,乃同总兵刘肇基缒城潜舟去,或云引四骑出北门南

---

① [清]钱澄之撰,汤华泉点校:《藏山阁集》卷三,黄山书社2004年,第87页。

走,没于乱军。"① 谈迁也持此说。有的记载竟然还称史可法是跨骡出城的。乾隆《江都志》载扬州故老言,扬州城被攻破时,史可法"跨白骡出南门"。后来盐城、庐州等地的百姓"托忠烈之名",树旗抗清。阎尔梅也在《庐州见传奇有史阁部勤王一阕感而志之》诗里对史可法的结局表达了疑问:"元戎亲帅五诸侯,不肯西征据上游。今夜庐州灯下见,还疑公未死扬州。"② 阎尔梅耿耿于怀的怀疑是可以理解的,这表达了他对史可法防守战略的失望。顾诚先生评论史可法:"史可法的一生只有两点值得肯定:一是他居官廉洁勤慎,二是在最后关头宁死不屈。至于他的整个政治生涯并不值得过分夸张。"③ 显然,顾诚先生与钱澄之一样,对史可法政治、军事能力是不予认同的。

二、马士英

马士英(?—1646),字瑶草,贵阳人,万历四十七年(1619)进士,崇祯朝历官山西阳和道副使、右佥都御史、凤阳总督等,弘光朝任内阁首辅。马士英在当时复社文人的笔下,被当作误国权奸的罪魁祸首加以口诛笔伐,清修《明史》也引用东林复社的观点,列马士英于《奸臣传》。但纵观对马士英的各种叙写记载,空泛攻击的多,具体说实事的少,即使说事之作,有些也是语焉不详,似有如无,有些记载则同其他人(如阮大铖)混在一起,真正能落到马士英头上的所谓"奸事"并不多。

---

① [清]计六奇撰,任道斌、魏得良点校:《明季南略》卷三,中华书局1984年版,第204页。
② [清]阎尔梅撰:《白耷山人诗集》卷八,《清代诗文集汇编》,上海古籍出版社2010年版,第262页。
③ 顾诚著:《南明史》,光明日报出版社2011年版,第135页。

事实上，马士英是当时南明小朝廷中少有的具有实际能力的地方大吏。如在崇祯十五年（1642），马士英以废官身份起复，总督庐州凤阳军务，当时中原大地满目疮痍，李自成、张献忠率领的农民义军横扫中原，攻城略地，势如破竹。然而，就是这一年的九月，被临时起用的马士英率领屡战屡败的明军振作精神，在安徽潜山率领部下黄得功、刘良佐的人马打败张献忠，逼使本来不可一世的"八大王"改变了进军方向，保卫了南京的安全。这场战役虽然没能挽救明王朝覆亡的命运，但击退了张献忠向南京方向的行进，迫使他改向西面的湖北、四川而去，保住了江浙等东南膏腴之地的安定，奠定了弘光小朝廷日后的疆域格局。这场战争的胜利，使马士英坐稳了总督的位置，更重要的是，他由此在军队里树立了威信，同军方将领黄得功、刘良佐等建立了并肩作战的交情。所以，在南都议立新君时，史可法向他咨询商议，可见马士英地位的重要性，他的话语权是"捍御数有功"获得的，而不是像一班东林党人徒以口舌清谈为凭。尽管以复社为主体的史官们有意地忽略马士英在潜山战役中所起的作用，但在时人的诗文中还是保留了一些证据，如钱谦益《牧斋初学集》中有一首《驾鹅行闻潜山战胜而作》诗，就记述了马士英在此次战役中的成就：

驾鹅双飞天雨霜，黑云亘天贼垒长。
烽烟汊水连涡水，城阙襄阳并雒阳。
其中献贼尤佼佼，毒如长蛇疾于蛋。
潜山败衄熠游魂，弃垒孤栖走穷岛。
督师堂堂马伏波，花马刘亲斫阵多。
三年笛里无梅落，万国霜前有雁过。
捷书到门才一瞥，老夫喜失两足鳖。

惊呼病妇笑欲喧,炉头松醪酒新爇。①

　　钱谦益在诗中自注"花马刘"为刘良佐;"马伏波"即是马士英,这就明白无误地昭示了马士英在潜山之战中的地位和作用。作为诗坛公认的领袖人物,钱谦益以汉代军功赫赫的伏波将军马援来比喻马士英,足以体现马士英当时在人们心目中的声望之高,以及这场战役的影响之大。钱谦益在稍后一首《中秋日得凤督马公书来报剿寇师期喜而有作》再一次称扬马士英的军事功绩:

> 衡门两版朝慵睡,檐前鹊喜喧坠地。
> 鹖冠将军来打门,尺书远自中都至。
> 书来克日报师期,正是高秋誓旅时。
> 先驱虎旅清江汉,厚集元戎出寿蕲。
> 伏波威灵天所付,花马军声鬼神怖。
> 郢中石马频流汗,汉上浮桥敢偷渡。
> 浃旬风雨洗青冥,璧月今宵出广廷。
> 老夫洗盏酹尊酒,再拜先占太白星。②

　　钱谦益在"厚集元戎出寿蕲"一句后自注:"马公督花马诸军,自寿州出蕲、黄。""花马"即指刘良佐,因为他平时多骑一花马而得名。在"郢中石马频流汗,汉上浮桥敢偷渡"下自注:"献贼作浮桥,渡汉江,闻大兵至,一夜撤去。"明白无误地把马士英在潜山战

---

① [清]钱谦益著,[清]钱曾笺注,钱仲联标校:《牧斋初学集》,上海古籍出版社 1985 年版,第 704 页。
② [清]钱谦益著,[清]钱曾笺注,钱仲联标校:《牧斋初学集》,上海古籍出版社 1985 年版,第 731 页。

役中起到的作用说了出来。《明史》的编撰者尽管按照当时文坛官场的主流话语腔调，把马士英列入了《奸臣传》，但是，面对这一段历史，也实在难以睁着眼睛说瞎话，于是写下了这么一句比较客观的记述："时流寇充斥，士英捍御数有功。"而这句话，某种意义上就道出了马士英超常话语权的由来。

马士英固然不是救时之相，但把他列入《明史·奸臣传》是毫无道理的，至于把他同阮大铖挂在一起称之为"阉祸"更是无中生有。马士英热衷于权势不假，这在明末官场上是一种极为普遍的现象。在政治态度上，马士英无党无社，在当时争斗激烈的"东林"与"阉党"的门户之争中保持超然于外的姿态，这一点，东林党人、复社名士陈子龙看得很清楚。陈子龙自撰年谱云："贵阳（指马士英），先君同籍也，遇予亦厚。其人倜荡不羁，久历封疆。于门户之学，非素所深研也。"[1] 陈子龙的看法可谓公允。另一位复社名士杜登春甚至认为马士英态度是倾向东林党的，他在《社事始末》说："南中建国，贵阳马士英为娄东（指复社首领张溥）好友，一时拥戴窃柄，甚引重东林，起用钱（谦益）、徐（汧）、陈（子龙）、夏（允彝）诸君子……复社中失节者（指在北京投降大顺政权），贵阳阳加叹恨，阴为矜怜，悉欲置末减。及福藩恣用私人，搜罗珰孽，而阮大铖辈尽起而谋国是，外则附贵阳以招权纳贿，内则实为珰人翻局之计。"[2] 杜登春这段话表明了马士英在政治态度上对东林贤者尚有一定感情，但由于门户意识强烈的东林人士的成见，终于把马士英激到了对立面。有史料记载："一日阁中推词臣缺，言已故庶吉士张溥可惜。马士英曰：'我故人也，死酹而哭之。'辅臣曰广笑曰：

---

[1] 顾诚著：《南明史》，光明日报出版社 2011 年版，第 49 页。
[2] 顾诚著：《南明史》，光明日报出版社 2011 年版，第 49—50 页。

'公哭东林贤者,亦东林耶?'士英曰:'予非畔东林者,东林拒予耳。'"① 这句话说出了马士英本来有意向东林靠拢,但东林持门户之见过深,拒人于千里之外,故马士英不得入焉。马士英曾言:"若辈讲声气耶? 虽然,孰予若? 予吊张天如(张溥),走千里一月,为经纪其后事也,人谁问死天如也?"② 马士英的这段话的意思是责问东林党人:"你们不是讲同气相连吗? 但你们有谁能和我比? 我为张溥经营后事,一月奔波千里,那时候又有谁同我一样,去吊问一个死去的张溥?"尽管张溥是东林巨子、复社创始人,当时东林诸人大多却都急着和再次入阁的周延儒讨论官位,最后还是一个关系隔了一层的马士英为张溥操办后事,这也说明了马士英是一个重感情的人。

　　说到马士英与张溥的关系,他们的中间人还是阮大铖。原因是阮大铖与张溥交情颇好,崇祯时动用了自己与冯铨的关系,和张溥一起为周延儒起复而奔走。周延儒复出后,阮大铖要求他举荐自己,但周延儒迫于和东林、复社一脉有君子协议,不敢起用"逆案"中人,于是和阮大铖协商,最后阮提出起用好友马士英,于是马士英才被起用。马士英被起用时,尚在戍籍,也就是说他还是个带罪流放者,当时茫然不知这任命是怎么回事,至事后才知此乃阮大铖所为,故对阮感激涕零,而他与张溥的关系就此而起,也因此在张溥死后,为了替其经办后事而一月奔波千里。马士英对隔了一层的张溥尚且如此尽心,对一手造就了他今日富贵的阮大铖之举荐恩义,当然无论怎么都必定要报的,所以弘光时才会努力使阮大铖复出。而弘光朝的高弘图、姜曰广、刘宗周等一班位尊权重、深

---

① [明]李清撰,何槐昌点校:《南渡录》,浙江古籍出版社 1988 年版,第 51 页。
② [明]李清撰,何槐昌点校:《南渡录》,浙江古籍出版社 1988 年版,第 51 页。

孚众望的东林党囿于成见，坚持反对阮大铖入朝，甚至以违反崇祯帝手订"逆案"的借口攻击马士英，激而使之走向对立面。姜曰广与马士英就曾多次在弘光帝面前诋毁对方，特别是一次姜曰广愤而辞朝时，二辅臣竟于朝堂相诟詈，甚至斗殴，以致马士英与一班东林重臣形同水火，势不两立。

马士英最初也想调和东林派官员与阮大铖之间的关系："马辅士英初亦有意为君子，实廷臣激之走险。当其出刘入阮时，赋诗曰：'苏蕙才名千古绝，阳台歌舞世无多。若使同房不相妒，也应快杀窦连波。'"[1]马士英赋诗时不便明言，便以典入诗，用历史事件、人物寄托自己希望东林和阮大铖和解之意。苏蕙，十六国时前秦女诗人，字若兰，陕西武功人，善属文，年十六嫁秦州刺史窦滔。阳台名赵阳台，为窦滔之妾。后苻坚以窦滔为安南将军，赴襄阳镇守，苏蕙不肯同行，窦滔携赵阳台往后，竟与苏蕙断绝音讯。苏蕙悔恨自伤，因织五彩锦作《回文璇玑图诗》寄赠窦滔。题诗二百余首，凡八百四十字，以寄离思。其诗宛转循环以读之，纵横反复，皆成章句，文辞凄婉。窦滔感其妙绝，因复好如初。马士英的这首七绝采用借喻的手法，以苏蕙喻刘宗周，赵阳台喻阮大铖，而以窦滔（字连波）自喻，表现了自己希望朝臣能和衷共济的苦心。除了调解朝廷上的纷争，马士英还曾调解统将方国安与朱大典、王之仁与于颖等之间的矛盾，为避免内讧起到了一定作用，所以把弘光朝覆灭的责任全部推在马士英头上，是欠公允的。

弘光即位后，社会舆论就出现了马士英要翻逆案、焚《要典》、不用东林党人和复社成员的言论，但与历史对照，这不符合事实。马士英并没有不用东林党人，如陈子龙就是复社名士，马士英任命

---

[1] 顾诚著：《南明史》，光明日报出版社2011年版，第53—54页。

他为兵科给事中。这个官职级别虽然不高，但权力很大，是辅助皇帝处理奏章的重要岗位；又如东林党人钱谦益，即由马士英引荐为礼部尚书，阮大铖被起用，最初还是源于钱谦益的推荐。另外，在阮大铖兴"顺案"时，马士英并不赞同，对涉案中东林党人还多加以保护，当时有人认为马士英不过一庸才，不过阮大铖的一个傀儡，这并非事实。马士英遍历封疆，对实务颇有才干，虽然不是什么奇才，但在明末士大夫普遍无能的情况下，还是有相当的手段。他没有附和阮大铖为打击东林党人而行的"顺案"，并且阻止了事态的进一步扩大。再有弘光朝的"假太子"案，也是马士英受诟病的一个原因。时人大都认为他为讨好弘光帝，故意以真为假，如以下诗中所言：

> 欲辨太子假，射人先射马。
> 若要太子强，擒贼必擒王。①

但仔细分析这件事的来龙去脉，就会觉得冤枉了马士英。这个事件的起因是 1644 年十二月，鸿胪寺少卿高梦箕的奴仆穆虎从北方南下，途中遇到一个少年，自称是崇祯帝太子，这个少年南下后就住在高梦箕侄子高成之家中。不久，高梦箕向弘光上奏称有这样一个太子。如果这个少年是崇祯帝立储七年的真太子，弘光帝就得让位，马士英的日子也不好过。弘光帝不敢马虎，1645 年三月初一日，请朝臣辨认。朝臣王铎、刘正宗曾经在崇祯朝担任太子讲官三年，经常与太子直接见面，自然熟悉太子的长相，他们一看就认定不是真太子，于是，这个少年就被锢之狱中。这件事其实与马士英

---

① 薛龙春著：《王铎年谱长编》卷六，中华书局 2019 年版，第 858 页。

没什么关系，但南京士民不满弘光政权，以为是马士英朋比为奸，谄媚弘光帝，谋害真太子。《明史·马士英传》说："太子之来也，识者指其伪，而都下士民哗然是之。"① 著名史学家孟森说："两太子南北均见，时虽稍有先后，而审勘系狱，相同之时日甚多。且北太子较先见，被杀于北，决不能复南来。两者之中，若有一真，必有一伪。今为较其踪迹，则北太子不能不信为真，即南太子自显其为伪。"② 所以在"假太子"案中，时人指责马士英确实是冤枉了他。

关于马士英的结局，正史和野史关于马士英卒年的记载差异不大，他们大多认为马士英在顺治三年（1646）被清军所杀。但关于马士英死因的记载却存在很大差异，其中至少存在四种不同的说法。第一种说法是清军攻破南京之后，马士英和阮大铖走小路从广德逃到杭州，投到镇守浙东的方国安军中，与方国安共奉鲁王，后鲁王兵败，马士英与方国安、阮大铖均投降了清军。后马士英又与在福建的隆武帝暗通消息，被清军发觉，斩于延平。③ 第二种说法是清军攻破南京之后，搜获马士英，被杀。第三种说法是马士英闻隆武立于福州，乃拥兵求入关，隆武以其罪大不许，马士英遂加入太湖吴易领导的抗清义军，后来清军征讨吴易，并获马士英，一起被处死。清朝官修《明史》采纳了这种说法："明年（1646），大兵剿湖贼，士英与长兴伯吴日生俱擒获，诏俱斩之。事具国史。"④ 第四种说法是马士英隐居天台寺，被人发现后献给清

---

① [清]张廷玉等撰，中华书局编辑部点校：《明史》卷三百八，中华书局1974年版，第7943页。
② 孟森著：《明清史论著集刊》，中华书局2006年版，第27页。
③ [清]温睿临撰：《南疆逸史》，中华书局1959年版，第445页。
④ [清]张廷玉等撰，中华书局编辑部点校：《明史》，中华书局1974年版，第7945页。

军,然后被杀。这种说法见之于不少史籍,不过记载略有出入:
"(马)士英渡江后,黔兵逃散,乃潜居天台寺中,其家丁某缚之以
献。贝勒数其罪恶诛之,剥其皮,实之以草,用快众愤。"① 这个记载
是说马士英是被家丁出卖的,另一种则说马士英是被部下出卖的:
"伪大学士马士英潜遁新昌县山内,都统汉岱追至台州,士英属下
总兵叶承恩等降,并报称马士英披剃为僧,即至寺拘获,并总兵赵
体元,令斩之。"② 无论是家丁出卖还是部下出卖,马士英最终的结
局都是被杀,但并没有降清。计六奇在《明季南略》中则记载马士
英、阮大铖、方国安及方逢年俱降清后被杀,并且引录时人一则联
语:"周延儒,字玉绳,先赐玉,后赐绳,绳系延儒颈,一同狐狗之毙;
马士英,号瑶草,家藏瑶,腹藏草,草贯士英皮,遂作犬羊之鞔。"③
钱澄之也持同样的看法,他在《黯淡滩》诗中对马士英的结局如
是说:

> 方帅穷归应藁竿,更诛马相七闽欢。
> 严州阁老降何事? 白首同悬黯淡滩。④

这首诗中记录的是方国安、方逢年等人降清被杀。"严州阁
老"即方逢年,以其籍贯为浙江省严州府而称之,方逢年曾担任过

---

①［清］文秉撰:《甲乙事案》,《南明史料(八种)》,江苏古籍出版社 1997 年
　版,第 562 页。

②［清］蒋良骐撰,林树惠、傅贵九点校:《东华录》卷五,中华书局 1980 年版,
　第 84 页。

③［清］计六奇撰,任道斌、魏得良点校:《明季南略》卷八,中华书局 1984 年
　版,第 328 页。

④［清］钱澄之撰,汤华泉校点:《藏山阁集》,黄山书社 2004 年版,第 137 页。

崇祯朝礼部尚书,后降清。

清初一些士人诗文中对马士英的结果另有不同记录。如曾与马士英、阮大铖对立的复社人士沈士柱作《祭阮文》中,对马士英的结局则持另一种说法,认为马士英是抗清而死:"然马一贪夫败类,自公(阮大铖)出山,无日不以戕贼毒螫为事,马堕其术中不觉,及愧悔为所用而事已去矣。浙东一载,马尚欢然同方合志而不知输诚纳款,公又先马效之矣。使公同受戮西市,一生恶迹,补过盖愆。天夺其魄,何委质后方,糜烂以死;生与马同丑行,死并不得与马同荣名,天实为之也。"① 再有一个与马士英同朝为官的人也可证马士英并未降清,就是南京城破殉节不屈的弘光朝礼部仪制司主事黄端伯。他是礼部供事的东林党领袖姜曰广的学生,从派系上说,他也是马士英的对头。当时南京城破,很多弘光朝官员都去拜见豫王多铎,黄端伯则傲慢地拒绝了多铎的召见。多铎派士兵把他强行押来,黄端伯仍然拒绝在多铎面前戴上帽子或是驯顺地鞠躬。多铎问他:"福王是一个什么样的君主?""贤主。"黄端伯回答说。多铎又问他凭什么这样讲,黄端伯说:"子不言父过!"多铎问:"马士英,又怎样呢?"黄端伯答:"马士英,忠臣也!"多铎又可气又可笑,问:"马士英乃大奸臣,何得为忠?"黄端伯说:"马士英不降,拥送太后入浙江,当然是忠臣。"黄伯瑞的这段话虽以野史的形式流传,但《明史》里关于马士英的一段记载可以作为佐证。就是南京城破后,弘光帝逃往太平,不久降清,被解往北京处死。马士英则"奉王母妃,以黔兵四百人为卫,走浙江"②。所以,

①[清]徐鼒撰,王崇武点校:《小腆纪年附考》卷十三,中华书局1957年版,第496—497页。

②[清]张廷玉等:《明史》,中华书局1974年版,第7944页。

黄端伯才在多铎面前为马士英辩护,认为马士英至少没有投降,"不降即贤!"① 他指着已经剃发易服的赵之龙等人说这些人才是不忠不孝之人。另据《明史》记载,马士英参加了吴易领导的抗清义军,失败后被杀。如果马士英真是投降的,清朝官修的《明史》大可不必为他掩丑。由此可见,马士英在生死关头,没有像阮大铖那样摇尾乞怜、谄媚新主,而选择了死这条路,总算为自己保留了晚节。马士英没有降清,这从隆武的一封诏书中也可以证明。隆武二年(1646)正月,隆武帝在给杨文骢之子左都督杨鼎卿的诏书中特别转达了他对马士英的关切:"阁部臣马士英,朕必不负其捧主之心,在辅臣亦当痛悔其误陷圣安(弘光帝)之戾。诸臣万疏千章,岂夺朕心公论?"② 可见,隆武帝在用人取舍上力戒门户之见,不咎既往,只要参与抗清就量才录用。在这一点上,不能不承认隆武帝的见识比那些以正人君子自命的东林、复社骨干人士要高超得多。徐鼒在《小腆纪年附考》中也有一条与此略有差异的记载:"士英在方国安军中,叩关求入朝,王以其罪大,谕守关将士勿纳。士英七疏自理,终不许。有李蓬者,与上有旧,而士英之私人也,密言士英有治兵才,宜在使过之列。会郑芝龙、方国安合疏荐之,乃诏充为军前办事官,俟恢复杭城复职。"③ 从此看出,马士英确实入仕隆武朝,并没有降清,隆武亡后,又辗转入太湖吴易领导的抗清义军,兵败被杀。

近代史学家陈垣先生称马士英:"实为弘光朝最后奋战之一

① 钱海岳撰:《南明史》卷一百一,中华书局 2016 年版,第 4762 页。
②[清]溪上樵隐撰:《思文大纪》卷二,《明清史料丛书八种》,国家图书出版社 2005 年版。
③[清]徐鼒撰,王崇武点校:《小腆纪年附考》卷十二,中华书局 1957 年版,第 456 页。

人，与阮大铖之先附阉党，后复降清，究大有别……马、阮并称，诚
士英之不幸。"①这或许可以作为马、阮二人的盖棺之论了。当代
史学家顾诚对马士英有以下定论，为笔者所认同："马士英固然
不是救时之相，但把他打入另册，列入《明史》奸臣传是毫无道理
的。至于把他同阮大铖挂在一起称之为'阉祸'更是无中生有。"②
马士英虽然不是救时宰相，但是起码有底线，被俘之后是有气节
的。其实被人冤枉的，当时又何止马士英一人。弘光朝覆灭，大臣
殉难的有高卓、张捷、杨维桓等，其中张捷、杨维桓都是东林党人
口中所谓的"逆党"分子，然而二人均在南京城破时自杀殉国，而
作为东林党魁的钱谦益却率先投降。虽然我们不能完全以生死论
忠奸，但一个人在生死面前的选择无疑也是盖棺定论的一个重要
参考。

第三节　吴伟业叙事诗中的明皇室贵胄

纪传体是我国传统史书的一种体裁，是以人物为中心来叙述
历史，为司马迁首创。清初的许多诗人都采用纪传体的形式创作
叙事诗，其中成就最高的是吴伟业。吴伟业（1609—1672），字骏
公，号梅村，别署鹿樵生、灌隐主人、大云道人，江苏太仓人，崇祯四
年（1631）进士，崇祯朝历任翰林院编修、左庶子、左谕德等职，弘
光朝廷建立，吴伟业被召任少詹事，但入朝仅两月便辞归。顺治十
年（1653）清廷下诏召吴伟业北上，次年被授予秘书院侍讲，后升
国子监祭酒。顺治十三年（1656）吴伟业以嗣母之丧为由乞假南

---

① 陈垣撰：《明季滇黔佛教考》，中华书局1962年版，第234页。
② 顾诚著：《南明史》上，光明日报出版社2011年版，第49页。

归,此后不复出仕,康熙十一年(1672)病逝。

　　吴伟业是明末清初的著名诗人,与钱谦益、龚鼎孳并称"江左三大家",他的叙事诗在当时广为传诵,被称为"梅村体"。"梅村体"有一个重要的特点就是诗中的主人公多为明清之际具有特殊身份的人物。他的每一首叙事诗都可以说是为一个人物立传或为几个人物立合传,将人物从生入死的重要经历都做了详细叙述。概括起来,吴伟业叙事诗中的人物类型主要有三类:一类是皇室贵戚。通过这些人的人生起伏,表现了改朝换代之际的沧桑巨变、荣辱沉浮,如《思陵长公主挽诗》写的是崇祯长女长平公主的遭遇,《萧史青门曲》描写了几代公主在易代之际的遭遇。第二类是王侯将相。通过他们展开历史事件的记述,同时表现了在时代洪潮挟裹下个体身不由己的命运,如《雁门尚书行》中的孙传庭、《松山哀》中的洪承畴、《圆圆曲》中的吴三桂等。第三类为著名伶人。通过他们的经历,表现了明清之际山河易主、物是人非的时代变迁,如《楚两生行》中的说书艺人柳敬亭、苏昆生,《临淮老妓行》中的歌妓冬儿,《听女道士卞玉京弹琴歌》中的秦淮名妓卞玉京等。

　　在这三类人物中,崇祯朝后宫戚畹的遭遇最具有代表性。明清易代之后,吴伟业对明皇室人物的命运非常关注,意在通过这些皇室人物的今昔盛衰荣枯来反映一代兴亡,他的《思陵长公主挽诗》就还原了那个天崩地坼时代里皇室女性的悲剧:

> 贵主徽音美,前朝典命光。鸿名垂远近,哀诔著兴亡。
> 托体皇枝贵,承休圣善祥。母仪惟谨肃,家法在矜庄。
> 上苑秾桃李,瑶池小凤皇。
> ……
> 盗贼狐篝火,关山蚁溃防。

逍遥师逗挠，奔突寇披猖。牙蠹看吹折，梯冲舞莫当。

妖氛缠象阙，杀气满陈仓。天道真蒙昧，君心顾慨慷。

割慈全国体，处变重宗潢。胄子除华绂，家丞具急装。

敕须离禁闼，手为换衣裳。社稷仇宜报，君亲语勿忘。

遇人尚退让，慎己旧行藏。国母摩笄刺，宫娥掩袂伤。

他年标信史，同日见高皇。元主甘从殉，君王入未央。

抽刀凌左闉，申胆就干将。啑血肜闱地，横尸紫箭汪。

绝吭苏又咽，瞑睫倦微扬。裹褥移私第，霩胸进勺浆。

誓肌封断骨，茹戚吮残创。死早随诸妹，生犹望二王。

股肱羞魏相，肺腑恨周昌。贼遁仍函谷，兵来岂建康。

六军劈面恸，四海遍音丧。故国新原庙，群臣旧奉常。

赗圭陈厌翟，题凑载辒辌。隧逼贤妃冢，山疑望子冈。

衔哀存父老，主祭失元良。诀绝均抔土，飘零各异方。

衣冠赢博葬，风雨鹁鸪行。浩劫归空壤，浮生寄渺茫。

……

半体先从父，遗骸始见娘。黄泉母子痛，白骨弟兄殇。[1]

　　长公主即为崇祯的长女长平公主（1630—1646），闺名朱媺娖，母亲为周皇后，崇祯曾将其许配给都尉周显（又称周世显），后来婚事因李自成的逼近而暂停。崇祯十七年（1644），李自成攻占北京，崇祯走投无路，决心自杀殉国。在自缢之前，他命令周皇后自尽，又亲手杀死后宫的妃嫔。朱媺娖年方十五岁，崇祯怕她落入农民军之手受到污辱，举刀砍向朱媺娖，公主举起左臂抵挡，被砍断臂

---

[1]　[清]吴伟业撰，[清]程穆衡原笺，[清]杨学沆补注，张耕点校：《吴梅村诗集笺注》卷六，中华书局2020年版，第348—352页。

膀,崇祯不忍再下手,后被救送往外公周奎家抚养。《明史·公主传》记载:"城陷,帝入寿宁宫,长公主牵帝衣哭,帝曰:'汝何故生我家!'以剑挥斫之,断左臂;又斫昭仁公主于昭仁殿。"①顺治二年(1645),长平公主曾上书顺治帝要求出家未获准,顺治帝按照崇祯帝生前的指定,将她嫁与周显。据张宸《长平公主诔》记载,长平公主婚后和周显相敬如宾。她喜爱诗文,擅长针黹。顺治三年(1646)二月,公主因思念父母,抑郁而亡,葬于广宁门(亦称彰义门)外周氏宅旁。此事在李清的《三垣笔记》中亦有记载:"闯贼入宫后,出长平公主尸,碧血委顿无生理,然按之体微温。嘉定伯周奎舁归,灌米汁,遂苏,自是育奎家。后北兵入燕,以主适周世显,即崇祯时所选将以降主者也。主喜诗文,善针纴,右颊三剑痕即上所击。御臧获阳笑语,隐处即饮泣呼皇父皇母,未尝不泪尽继以血也。以是生赢疾,怀孕五月,以丙戌年八月卒,年仅十有七。"②史书记载的公主的夫家生活,是在夫妻关系下的个体际遇的平板叙述,而少了吴伟业《挽诗》中对易代之变的刻骨之痛。诗中还提到崇祯帝亲手为三个儿子换好逃难的衣服,叮嘱他们出宫要注意的事项,刻画出一个陷入绝境中的父亲对子女最后的关怀,表现了崇祯帝温情脉脉的另一面,读来令人倍感辛酸。

明清易代之际天崩地裂的国变,人世间多少悲剧发生,帝王家更是首当其冲。崇祯亡国后,明朝公主们的下场各有不同,有的惨死,有的苟活。顺治八年(1651),吴伟业创作了另一首反映易代后公主命运的名篇《萧史青门曲》,这是继《思陵长公主挽诗》后又一

---

① [清]张廷玉等撰,中华书局编辑部点校:《明史》,中华书局1974年版,第3677页。

② [明]李清撰,顾思点校:《三垣笔记》,中华书局1982年版,第235页。

首描写皇室公主命运的长诗,可以视为明末公主的合传。这首诗长达四十六韵七百余言,体现了"梅村体"叙事歌行的一贯风格:以人系事。诗以明光宗第五女、崇祯帝的妹妹宁德公主与驸马刘有福在明亡前后的生活变化为线索进行叙事,其中穿插有上一辈乐安公主的事迹。这首诗兼有补史不足的价值,因正史中关于宁德公主与刘有福的记载只有"宁德公主,下嫁刘有福"[①]寥寥数语,对宁德公主婚后的生活经历及个人状况再无记述,吴伟业的《萧史青门曲》则完整地叙述了宁德公主的一生,留下了较为详细的史料。《萧史青门曲》是一篇人物众多、头绪纷繁的作品。它以明亡为背景,叙写明皇室几代公主的命运。这首诗从当年宁德公主下嫁刘有福的盛大场面写起,"百两车来填紫陌,千金楹送出雕房",再到婚后两人的富贵和谐"红窗小院调鹦鹉,翠馆繁筝叫凤凰",一直到明清易代后"仙人楼上看飞灰,织女桥边听流血""卖珠易米返柴门,贵主凄凉向谁说"的凄惨生活,反映了易代后这些特殊身份人物的遭遇。明朝灭亡后,宁德公主夫妇流落民间,凄凉度日。诗曰:

> 萧史青门望明月,碧鸾尾扫银河阔。
> 好時池台白草荒,扶风邸舍黄尘没。
> 当年故后婕妤家,槐市无人噪晚鸦。
> 却忆沁园公主第,春莺啼杀上阳花。
> 呜呼先皇寡兄弟,天家贵主称同气。
> 奉车都尉谁最贤,巩公才地如王济。
> 被服依然儒者风,读书妙得公卿誉。

[①] [清]张廷玉等撰,中华书局编辑部点校:《明史》,中华书局1974年版,第3676页。

大内倾宫嫁乐安，光宗少女宜加意。
正值官家从代来，王姬礼数从优异。
先是朝廷启未央，天人宁德降刘郎。
道路争传长公主，夫婿豪华势莫当。
百两车来填紫陌，千金橱送出雕房。
红窗小院调鹦鹉，翠馆繁筝叫凤凰。
白首傅玑阿母饰，绿鞲大袖骑奴装。
灼灼夭桃共秾李，两家姊妹骄纨绮。
……

六宫都讲家人礼，四节频加戚里恩。
同谢面脂龙德殿，共乘油壁月华门。
万事荣华有消歇，乐安一病音容没。
……

此时同产更无人，宁德来朝笑语真。
忧及四方宵盱甚，自家兄妹话艰辛。
明年铁骑烧宫阙，君后仓黄相诀绝。
仙人楼上看飞灰，织女桥边听流血。
慷慨难从巩公死，乱离怕与刘郎别。
扶携夫妇出兵间，改朔移朝至今活。
……

曾见天街羡璧人，今朝破帽迎风雪。
卖珠易米返柴门，贵主凄凉向谁说。
苦忆先皇涕泪涟，长平娇小最堪怜。
青萍血碧他生果，紫玉魂归异代缘。
尽叹周郎曾入选，俄惊秦女遽登仙。

青青寒食东风柳,彰义门边冷墓田。①

……

　　诗中描述了李自成进入北京后,崇祯帝自尽殉国,皇亲国戚们做出了不同的选择。宁德公主夫妇"慷慨难从巩公死,乱离怕与刘郎别。扶携夫妇出兵间,改朔移朝至今活"。昔日烈火烹油、鲜花着锦的富贵生活已经随着崇祯朝的灭亡一去不返,房屋田产被新朝官吏、权豪夺走,宁德公主夫妇只有靠变卖剩下的珠宝艰难度日。吴伟业诗中的"慷慨难从巩公死"说的是乐安公主的驸马巩永固带领全家自焚而死之事。巩永固,字宏图,北京宛平人。乐安公主是光宗朱常洛的第八女,也称"皇八妹",为李选侍所生。乐安公主在幼年时,因移宫案被迫与母亲李选侍迁移到别宫,至魏忠贤掌权时其母才得尊封。崇祯十六年(1643),崇祯帝召当时公侯伯觐见,要求功臣勋戚等都要入太学习军事。当时朱纯臣、徐允祯都以子幼为由拒绝,唯独巩永固上书请学。北京沦陷时,乐安公主刚刚去世,尚未入葬。巩永固把子女五人系在灵柩旁,说"你们都是皇帝的外甥,不能落于敌手",然后焚烧全家,举剑自刎身亡。同为驸马,刘有福没有巩永固那种以身殉国的勇气,易代后与宁德公主苟活世上,"破帽迎风雪""卖珠易米",成了一对苦难夫妻。吴伟业对此不胜唏嘘,于是有"贵主凄凉向谁说"的感叹。此诗在写宁德夫妇的同时,又牵涉到了明朝多位公主及驸马的遭遇。除了巩永固和乐安公主,诗中还穿插了长平公主与周显的生活遭遇,展现了一幅明末皇族公主和驸马的生活群像。诚然,这些公主并非多

---

① [清]吴伟业撰,[清]程穆衡原笺,[清]杨学沆补注,张耕点校:《吴梅村诗集笺注》卷七,中华书局2020年版,第394—396页。

么重要的历史人物,但她们作为当年的天潢贵胄、金枝玉叶,极享富贵荣华,在天崩地坼般的易代之际,其命运也是社会巨变的一个缩影。不论是《萧史青门曲》的公主群像,还是《思陵长公主挽诗》的个体传记,都凸显了以"家"写"国"的叙事色彩。明亡后,关于公主们的命运,世人非常关注,社会传闻也很多,吴伟业写这些名门女性得心应手,体现了他的一贯风格,即于悲金悼玉之中述说史事,饱含着苍凉的兴亡之感。程穆衡在《吴梅村诗集笺注》卷七《萧史青门曲》笺中曰:"《明史·公主传》但云宁德公主光宗女,下嫁刘有福,并无薨卒月日,亦无事实。意有福当国变后,必有不可问者,故削而不书。此诗真堪补史。"① 程穆衡精确地指出了吴伟业此诗的重要价值在于"补史"。

　　吴伟业反映明皇室女性命运的叙事长篇还有《勾章井行》诗。勾章井位于浙江舟山参将府,是当时鲁王的行宫。顺治八年(1651)八月,清军进攻舟山,舟山城陷落后,鲁王的几千将士战死,臣民一万八千人同日殉难。鲁王之妃张氏见城破国亡,宁死不愿被清兵所俘,遂投勾章井自尽。为使其遗骸不被清军所窥,锦衣指挥王朝相、内臣刘潮命人用巨石填井,之后,两人一同自刭于井旁。徐鼒在《小腆纪年附考》中对张妃曾有如下记载:"元妃张氏者,鄞人,初以丙戌(1646)春入宫,次会稽张妃下。江上之溃,总兵张国柱劫宫嫔于海,妃在副舟中获免,伏荒岛数日,飘泊至舟山,而监国已入闽。张肯堂遣官护之,达长垣,监国册为元妃。尝言会稽张妃父国俊事,妃叹曰:'是何国家,是何勋戚,而尚尔尔乎?'凡亲族之

① [清]吴伟业撰,[清]程穆衡原笺,[清]杨学沆补注,张耕点校:《吴梅村诗集笺注》卷七,中华书局2020年版,第394页。

至者悉遣之。"[1] 从这段记录来看,张妃是一位明智洞察的女性,她已经意识到鲁王朝廷事不可为,所以在舟山城破时拒绝了城中将领护送出城的建议,宁愿以死全节。吴伟业的这首叙事诗作于顺治八年(1651)九月,距离所叙人物相关的历史事件发生时间仅隔一月。此时吴伟业正隐居乡里,但他对南明政权的命运十分关心。鲁王舟山之败,世子被虏,妃嫔投井,让吴伟业扼腕叹息。他根据传闻及相关人士的描述,写下了这首诗,形象地描绘了战事的惨酷及张妃的刚烈:

> 神鱼映日天门高,思牢弩射钱塘潮。
> 母龙挟子飞不得,黑风吹断鼋鼍桥。
> 只看文鸳勾章井,金鳌背上穿清冷。
> 三军卤饮感甘泉,十丈飞流牵素缏。
> 面面琉璃砌碧栏,贝宫天际倚帘看。
> 马秦山接桃花岛,吕宋帆移棋子湾。
> 海色曈曈照深殿,红桑日起觚棱炫。
> 金井杯承帝子浆,玉颜影入昭阳扇。
> 闻道君王去射蛟,楼船十万水犀豪。
> 那知一夜宫中火,倒映三山五色涛。
> 苍鲸掣锁电光紫,击浪嘘云食龙子。
> 辘轳声断银瓶坠,绕殿虹霓美人死。[2]

---

① [清]徐鼒撰,王崇武点校:《小腆纪年附考》卷十七,中华书局1957年版,第668页。

② [清]吴伟业撰,[清]程穆衡原笺,[清]杨学沆补注,张耕点校:《吴梅村诗集笺注》卷十二,中华书局2020年版,第725页。

清嘉庆九年（1804），舟山本土文人厉志根据当地的史志，也写了一首《宫井篇》诗，可与吴伟业诗相对照：“蛟门恶浪高千尺，井中之水清且寒。簪服北向拜，从容沉九渊。井上红榴今不死，滴滴泪落井中水。残碑侧卧无人读，字画依稀没荆杞。西营老卒饮马来，饮罢移缰行复回。空山夜半作风雨，望帝魂归心骨摧。”①

吴伟业诗中对于明皇室人物命运的描写，有的是直接给本人作传，有的则是通过其他人的传记间接记载。如他的《临淮老妓行》一诗以老妓冬儿为叙事主线，间接写出崇祯帝三个儿子的命运。冬儿，刘泽清家妓。甲申之变后，刘泽清想打听崇祯两个儿子的下落，冬儿女扮男装前往田贵妃的母家田府探听情况。诗的开篇写道：“临淮将军擅开府，不斗身强斗歌舞。白骨何知弃战场，青娥已自成灰土。老大犹存一伎师，柘枝记得开元谱。才转轻喉便泪流，尊前诉出漂零苦。”②这首诗从刘泽清写起。刘泽清作为崇祯朝的“临淮将军”、弘光朝“四镇”之一，封王封伯，委以重任，却不思效力疆场，而沉溺于歌舞声色之享乐。刘泽清在清军南下时投降，后以图谋不轨被清廷斩杀，他所蓄养的歌妓有的与刘泽清一起被杀，有的被遣散出府。诗以严厉的批判开端，“临淮将军擅开府，不斗身强斗歌舞”，冬儿不只是刘泽清贪图享乐势败身死的见证人，还是明清易代之际历史的见证者，接下来以冬儿之口叙述了崇祯太子及二王的结局：

忽闻京阙起黄尘，杀气奔腾满川陆。

①［清］吴伟业著，李学颖集评标校：《吴梅村全集》，上海古籍出版社1990年版，第80页。
②［清］吴伟业撰，［清］程穆衡原笺，［清］杨学沆补注，张耕点校：《吴梅村诗集笺注》卷六，中华书局2020年版，第305—306页。

探骑谁能来蓟门，空闲千里追风足。

消息无凭访两宫，儿家出入金张屋。

请为将军走故都，一鞭夜渡黄河宿。

……

仓卒逢人问二王，武安妻子相持哭。

薰天贵势倚椒房，不为君王收骨肉。①

    诗中借冬儿之口愤怒指责国丈周奎背亲忘义，不顾崇祯帝的临终嘱托，不收留崇祯与周皇后所生的太子与第三子定王。明清易代后，崇祯帝的三个儿子下落不明，一直是时人关注的焦点。有野史记载说李自成攻破北京后，崇祯帝将太子、永王、定王分送到外戚周奎、田弘遇家。太子至周奎所，周奎竟闭门不纳。太子只得到宦官外舍躲避，后宦官将太子、定王献给李自成，永王不知所终，即诗中所说的"仓卒逢人问二王，武安妻子相持哭。薰天贵势倚椒房，不为君王收骨肉"。"武安"指田贵妃之父田弘遇，此时已死，田妻与冬儿相持而哭。冬儿从田妻的口中知道了二王已遭不幸的消息，吴伟业借冬儿之口对周奎的卑劣行径进行了揭露与谴责。改朝换代这样天崩地坼的大事，却借一老妓之口道来，真是别开生面。这首诗以冬儿为线索，叙述了太子及二王的命运，其间也穿插了刘泽清与李自成部队的腐败，"禄山裨将带弓刀，醉拥如花念奴曲"即是此意。相似题材的还有"梅村体"的代表作《圆圆曲》，全诗以吴三桂、陈圆圆的悲欢离合为线索，以委婉的笔调，讥刺吴为一己之私叛明降清，打开山海关门，沦为千古罪人，批判的力量

---

① [清]吴伟业撰，[清]程穆衡原笺，[清]杨学沆补注，张耕点校：《吴梅村诗集笺注》卷六，中华书局 2020 年版，第 306 页。

蓄积于错金镂彩的华丽辞藻中，"恸哭六军俱缟素，冲冠一怒为红颜"，"妻子岂应关大计，英雄无奈是多情"①，哀感顽艳，精警隽永，成为传颂千古的名句。

　　吴伟业之所以关注皇室贵胄等人在易代之际的命运，是因为他们身上承载着更多的历史内涵，刘雪舫就是这样一位。刘雪舫，名文炤，号雪舫，宛平（今属北京）人，崇祯生母刘太后的侄儿。刘雪舫在明亡时年仅十五岁，后流落到海州、高邮等地种菜为生。吴伟业与刘雪舫是在一个朋友酒席宴上相识的。当时高朋满座，刘雪舫在其中年龄最轻，虽然衣着普通，气概却是超群出众，引人注目。一打听，才知道他是崇祯的表弟，这种不平凡的家世一下子引起了吴伟业的兴趣，就主动和他攀谈起来，刘雪舫滔滔不绝地介绍起自己的生平来，原来他的父亲刘效祖是崇祯帝生母孝纯刘太后的亲弟弟。崇祯帝幼年失母，对母亲家族之人有一种特别亲近的感情。即位前他一直以甥舅之礼与刘效祖相见，即位后，刘效祖被封为新东侯。崇祯帝对舅舅一家倍加恩宠，礼数超过了周皇后家和田贵妃家。刘效祖死后爵位由长子刘文炳袭封，次子刘文燿官拜左都督，刘雪舫是刘效祖的小儿子。刘雪舫的哥哥刘文炳在李自成起义军攻破北京后举家自焚而死，只有他孤身一人逃了出来，不得不依靠别人的接济为生。吴伟业根据刘雪舫的叙述写成了五言古诗《吴门遇刘雪舫》，记载了易代之际天潢贵胄与勋贵们不同的选择：

　　　　出门遇高会，杂坐皆良朋。排阁一少年，其气为幽并。

①［清］吴伟业撰，［清］程穆衡原笺，［清］杨学沆补注，张耕点校：《吴梅村诗集笺注》卷六，中华书局2020年版，第564—565页。

羌裘虽裹膝，目乃无诸伦。忽然语笑合，与我谈生平。

亡姑备官掖，吾父天家婚。先皇在信邸，降礼如诸甥。

长兄进彻侯，次兄拜将军。先皇早失恃，瘴寐求音形。

太庙奉睿容，流涕朝群臣。新乐初受封，搢笏登王庭。

……

周侯累纤微，鄙哉无令名。田氏起轻侠，宾客多纵横。

不比先后家，天语频谆谆。独见新乐朝，上意偏殷勤。

爱其子弟谨，忧彼俸给贫。每开三十库，手赐千黄金。

长戈指北阙，鼙鼓来西秦。宁武止一战，各帅皆投兵。

渔阳股肱郡，千里无坚城。呜呼四海主，此际惟一身。

仿佛万岁山，先后辒辌迎。辛苦十七年，欲诉知何因。

今才识母面，同去朝诸陵。我兄闻再拜，恸哭高皇灵。

烈烈巩都尉，挥手先我行。宁同英国死，不作襄城生。

我幼独见遗，贫贱今依人。当时听其言，剪烛忘深更。①

诗中通过刘雪舫的讲述，从一个特殊的视角展现了一代兴亡，叙述明亡后皇亲国戚的各种选择，也记录了甲申之变中的诸多史实。如崇祯帝自杀前的凄凉，刘文炳殉国的悲壮，还有"烈烈巩都尉"指驸马都尉巩永固先于刘文炳而死。其他的勋贵有的陪同崇祯帝一起殉国，有的则投降了李自成。"宁同英国死，不作襄城生"，"英国"指第九代英国公张辅的后人张世泽在城破后不逃不走不降，以身殉国；"襄城"指襄城伯李国桢，城破投降了李自成。诗中还描述了李自成进军北京的过程中，各地将领无不望风而降，

---

① ［清］吴伟业撰，［清］程穆衡原笺，［清］杨学沆补注，张耕点校：《吴梅村诗集笺注》，中华书局2020年版，第107—110页。

"宁武止一战",是说李自成进军北京途中,只有宁武守将周遇吉带兵抵抗。据《明史》卷二六八《周遇吉传》载,李自成取道山西进攻北京,在宁武关,遭到山西总兵周遇吉的顽强抵抗,农民军伤亡很大,而守卫在大同、宣府、居庸关等地的明军都望风而降,吴伟业此诗可与史书互相印证,并且是得之于叙述者的亲闻亲见,就有了一种实录的性质,叙事诗的史料价值也由此而实现,甚至一定程度上比史书所记更真实。

第四节　钱澄之叙事诗中的南明英烈

在清初特定的历史环境下,探讨明清易代之际的历史问题,尤其是讨论殉节人物这样一类的敏感话题,随时都有可能触讳而陷入危险。明清易代之际的殉节人物可分为两种:一是李自成攻入北京之后,包括崇祯皇帝本人在内的殉国、殉君者,他们因不愿意投降农民军而死;二是清兵入关之后,追随南明王朝抗清而死的殉节者。当时清廷只承认前者,因为这与清廷入关后的政治宣传相一致,而对后者则有意贬损。顺治十年(1653),顺治帝下诏表彰谕祭甲申殉难明臣范景文等十六人,并各予谥号。范景文曰文忠,倪元璐曰文贞,李邦华曰忠肃,太监王承恩曰忠节,表彰的这些人中,没有一个是抗清死节的南明忠烈,而正是这些南明忠烈在明知回天无力的情况下,依然毁家纾难,鲁戈挥日,为大明王朝的命运竭尽自己最后的心力。他们历经万千险阻,有进无退,知其不可为而为之,如果这些豪杰之士的精神被湮没,将是一件令人无比痛心之事。于是,一些忠义士人出于承担历史使命的责任感,宁愿以身犯忌,也要努力进行表彰忠节的工作,钱澄之就是这样的一位士人。

钱澄之（1612—1693），初名秉镫，字饮光，晚号田间，桐城人。钱澄之虽在明末仅为诸生，但当时文名很大，是复社的成员，在明末党争中，钱澄之属于东林党一派。钱澄之与阮大铖也有私人过节，所以当阮大铖在弘光朝弄权大兴党祸之时，钱澄之也受到迫害而被迫逃亡吴地。后来弘光政权覆亡，清军南下，钱澄之参加了族人钱棅组织的义军，失败以后远赴福建，参加了拥戴隆武政权的活动，并在恩师黄道周的推荐下，被任命为延平司理。隆武帝在汀州被杀害后，钱澄之困守闽中三年，后来听说永历在肇庆即位，即赶赴肇庆永历行在，永历朝的制诰文字多出其手，后来钱澄之看到永历朝廷事不可为，便辞官归里，结庐先人墓旁，闭门著书以终。钱澄之与吴伟业的诗歌在清初都以"诗史"著称。两人的创作宗旨相近，都意在以诗存史，但两人关注的人物有很大差异。吴伟业关注的人物我们上节分析过，主要是贵戚皇亲、著名艺人，而钱澄之关注的人物清一色是都是抗清英烈，这与他任职于隆武与永历的经历有密切关系，也与他强烈的反清政治态度有关。

　　钱澄之目睹了弘光、隆武朝廷的相继覆亡，又亲身参与了永历朝廷的建立，目睹了这些忠臣良将为南明政权前赴后继，视死如归。他在诗歌中有意识地为这些人立传，褒扬歌颂他们的英烈事迹，使他们不致湮没于历史尘埃之中。最早出现在钱澄之诗中的英烈是钱棅。钱棅（1619—1645），字仲驭，号约庵，嘉善人，崇祯朝大学士钱士升的次子，崇祯十年（1637）进士，崇祯时授南都兵部职方主事，后升吏部郎中，弘光朝建立后任文选郎。南京沦陷后，钱棅与族人钱旃、钱继祉共举抗清义旗，捐出家产资助粮饷，屯兵于长白荡一带，诛杀清兵，声势浩大。顺治二年（1645）闰六月九日，钱棅率义兵攻入嘉善县城，处决清知县吴佩，七月廿三日，清军重兵围攻嘉善，钱继祉身亡，嘉善再度陷落，钱棅率孤军赴松江，欲解嘉定之围。松江失陷后,钱棅率军欲从小路奔赴福建,行至震泽,清兵数百艘船尾随袭击,钱棅自知不免,遂自沉殉节。钱澄之也参加了钱棅的义军,并且在这次战斗中失去了妻儿。他的长篇五言古诗《悲愤诗》就是为钱棅而作。诗云:

> 南渡失国柄,二竖覆皇都。武昌兴甲兵,传檄诛奸徒。
> 烽火照河北,四镇还相图。撤兵防上游,坐视扬州屠。
> 所虑楚师下,宁忧胡马驱? 胡马渡江来,奸臣弃主逋。
> 可怜佳丽地,士女成炭涂。我友报韩切,义旗倡三吴。
> 磨盾草檄文,鬼神泣通衢。一战不得当,诸将人人殊。
> 书生愤所激,攘臂愿执殳。兵力虽不敌,志已无完躯。
> 遇难震泽滨,事败志勿渝。我友赴深渊,我生聊须臾。
> 宛转娇儿女,枕藉江与湖。哀号浮水出,泣涕通市俱。
> 抚尸哭一声,痛绝还复苏。烈士死不悔,妻孥何罪辜。
> 首祸者谁子? 至今犹缓诛。椎心问苍天,苍天安足呼! ①

钱澄之诗中开篇就对"二竖"即马士英与阮大铖进行声讨,认为是这两人导致弘光朝的灭亡,这显然是东林党人的话语体系。接着"武昌兴甲兵"是说当时镇守武昌的左良玉因畏惧南下的李自成农民军,以奉太子密诏讨伐马士英为名,进军南京,而弘光朝不顾清军南下的紧急形势,抽调四镇兵去对抗左兵,使清军一路无所阻直接打到南京,导致弘光帝被俘。马士英以"奉太后"为名逃到杭州,即"胡马渡江来,奸臣弃主逋"。平定弘光朝廷后,清廷随即颁布剃发令,江南人民不甘受辱,纷纷起兵反抗,钱棅既怀故国

---

① [清]钱澄之撰,汤华泉校点:《藏山阁集》,黄山书社2004版,第88页。

之思，又兼亡国之痛，遂毁家纾难，起兵抗清。"我友报韩切，义旗倡三吴。"钱澄之热情歌颂了钱棅英勇抗清，最后以身殉国的壮烈行为。此役中，钱澄之的妻子带领两个幼子赴水而死，钱澄之悲痛万分，但仍不改抗清到底的初心。下面这首《虔州死节歌》则描绘了江西虔州失守时隆武朝的英烈群像：

> 虔州城破相公亡，矢石既绝弮犹张。
> 跃马夺门锋莫当，回鞭赴水何慨慷。
> 太宰清忠海内望，投环仓卒正冠裳。
> 司马有志不得将，出城欲去中彷徨，翻然裹帻殉封疆。
> 彭公靖节意久藏，匕首毒药左右防，郁孤台上此志偿。
> 御史一死扶纲常，从容绝命圣人堂。
> 别驾潇洒酒中狂，临危不屈项果强。
> 虬髯铁面周职方，嚼齿骂贼肉飞扬。
> 卢君里居须眉苍，倚杖妻儿次第僵，终焉清冷完幽芳。①

　　虔州即是今天的江西赣州，当时为隆武政权的属地，由隆武朝东阁大学士杨廷麟等人守卫。隆武二年（1646）四月十四日清兵攻虔州，杨廷麟死守半年，终因兵力不支失守，守城官兵大多殉难。钱澄之在此诗前小序中写道："虔州破，死者甚多，偶据土人所传，纪诸篇章，或未为定论也。共得八人。"诗序表明了作者以诗存史、歌颂英雄的创作目的。诗前四句所记的死节英烈为杨廷麟，五、六两句记载的是郭维经，七、八、九三句记载的是万元吉，十、十一、十二记载的是彭期生，十三、十四两句为姚奇胤，十五、十六两句为

---

① [清]钱澄之撰，汤华泉校点：《藏山阁集》，黄山书社2004版，第234页。

王期汲,十七、十八句记载的为周瑚,最后三句为卢象观。这些与
赣州战事相关的官员和乡绅,他们大多在赣州城陷之时自杀殉国。
阁部杨廷麟赴池死,太宰郭维经入嵯峨寺自焚死,兵部尚书万元吉
赴水死,岭北道彭期生自缢于公署,御史姚奇胤趋文庙自缢死,卢
象升的弟弟卢象观合家赴水死。《虔州死节歌》对八位英雄的死
节事迹与《明史》的记载基本一致,但相较史书,诗中对人物形象
的描写更为丰富生动。如描写杨廷麟以"跃马""回鞭"动作突出
其义无反顾的气概,以"投环仓卒正冠裳"表现太宰郭维经为国捐
躯之时的从容、镇定的儒者气象。郭维经之死,《明史》记载为自
焚死,与诗歌稍异,但并不影响作者刻画人物时对郭维经崇高精神
的准确把握。而对万元吉之死,作者以"出城欲去中彷徨"形象地
写出了万元吉的矛盾心态。万元吉虽是文臣出身,但懂军事,有统
驭才。他此时的彷徨并非偷生怕死,而是考虑是否保存生命以图
东山再起,让读者感到他是一个有血有肉的英雄人物。对彭期生、
姚奇胤的死节描写,突出了他们一心为国的高尚品格,时刻将生死
置之度外。诗中对卢象观的描写也很生动,展现出人物的崇高精
神。须眉皆苍的老者倚杖看着亲人死去,然后从容投水而死。整
首诗不仅饱含爱国热情,而且艺术手法高超,刻画了各具面目的英
雄群像。对比《明史》对虔州死节英雄的记载:"十月四日,大兵登
城。廷麟督战,久之,力不支,走西城,投水死。同守者郭维经、彭
期生辈皆死。""一时同殉者,职方主事周瑚,磔死。通判王明汲,
编修兼兵科给事中万发祥,吏部主事龚棻,户部主事林琦,兵部主
事王其宏、黎遂球、柳昂霄、鲁嗣宗、钱谦亨,中书舍人袁从鹗、刘孟
鋗、刘应试,推官署府事吴国球,监纪通判郭宁登,临江推官胡缜,
赣县知县林逢春,皆被戮。乡官卢象观尽驱男妇大小入水,乃自沉

死……黎明,兵大至,城遂破,元吉死之。"① 可以看出,官修史书对各位忠烈的记载多平直呆板,看不出人物的个性,而钱澄之笔下的诸位英烈则栩栩如生,充分显示出志士仁人的不屈精神和凛然正气,诗人对他们的崇敬之情也蕴含其中,令人读后难以忘怀。

永历朝最早殉国的大臣为督师何腾蛟。何腾蛟(1592—1649),字云从,贵州黎平卫人。天启元年(1621)举于乡,曾担任南阳县令,后擢巩昌兵备副使,以善抚兵将,为洪承畴所推荐,崇祯十六年(1643),何腾蛟拜右佥都御史、巡抚湖广。福王立,加兵部右侍郎、武英殿大学士,总督湖广、四川、云南、贵州、广西军务。后左良玉举兵反,何腾蛟不从,被挟持后投水得脱。隆武立,委以督师重任,收抚李自成余部高一功、李过等人,组成抗清统一阵线,壮大了隆武朝的军事力量。永历朝加太子太保,镇守湖南。永历三年(1649),清军进军湖南,何腾蛟守卫衡阳,准备进攻长沙,并调高一功(必正)、李过(赤心)率领的忠贞营随同前往。但是忠贞营将领不听调遣,不久溃散逃归。何腾蛟无兵无卒,独守湘潭,为清军所俘,遇害于长沙。何腾蛟既死,没有了恢复湖南的希望,这是永历政权的极大损失,钱澄之为此作《悲湘潭》一诗,诗前有序:"督师何公腾蛟围长沙,垂破,忠贞营兵至,一时溃散。公不去,驻于湘潭。被执,死之。"其诗曰:

> 长沙兵散湖南空,湘潭城中失相公。
> 举朝变色摧天柱,白日惨澹黯行宫。
> 往时百战不足论,即今还弃垂成功。

---

① [清]张廷玉等撰,中华书局编辑部点校:《明史》,中华书局1974年版,第7113—7121页。

可怜公长才五尺，头童齿豁一老翁。

铜马百万哮豺虎，仰公乳哺婴儿同。

时危饷诎谁用命，赤手空口驱群雄。

湖南湖北竟千里，卷云扫雾随天风。

只期长沙不日得，游鱼命在沸釜中。

堵公心劳计转误，忠贞兵来互疑惧。

常德焚烧宝庆走，诸将旌旗挽谁住。

长沙城坏无人登，穷寇将奔守复固。

我兵溃走任东西，相公独在湘潭驻。

夜半衔枚虏骑来，湘潭无兵城门开。

相公衣冠虏能识，拥去罗拜声如雷。

大骂不绝相公死，但见长沙城中人举哀。

功名事业长已矣，忠臣义士胡为哉？

君不见忠贞兵过苍梧界，堵公双旌导马回！　①

　　钱澄之的这首歌行是为何腾蛟而写的赞歌，南明史事在诗中也得以多视角展开。永历二年（1648）十一月在何腾蛟等人的努力下，抗清斗争取得了很大胜利，湖南全境几乎恢复，义军的英勇斗争，使永历政权的控制区域一度达到了云贵、两广地区。但是永历朝廷内部矛盾重重、党派纷争激烈，永历帝为人懦弱，无力控制大局；而南明多数将领贪婪怯懦，内讧不断，大好的抗清局面被葬送。李过（赤心）率领的大顺军擅自离开驻地、明将马进忠烧常德走武冈、宝庆守将王进才弃城而逃，各郡邑守将望风而靡，最终

①［清］钱澄之撰，汤华泉校点：《藏山阁集》，黄山书社2004年版，第258—259页。

导致湖南重镇湘潭失守,何腾蛟被害。俘获何腾蛟的是清军将领徐勇,曾是何腾蛟的部下。他进城后率领士兵围住何腾蛟罗拜行礼,劝何腾蛟投降。何腾蛟大声呵斥痛骂,不久被害于长沙,这桩史事在《明史》中是这样记载的:"腾蛟议进兵长沙。会督师堵胤锡恶进忠,招忠贞营李赤心军自夔州至,令进忠让常德与之。进忠大怒,尽驱居民出城,焚庐舍,走武冈。宝庆守将王进才亦弃城走,他守将皆溃。赤心等所至皆空城,旋弃走,东趋长沙。腾蛟时驻衡州,大骇。六年正月檄进忠由益阳出长沙,期诸将毕会,而亲诣忠贞营,邀赤心入衡。部下卒六千人,惧忠贞营掩袭,不护行,止携吏卒三十人往。将至,闻其军已东,即尾之至湘潭。湘潭空城也,赤心不守而去,腾蛟乃入居之。大兵知腾蛟入空城,遣将徐勇引军入。勇,腾蛟旧部将也,率其卒罗拜,劝腾蛟降。腾蛟大叱,勇遂拥之去。绝食七日,乃杀之。"①与史书平铺直叙不同,这首《悲湘潭》一诗开头就以倒叙的手法写出"湘潭城中失相公",直接描述了何腾蛟的结局。诗中并无一句具体叙述何腾蛟在永历朝的地位与作用,而是以"举朝变色""白日惨澹"等描写烘托了何腾蛟死后朝廷与民众的巨大心理震动,写出何腾蛟之死重于泰山。诗歌对人物的刻画由表及里,由外貌到内心,使读者心中形成一幅立体的图画。相比于其他英雄的高大威武,何腾蛟可谓貌不惊人,其身长不过五尺,只是"头童齿豁一老翁",但他却有着号令群雄的能力,成为永历王朝的军事支柱。钱澄之诗中还痛心地提到在抗清斗争的关键时刻,南明将领各自为战,追求私利,不以国家利益为重,最终导致了英雄的牺牲。"堵公心劳计转误,忠贞兵来互疑惧"以下

---

① [清]张廷玉等撰,中华书局编辑部点校:《明史》,中华书局1974年版,第7176页。

四句概括了当时复杂的军事形势及何腾蛟与副手堵胤锡的微妙关系,钱澄之很明显是站在何这一边的。长沙城的描写,突出了何腾蛟忠义的本性,凸显了英雄忠贞不屈的性格。旧部将劝降,礼拜如宾,"拥去罗拜声如雷",在此种情况下,何腾蛟却选择了绝食而死,"大骂不绝相公死"为刻画其勇者无惧风采的传神之笔。

　　另外,从钱澄之诗中可以看出他对出身农民军的"忠贞营"怀有一定的成见。"忠贞营"是李自成大顺军的余部,由李自成的侄儿李过和妻舅高一功率领。李自成在湖北通城县九宫山遇害后,李过与高一功率大顺军自通城入岳州,受抚于何腾蛟。隆武帝赐李过名为李赤心,授龙虎将军,统御营前部左军;高一功赐名高必正,两人所率的大顺军命名为"忠贞营",受堵胤锡节制。堵胤锡(1601—1649),字仲缄,无锡人,崇祯年间进士,官至长沙知府,弘光时,历湖广参政,摄湖北巡抚事,隆武立,任右副都御史。堵胤锡向何腾蛟建议招抚高一功、李过,并亲自进入农民军营地与高、李结盟,隆武帝加封堵胤锡为兵部右侍郎兼右金都御史,总制其军,永历朝加堵胤锡兵部尚书,封光化伯。钱澄之认为,此次长沙失守,何腾蛟殉国,与忠贞营和驻守常德、宝庆的守将溃走有极大关系。钱澄之出于正统文人的立场,对农民军出身的忠贞营怀有成见,且持敌视态度,认为他们是乌合之众,成事不足,败事有余,并对招抚忠贞营的堵胤锡表示不满,这种态度在他的另外一首诗中也有反映。其诗云:"端州兵不下,返旆御淮侯。莫问粤东急,须防内地忧。督师真失策,酿祸至今留。受诏虚糜饷,何时厌尔求?"钱澄之在诗中有注:"忠贞营裨将刘国昌兵散入端州各属。""初督师宜兴堵公招此兵出,至今为患。"① 钱澄之认为堵

――――――

① [清]钱澄之撰,汤华泉校点:《藏山阁集》,黄山书社2004年版,第294页。

胤锡招抚大顺军是酿祸之举,大顺军靡费饷银、贪得无厌,表现了钱澄之的阶级偏见,但农民军的不守军纪、不听调遣也是客观存在的。

在清初南明政权与清军的对峙中,南明几个政权基本上处于守势,只有永历朝出现过为数不多的对清作战的胜利情况。钱澄之有一首诗就是怀着欣喜的笔调描写永历朝对清军的一次军事胜利,这首诗的名字为《麻河捷》。诗中刻画了何腾蛟部将马进忠的英勇形象,写出了战争中悲惨壮烈的场面,将士们为国家为民族不顾生命,奋勇杀敌,最终战胜了敌人,表达了钱澄之闻听捷报的喜悦之情。其诗曰:"中兴马侯古精忠,天子论勋册上公。毛公夜述麻河战,满堂骨竦生英风。是日初战兵不利,虏骑骁腾万马雄。将军下令尽弃马,短刀秃袄来争功。麻河岸高敌初驻,栏楯层层壁垒固。汗马解鞍兵作炊,我兵突至谁能御?可怜攻壁壁不开,壁门炮火轰如雷。将军大呼身先进,人人死战坚为摧。壁门既夺虏营乱,黄昏截杀及夜半。铁骑嘶颤橐驼奔,全军逼水容谁窜。天风吹月月朦胧,照见虏营营已空。僵尸枕藉安足计,余者尽葬麻河中。"①《麻城捷》不只记录了马进忠的英勇善战,还记录了焦琏、瞿式耜等永历重臣的风采:"拂庐万落三军宿,胡妇琵琶唱胡曲。将军举酒健儿歌,残魂何处吞声哭。将军破贼檄屡传,岂似今无匹马还。积弱屡朝初吐气,昆阳巨鹿谁争先?我闻桂林虏来举城走,瞿相从容袖两手。焦侯三箭殪三骑,城门重闭至今守。又闻西有滇帅胡将军,摧锋陷阵虏中闻。身经百战锐不挫,南人争推第一勋。诸将纷纷膺国号,因时窃位何足道。马侯封公两人侯,此爵朝廷庶不

①［清］钱澄之撰,汤华泉校点:《藏山阁集》,黄山书社2004年版,第251—252页。

冒。"①"瞿相"即瞿式耜,当时留守桂林,面对来犯的清兵,举城人惶恐逃走,而瞿式耜则表现得镇定自若。诗中还赞美了两员守城将领的英雄无畏:一位是"焦侯"即焦琏,宣府人,封新兴侯;一位是"胡将军"即胡一清,滇人,封兴宁侯,三人同心协力,最后取得了桂林保卫战的成功。

　　钱澄之的诗歌对各个阶层的抗清英烈几乎都有记录,并都致以由衷的赞美。他的诗中既有不屈而死的朝廷重臣,也有殉节而亡的普通百姓,还有一些经历比较复杂的人物。不管这些人以前的身份是清军将领,还是农民军将领,只要他们改弦易辙、投入反清阵营,钱澄之就一视同仁给予赞扬,如他作于顺治六年(1649)的《悲南昌》一诗,就是为清军反正将领金声桓、王得仁而作:

> 信丰城败惠国亡,胡马东来势颇张。
> 白旗八杆章门至,始闻正月失南昌。
> 南昌将军暗戎机,婴城坐守听虏围。
> 间阎万户人食尽,坑堑百道鸟难飞。
> 敌饱城饥夜深陷,将军上马犹酣战。
> 金公赴水气如生,王侯刎首色不变。
> 江人莫怪无援师,纵有援师来亦迟。
> 两勋收兵自不出,客兵云集来何为。
> 去年攻虏只自弊,今来守城堕虏计。
> 又闻倡义非同谋,到死相疑还相制。
> 古言两雄不并栖,何不分兵犄角湖东西?
> 何为一城坐困与俱毙,使我百姓无故成鲸鲵?

①[清]钱澄之撰,汤华泉校点:《藏山阁集》,黄山书社2004年版,第252页。

旧岁此城初反正，即今城破复谁恨？

英雄成败古来多，其奈城中人命何！ ①

金声桓，辽东（今辽宁辽阳）人，原为世袭军户，原隶属于崇祯朝兵部尚书杨嗣昌营，后为左良玉部下。左良玉死后，随左良玉子左梦庚降清，攻占江西，授总兵，驻守南昌。顺治五年（1648）闰三月，因不满清廷封赏太薄，兼江西巡抚章于天、巡按董学成胁迫其钱财，金声桓与部将王得仁在南昌宣布反正归明，奉永历年号。后清军围攻南昌，次年二月，南昌城中粮尽，杀人而食，金声桓令打开东城门放百姓出逃觅食，清军亦解一面之围，容百姓逃离。金声桓部下士卒见此情景，争相出逃，金声桓不能禁止，眼见城将陷，他杀死妻子，焚烧了房舍，投帅府内荷花池死。王得仁后受伤被擒，凌迟而死。钱澄之诗中赞扬了金声桓、王得仁视死如归的不屈精神，"金公赴水气如生，王侯刎首色不变"，也指出导致失败原因除清军的强盛之外，也有明军内部的互相猜忌倾轧，"又闻倡义非同谋，到死相疑还相制"。

钱澄之在离开永历朝后创作的诗歌，名为《生还集》，不仅叙述了他在抗清活动中数次身罹危难、九死一生的经历，而且还表达了他百折不挠的坚强意志，体现了众多的节义之士在民族斗争中舍生忘死的刚毅精神。钱澄之在组诗《哀江南》诗前序云："江南死事者多人，以予所知者，四方或未尽知，各赋一章，备异时野史采择焉。" ② 这组诗以史笔严谨地记载录了抗清志士的事迹，为抗清牺牲的陈子龙、夏允彝、祁彪佳、刘宗周、顾咸建等人立传，人数多达

---

① ［清］钱澄之撰，汤华泉校点：《藏山阁集》，黄山书社 2004 年版，第 260 页。

② ［清］钱澄之撰，汤华泉校点：《藏山阁集》，黄山书社 2004 年版，第 163 页。

三十九人。可见,作者写作该组诗的目的是以诗存人、歌颂先烈,使他们能够流芳后世。如下面这首诗记载了弘光朝吏部尚书徐石麟殉国的事迹,表彰了他高尚的民族气节,诗曰:

> 太宰四朝遗,清风三十载。一秉南渡铨,期月遂得罪。
> 既遭党人摈,还嗟国事殆。虏至阖城奔,公也入城待。
> 所耻临难免,庶无见危悔。衣冠殉家庙,十日颜不改。
> 忠义及仆夫,哀歌动横海。谁谓伯道孤,神明故长在。①

　　徐石麒,字宝摩,号虞求,嘉兴嘉善人,天启二年(1622)进士,授工部主事。崇祯朝历任南京尚宝卿、应天府府丞、通政使、刑部侍郎等职,后因直言去位。弘光立都南京后,徐石麒被任命为吏部尚书,与马士英政见不合,称疾乞休。清军攻打南京城时,徐石麒本已移居嘉兴城外,听说城池将破,至城下呼曰:"吾大臣,不可野死,当与城俱。"②复入居城中,朝服自缢死,有僧人藏其尸体于柜中,逾二旬始殓,颜色如生,仆人祖敏、李谨从死。隆武帝时,赠少傅、文渊阁大学士,谥"忠襄"。

　　《南京六君咏》组诗中表彰的南明英烈人物,除徐石麒外,对南京城破最早殉难的黄端伯的描写尤为生动:

> 不走黄端伯,居然挹左贤。忘生缘学佛,骂敌反称颠。
> 岂有头皮硬,还期心血溅。帐前新辫发,可悔罪通天。③

---

① [清]钱澄之撰,汤华泉校点:《藏山阁集》,黄山书社2004年版,第163页。
② [清]徐鼒撰,王崇武点校:《小腆纪年附考》卷十,中华书局1957年版,第394页。
③ [清]钱澄之撰,汤华泉校点:《藏山阁集》,黄山书社2004年版,第169页。

钱澄之诗下有注："虏至，公自署其门曰：'不走不降黄端伯。'见大酋长揖而已。"又注："刃其颈不殊，公曰：'非颈硬，乃心硬也。'刺心而死。"钱澄之在诗序中赞扬了黄端伯面对死亡而无所畏惧、始终保持气节的铁骨丹心。钱澄之的《南京六君咏》的第四首为杨维垣而作。诗前总序云："南京陷，死者寥寥，得丐与卒而六焉，悲夫！然其死不愧四君，四君又岂不屑六也，故并君之。"

　　铮铮杨御史，阉党共推君。要典三朝据，同流一死分。
　　漫嗟遮锦被，转恨杂鸡群。可信髯司马，投降最早闻。①

杨维垣，字斗枢，文登（今山东威海）人，万历四十四年（1616）进士，官御史，曾协助魏忠贤力排东林党人，崇祯元年（1628）被列入"逆案"，贬到淮安府任职，弘光时起用，任通政使。清军攻入南京，弘光帝出奔，朝中文武官员或逃或降，而杨维垣则自杀殉节，全家死难。尽管杨维垣有早年曾参加阉党不光彩的历史，但晚节可嘉，故钱澄之力赞之，而与杨维垣同列名于"逆案"的阮大铖，则是弘光朝最早降清的官员，两人可谓同途殊归。

顺治三年（1646），隆武朝重臣黄道周在南京被害，噩耗传来，钱澄之悲痛欲绝，一连写了《哭漳浦师》三首，现选其中两首，从中可以想见黄道周就义时的大义凛然：

其一
宣麻几日点朝班，谁遣单车自出关。
久信赤符成两汉，空占紫盖照三山。

---

① ［清］钱澄之撰，汤华泉校点：《藏山阁集》，黄山书社2004年版，第169页。

总戎已弃全军遁,丞相何难匹马还?

长啸请缨虚有愿,惟余涕泪洒龙颜。

其三

二月长干天昼昏,都人争举李膺幡。

笑将涕泪酬知己,坐索衣冠谢主恩。

无路请还先轸首,何人招返屈原魂?

当年北寺留皮骨,此日南朝仗尔存!　①

这首诗歌颂了黄道周视死如归的英雄气概,也表达了诗人对老师的哀悼之情。在面对朝中郑家集团拥兵自重、挟制朝政、无意进取的现状,黄道周不胜愤慨,他自请出关,号召义师,设法为隆武朝廷打开局面。在无兵无饷的情况下,黄道周凭借自己的一腔热血,以忠义激发人心,招募得一批忠贞之士,共举抗清旗帜。但由于黄道周出身文臣,指挥军队的经验不足,部下兵将大多应募而来,缺乏实战锻炼。不久,这支军队便在清军的围攻之下走到了它的尽头,黄道周被俘押送到南京,他拒绝了同乡洪承畴的劝降,英勇就义。这首诗的第一首写黄道周在唐王政权中虽身居要职,却受到武将郑芝龙排挤,在朝中没待几天,被迫自请出关抗清。作者认为恩师以一介书生带兵,显然非其所长,"长啸请缨虚有愿,惟余涕泪洒龙颜"。虽然兵败被俘,但忠义精神万古长存。第三首写黄道周被害之日,天地变色,陪都南京的民众把他当作汉末忠臣李膺一样地尊崇和悼念。"笑将涕泪酬知己,坐索衣冠谢主恩",描绘了黄道周临刑前从容拒绝曾是同乡和同僚洪承畴的劝降,这里所谓"知己"是充满讽刺意味的。从何腾蛟、瞿式耜到黄道周,从金声

---

① [清]钱澄之撰,汤华泉校点:《藏山阁集》,黄山书社2004年版,第120页。

桓、李成栋到马进忠,钱澄之在诗中描写了各阶层各类型的南明英烈,赞美他们斗争的豪壮、临难的从容,使这些人物的英风豪气数百年后依然栩栩如生。他们用生命谱写的汉民族不朽的正气歌,也是士人精神的理想体现,昭示了一个民族顽强的生命力。

第五章　以诗存史：清初叙事诗对史实的补证

诗歌作为中国古典文学的源头和主脉，从产生之日起就和历史结下了不解之缘，尤其是在社会动荡的大变革时期，如唐代杜甫在"安史之乱"中创作的以"三吏""三别"为代表的叙事诗，真实地反映了当时的社会矛盾和人民疾苦，具有史诗一般的写实性，因而被誉为"诗史"。明清易代，再次为叙事诗的繁荣提供了现实土壤，经过天崩地坼的社会巨变之后，诗史精神在清初又一次得到了张扬，成为当时诗学讨论和诗歌创作的一大热点。士人们以他们最擅长的诗歌为载体，自觉担当起了记载当代史的重任。

在清初诗坛上，不只是诗歌创作注重纪史功能，就是诗歌选家也都有意识地选择具有历史价值的作品，"诗史"成为清初诗歌选家的基本价值判断。清初著名的选本大家邓汉仪就说他选诗"纪时变之极，而臻一代之伟观"，希望"观民风，备咨诹而佐纪载"[①]，表现了鲜明的历史意识。邓汉仪在他的诗歌选本《诗观》中叙述了清初诗歌发展的三个历史阶段，明确提出只有"绍诗史"的作品才有价值：

---

① ［清］邓汉仪著，王卓华校笺：《邓汉仪集校笺》，人民文学出版社2019年版，第405页。

　　当夫前朝末叶,铜马纵横,中原尽为荆榛,黎庶悉遭虏戮。于是乎神京不守,而庙社遂移,有志之士,为之哀板荡、痛化离焉,此其时之一变。继而狂寇鼠窜于秦中,列镇鸱张于淮甸,驯至瓯闽黔蜀之间,兵戈罔靖而烽燧时闻,此其时为再变。若乃乾坤肇造,版宇咸归,使仕者得委蛇结绶于清时,而农人亦秉耒耕田,相与歌太平而咏勤苦,此其时又为一变。夫惟变之之极,故其人之心力才智亦百出而未有穷。其历乎兴革理乱、安危顺逆之交,中有所藏,类不能默然而已,以故忧生悯俗、感遇颂德之篇,杂然而作。一时公卿以迄韦布,其号为能诗,沉雄、古丽、安雅、柔淡,以几于汉魏四唐之盛者,盖指不胜屈。而世之选者,顾乃遗大取小,专采夫一二花草风云、釐祝饮宴、闺帏台阁之辞,以是谀说时人之耳目,而于铺陈家国、流连君父之指,盖或阙焉,乌在追《国》《雅》而绍诗史也? ①

　　从邓汉仪的这一大段阐述中可以看出,清初诗歌的发展演变可分为三个阶段,与明清易代的历史过程是同步的。清初诗的第一阶段产生于明末。此时正值各路农民起义军纵横北方,整个中原大地烽烟四起,民不聊生;至李自成攻入北京,崇祯殉国,此时文人面临国破家亡的巨大变故。这一时期诗歌内容多表现战乱带来的黍离之哀、民生之痛,诗风沉郁悲苦;第二个阶段是清军入关,顺治帝入主紫禁城,河山易主,国柄从华夏汉族移到关外的满洲贵族之手。此时,民族矛盾空前激烈,南明及各地抗清斗争风起云涌,武将反正之风高涨,清朝的统治尚未稳固。故国之思、亡国之悲是

---

① [清]邓汉仪辑:《诗观初集》,《四库全书存目丛刊补编》第39册,齐鲁书社1997年版,第1—3页。

这个阶段诗歌最沉痛的主题，伤悼与幻灭、忆旧与反思是时代情感的主旋律，诗风趋于忧愤深沉；第三个阶段，是清廷已控制了全国局面，国家正经历由乱而治，诗歌内容也转为歌功颂德，诗风也变为安雅、柔淡。邓汉仪指责当时的一些诗歌选家"遗大取小，专采夫一二花草风云、釐祝饮宴、闺帏台阁之辞，以是诹说时人之耳目"，而于"铺陈家国、流连君父之指"的诗歌"盖或阙焉"，邓汉仪认为正是这些诗歌才具有价值，因为它们具有"绍诗史"的功能与作用。

　　史书的本职固然是记载历史，但作为中国古代意识形态主流的官修史书性质几同于帝王家谱，其内容或是讴歌统治者的文治武功，或者为其统治政权合法化进行论证。而清初叙事诗的作者们大多处于朝堂之外，以切身之遭遇、切肤之感受，能够较为客观地记录自己所处的时代与社会。邓之诚在《清诗纪事初编》序中说："书史但称是时之盛，民生疾苦，不能尽知。唯诗人咏叹，时一流露，读其诗而时事大略可睹。"[1] 官修史书为了美化封建君主的形象，维持帝国长治久安的需要，甚至不惜用曲笔肆意隐瞒血腥场面、抹杀历史真相、篡改历史事实，所谓"为尊者讳，为贤者讳"。如果再适逢硝烟弥漫的动乱岁月，史实传抄过程中更是讹误众多，这些因素都使历史的真相难以为世人所知，所以记录时代的叙事诗创作尤为重要。以上种种原因，使明清之际的一些历史人物和历史事件不能得到完全真实的记录，清初叙事诗则从另一角度对史书的这些不足给予了补充与纠正，为后世提供了一些相对可靠的史料，从中可以窥见一些历史真相。

---

[1] 邓之诚撰：《清诗纪事初编》序，中华书局 1965 年版，第 3 页。

第一节　以诗证史

清代明,与历史上其他改朝换代不同,其中多有不义之处。虽然清廷宣称政权得之于李自成,但当初是打着替明朝报仇的旗号入关,才得到广大中原民众的支持与拥护,但在推翻李自成的大顺政权后,多尔衮迁都北京、讨伐明朝的合法继承者南明政权,并且清军在南下过程中进行了血腥的屠杀,完全不是什么"义师"。所以,新朝初立,在当政者有意禁毁史料的情况下,一些敏感的历史事实被故意抹杀或被有意忽略,而民间野史版本虽然众多,由于各种原因,或是以讹传讹,或是出于门户之见,或出于个人的恩怨,或出于政治上的讳莫如深,多有失实之处。在这种情况下,"以诗证史"的诗歌创作就很有必要,使后人能以历史文本为依据,去发掘文学文本中潜藏的历史深意或叙事发生的历史背景,又能通过文学文本中隐现的历史事实、社会风貌,来求得对历史真实更准确、更精细的把握。"诗歌不同于正史、笔记、野史等事后的概括、叙述,它是个人经验和情感的表达,看似零碎没有系统,却记载着士人们当时的所见所闻以及思想、道德和情感,是了解这个时代不可或缺的第一手文献。"[①]一定程度上说,叙事诗中的历史是更为客观真实的历史,史学研究也只有通过多维视角的复合互证,才有可能接近历史的原貌。

清初的诗人们亲身经历了天崩地坼的时代大动荡,目睹了清初的各种抵抗、杀戮、流离等民族劫难,用诗歌记载一代历史便成为他们的自觉追求,他们将杜甫开创的"诗史"精神发挥到了极

---

① 张晖著:《帝国的流亡:南明诗歌与战乱》,中国社会科学出版社 2014 年版,第 1 页。

致。清初的亡国之痛、故国之思、生民之叹和清军的残暴、抗清的
壮烈，都在当时的叙事诗中有着极其广泛而真实的记录，起到诗史
互证的作用，反映了清初诗人对诗歌存史功能的深刻认识与认同，
并且注入了崭新而厚重的时代内涵。陈寅恪先生在他晚年心血之
作《柳如是别传》中这样评价钱谦益的诗：

> 　　且此集牧斋诸诗中颇多军国之关键，为其所身预者，与少
> 陵之诗仅为得诸远道传闻及追忆故国平居者有异。故就此点
> 而论，《投笔》一集实为明清之诗史，较杜陵尤胜一筹，乃三百
> 年来之绝大著作也。①

　　陈寅恪先生认为钱谦益晚年所作的《投笔集》中的诗歌具有
明清诗史的性质，因为其诗中描写记叙的历史事件都是作者本人
的亲身经历。钱谦益是明末的东林党魁，弘光朝的礼部尚书，降清
后做过清廷的礼部侍郎，是亲历崇祯、弘光、顺治三朝的重臣，辞官
后与当时的南方抗清领导人郑成功、瞿式耜关系密切，这两人都是
他的门生。郑成功的几次挺入长江的战事，都与钱谦益的策划接
应有关系；瞿式耜是钱谦益的学生兼密友，在崇祯朝时就持相同
的政治立场，瞿式耜的罢官就是因为支持钱谦益入阁而得罪温体
仁等人所致。入清后，两人也没断了联系，瞿式耜在给永历的奏章
中就提到钱谦益曾为永历朝廷出谋划策之事，所以陈寅恪先生说
钱谦益诗中多"军国之关键"，正因为如此，他的叙事诗比杜甫"得
诸远道传闻"创作的诗歌更为真实可信，因此称得上是"明清之诗
史"，是"三百年来之绝大著作"。

---

① 陈寅恪著：《柳如是别传》，生活·读书·新知三联书店2001年版，第1193页。

　　清初有一大批像钱谦益这样的诗人,他们大都亲身经历或目睹过自己诗中所记录的历史事件。朱庭珍说吴伟业"以身际沧桑陵谷之变,其题多纪时事、关系兴亡,成就先生之千秋之业",吴伟业的诗集堪称一部明末清初的编年体史书。程相占先生有段总结文字,论证了吴诗编年体与史同步的精确性,现摘录如下:"万历十五年至四十二年,围绕建储、福王之藩展开的党争——《洛阳行》;崇祯十一年,清兵大举攻入内地,宣大总督卢象升在河北贾庄阵亡——《临江参军》;崇祯十四年正月,李自成破洛阳,杀福王朱常洵——《洛阳行》;该年二月,张献忠破襄阳,杀襄王朱翊铭——《襄阳乐》;崇祯十五年二月,清军攻占围困半年之久的松山,洪承畴被俘降清——《松山哀》;该年十月,孙传庭在"柿园之役"中为李自成农民军打败——《雁门尚书行》;崇祯十七年、顺治元年三月,李自成攻陷北京,崇祯帝自缢,周皇后等自杀——《永和宫词》《琵琶行》;该年四月,吴三桂乞清兵入关,占领北京——《圆圆曲》;顺治二年、弘光二年三月,左良玉以清君侧为名率兵东下,马士英、阮大铖调兵抵御,左良玉病死后,其子楚庚率残部降清。——《楚两生行》;该年四月,清兵下泗州,刘泽清降于淮安——《临淮老妓行》;该年五月,清兵攻占南京,弘光帝出逃,所选淑女未及入宫便被清军俘虏——《听女道士卞玉京弹琴歌》。"① 吴伟业在创作中也多采用实录的史家笔法,在叙述历史事件与历史人物时力求真实,其中最为人叹服的应是《圆圆曲》中的"传来消息满江乡,乌桕红经十度霜"② 二句,据冒辟疆《影梅庵忆语》记

① 程相占:《吴伟业的诗史思想》,《苏州大学学报》1995 年第 4 期。
② [清]吴伟业著,[清]程穆衡原笺,[清]杨学沆补注,张耕点校:《吴梅村诗集笺注》,中华书局 2020 年版,第 565 页。

载,陈圆圆被贵戚掠买入京在崇祯十五年(1642),到吴三桂携陈圆圆驻军汉中的顺治八年(1651),正好是十年。诗人一般在作诗时遇到数字往往会为调和韵律而采用概数,可是吴伟业不但调和韵律,而且在这样细枝末节之处都如此地尊重史实、重视实录,这样的史家笔法精神真是令人叹服,所以一些史书也常引用吴伟业诗中的内容作为可以信从的证据。

明清易代,风起云涌,抗清英烈如张煌言、瞿式耜等,遗民诗人如顾炎武、黄宗羲、阎尔梅、钱澄之等,作为抗清斗争的亲历者,他们或在江南、或在两粤,在戎马倥偬、颠沛流离之际,有意识地用诗歌的方式随时写下自己的所见所闻、所思所想,作为历史的记录。如钱澄之就说:"某平生好吟,每有感触,辄托诸篇章。闽中舟车之暇,亦间为之。粤则闲曹无事,莫可发摅,每有记事,必系以诗。或无记而但有诗,或记不能详而诗转详者,故诗不得不存也。"[1] 钱澄之《藏山阁集》中的诗歌,真实记录了明清之交种种社会现实和南北对抗中此消彼长的斗争过程,践行了作者所言"每有记事,必系以诗"的创作主张。"一代悲歌成国史,二南风化在骚人",钱谦益在《金陵杂题绝句二十五首,继乙未春留题之作》之十四中评价钱澄之的诗作"闽山桂海饱炎霜,诗史酸辛钱幼光"[2],以"诗史"评价钱澄之闽粤期间的作品,可谓是知音之言。

明清鼎革是一个持续数十年的过程,其间战争不断,可称为乱世,乱世之中修史更有必要,因为这是一项纪亡图存的文化事业,正是出于这种认识,清初诗人创作了大批志在以诗存史、以诗证史

---

[1]［清］钱澄之撰,诸伟奇辑校:《所知录·凡例》,黄山书社2006年版,第11—12页。

[2] 朱则杰著:《清诗史》,江苏古籍出版社1992年版,第121页。

的作品。如清廷在进军中原的过程中，遭到江南民众的反抗最为强烈，故对东南地区一直心存怨恨，因此在清初就颁布了一系列政策以打击南方士民，这些措施在官修史书中被有意模糊或忽略，而在清初的叙事诗中则被清晰地揭露出来。如顺治十八年（1661），清廷将上一年没有完成钱粮交纳的苏州、松江、常州、镇江四府并溧阳一县的官绅士子全部黜革，有的还被下狱论罪，史称"奏销案"。这期间甚至发生了一件令人啼笑皆非的事，就是顺治十六年（1659）一甲第三名进士及第的叶方蔼，时任翰林院编修，因为家里欠铜钱一文，叶方蔼受到了连降两级的处分，民间有"探花不值一文钱"之说。孟森《心史丛刊》列《奏销案》专题指出："特当时以故明海上之师，积怒于南方人心之未尽帖服，假大狱以示威，又牵连逆案以成狱。"① "奏销"一案，官方文献记载均对此讳莫如深、语焉不详。孟森曾对这一现象分析说："奏销案者，辛丑江南奏销案也。苏、松、常、镇四属官绅士子革黜至万数千人，并多刑责逮捕之事。案亦巨矣，而《东华录》绝不记载。二百余年，人人能言有此案，而无人能详举其事者。以张石州之博雅，所撰《亭林年谱》中，不能定奏销案之在何年，可见清世于此案之因讳而久湮之矣。"② 虽然官方有意模糊此案的背景，但从时人的诗作中可以窥见当年此案的严酷，如武进（今江苏常州）诸生邵长蘅当时亦被黜落生员籍。他的诗中对此案的描述，可以用来证史，其在《草堂杂兴》诗中回忆了对"奏销案"的感受：

> 事往间寻忆，犹惊三木魂。登车当死别，还里愧生存。

---

① 孟森著：《心史丛刊·奏销案》，中华书局 2006 年版，第 3 页。
② 孟森著：《心史丛刊·奏销案》，中华书局 2006 年版，第 3 页。

命托长镵在,诗称无佛尊。塞翁忘虑久,得失更休论。①

邵长蘅在诗下有注:"江南奏销案起,被逮者三千人,中途寻放还。"从此诗可以看出,当时清政府镇压江南士人手段之残酷,让邵长蘅在事情过去多年后仍心有余悸。邵长蘅还作有《布谷谣》一诗记录自己身陷囹圄的境遇,应该与此案有关:

> 村墟五月布谷鸣,家家驱牛向田塍。
> 谁令我家充里正,荒田地白不得耕。
> 昨日县卒至,驱迫入城市。
> 官府怒我输税迟,系狱一日再论笞。
> 肉腐虫出,垢面蓬首,
> 亲友来相探,牵衣泣下不能止。
> 附书与亲友,归告我妻卖儿子。②

只因为输税迟了时日,就被系论笞,遭受严刑拷打,士人的人格尊严受到极大的摧残,这还不算,最惨的是卖子交税。当时清廷为缓和国内民族矛盾,对其他地区的抗粮之民实行了赦免的政策,连侵盗之役、讹误之官都得到了赦免,并且对各省与"奏销"相关的案件都实行了宽宥的政策,唯独对江南绅衿摈弃不理,其中或可窥见清廷统治者对江南地区的积怨。邵长蘅这些触及江南奏销案的文字,在当时是极其敏感忌讳之辞,所幸竟得以保存下来,可为

①［清］邵长蘅撰:《青门簏稿》,《四库全书存目丛书补编》影印清康熙三十四年刻本第36册,第676页。
②［清］邵长蘅撰:《青门簏稿》,《四库全书存目丛书补编》影印清康熙三十四年刻本第36册,第657页。

史证。邓之诚在《清诗纪事初编》中即指出邵长蘅诗文的历史价值："长蘅才华瞻敏,得名公卿间甚盛。诗不专一家,文模荆川、震川,咏明季乐府,颇有事实,其它亦不苟作,文纪沧桑间事,足资参考。"① "沧桑间事"包括"奏销案"一类隐秘的史事。

再如顺治二年(1645)六月,薙发令下,一时人心惶惶。七月初七日,浙江总督张存仁建言南方归顺各省开科取士,借此安抚士人阶层,稳定社会秩序。于是清廷于顺治三年(1646)会试后,八月再行乡试,顺治四年(1647)二月再行会试,江南士子云集,史称得人极盛。清廷接连开科取士,仅顺治三年到顺治六年乙丑科,四年之间考了三届,共取进士1066名,这在中国科举史上是绝无仅有的大事。清廷的这项举措确实收到了预想的效果,各阶层的士人纷纷走出家门、奔赴考场,甚至连一些自称为遗民的人都参加了考试,从下面这首坊间广为流传的讽刺诗可以看出当时清廷这项政策的号召力:

　　　　天开文运举贤良,一队夷齐下首阳。
　　　　家里安排新雀顶,腹中打点旧文章。
　　　　昔年虽耻食周粟,今日翻思吃国粮。
　　　　岂是一朝顿改节,西山薇蕨已精光。②

从诗中可以看出清廷的策略调整,从开始时一味武力征服慢慢向文化渗透过渡。所以,与同样是少数民族政权的元代相比,前者仅仅维持百年即亡,清朝却存统近三百年,后来还出现了所谓的

① 邓之诚撰:《清诗纪事初编》,中华书局1965年版,第432页。
② 钱仲联主编:《清诗纪事》,凤凰出版社2004年版,第309页。

"康乾盛世"，与继承中原文化、以科举制度选拔人才、进行民族文化融合有很大的关系。

由于清廷一直不承认南明政权的合法性，所以南明的抗清史实在清代的官方记载中非常简略，甚至有意曲笔，幸赖时人的诗歌作品后世才得以一窥全景。如鲁王朝的重臣张煌言在军务之暇，有意以诗记录自己所闻所历的大事，他的诗歌可说是一部江南抗清的战争史。从他的诗中，可以看到鲁王政权坚持抗清的不懈努力。如在顺治五年（1648）四月，御史冯京第自舟山起航赴日本乞师，张煌言有《送黄金吾、冯侍御乞师日本》诗；顺治九年（1652）四月，张名振受命围攻漳州，张煌言有《我师围漳郡，余过觇之，赋以志慨》《闽南行》等作；顺治九年（1652）十二月，张煌言随张名振移师北向，有诗《师次湄岛，诸勋镇行长至礼，余以服制不预，志感》；顺治十一年（1654）四月初五日，张煌言率领海船千数复上镇江，至仪真，抵燕子矶，有诗《再入长江》《师次燕子矶》等。全祖望云："尚书（张煌言）之集，翁洲（舟山）、鹭门（厦门）之史事所证也。"① 张煌言作品之所以被誉为"诗史"，就是在于他的诗歌可以与历史相互印证，具有文学史与政治史的双重价值。又如遗民诗人方文，经历改朝换代、国破家亡，他不仕新朝，誓为遗民，颠沛流离，靠游食、卖卜、授徒为生，足迹历经齐鲁吴越燕赵大地，对社会变迁、人生沧桑有慨于中，一皆发之为诗，他的诗是动荡年代飘零身世的真实记录，同时也是社会变迁的历史见证。方文诗中记载的历史事件，后世的历史学家也往往把它当作可信的史料加以采用，如他的七言古诗《负版行》就是一首具有历史价值的作品，

①［清］全祖望撰，朱铸禹汇校集注：《全祖望集汇校集注》，上海古籍出版社2000版，第1722页。

诗曰：

> 数年不到三山街，今春偶到多感怀。
> 不知是何大书册，路旁堆积如芦柴。
> 行人纷纷来买此，不论何书只秤纸。
> 官价每斤钱七十，多买少买随人耳。
> 借问此是何版图？答云出自玄武湖。
> 天下户口田亩籍，十年一造贡皇都。
> ……
> 洪永至今三百年，收藏不知几千万。
> 一从世变陵谷新，此图废阁空埃尘。
> 有司上言请变价，听民自取输官银。
> 官召吏人估其直，十四万金可立得。
> 富民争买入私家，零卖与人取微息。
> 有一老翁立路旁，俯首见之神暗伤。
> 曾为州椽写此册，一字错误忧彷徨。
> 岂知今日废无用，口不敢言心自痛。
> 也买一册负之归，看是何年何地贡。
> 其中户口久凋残，田亩荒芜不忍看。①

　　"三山街"在现在的南京市。方文的这首诗写于顺治十四年
（1657）春，时距清朝入关、击灭南京弘光小朝廷已十余年，清朝的
统治也日益巩固，正着手对前朝遗留下来的各种规章制度进行甄

---

① ［清］方文撰，胡金望、张则桐校点：《方嵞山诗集》，黄山书社 2010 年版，第
　 116 页。

审清理,然后决定或留或废或部分改置,而明代的黄册制度则是首当其冲。主要原因是从明代中叶弘治、正德年间以来,黄册制度已日趋败坏,逐渐失去从严检核户口田粮的作用,呈送到南京后,已与实际征调的赋役数额毫不相关,架阁充楹的黄册不过是一种按期制作上报的废物。新建立的清王朝势必要根据实际情况编制新的册籍,因此清廷决定将这些累赘物变价发售。方文此诗透过一个生活细节反映历史的命运,变卖明朝账簿证明了一个王朝的永远消逝,加强叙事性的同时,也增强了易代之际浓厚的历史沧桑感。易代动荡之际,对一个清醒的文化人来说,可写的素材非常多,但方文却选择了变卖故明黄册这个细节,反映了历史动荡的震撼,对明代黄册流散情况的这一记述也具有重要的史料价值,与查慎行在《人海记》卷下《后湖册》中的说法基本符合:"南京后湖贮存各省户口粮册,有明终始计一百七十万本,南渡后用以造甲点火药。至本朝(清朝)仅存万历间及崇祯五年,朝议谓每本四五斤,鬻之可得四五万缗。"[1]不同的是,方文以亲历者的身份将此事写得更为详尽,更具有感情色彩,通过一位曾为州椽抄写黄册的老翁的感受,表现了易代沧桑对人心灵的巨大震撼。

　　方文的诗歌对历史人物也有重要的考证价值,如对时人周损结局的记述。温睿临《南疆逸史》卷三十六云:"周损,麻城人,崇祯癸未进士,授饶州推官,行取御史。大兵入江西,损走福建,隆武授兵部尚书。闽败,损归麻城,与其侄周羽仪起兵。闻石城王朱统锜在飞旗寨,乃率溃卒数百人、马数十匹归之……其后统锜败,诸人皆见执。"[2]温书的记载是周损兵败被执,但未说明生死,而徐鼒

---

[1] 韦庆远:《明代黄册档案的最后流散》,《中国史研究》2001 年第 2 期。
[2] [清]温睿临撰:《南疆逸史》,中华书局 1959 年版,第 263 页。

在《小腆纪年附考》中则记载周损兵败而死："明前兵部尚书周损、安庆知府傅梦鼎、潜山典史傅谦之等奉石城王统锜起兵六安,败绩,皆死之。"① 以上关于周损的说法均误,实际上朱统锜兵败是在顺治五年(1648),周损得免,落发为僧。方文有《送周思皇归麻城兼寄槁大师、刘藏夫、孙谋子浔、毛公实、梅希亮暨令兄远害》一诗可证:"君自苍梧临桂还,捐躯为友历间关。恢奇不减孙宾石,哀怨犹疑庾子山。匡阜一瓢欣有托,楚天双翼杳难攀。龙蛇此日新醶战,世外英姿且暂闲。"② 这首诗作于顺治九年(1652),与前文所说的死于顺治五年(1648)明显相悖。诗中"恢奇不减孙宾石,哀怨犹疑庾子山"句后方文自注曰:"思皇自粤西送密之至庐山即去。"密之是方以智的字,他是崇祯十三年(1640)进士,做过皇子定王和永王的讲官。论辈分,方以智是方文的侄子,论年纪却长方文一岁。顺治三年(1646),朱由榔称帝于肇庆,方以智参与了拥立永历政权的活动,任翰林院侍讲学士,后遁迹于少数民族聚居的湘、桂、粤西一带,一直秘密组织反清复明活动。顺治七年(1650),清兵攻陷广西平乐,方以智被捕。清军在方以智的左边放了一件清军的官服,右边放了一把明晃晃的刀,让方以智选择。方以智毫不犹豫,立即奔到右边,表示宁死不降,清军将领欣赏他的气节,于是将他释放。获释后,方以智即披缁为僧。顺治九年(1652)八月,在周损等人的护送下,方以智来到庐山。康熙初,方以智讲学青原期间还与周损同游,方文这首诗证实了上述史料关于周损的记载有误。

① [清]徐鼒撰,王崇武点校:《小腆纪年附考》卷十五,中华书局1957年版,第580页。
② [清]方文撰,胡金望、张则桐校点:《方嵞山诗集》,黄山书社2010年版,第309页。

"以诗证史"创作主张在清初得到诗人的大力响应，并在创作中自觉加以实践。如顾炎武平生最服膺杜甫，在创作中也自觉地以杜甫的"诗史"精神来要求自己，他的诗中有意留存记载了许多重大历史事件。如他的《感事》组诗：

> 日角膺符早，天枝主曷临。安危宗社计，拥立大臣心。
> 旧国仍三亳，多方有二斟。汉灾当百六，人未息讴吟。

> 缟素称先帝，春秋大复仇。告天传玉册，哭庙见诸侯。
> 诏令屯雷动，恩波解泽流。须知六军出，一扫定神州。

> 上宰承王命，专征指大江。出关收汉卒，分陕寄周邦。
> 日气生玄甲，云祥下赤幢。登坛推大将，国士定无双。

> 尚录文侯命，深虞雒邑东。千秋悬国耻，一旦表军功。
> 蹴鞠追名将，乘轩比上公。君王多倚托，先与赋彤弓。

> 清跸郊官寂，春游苑籞荒。陵边屯牧马，阙下驻贤王。
> 紫塞连玄菟，黄河界白羊。舆图犹在眼，涕泪已霑裳。

> 自昔南朝地，长称北府雄。六军多垒日，万国鼓鞞中。
> 听律音非吉，焚旗火乍红。恐闻刘展乱，父老泣江东。①

这组诗中记载了清初发生在江南的一些重要史事。第一首

---

① ［清］顾炎武撰，华忱之点校：《顾亭林诗文集》，中华书局1983版，第260页。

叙述的是弘光政权建立之初的情况,第二、三、四首都是记载吴三桂向清借兵并打败李自成之事,第五首说的是清军占领南京,弘光朝廷覆灭,最后一首说的是清朝定鼎北京之事。顾炎武还有一首《延平使至》诗,记载了自己接到隆武帝诏书的喜悦之情:"春风一夕动三山,使者持旌出汉关。万里干戈传御札,十行书字识天颜。身留绝塞援枹伍,梦在行朝执戟班。一听纶言同感激,收京遥待翠华还。"① "延平使"指的是隆武帝派来的秘密使者。顺治三年(1646),隆武帝为摆脱郑芝龙的控制,从福州移跸延平,延平成为临时帝都。有史料记载,隆武帝曾授予顾炎武兵部职方司主事的官职,这些诗歌与史籍互为依据,对研究顾炎武的生平思想具有重要的文献价值。

再如江西遗民诗人魏禧,国变后隐居山林,但并没有忘怀世事及士人的责任感。他在《纪事诗钞序》中指出诗歌应当"于当世治乱成败得失之故,风俗贞淫奢俭之源流,史所不及纪,与忌讳而不敢纪者,往往见之于诗。或直述其事,不加褒贬,或微词寓意以相征,盖不一而足"②。他的组诗《出郭九行》就是反映顺治年间社会、政治状况的诗史之作。这组诗除了魏禧自己所作六首外还包括其兄魏际瑞所创作的三首,共九首。在《出郭九行》跋文中,魏际瑞将上述九首叙事诗与杜甫的"三吏""三别"相比,开宗明义,指出《出郭九行》之来由。其云:"老杜《石壕吏》《新婚》《垂老》《无家》诸别,每读辄怅惘累日,以谓人生到此,当者惨毒,固已安知若命;旁观岌岌哀惧,翻若不能终日。叔子作前六行,予作后三行,非规杜作。古人谓'惟以告哀',如人有疴痛,不觉其呼于口也。……

① [清]顾炎武撰,华忱之点校:《顾亭林诗文集》,中华书局1983版,第268页。
② [清]魏禧著,胡守仁等校点:《魏叔子文集》,中华书局2003年版,第539页。

书云'诗言志',有为而作,固非有所择而为之也。"①从以上文字不难看出,魏氏兄弟创作这组诗歌的初衷是表民之苦、为民陈情,目的在于反映社会民生现实,确实是"有为之作"。这组诗中的《出郭行》《入郭行》《从军行》作于顺治十六年(1659);《卖薪行》《孤女行》《孤儿行》作于顺治十八年(1661),真实地描绘了顺治晚期的民生现状。顺治晚期,虽然距甲申之变已过去了十几年,清廷统治也日益稳固,但各地的百姓仍然饱受战争之苦,清廷仍然在四处用兵,除了对苟延残喘的南明政权展开最后的围剿,还要镇压各地连续不断的反清起义,这些军事活动需用钱粮,负担最后都落到了百姓的身上。清军纪律松弛,所过之处烧杀抢掠,狐兔不存,老百姓苦不堪言。如顺治十八年(1661),清军各地欠饷甚多,又因滇闽用兵、治顺治帝之丧,导致财政困难、入不敷出,缺口达五百七十万两白银以上,而且支付在即,窘迫万状,于是决定加派练饷,给还未从战争创伤中缓过来的百姓又添了一层负担,再加上各地官吏的敲诈盘剥,把百姓逼入了"守法常得死,何不豫为贼"的绝境。作者以冷静而沉痛的笔触在《出郭行》中记录下了当时普通百姓的惨痛生活:"终年苦力作,不得养妻子。食缺衣不完,谁能饥寒死。地方日索钱,豪民恣驱使。大户噉缙绅,小户饱士子。一人身富贵,婚友争搏噬。舆皂仗官威,吸嗟尽脑髓。一或逆人意,寅缘入犴狴。见官我所愁,见我官所喜。无钱死饥寒,有钱死系累。要之均一死,不如作贼是。"②血泪之辞,道尽盗贼之所由来,令人痛彻心扉。他们遭受着地方、豪民、皂役等多重欺压,致使面前只有死

①[清]魏际瑞撰,林时益编:《宁都三魏全集》卷一,道光二十五年(1845)宁都谢庭绶绂图书塾重刻本,第60页。
②[清]魏禧撰:《魏叔子诗集》,《清代诗文集汇编》,上海古籍出版社2010年版,第778—779页。

路一条,遂于无奈之中铤而走险,由良民一变而为贼。更为可笑的是,有仗剑客为贼说情,"四境大苦贼,贼亦可哀矜",并质问审问盗贼的长官:"汝号民父母,何以特无情?"长官居然也笑着道出自己那本难念的经:"汝但晓贼意,独不晓官情。初我得官时,早夜苦经营。胥吏前致词,到任礼先行。恒愁令节至,辄复闻生辰。民奸财不易,敲朴何由停。无钱败我官,子贷谁为应。"① 由此来看,长官之无情亦实是无奈之举,世事逻辑至于此,实已荒唐至极,最后魏禧发出感慨:"贪吏诚当为,盗贼良可矜。两皆不得已,慎勿为良民。"其心痛之情溢于言表,尤其是"慎勿为良民"一语一针见血,戳穿了逼良为盗的残酷现实,诸如此类在官修史书中是不可能如实记载的。

再如曾为清西南边疆大吏的彭而述,对清初西南的许多重大事件都亲身参与过,他在诗中记录了一系列的历史事件,亦可与史书互为表里。他的长篇叙事诗《黎平行》就包罗了明清易代之际的众多史实,可作为史书佐证,其诗曰:

> 甲申三月燕京变,贼骑突入明光殿。
> 未央钟杳断嵩呼,鼎湖龙去如飞电。
> 薄海不闻勤王师,大厦曾无一木支。
> 四镇甘为守户犬,百官尽作泽中麚。
> 黎平秉钺在江汉,精忠直与秋霜贯。
> 洒血跃马誓蒸徒,前编后伍出胜算。
> 亡何良玉尸居余,部下健儿半贼渠。

---

① [清]魏禧撰:《魏叔子诗集》,《清代诗文集汇编》,上海古籍出版社 2010 年版,第 778—779 页。

三军何自虎变鼠，终日恋食武昌鱼。

五马浮江成南渡，建业忽启行在路。

玉帛争耀三山明，旌旗乍绕六朝树。

一时仆隶化侯王，宰相何人马贵阳。

羊头都尉腾关内，狗尾公然列成行。

……

卢循欲向海上去，黄巢竟扫关中迹。

左卒闻之胆已寒，横江舳舻卸马鞍。

……

先是公驻贡院里，老兵夜半迫公起。

乱箭如蝗射公庭，踊身跃入江汉水。

樊口赭山江水红，公遂藏身菰芦中。

召号湖南多义士，还期卷土来江东。

人传叔宝已北去，王谢燕子迷旧处。

两王继立瓯粤间，黎平公为借前箸。

南阳才罢衡阳兴，武冈邸第枫木平。

一夜西风传漏箭，郭外喧阗铁马声。

鼠头国舅刘承胤，肉袒牵羊来相迎。

君王夜出延秋门，绢辇柴车路蹭蹬。

黎平百折气难回，险阻艰难何壮哉。

枋头辎重弃不顾，顺昌旗帜卷复开。

零陵桂阳成唾手，三军烂醉湘潭酒。

忠孝难全壮士心，忍学王陵弃阿母。①

……

————————————

① [清]彭而述撰：《读史亭诗集》卷七，《清代诗文集汇编》，上海古籍出版社
2010年版，第11页。

　　诗中叙述了明清之际一系列史实：从甲申之变、崇祯殉国到武将各存私心、观望不前，重点批判了左良玉及江北四镇的拥兵自重、不以国事为重。诗中还记述了马士英的专权鬻官、永历帝的辗转流离，中间点出武将刘承胤的无耻投敌，重点描述了何腾蛟的英勇事迹，从他拒从左良玉出兵到长沙殉难，全诗娓娓道来，极为详尽。崇祯朝及南明间的史事演变皆历历可见，完全可以当作史书来读，但又比史书形象生动。

　　再如关于李自成大顺政权的记载，一般正统史书多怀有偏见，没有如实记载农民军的影响力及民众对李自成的支持与拥护，但这些情况从当时的民间歌谣中可窥一斑。如崇祯十七年（1644）初，李自成攻陷山西首府太原后，在宁武关遭遇明军守将周遇吉的强烈抵抗，但这只是李自成军队在此次战役中所遇到的极少见的一次顽强抵抗，在整个山西及北直隶西部，农民军势如破竹、所向披靡，街上的百姓毫无顾忌地唱道：

> 闯王来，城门开。
> 闯王不来，谁将衣食与吾侪。
> 寒不得衣饥不食，还把钱粮日夜催。
> 更有贪官来剜肉，生填沟壑诚可哀。
> 欲得须臾缓我死，不待闯王更待谁？
> 闯王来兮我心悦，闯王不来我心悲。①

　　针对当时灾情严重、饥民遍野、社会矛盾极为尖锐的情况，李

---

① ［清］万斯同撰，方祖猷编校：《新乐府词》，《万斯同全集》第 8 册，宁波出版社 2013 年版，第 449 页。

自成采纳了李岩的建议,提出了"均田免粮""三年免征,一民不杀""招商""平买平卖"等政策,减轻了农民的负担,也赢得了百姓的支持,许多贫苦农民纷纷加入起义军队伍。时有民谣"吃他娘,穿他娘,开了大门迎闯王,闯王来时不纳粮",可见李自成的这项政策深得民心,因为百姓只会支持能够保障他们权益的政权。毋庸置疑,李自成的这些措施减轻了农民的负担,发挥了号召底层农民参加起义军的重要作用,但同时该口号也表明了李自成军队以及后来的大顺政权没有制度化的税收管理,为后来的财政混乱埋下了伏笔,导致进京后发生了拷掠官绅以资军需的错误行为,终因失去官绅阶层的支持而失败。

在当时诸多的农民军首领中,李自成是最有影响力的一个。史载他不好女色,性情宽和,所以比张献忠更得人心。有一件事可以说明李自成的胸襟。崇祯十五年(1642),陕北米脂县令边大绶掘毁李自成祖坟,以为这样就破了李自成的风水。崇祯十六年(1643)冬季,李自成占领西安后,亲自率领李过、刘芳亮部大军攻陕北,途经家乡米脂。米脂士民因发墓事惴惴不安,谣传将要屠城;但是李自成只处决了一个参与策划并且积极探访墓地所在的生员,其他一概不问,时人有诗赞云:

李王一怒返梓乡,刱削先茔恨莫赎。

农夫走说毫无犯,士女闻言喜欲狂。[1]

从这件事可以窥见李自成宽容大度的性格。再有一件事也可

---

[1] 顾诚著:《明末农民战争史》,光明日报出版社 2012 年版,第 152 页。

以说明李自成的胸怀宽广,就是对原明守将陈永福的宽待与重用。陈永福本是开封守将,曾三次击退李自成的攻城,还射伤了李自成的一只眼睛。后来开封城破,李自成亲自招降陈永福,陈永福犹豫不敢降,李自成当众折箭为誓,陈永福才倾心归顺,被封为文水伯,李自成还在撤出北京后把镇守太原的重任交付给他。在进入北京后,李自成还招耆老入宫,询问民间疾苦。三月二十三日,李自成召见崇祯朝中允梁兆阳、少詹事杨观光等人,向杨观光询问祭天典礼的有关事项,杨一一解答,李自成颇为欣赏,把杨观光送到屋檐下才告别,当时有诗称赞李自成:

> 开国先延理学臣,赐茶留坐问谆谆。
> 亲贤下士非夸大,漫骂刘邦敢问尘。[1]

　　但是李自成的大顺王朝仅存在了四十二天,他本人登上帝座还不到两天,就全军覆没,丢了江山,这与他进入北京后采取的一些政策密切相关。在起义初期,李自成军队转战各地,后勤补给主要靠攻城拔寨的战利品。《明史》载李自成军队"所破城邑,子女玉帛惟均",在进入北京之后,也没有确立任何赋税制度和相应的经济政策以保障军需及政权的供给。为补充军资,大顺政权实施了"拷掠百官,追赃助饷"政策,从京城到地方州县,到处打击有钱和有权的官绅士大夫阶级。在京师,大顺军逮捕明勋戚、大臣、文武官八百余人,押至刘宗敏、李牟等处,昼夜审讯追赃助饷,限大学士者交赃银十万两,部院官及锦衣帅者七万两,科道官五万两、三万两,翰林万两,部属以下千两。三月二十四日,还处决明勋卫武职

---

① 顾诚著:《明末农民战争史》,光明日报出版社 2012 年版,第 276 页。

官员五百余,有数以千计的士大夫被拷打致死,甚至株连及普通平民及商民;在地方上,直隶、山东、河南等由大顺政权委派到任的地方官,均执行向绅衿大户追赃助饷的政策,甚至手段更为酷烈,民间怨声载道,以至于有些人发出愤慨的感叹,这哪里是革故鼎新的政权,依然流寇而已。士绅们开始认识到先前所期待的、维护自身利益的新王朝没有出现,财产及性命无法保障,这样使得原本已经归顺和有意归顺的各级官绅士大夫心灰意冷。当大顺军所向无敌时,官绅们慑于其兵威,一般不敢公开反抗,但也已经是暗中饮恨,官绅士大夫与农民军的阶级对立情绪逐渐尖锐。已投降的前明官绅不再甘心为大顺政权服务,未投降的则死心塌地与大顺政权为敌,或死保南明政权,或转过头来投降清军。

大顺政权进京后采取的一系列措施,打击面过大,严重伤害了社会中最主要的官绅阶层的利益,尤其是对山海关守将吴三桂家人的不当处理,导致政治上的全面崩溃。李自成占领北京后最失策的事情之一,就是招降山海关守将吴三桂过程中所犯下的致命错误。吴三桂拥有能征惯战的关宁铁骑,又占据山海关这样极其重要的战略要地,而李自成仅仅派唐通这样一位明朝降将去招降吴三桂,很明显,没有认识到山海关的重要作用。吴三桂本守宁远城,后因李自成入逼京城,朝议命吴三桂火速领兵入卫北京。三月十九日吴三桂率军到达山海关,继而率兵西进京畿。二十二日当吴三桂兵至玉田一带,这时才获知京师陷落、崇祯自缢的消息,于是止兵不前,心存观望。吴三桂本已经接受了唐通的劝降,将山海关交给唐通防守,自己带兵前去京城朝见李自成,但在途中听说大顺政权拷掠他的父亲吴襄,尤其是闻听刘宗敏强占他的爱妾陈圆圆后,一怒之下又返回山海关,赶走唐通,宣布对抗大顺政权。四月十三日,李自成亲率六万大军奔向山海关讨伐吴三桂,吴三桂兵不能敌,情急之下投清,向清军献出山海关,清、吴军队联手打败了李自成,改变了历史的走向。

　　关于吴三桂降清抗顺之事,在时人佘一元的诗歌中有较为详细的记录。据《临榆县志·佘一元传》载:佘一元字占一,号潜沧,山海关人,明末举人。甲申之变,吴三桂自玉田回师山海关,宣布与大顺政权决裂,随后李自成带兵前来征讨,地方官民闻讯四处逃散,佘一元为吴三桂筹集粮草并代表吴三桂向清廷请兵。清廷定都北京后,录功授佘一元为莒州知州,佘一元没有赴任,后来他考中顺治四年(1647)进士,授刑部主事等职,不久以疾告归,在家乡立社讲学,著作有《潜沧集》《山海志》等。佘一元是“山海关之变”时地方士绅的首领,是推动“山海关之变”的重要人物,事后,他在《述旧事诗》组诗里记录了他经历的事变全过程,为廓清人为制造的历史谜团提供了宝贵证据,其诗曰:

　　　　明季干戈起,普天乱如麻。厄运甲申岁,秦寇陷京华。
　　　　暮春彻辽民,暂以关为家。吴帅提一旅,勤王修鞲鞁。
　　　　进抵无终地,故主已升遐。顿兵不轻进,旋师渝水涯。
　　　　遣人东乞师,先皇滋叹嗟。墨勒方摄政,前期饬兵车。
　　　　驰赴千余里,一战靖尘沙。

　　　　吴帅旋关日,文武尽辞行。士女争骇窜,农商互震惊。
　　　　二三绅儒辈,早晚共趋迎。一朝忽下令,南郊大阅兵。
　　　　飞骑唤吾侪,偕来预参评。壮士贯甲胄,健儿拥旆旌。
　　　　将军据高座,貔貅列环营。相见伸大义,誓与仇雠争。
　　　　目前缺犒赉,烦为一赞成。

仓库净如洗，室家奔匿多。关辽五万众，庚癸呼如何？
事势不容诿，捐输兼敛科。要盟共歃血，士民尽荷戈。
逾日敌兵至，接战西石河。伪降诱贼帅，游骑连北坡。
将令属偏裨，尽歼副城阿。遥望各丧胆，逡巡返巢窝。
我兵亦退保，竟夜警巡呵。

清晨王师至，驻旌威远台。平西招我辈，出见勿迟回。
冯吕暨曹程，偕余五骑来。相随谒摄政，部伍无喧豗。
范公致来意，万姓勿疑猜。煌煌十数语，王言实大哉。
语毕复赐茶，还辔向城隈。虎旅三关入，桓赳尽雄材。
须臾妖氛扫，乾坤再辟开。

平西封王爵，大兵遂进征。群丑皆宵遁，一举收燕京。
朝廷录微绩，亲友俱叨荣。莒州缺刺史，承乏促我行。
母制适未阕，具请代剖明。铨部怜垂鉴，允遂蓼莪情。
丁亥博一第，筮仕心怦怦。秋署历仪曹，病免服农耕。
长愿干戈戢，万载颂升平。①

　　"吴帅旋关日，文武尽辞行。士女争骇窜，农商互震惊。"这几句诗的意思是吴三桂中途决定对抗李自成返回山海关，引起山海关内人心惶惶，不但百姓要逃跑，就是文武官员也四散逃命。可见当时的山海关民众对于吴三桂决意对抗李自成大都不赞同，或不看好其前景，只有包括作者在内的少数绅儒支持吴三桂。在南郊的阅兵仪式上，这些缙绅与吴三桂结成盟友，并供其驱驰，为其筹

---

① 顾诚著：《明末农民战争史》，光明日报出版社 2012 年版，第 279 页。

措粮饷,佘一元等其他几名乡绅就这样被推到了历史前台。"二三绅儒辈,早晚共趋迎",一边是虎视大明江山多年的大清军队,一边是流寇李自成的大顺军,究竟何去何从,当是吴三桂等人多次商讨的大问题。商讨的结果是"一朝忽下令,南郊大阅兵",决定投清抗顺。这是吴三桂的意见,当然也是佘一元等山海关乡绅的意见。吴三桂马上采取行动,一方面派出副将杨珅、游击郭云龙出关向多尔衮借兵;另一方面派六名乡绅西去见李自成诈降。这六个人显然是经过精挑细选的,也可能是临危不惧勇于牺牲的志愿者,他们是高选、李友松、谭邃寰、刘克望四位生员及刘台山、黄振庵二位乡耆。当时山海关约有民众三万余人,他们在佘一元等人的带领下,组成了一支保卫家乡的队伍,这其中有不少知识分子,所谓"要盟共歃血,士民尽荷戈",可以想见当时山海关百姓同仇敌忾、保卫家园的决心。但摆在眼前的问题是粮饷如何筹措,关辽两地的五万余兵马要吃要喝,而当时的情况是"仓库净如洗,室家奔匿多",于是佘一元等人又带头捐输敛科,挨家挨户收集粮饷,共筹集白银 7850 余两,稽查战马 120 余匹,以满足军需。四月二十日,吴三桂举行了祭旗仪式,将李自成派来劝降的一名细作斩首。四月二十一日,李自成兵临城下,在石河西等待他的是严阵以待的吴三桂大军,随即双方展开激战,经过半天的交战,双方各有伤亡,但吴三桂兵力显然处于下风。之前,吴三桂得知清军已至欢喜岭,还不见清军行动,又急忙派出山海关士绅冯祥聘、吕鸣章、曹时敏、程邱古、佘一元五位民意代表前去敦请,诗里翔实地记叙了他们五人面谒多尔衮的详细经过。佘一元首先点明清军在二十二日晨已到欢喜岭,吴三桂委托他们代表他去见摄政王多尔衮,并嘱他们速去速回,透露出吴三桂的急迫心情。他们到了威远台,多尔衮立即接见,范文程陪同接见。范文程向他们说明了清军此次出兵的意图,请他们转告山海关军民不需疑猜。多尔衮"煌煌十数语"，无非把他们出征前规定的政策及帮助吴三桂报君父之仇的堂皇之言解释一番，这使佘一元等五人倍加感激，说完，又一次赐茶，就告辞回关。从诗中可见，这次会见时间短促，因军情紧急，仅"十数语"而罢。接着，吴三桂率随从将士疾驰，返回关城，果断下令开城门。于是，山海雄关的东大门洞开，迎接着它的新主人的到来，当然也决定了中国历史的走向：

> 虎旅三关入，桓赳尽雄材。
> 须臾妖氛扫，乾坤再辟开。①

　　一场血战，其结果竟改变了清朝、李自成、吴三桂各自的命运，而中国的历史进程亦随之而改观。这一点，当事三方都已经意识到了这场战略决战的胜负对自己意味着什么。多尔衮曾说：大业成否在此一战；李自成也深知此次决战的重要性，所以才亲自带兵前来；而吴三桂的命运从此系于清朝，荣损与俱。清朝是很幸运的，由于种种偶然，历史最终把一个特大的硕果赠送给了它。对清朝来说，关门血战，不过是以数万人流血为它一统天下举行了一场悲壮的奠基礼；对吴三桂来说，开辟了他更加辉煌的锦绣前程。这场决战的失败者是李自成，对他而言，是一场真正的悲剧，也是农民军的大悲剧。农民军与明王朝苦战数十年，最终推翻了明王朝，但笑在最后的却是清廷，真如民谚所言："朱家面，李家磨，做好了馍馍，送给对过赵大哥（指爱新觉罗氏）。"
　　明清之际，城关变幻大王旗。一月之中，北京城三易其主：大

---

① 顾诚著：《明末农民战争史》，光明日报出版社2012年版，第279页。

明、大顺、大清,时局之错综复杂,令人目不暇接,明朝一些官员的出处问题就变得扑朔迷离。如崇祯朝兵部尚书张缙彦是否曾开城门投降李自成这样一个历史事件,不同的史书有不同的记载,导致歧义纷出。张缙彦(1599—1670)字濂源,号坦公,河南新乡人。崇祯四年(1631)中进士,授清涧知县,崇祯十六年(1643),张缙彦担任兵部尚书。张缙彦在一些史籍中被记载为双料贰臣,即一降李自成,二降清王朝,后又坐罪党争流徙宁古塔。清初的史家谈迁与计六奇等都持张缙彦投降李自成的观点,清修史籍也把他定格在一个双料贰臣的面目上。如《清史列传》卷七十九《贰臣传》载:"李自成陷京师,缙彦与大学士魏藻德率百官表贺,素服坐殿前,群贼争戏侮之,太监王德化叱其误国。"① 这种说法也有旁证支持,顺治朝湖广道监察御史萧震就曾弹劾张缙彦:"曾任明季兵部尚书,交通闯贼,开门纳款,士民共为切齿。我皇上定鼎之后,缙彦跟跄投诚,不惟待以不死,且加录用。"② 萧震说张缙彦在明朝官至尚书,却于李自成入京时开门投降,已是气节丧尽,还说如今皇上宽恕他的重罪,仍不知洗心革面,若不对张缙彦加以严惩,将会引起"乱臣贼子相慕效"的严重恶果。萧震之言应该不是凭空杜撰,观张缙彦在顺治年间的仕宦经历,不断为言官弹劾,与此说应有一定关系。

　　但官方的这种定论并没有坚持下来,在后来编纂的《清史稿》本传中,只载张缙彦降清纳款事,对于崇祯年间是否投降过李自成却只字未提,而修于乾隆十二年(1747)的《新乡县志》却记载:"崇祯十七年贼逼京师,帝手敕缙彦登城察示,见秦晋二王欲降贼,与户部尚书王家彦顿足哭,偕诣宫门请见,不得入,黎明城陷,旋

① 王钟翰点校:《清史列传》,中华书局1987年版,第6622页。
②《世祖章皇帝实录》卷一百三十九,中华书局1986年影印本,第2565页。

为逆贼所获，潜逃举义旗，功不就。"[1] 这就是说张缙彦在北京城破时被大顺军所执，后又潜逃出来，并举起讨伐李自成的义旗，但是没有成功。张缙彦是为李自成军所获再举义旗，还是主动投顺或投清？按当时战事紧急，各处消息难通，关于许多人或降或死的消息多有误传，如有像洪承畴降清后被传为殉国，还受到明朝政府表彰这样的事情发生，所以当时对张缙彦的各种记载歧义纷出，也不奇怪。

张缙彦自己从没有承认过投降李自成，而是说自己积极抵抗农民军。他的叙事体长诗《述变歌》，对自己在甲申前后的行为做了详细叙述，其诗云：

天地自定位，日月忽阴晴。造化岂云异，坚脆各自成。
……
愿言赴国难，辞墓戚子情。旬月瘁臣心，四郊遍鼓钲。
降臣捧檄至，谁使瞷孤城。惟我执愚昧，羞此城下盟。
黑风西头急，饷绝全军惊。国亡身亦尽，朝房执踉踉。
沉业绵未已，乱我死复生。徒为举朝哭，无以报圣明。
彼相前致辞，款曲如蝇声。喋血赊求死，惨楚不可名。
遂有枭杰将，待我以悍兵。踌躇龙泉道，孤鸿过山鸣。
飞飞脱迹去，黄冠一身轻。徒死不塞责，一去叹冥行。
……
潜结义侠士，白霓贯日精。茧足二千里，逋臣苦以贞。
忽复起弹剑，南指阵云横。雨中急问渡，守卒何狰狞。

① 赵开元、畅俊编修：《新乡县志》，乾隆原刻本影印，新乡县地方志办公室2006年版，第144页。

一手欲补天,运数茫难争。但留此血性,险难常孤行。①

这首长篇可以看作张缙彦的自白书。诗中详细叙述了甲申之变中自己的所作所为。"降臣捧檄至,谁使瞷孤城"一句后自注:"监军杜勋降贼,贼遣至城下,京营王德化缒与偶语。"说是当时的监军太监杜勋与密云总兵唐通早在北京城破前就投降了李自成,杜勋还被派遣到城下劝降。掌管京营兵的太监王德化从城头缒下与杜勋密谈,已有投降之意;接下来"沉业绵未已,乱我死复生"后自注:"城破,入朝房自缢。窗根折,李桂解救。"说自己闻城破入朝房自缢,被身边人李桂所救;下一句"彼相前致辞,款曲如蝇声。喋血赊求死,惨楚不可名"下自注:"贼遣牛金星说降,骂拒,贼怒刃对。"说自己坚贞不屈,怒骂牛金星的劝降。接下来说自己伺机逃跑,在路上遇到李自成手下将领李谨的阻挡,"遂有枭杰将,待我以悍兵",最终化装成道士得以逃脱,"飞飞脱迹去,黄冠一身轻。"诗下自注:"守关伪将李谨欲擒,计脱。"接下来说自己逃出京城,招兵买马,举起讨伐李自成的义旗,即"潜结义侠士,白霓贯日精"。张缙彦还在诗中叙述了自己闻听弘光即位南京,自己去追寻途中再一次为李自成的手下人所截获之事,"忽复起弹剑,南指阵云横。雨中急问渡,守卒何狰狞",四句说的就是这件事。当然"忽复起弹剑,南指阵云横"这两句有点隐约其词,可能是指自己接受了弘光朝廷的任命,考虑到当时张缙彦已再仕清廷,对这段关系还是有所讳言的,所以故意含混其词。按照《清史列传》所记,李自成败走后,张缙彦"闻福王朱由崧据江宁,驰疏自言集义勇擒伪官,收复列

①［清］张缙彦撰:《徵音诗集》,《清代诗文集汇编》,上海古籍出版社 2010 年版,第 587—588 页。

城,即授原官,予总督河北、山西、河南军务印,听便宜行事"①,这一段记叙与张缙彦所述完全吻合,虽然张缙彦的诗文里多所为自己辩解之词,但由于他的诗文集流传并不广,所以他的辩解也没产生什么影响。

张缙彦戍宁古塔后,与同为贬谪的陈之遴等人往来甚密,甚至还得到号称"江左三凤凰"之一的吴兆骞的称誉。吴兆骞字汉槎,为吴江松陵镇(今属江苏苏州)人,受顺治十四年(1657)科场案牵连,被遣戍宁古塔。吴伟业曾有《悲歌行赠吴季子》一诗为其不平:"人生千里与万里,黯然销魂别而已。君独何为至于此? 山非山兮水非水,生非生兮死非死。十三学经并学史,生在江南长纨绮。词赋翩翩众莫比,白璧青蝇见排抵。一朝束缚去,上书难自理。绝塞千里断行李。送吏泪不止,流人复何倚。彼尚愁不归,我行定已矣。八月龙沙雪花起,橐驼垂腰马没耳。白骨皑皑经战垒,黑河无船渡者几。前有猛虎后苍兕,土穴偷生若蝼蚁。大鱼如山不见尾,张鬐为风沫为雨。日月倒行入海底,白昼相逢半人鬼。噫嘻乎悲哉,生男聪明慎勿喜,仓颉夜哭良有以。受患只从读书始,君不见吴季子!"②从吴伟业的诗中,可以看出吴兆骞是一位品学兼优的士人,他也相信张缙彦没有投降李自成。吴兆骞的《秋笳集》中留下了好几首与张缙彦有关的诗作,都是认为张缙彦不但没有投降李自成,而且还起兵对抗大顺政权,他的《读张坦公先生所撰〈微音集〉却赠》诗云:

① 王钟翰点校:《清史列传》,中华书局1987年版,第6622页。
②[清]吴伟业撰,[清]程穆衡原笺,[清]杨学沆补注,张耕点校:《吴梅村诗集笺注》,中华书局2020年版,第506页。

一编遗事泪潺湲,变徵声中惨客颜。
转战幽并军缟素,侧身梁楚路间关。
丘墟敢咎王夷甫,词赋空哀庾子山。
惆怅白头荒徼客,龙胡当日杳难攀。①

吴兆骞还有一首《张坦公先生谈甲申岁河北讨贼之事感赋》:
"风尘铜马帝城昏,痛哭孤臣出蓟门。侠客濮阳藏季布,义旗河朔奉刘琨。乌号异代徒余恨,龙战当时岂报恩。赤社既移终不复,空怜心计尽中原。"② 吴兆骞的这两首诗都是记载张缙彦对甲申之变的回忆,陈述自己在李自成进入北京城后回到家乡招兵买马,以图恢复之事。从诗中可以看出,吴兆骞是认可张缙彦的陈述的。吴兆骞在此诗下还有注:"贼购公急,赖张、蔡二侠士以免。"是说张缙彦受到李自成的追捕,得到张、蔡两位侠士的帮助才得以脱身,这肯定是源于张缙彦的述说,而吴兆骞表示认同才转述的。

襄城伯李国桢也是当时毁誉不一的人物,关于他的结局有两种说法。一种说法是说他投降李自成后被杀,一种说法是说他殉节而死。持降李自成观点的有《甲申传信录》,其记载李国桢事如下:"襄城伯李国桢,三月初四日上命督练大兵守门。国桢日坐西直门城上。惟监军太监王相尧领营兵,兵无主帅,亦无实籍,贼至遂溃。十九日,城既陷,国桢就擒。自成呵国桢曰:'汝受天子重任,宠逾于百僚,义不可负国恩。既不能坚守,又不能死节,腼颜受缚,意将何求?'国桢气阻,无以应。自成大骂:'误国贼,欲求生

<hr/>

① [清]吴兆骞撰,麻守中校点:《秋笳集》卷七,上海古籍出版社1993年版,第225页。
② [清]吴兆骞撰,麻守中校点:《秋笳集》卷七,上海古籍出版社1993年版,第225页。

乎？'叱送权将军府，追赃数四，痛加刑杖，残剥而毙。"① 这一段文字记载了李国桢误国之事，且提到李自成对李国桢的态度是鄙夷的，直接称呼其为"误国贼"。《明史》卷一百四十六也有如下记载："（崇祯）十六年命总督京营，倚任之，而国祯（桢）实无他能。明年三月，李自成犯京师，三大营兵不战而溃。再宿，城陷。贼勒国祯（桢）降，国祯（桢）解甲听命。责贿不足，被拷折踝，自缢死。"② 计六奇在《明季北略·李国桢传》中则记载了另一种的说法："李国桢，号兆端，丰城人，袭襄城伯。短小犀利，有口才，数上书言兵事……贼执公见自成，复大哭，以头触阶，血流被面。贼众持之，自成以好语诱公，使降。公曰：'有三事，尔从我即降。一祖宗陵寝不可掘；一须葬先帝以天子礼；一太子、二王不可害，宜待以杞、宋之礼。'再四哀切，自成诺之，扶出。……至陵，襄事毕，恸哭作诗数章，遂于帝后寝前自缢死之。"③ 这则记载是说李国桢往见李自成，提出三条要求，一是不可毁坏明陵寝，二是以帝后之礼葬崇祯与周后，三是不可伤太子诸王。李自成一一照办，他随即自杀。陈济生的《再生记》记载略有不同，但也是持自杀说："（李国桢）为贼所逼，作诗数章，大哭先帝灵前，服药而死。"④ 持相同观点的还有无名氏《燕都日记》和程源《孤臣纪哭》等史籍。吴伟业根据刘雪舫的叙述写成的《吴门遇刘雪舫》诗则持另一种说法，"宁同英国死，

① ［清］钱軹撰：《甲申传信录》卷四，上海书店 1982 年版，第 57 页。

② ［清］张廷玉等撰，中华书局编辑部点校：《明史》，中华书局 1974 年版，第 4109 页。

③ ［清］计六奇撰，任道斌、魏得良点校：《明季北略》卷二十一，中华书局 1984 年版，第 550 页。

④ ［清］钱軹撰：《甲申传信录》卷四，上海书店 1982 年版，第 58 页。

不作襄城生"①,说李国桢在城破之时投降了李自成而得以苟且偷生。以上史料的记载各不相同,这样的差异到底是如何产生已不得而知,但综合分析应以吴伟业诗中所记的李国桢结局较为可信。因为吴伟业写此诗时距明亡不久,所记录的又是亲历甲申之变的当事人刘雪舫的讲述,可信度应该更高。乾隆时期史学家赵翼在论述李国桢之死事件时,就以吴伟业诗中所记为确论,他说:

> 是同一死也,一则谓其殉节,一则谓其拷赃,将奚从?惟梅村《遇刘雪舫》诗有云:"宁为英国死,不作襄城生。"而论乃定。梅村赴召入都,距国变时未久,国祯(桢)之死,尚在人耳目间,固不敢轻为诬蔑也。②

再如关于李成栋反正的原因,当时史书也有各种记载。李成栋,陕西人,曾经参加明末李自成的农民起义,绰号"李诃子",长期跟随李自成的部将高杰,后来高杰与李自成的妻子邢氏私通,惧诛降明,李成栋也随之降明,弘光时李成栋任徐州总兵。1645年高杰在睢州被许定国刺杀。清兵南下时,李成栋奉高杰的妻子邢氏投降了清朝。李成栋降清后,多次参加镇压反清复明的运动,为清军攻取了江南、福建、广东,立下了赫赫战功。后清廷叙功时仅授以提督之职,并且受总督佟养甲节制,李成栋大为失望。永历二年(1648),适逢金声桓、王得仁在南昌宣布反清,李成栋认为时机成熟,决定反正易帜。四月十五日,他在广州发动兵变,剪辫改装,

①[清]吴伟业撰,[清]程穆衡原笺,[清]杨学沆补注,张耕点校:《吴梅村诗集笺注》,中华书局2020年版,第109页。

②[清]赵翼著,霍松林、胡主佑校点:《瓯北诗话》,人民文学出版社1963年版,第140页。

用永历年号发布告示，正式宣布反清归明，出兵攻打信丰、南安、赣州等地。永历三年（1649），清军围攻信丰城，李成栋战败溺死。李成栋是个极为复杂的人物，一生反复不定，与吴三桂可有一比。在波澜壮阔、战火纷飞的明清交替之际，唯独这个人的一生历程难以用"忠"或"奸"加以定夺，更难以用"好"或"坏"来区分："扬州十日"大屠杀中有他为清廷卖力杀戮的前驱身影；"嘉定三屠"则完全是由他一人屠刀上举，发号施令而造成的惨剧；他是击灭隆武帝朱聿键的"首功"之将，还是生擒绍武帝朱聿鐭的"不替"功臣；又是清朝攻灭南明江浙、福建、两广等广大地区的第一功臣。不可思议的是，也恰恰是忽然之间，这个人良心发现，摇身一变，又成为永历帝的不贰忠臣，重新成为明朝的"忠臣义士"，而且蹈死不顾。

关于李成栋因何动机反清复明，在南明史籍中是一个众说纷纭的问题。有的认为他是受清廷委派两广总督佟养甲的压制，不服而起兵反清；有的认为他在镇压反清复明的战役中受到感化，尤其是在平定由陈子壮、陈邦彦、陈家玉领导的广州义军的过程中，为三人的忠义所激而萌生复明之念；也有史籍说李成栋的反清复明主要是爱妾赵夫人自刎所激成。钱澄之就不相信最后一种说法，但恰恰是最后一种说法，在时人的诗作中得到证明，而作者还是李成栋起义的亲历者，他的名字叫邝露。从邝露的诗中可以看出，李成栋之反正确实与他的爱妾有很大关系。邝露是广东著名诗人，生于世代书香之家，隆武帝时任中书舍人。永历帝时出使广州，清兵入粤，邝露与诸将戮力死守，凡十余月，城陷，不食，抱琴而死。邝露是崇祯朝大学士中山人何吾驺的门生，他的长诗《赵夫人歌》便是受师命而写，在诗前序文中记载了这位赵夫人的身世："夫人神明之胤，食氏广陵，敦说诗雅，明古今治乱之数，歌舞独步一时，非天朝将相，莫币塞修。时督院李公，镇抚三吴，感夷吾白水之辨，杂珮以要之，素琴以友之，不啻青鸟翡翠之婉娈矣。毋几何，两都沦陷，公胡服受事，系粤宅交，潜运忠谟，效狄梁公反周为唐故事。几会辐辏，乃遣使迎夫人。夫人至，脱珈捐珮，扬衡古烈，劝公迎驾邕、宜（指广西南宁一带），为诸侯帅，言泛长江、过彭蠡，讴吟思汉，不谋同声。天下脱有微风，义旗将集君所矣。公筹画已定，不肯少泄。翌日，设醴寿公，跽申前请，公惧壁间有人，叱曰：'军国大事，出于司马。牝鸡之晨，将就磔矣。'夫人谢罪归院，卒以尸谏，血书藏于祖服。浃旬之间，西迓乘舆。复我汉官，如运诸掌。香山何夫子传记其事，命露作歌。盖王化始于闺门，俟采风者择焉。"①

歌曰：

琼花一枝天下无，新妆绝胜秦罗敷。

掌中学得平阳舞，赵璧堪偿十五都。

自矜骄艳无双质，嫁与将军北射胡。

胡骑冯陵风雨急，金陵铁锁何嗟及。

都尉惭恩夜受降，桃根感义春相泣。

感义惭恩春复秋，汉家宫阙水东流。

高台爱妾魂将断，南雁方过翡翠楼。

翡翠楼前月如练，二十四桥花似霰。

鼓吹云旗锦浪堆，牵牛织女重相见。

相见相欢无几何，蓬莱清浅近无波。

泰山东倾作平地，日南铜柱高巍峨。

将军高阁临江起，湘帘一派珠江水。

①［明］邝露撰：《邝海雪集笺》卷六，沈乃文主编：《明别集丛刊》第五辑，黄山书社2016年版，第373页。

羌笛胡笳沸绮城，美人一见心先死。

婉转蛾眉毳幕边，霜摧杨柳风打莲。

李陵胡服不报汉，申胥泪出玉婵娟。

脱簪解珮重乌邑，哀鸾半映菱花立。

就桀阿衡负鼎干，兴周吉甫山龙绣。

自古英雄畏失时，将兴将废女红知。

奉春既衍留侯策，陶侃休回温峤旗。

将军沉吟目如电，手捉长戈日轮变。

讵肯阴谋及妇人，任他死后开生面。

闺中春暖草初薰，白水歌通管细君。

鹣鹣飞上凌烟阁，双兔雌雄世莫分。①

"香山何夫子"即何吾驺。邝露在此说明自己写此诗是源于其师之命，赵夫人的事迹为其师亲口所述，不是道听途说之言："永历二年闰三月十五日，东粤始复冠裳。廿有五日，过谒何夫子，见其述忠媛赵夫人事甚悉，率尔漫赋。"②邝露后来参加绍武政权，李成栋反清之时，他正在广州。顺治七年（1650），尚可喜、耿继茂兵再破广州，遇害。值得强调的是，李成栋反正十天后，专门要求何吾驺为赵氏作传，何吾驺又命门人邝露作歌，可见这件事确实发生过，而且确实是这位红颜促使李成栋下定了反清复明的决心。邝露此词写得艳丽而又慷慨悲壮，赵夫人也因邝露一诗而名传天下。清末民初广东遗民何藻翔根据自己见到的史料，也写了一首《和赵

①［明］邝露撰：《邝海雪集笺》卷六，沈乃文主编：《明别集丛刊》第五辑第七十九册撰，王崇武点校，黄山书社2016年版，第374页。

②［明］邝露撰：《邝海雪集笺》卷六，沈乃文主编：《明别集丛刊》第五辑第七十九册撰，王崇武点校，黄山书社2016年版，第374页。

夫人歌》,与邝露的长篇歌行隔代唱和。对于赵夫人的身世,清代史籍多有记载,但大都谬误。如《小腆纪年附考》里云:"(成栋)爱妾张氏,陈子壮之妾也,成栋艳而纳之,年余不欢。偶演剧,张氏见之而笑,成栋诘之,氏曰:'为见台上威仪,触目相感。'成栋遽起着明冠服,氏取镜照之,成栋欢跃。氏察知之,因怂恿焉。成栋抚几曰:'怜此云间眷属也。'时成栋眷属犹在松江,故言及之。氏曰:'我敢独享富贵乎?请先死以成君子之志。'遂自刎死。成栋大哭曰:'女子乎是矣。'拜而殓之。"① 这里把"赵夫人"记成是"张氏";查继佐的《国寿录》记载"张氏"的名字叫张玉乔;王夫之所著《永历实录》,只讲这位美妇人出身松江院妓,没有言及其姓名。相较而言,邝露此诗所言赵夫人身世来自其师口述,而其师命又源自李成栋之托,真实性肯定要胜过前几种说法。

　　相对于史书,亲历者的叙述可能更接近历史本来面目,如陕西蒲城诗人屈复的《过流曲川》一诗就真实描述了顺治六年(1649)发生在蒲城县的一场反清战争。关于这场战事中的死难人数,诗中所记与官方文献有巨大的差异,《蒲城县志》中记载的死难人数为数万人,而屈复诗中记载的死难人数则为十余万。这场战争的源头是明朝降将王永强、高有才宣布反清复明,自延安率军南下,二月二十一日到达蒲城北乡。当地百姓热情地迎接他们进城,并设明思宗灵位,行丧礼,礼后大宴。清廷闻讯派吴三桂领兵征讨,吴三桂与王永强大战于富平流曲川。王军骁勇善战,本已打败吴军,翌日再战时,吴军佯败,将衣甲马匹丢弃遍野,王军不知是计,纷纷争拾吴军丢弃之物,阵势大乱,吴军乘机反扑,王军大败,高有

━━━━━━━━━━

① [清]徐鼒撰,王崇武点校:《小腆纪年附考》卷十五,中华书局1957年版,第583页。

才拔营而去，王永强在撤退中阵亡。吴三桂亲率大军进攻蒲城，守城军民发炮轰击，吴三桂几乎被炮弹击中，恼羞成怒，亲自督军攻城。三月十八日，吴军破城而入，大肆屠戮，血流成河，这就是历史上的吴三桂血洗蒲城事件，屈复的叔父曾在城头怒骂吴三桂，吴怒而杀之。诗曰：

> 回风陷日天如梦，流曲川平暮尘涌。
> 行人马嘶古道旁，离离禾黍旌旗动。
> 杀气腾凌古战场，前啼鸺鹠后鹙鸧。
> 降将云台曾未闻，三边侠骨空自香。
> 岂知到海泾渭血，寒潮不上天山雪。
> 井底蛙声竟何在，十万游魂哭夜月。
> 满地闲花落新愁，至今河汉皆东流。
> 同入蒲城化为碧，仙人掌上芙蓉色。①

残酷的战争给人民造成了极大的身体伤害和心灵创伤，致使无数家庭遭受生离死别，所谓"井底蛙声竟何在，十万游魂哭夜月"。屈复还有一首《三月二十八日登东城楼感往事作》也是记录这桩史事的诗作。

再有阮大铖之死，清初的各种史籍中关于阮大铖结局的记载基本相同，唯一有出入的地方就是他的死法。阮大铖为人反复变幻、投机钻营，顾炎武说他降清而又通明，脚踩两只船，后被清军斩首；而吴伟业在他所著的史书《鹿樵记闻》中则记载了阮大铖的另一种死法："（阮大铖）一日，面忽肿，诸公谓阮所亲曰：'阮君恐有

---

① 钱仲联主编：《清诗纪事》，凤凰出版社2004年版，第1196页。

病,可相语令暂住衢州,俟吾辈入闽,遣人相迓。'所亲以告,大铖骇曰:'我何病!我年虽六十,能挽强弓、骑劣马,我何病?我视八闽在掌握中。幸语诸公,我仇人多,此必复社、东林诸奸徒有潜我者,愿诸公勿听。'所亲以复诸公,诸公曰:'此老亦太多心!既如此,仍请同进。'抵仙霞,诸公皆按辔上岭。大铖欲实其无病,下马步进。诸公以岭路长,且骑,俟到险乃下。大铖左牵马,右指骑行者曰:'看,我精力十倍此少年!'言讫,鼓勇而先。久之,诸公方至五通岭,见大铖马抛路口,身坐石上,呼之不应。马上以鞭挑其辫,亦不动;下视之,死矣。"①吴伟业所记阮大铖为求高官厚禄,死心塌地为清廷效劳,为显示自己无疾,徒步登山,最终丧命,这种说法与钱澄之《髯绝篇听司空耿伯良叙述诗以纪之》诗中的记载可以互证:

> 髯昔东奔婺,本恃同官情。婺州方举义,朱公建戎旌。
> 要髯共整旅,遂抗同官衡。同官为隐忍,义军为不平。
> 护之还江上,因入方帅营。马相久在幕,后至权稍轻。
> 计邀方帅欢,二竖还相争。郁郁怀异志,遣谍潜归诚。
> 是时越守固,降表达燕京。阴以国情输,还令虏增兵。
> 六月虏渡江,长跪江头迎。贝勒久始信,涿州书乃呈。
> 叩头感且泣,誓死报圣清。招降方与马,踊跃随长征。
> 自请五千骑,先克金华城。
> ……
> 贝勒酬髯官,悬称内院荣。次第度闽峤,所过无草茎。
> 群酋罕肉食,髯至必大烹。相顾笑且骇,每夜盘餐盈。

---

① [清]吴伟业撰:《鹿樵纪闻》,《台湾史料丛刊》第五辑,台湾大通书局1987年版,第52页。

作歌劝酋酒，群酋饮必醒。争言梨园伎，南来耳髯名。
髯起顿足唱，仿佛昔家伶。有酋求学诗，唱和到五更。
晨起历诸帐，每谈必纵横。一朝面目肿，群酋人人惊。
托耿往语髯，"且缓闽中程。髯老而过劳，即防疾病撄"。
髯闻大忧疑，疑有阻其行。"酬官谅不欺，此意胡然萌？
我年甫六十，有如铁铮铮。实无秋毫疾，愿君为我明。"
耿君还复命，群酋指胸盟。急邀并马走，仙霞岭峥嵘。
群酋皆按辔，惟髯弃马行。健步奔犇捷，躄铄聊自鸣。
上岭复下岭，顾笑群儿狞。忽踞磐石坐，呼之目已瞪。
马箠击其骿，气绝不复生。①

　　钱澄之在诗中详细记述了阮大铖降清及死亡的经过，说他因为冯铨的举荐而受到清廷的重用，为表忠心，他招降马士英与方国安，又随清军南下攻打隆武，最后死于途中。钱澄之在《皖髯事实》一文中又加以补充说："以上投降后事得之耿君口。耿君字伯良，粤东反正，擢升司空，戊子冬在端州刘侍郎舟中，叙其事甚详。袁总宪在坐，属予纪之，并为《髯绝篇》一首。"②耿伯良是陕西武功人，崇祯朝担任过巢县知县，后降清，与阮大铖关系非常密切，就是吴伟业所言阮大铖"所亲"。耿伯良后来随李成栋反正，归顺永历政权，历任通政使、户部左侍郎等职。钱澄之作为耿伯良在永历朝的同僚，亲耳听他谈到阮大铖的死因并作诗加以记录，所以诗中记录的阮大铖死状是非常可信的。《续修四库全书·藏山阁集提要》

①［清］钱澄之撰，汤华泉校点：《藏山阁集》，黄山书社2004年版，第242—243页。
②［清］钱澄之撰，汤华泉校点：《藏山阁集》，黄山书社2004年版，第437—438页。

中也说："集中诗文皆纪弘光、隆武、永历三朝事,如《髯绝篇》《皖髯纪略》,载阮大铖死于仙霞岭上,盖出耿献忠所述,足证野史之误。"① 耿献忠即耿伯良。

第二节　以诗补史

所谓"以诗补史"就是指诗歌可以补正史书的缺失和讹误,这是传统"诗史"观的延伸。官修正史,都站在本朝统治阶级的立场上,出于各种忌讳,往往不能如实记录历史事实,尤其在明清易代之际,新朝为了证明自己取得政权的合法性,总会尽力掩盖不利于自己的史事。在这种情况下,清初一些富有责任感的文人以诗歌为载体,抒写所闻所感,意在为故国保留信史。这些诗人不是受命而作,因此少有意识形态的控制,更能客观真实地反映历史的另一方面,甚至补充史书不记的内容。钱澄之在《哀江南》诗十九首小序中就表达了他的诗歌创作的目的:"江南死事者多人,以予所知者,四方或未尽知。各赋一章,备异时野史采择焉。"② 一个"备"字将诗人有意以诗补史的创作目的表露了出来,反映了诗人主动追求诗歌记载历史的功能。正是在这种观念的指导下,钱澄之非常注意收集抗清志士的事迹,后来又创作了《续哀》八首、《广哀》十二首,以诗歌的形式为抗清英烈作传,使他们的事迹传播后世、名垂青史。

明清之际,官修史书由于政治忌讳不能实录,而民间野史也多

---

① [清]钱澄之撰,汤华泉校点:《藏山阁集》附录,黄山书社2004年版,第535页。按:《皖髯事实》,诸钞本作《皖髯纪略》。
② [清]钱澄之撰,汤华泉点校:《藏山阁集》,黄山书社2004年版,第163页。

所失真。有的作者仅依据道听途说，对所记的事件和人物没有加以核实就轻率下笔，有的则是出于私人或门户恩怨，对历史人物随意褒贬。如顺治十六年（1659），坊间流传一部名为《明季遗闻》的史书，这本书中记载的明季人事大多荒谬失实，尤其是涉及隆武及永历两朝的政事，全是源于传闻或是作者的主观臆断。钱澄之目睹这种情况，愤而提笔赋诗，以亲身所见所闻批评此书的讹误，这首诗名为《偶见坊间有近刻遗闻一书，悖谬特甚，不胜愤惋，遂成此诗》，其诗略云：

> 甲申殉国变，烈哉数名臣。此外安足道，表章必有因。
> 又如卖国者，丹书著国门。公论岂能废，曲笔乃为原。
> 皆言此书出，意实由斯人。南渡政多端，纲领略不存。
> 所载诸谠论，当时未一陈。乃知纪失实，总以徇交亲。
> 至于闽粤事，有若梦中言。年月既错乱，爵里亦纷纭。
> 是非与功罪，颠倒难具论。①

《明季遗闻》一书的作者邹漪，江苏梁溪（今无锡）人。这部书刊行于顺治十四年（1657），钱澄之见到此书时已经是两年之后。他在诗中指斥作者道听途说、徇于私交，对历史人物的记载偏于爱憎、颠倒是非。诗中的"甲申殉国变，烈哉数名臣。此外安足道，表章必有因"之句，盖指襄城伯李国桢本是投降李自成后被杀而死，但《明季遗闻》却"谬称殉义"②，违背历史真实，完全是颠倒是非。全祖望也指出："邹氏《明季遗闻》秽诬不堪，其为张捷彦、李明睿、

---

① [清]钱澄之撰，诸伟奇校点：《田间诗集》，黄山书社1998年版，第101页。
② [清]全祖望著，朱铸禹汇校集注：《全祖望集汇校集注》，上海古籍出版社2000版，第1797页。

王燮,各曲笔增饰,是思以只手掩天下目也。"①且《明季遗闻》记隆武、永历时事,始乙酉八月,迄庚寅十二月,仅为书一卷,邹漪自称"南渡事多未备,止记耳目所及"②,故钱氏讥为"至于闽粤事,有若梦中言"。钱澄之曾任职于隆武与永历两个政权,又亲身经历南明几个政权的覆灭,所以他对《明季遗闻》的批评可谓一针见血。钱澄之的诗几乎囊括了南明史上所有的军政大事:隆武朝的建立,李自成余部与南明政权的归并,何腾蛟的协调众方,郑芝龙的擅权误国,黄道周的慷慨就义,隆武帝的败亡,绍武朝的建立,永历朝的建立,金声桓、李成栋的反正,何腾蛟的死难,两广的丧失,瞿式耜、张同敞的殉节,等等。这些史事在官修史书及民间野史中的记载多有失实之处,所以钱澄之的诗歌具有特别珍贵的史料价值,完全可以补史之阙。

明清之际,有不少诗人像钱澄之一样以诗歌为载体,有意识地记载、保留了一些出于各种动机而被隐藏起来的史实。如崇祯十五年(1642),李自成的农民军第三次攻入开封,城内官员在外无救兵、内无粮草的困境下打算决开黄河大堤水淹开封和农民军。③九月十五日夜,官军决堤,大水山崩海啸般奔涌而至,除周王和一些官吏事先有准备而逃出外,整个开封城和附近的居民都被大水吞没,淹死人畜无数,农民军也被冲走一万多人。这件事在崇祯朝的各种史籍中都记载得语焉不详,使人难以了解事件的真相,幸亏有陈之遴的《汴梁行》诗,记录了此次惨祸,保留了珍贵的史料,其

---

①[清]全祖望著,朱铸禹汇校集注:《全祖望集汇校集注》,上海古籍出版社2000版,第1819页。

②[清]邹漪撰:《明季遗闻》凡例,《台湾文献史料丛刊》第五辑,台湾大通书局1987年版,第8页。

③顾诚著:《明末农民战争史》,光明日报出版社2012年版,第146—158页。

中有云：

> 守臣登陴但垂泣，面若尘土心寒灰。
>
> 绣衣使者出奇算，中夜决堤使南灌。
>
> 须臾盈城作鱼鳖，百姓尽死贼亦散。
>
> 九重闻报空痛心，缙绅万舌缄如喑。①

　　陈之遴在诗中不无愤怒地指责守城的明军视百姓生命为草芥的行为，讽刺那位"出奇算"的"绣衣使者"天良丧尽，这人就是时任开封推官的黄澍，后来任左良玉监军，随左梦庚一起降清。崇祯十七年（1644）正月，兵部尚书张缙彦等秘密派人去开封捞取水中沉银，虽说行事机密，但还是有所泄露，时人薛所蕴有一首《汴中曲》便为此事而作：

> 省括昨日下州府，提取丁夫城汴土。
>
> 汴城土厚十丈余，云有昔人藏金所。
>
> 一日挖掘才一尺，干粮用尽无气力。
>
> 略倚铁锹定喘息，长官鞭扑风雨急。
>
> 长跽长官莫楚毒，掘出金银将身赎。
>
> 熬得千辛与万苦，不见朱提只见骨。②

　　诗中叙述明廷假借汴城（开封）修复之名而去积水中捞余银，

---

① 顾诚著：《明末农民战争史》，光明日报出版社 2012 年版，第 146 页。

② ［清］薛所蕴撰：《桴庵诗》卷二，《清代诗文集汇编》，上海古籍出版社 2010
年版，第 18 页。

州府得到上级的命令招募壮丁去筑城,曲笔写出了汴城有"昔人藏金所",实际就是被大水冲走的金银;接着用更多的笔墨来描写丁夫掘金银过程中惨痛的境遇。由于汴城土厚,丁夫一日才挖一尺,而他们只要稍稍倚靠铁锹喘息一下,长官的鞭子就如狂风暴雨般急促而至,丁夫只得凄声跪求长官不要再捶楚毒打,决计等掘出金银就将身赎回,不再受这无端的折磨。可是"熬得千辛与万苦,不见朱提只见骨",他们不仅没有掘得金银来赎回自由之身,反使自己最后丧身于此,留下累累白骨,这就揭露了明末统治者为了维护自己腐朽没落的政权做出荒谬的指挥,使人民身处水火煎熬之中,同时寄寓了作者无限的感慨同情。全诗用如椽大笔记载了明亡前夕政府"汴城捞银"这一隐秘的历史事件,真是"以诗补史"的力作。

　　清代明之后,清廷出于政治方面的一些考虑和忌讳,对一些历史真相也有意掩盖或曲意改写,客观上造成了"史之阙"。当日清廷以替汉人报"君父"之仇的借口入关,推翻李自成的大顺政权,成为君临天下的新主人。在官方的叙事话语中,清廷以明朝的恩人自居,如多尔衮给史可法的信中,便称大清江山"乃得之于闯贼,非取之于明朝也",甚至反责弘光"有贼不讨"①。作为胜利者的清廷为美化自己的形象,常常采用隐恶溢美的手段来为自己正名,其结果是大量亡国时代有关前朝抗争的珍史秘籍和本朝血腥蛮横的非人举措被隐没到历史舞台的背后,或成为千古之谜,或一直以另类的面目出现。而在国家存亡时刻,忠臣义士奋起抗争,不惜肝脑涂地,但由于缺乏文献记载,他们的英勇事迹往往被湮没忽略,再

①［清］赵尔巽等撰,中华书局编辑部点校:《清史稿》卷二百十八,中华书局　1977年版,第9026页。

加上新朝修史又往往回避歪曲、有意识地损毁相关史料，导致一些史实记录缺失不详、真伪交错，甚至使某个时段的历史存在着部分空白。但从清初诗人大量充满个体生命体验的诗作描述中，我们恰恰可以窥见许多为官方正、史所不载的历史暗礁。一些明朝遗民，如钱澄之、黄宗羲、方文、顾炎武、屈大均、方以智等人对故国耿耿忠心，他们有的随明王室流亡，有的则彷徨在草泽民间，他们以诗歌的形式书写史书忽略或遗漏的内容，包括重大事件背后的真正原因、以讹传讹的史实错误等，使真相不至于尘封在历史烟尘之中。严迪昌先生对此有精辟阐述："遗民诗群的哀苦之篇，不但表现了那个时空间的爱国志士的泣血心态，如鹃啼，如猿哭，如寒蛩之幽鸣，而且记录有大量为史籍所漏缺的湮没了的历史事件，具备一种特为珍贵的'补'史功能。"① 谢国桢先生在《明末清初的学风》一书中也说："在明、清时代的官修'正史'中，不但农民起义的事迹难以窥见全貌，就是一个时代的政治、经济状况，于'正史'记载中也看不清楚。"② 在这种情况下，清初叙事诗作中记载的史料就显得尤为珍贵。"以诗补史"也成为诗人们的共识，他们从不同的角度对此进行阐述与发挥。如吴伟业在甲申国变后就是怀着"补公家传所不载，庶于国家存亡大故后，人知所考信"③ 的创作心态写诗；黄宗羲指出，真正的"诗史"记录的是应该为正史所不载的事实，起到"以诗补史之阙"的作用，这个时候要了解有关的历史就必须借助于诗。他在《万履安先生诗序》中说：

---

① 严迪昌著：《清诗史》，浙江古籍出版社 2002 年版，第 64 页。
② 谢国桢著：《明末清初的学风》，上海书店出版社 2004 年版，第 81 页。
③ ［清］吴伟业撰：《梅村家藏稿》卷四十一，《清代诗文集汇编》，上海古籍出版社 2010 年版，第 182 页。

今之称杜诗者以为诗史,亦信然矣。然注杜者,但见以史证诗,未闻以诗补史之阙。虽曰诗史,史固无藉乎诗也。逮夫流极之运,东观兰台但记事功,而天地之所以不毁,名教之所以仅存者,多在亡国之人物。血心流注,朝露同晞,史于是而亡矣。犹幸野制遥传,苦语难销,此耿耿者明灭于烂纸昏墨之余,九原可作,地起泥香,庸讵知史亡而后诗作乎?……明室之亡,分国鲛人,纪年鬼窟。较之前代干戈,久无条序。其从亡之士,章皇草泽之民,不无危苦之词。以余所见者,石斋、次野、介子、霞舟、希声、苍水、密之十余家,无关受命之笔。然故国之铿尔,不可不谓之史也。①

黄宗羲认为那些校注杜甫诗歌的人,并没有真正领会杜甫诗歌的内在精神,因为他们只看到杜甫诗歌"证史"一面,而没有看到杜甫诗歌"补史"的一面。在改朝换代的动荡年代,修正史者往往"但记事功",而"天地之所以不毁,名教之所以仅存者",多在"亡国之人物"的"血心流注"。亡国人物是时代的亲历者、见证者,他们创作的"危苦之词"虽然不会记载于官修正史,但起到了存留补充一代之"史"的作用与价值。黄宗羲还指出黄道周(石斋)、张煌言(苍水)、方以智(密之)等人的诗歌因为不是"受命之笔"因而具有"补史"的价值。遗民诗人杜濬在《程子穆倩放歌序》中也说:"国固不可以无史,史之弊或臧否不公,或传闻不实,或识见不精,则其史不信。于是学者必搜当日之幽人恳士,局外静观所得,于国家兴襄治乱之故、人材消长邪正之数,发而为诗歌古文词者,以考

---

① [清]黄宗羲撰:《南雷文定》,《清代诗文集汇编》,上海古籍出版社 2010 年版,第 20 页。

证其书,然后执笔之家不敢用偏颇影响之说,以淆乱千古之是非。非漫作也。故世称子美为诗史,非谓其诗之可以为史,而谓其诗可以正史之讹也。"① 杜濬认为诗歌的记史功能有时可以超过史书。因为史书有各种弊病,如臧否不公,或传闻不实,或识见不精,而诗歌只要不是随意胡写的话,就可以订正史书的讹误。以诗补史,就是补历史之不及备,不敢备者。同时,他还指出史书还存在"不信"的缺点。或者因为对事件的评价不公正,或者因为采自传闻不真实,或者作者的识见不精,这些因素影响了史书的真实可信度。在明清易代之际,各种伪史、谬史与真史彼此交错、泥沙俱下的情况下,杜濬倡导诗歌创作必须以史证诗、以诗补史具有积极的现实意义。

本着"以诗补史"的创作宗旨,清初的诗人们有意识地记录一些罕为人知的历史,给后世留下了珍贵的史料。谢国桢先生在《明末清初的学风》一书中曾说:"如清修《明史》号称体例谨严,可是把清兵南侵,残明在江南所建立的弘光、隆武、永历等三朝史事附于明崇祯帝本纪之后,削减了人民群众抗清的英勇的伟绩。"② 虽然清修的史书对当时民众抗清的事迹有意忽略不计,但当时的很多诗人都在诗歌中作了记载,完全可以弥补这部分史实的缺失。如方文《大明湖歌》就是这样一首具有"补史"价值的诗作。诗人以悲怆的笔调描绘了满人铁骑践踏山东、屠城济南的惨烈及山东巡抚张秉文殊死抵抗、全家殉难的悲壮往事。这桩史事虽然发生在清朝入主北京前,但由于后来清修的史书对这件惨烈的史事有意

① [清]杜濬撰:《变雅堂文集》,《四库禁毁书丛刊》集部第72册,北京出版社2000年版,第356页。

② 谢国桢著:《明末清初的学风》,上海书店出版社2004年版,第81页。

模糊,故录出以诗补史。其诗云:"崇祯戊寅十二月,辽海万骑来燕都。前锋直抵济南郡,济南防备甚疏虞。是时山东大方伯,张公钟阳吾姊夫。率彼群吏婴城守,辛苦半月犹枝梧。已卯元旦城竟破,公中一矢身先殂。"①崇祯十一年(1638),清军兵分几路入关,势如破竹直逼济南城,济南巡抚张秉文率领全城百姓拼死抵抗,终因兵力不足中箭阵亡。张秉文之妻方氏(即方文之姐)与妾陈氏一同投湖殉夫,留下一妾张氏身怀六甲,历经千难万险得以幸存:

> 蒙首潜身匿其下,六日不食气息无。
> 兵来见是潏浟水,水面浮尸如众凫。
> 匆匆亦不暇搜索,此妇性命遂免屠。
> 六日以后番兵去,乡民次第来阛阓。
> 城中杀戮十余万,家家骨肉哀号呼。
> 中妇闻声匍匐出,自言我是张老姑。②

　　张氏后来扶柩归里,终于为张秉文保全了遗孤。方文此诗行文慷慨而又细致,将一位普通家庭妇女的英勇气概刻画得入木三分,同时也揭露了清兵南下惨绝人寰、残酷屠戮的罪恶行径:"城中杀戮十余万,家家骨肉哀号呼。"其惨状令人发指。这首《大明湖歌》写在事件发生的二十年后,当时方文重游济南,根据当地百姓的追述收集资料而作成此诗。张秉文全家为国殉节之事,虽有史籍记载,然而多有缺略甚至有些史籍有意模糊事件真相。如《续

---

① [清]方文撰,胡金望、张则桐校点:《方嵞山诗集》,黄山书社 2010 年版,第540 页。
② [清]方文撰,胡金望、张则桐校点:《方嵞山诗集》,黄山书社 2010 年版,第540 页。

明纪》卷五十五、《济南府志》卷三十五、《通鉴辑览》卷一百十五、《胜朝殉节诸臣录》等，这些记载全部囿于政治的钳制，避重就轻，把张秉文的死归结为济南兵力空虚、援兵迟迟不至，如《明史·忠义传》记载："十一年冬，大清兵自畿辅南下。本兵杨嗣昌檄山东巡抚颜继祖移师德州，于是济南空虚，止乡兵五百，莱州援兵七百，势弱不足守。巡按御史宋学朱方行部章丘，闻警驰还，与秉文及副使周之训、翁鸿业，参议邓谦，盐运使唐世熊等议守城，连章告急于朝。嗣昌无以应，督师中官高起潜拥重兵临清不救，大将祖宽、倪宠等亦观望。大清兵徇下州县十有六，遂临济南。秉文等分门死守，昼夜不解甲，援兵竟无至者。明年正月二日，城溃，秉文擐甲巷战，已被箭，力不能支，死之。妻方、妾陈，并投大明湖死。"[1]这种说法有一定的根据，就是当时的督师太监高起潜与大将祖宽、倪宠皆按兵不动，延误了战机。但归根究底，如果没有清军的入侵，如此的家国惨剧何至于发生？上述诸书却只是平叙战事经历，对清兵屠城的血腥及张家妻妾的勇敢行为皆未提及，而方文此诗则真实地记录了那个特殊年代家国的劫难，也让人看到清军残暴的真面目。"城中杀戮十余万，家家骨肉哀号呼。"方文以史家的实录笔法记录了清军对中原人民犯下的令人发指的罪行，提供了一些被官私史籍所刊削去的事实真相，使张秉文一家震撼人心的事迹得以昭然传诵，称得上是一篇"补史"的力作。钱谦益称赞这首诗是"诵君历下诗惨凄，阴风怪雨生尺蹄。铺陈杜老诗中史，曲折睢阳传后题"[2]。钱谦益认为这首诗可与杜甫的诗史作品

---

① [清]张廷玉等撰，中华书局编辑部点校：《明史》，中华书局1974年版，第7469页。

② [清]钱谦益撰：《牧斋有学集》卷十二，《清代诗文集汇编》，上海古籍出版社2010年版，第192页。

及与韩愈的名作《张中丞传后叙》媲美,张中丞即唐代著名忠烈张巡。张巡,邓州南阳人,唐开元末年安禄山反叛,张巡起兵讨伐,被任命为御史中丞。在内无粮草、外无救兵的情况下,张巡率众死守睢阳,拖住叛军大量的兵力,为郭子仪、李光弼最后击败安禄山创造了有利条件。后来,睢阳城被叛军攻破,张巡不屈被杀,时年四十九岁。

　　方文还有一首诗,也有珍贵的补史价值。顺治十四年(1657)秋,方文寓居徐州,闻当地人吴汝琦镇守归德抗清死难,而《徐州志》却不敢为之立传,方文义愤填膺地写下一首诗为吴汝琦立传扬名,这首诗的名字是《友人吴焘之父讳汝琦,死归德之难,徐州志不敢立传,予感而题此》,诗中说:

> 是时神京陷,中原荡如洗。复闻左贤王,万马度河水。
> 将士迎风靡,夜半城门启。直指凌公骊,与公誓一死。
> 宁甘蹈白刃,不肯屈其体。学使蔡公凤,同日刑于市。
> ……
> 胡为修志者,隐讳不敢纪。世人好婥阿,湮没宁止此。
> 吾愤题此诗,将以裨野史。①

　　吴汝琦为徐州人,弘光朝任归德兵备道佥事,与凌骊一起守归德。顺治二年(1645)三月多铎率清兵渡黄河南下,守归德的明将王之纲弃城逃走,凌骊与吴汝琦等人带领数百兵士守城,城破,俱不屈而死。从方文的诗中可以看出,同时殉节的还有学使蔡凤。

---

① [清]方文撰,胡金望、张则桐校点:《方嵞山诗集》,黄山书社2010年版,第74页。

此诗是他经过徐州时与友人吴焘相聚,听说吴汝琦之事,愤而作此诗。从题目就可看出来,方文有意以诗纪史,为青史存信。关于吴汝琦、蔡凤死节事,清修史籍虽有记载,但多讹误不实之处。如修于乾隆朝的《钦定胜朝殉节诸臣录》:"归德兵备道佥事吴汝琦,徐州人,崇祯十五年流寇至,殉难于归德。"[①]又《江南通志》载:"吴汝琦,徐州人,明季备兵归德,与守道蔡凤同死。"[②]这两部书都把吴、蔡等人之死归于李自成攻归德之际,显然为多铎斩杀二人隐讳,官史有意歪曲事实之心昭然可见。为掩盖罪行,清廷将历史美化,掩盖事实真相,让人物事件移花接木,幸亏有方文的这首诗,真相才得以大白于天下,所以这种诗歌体现出来的历史价值不仅是一般诗歌难以企及,就是一些史书也难以比肩。

再如顺治五年(1648),大同发生过一次由清大同总兵姜瓖领导的声势浩大的反清斗争,史称"戊子之变"。姜瓖,陕西榆林人,崇祯时任大同总兵。崇祯十七年(1644)三月李自成克太原,姜瓖投降大顺政权。四月大顺军为清兵所败,五月姜瓖降清。顺治六年(1649)姜瓖自称大将军,割据大同叛清,清军围困大同九个多月,城内已弹尽粮绝,以人为食。顺治六年(1649)八月,姜瓖手下将领杨振威杀死姜瓖,献城投降。清军进入大同城,为了发泄久攻不克的怒气,他们大肆屠杀大同军民,除了杨振威等二十三人与家属及所属兵士六百人外,大同的官吏兵民都被杀害了。一时间,大同城内血肉横飞,成了人间地狱。但清顺治年间编纂的《云中郡志》和乾隆年间编纂的《大同府志》以及道光年间编纂的《大同县

---

① [清]舒赫德撰:《钦定胜朝殉节诸臣录》卷八,见《钦定四库全书·史部》。
② [清]赵田思撰:《江南通志·卷一百五十四·人物志》,见《钦定四库全书·史部》。

志》中，均对这场惨绝人寰的屠杀讳莫如深，也赖清初诗人在诗歌中保留了真相。卓尔堪的《遗民诗》中就收有屈大均《大同感叹》一诗，对这场人间惨剧有详细的描写：

> 杀气满天地，日月难为光。嗟尔苦寒子，结发在战场。
> 为谁饥与渴，葛屦践严霜。朝辞大同城，暮宿青燐旁。
> 花门多暴虐，人命如牛羊。膏血溢槽中，马饮毛生光。
> 鞍上一红颜，琵琶声惨伤。肌肉苦无多，何以充君粮。
> 踟蹰赴刀俎，自惜凝脂香。[①]

清军屠城时，屈大均并不在大同，可能是事后他在大同一带游历时，听幸存者讲述当时的情景。屈大均在战后的大同看到的是人烟稀少、白骨露野的惨状，也印证了幸存者的陈述。屈大均此次游历山西，大约在顺治九年（1652）至康熙元年（1662）这段时间。此时距离顺治六年（1649）的大同屠城已经过去了三年甚至更长时间，但大同周围方圆数十里仍然是白骨累累，可以想象清军当年杀人之多。魏象枢在《过大同废城》一诗中也描写了大同被屠城后的惨状："黄沙三月草，白骨万家坟。"从这些诗句可以看出，清军屠城后，大同到处是白骨坟茔，人口急剧减少。人口急剧减少后，劳动力严重不足，很多田地因为无人耕种而荒芜。徐州诗人阎尔梅在经过大同时，也写有《大同览胜》一诗，描述了"戊子之变"对当地农业生产的破坏及影响，"墩绝烽烟无主似，田多稂莠不毛同"，在经历了清军野蛮屠城后，昔日繁华的大同城变成了一

---

① ［清］卓尔堪编，萧和陶点校：《遗民诗》，华东师范大学出版社 2013 年版，第418 页。

座人烟稀少、田地荒芜的空城。曾在清廷官至礼部左侍郎的薛所蕴经过大同时，看到当地的惨状，留下一首《悲云中》诗，虽然只有短短四句，却是不胜悲慨："悲云中，千年雄镇一时空。青燐夜夜颓垣里，殷红血涨桑干水。"① "云中"是大同的古称。曾亲历"戊子之变"的大同人张元勋也曾写过一首《己丑初冬怀难》，以亲身的遭遇揭露了清军屠城的事实：

穿室方墐户，积寒风愈切。平生性最迂，自嫌谋身拙。
贫居依城市，堁垣撑短窠。破屋八九间，朗然见星月。
桑田既莫倚，终岁犹奔茶。顾昝不能舍，忧胎已悬结。
天道复何如？运数不可越。一朝逆氛起，千里溅长血。
妻孥从此死，薄业何足说？死者已难追，而复怅生别。
别时还相向，气息如哽咽。谁知百年期，中道成断绝。
凉风起西北，偏宜向孤子。衰病纵横至，壮志一时辍。
仰视赤松难，东山肠愈热。寄语山中叟，为予赊一穴。②

　　从诗中看出，他自己虽然侥幸活了下来，妻子儿女却在这场屠城中丢掉了性命，可见死于屠城中的人数之多。这些诗中描写的事实完全打破了清军秋毫无犯、仁义之师的虚假宣传，真实记录了清初血腥的民族压迫史，为后世保存了大批珍贵的史料，对还原历史真相具有重要的意义。再如发生在顺治七年（1650）的"广州之变"，也是清军南下途中一场惨绝人寰的大屠杀，清史多不载，时人

① 钱仲联主编：《清诗纪事》，凤凰出版社2004年版，第351页。
②［清］胡文烨：《云中郡志·人物志》卷九，顺治九年刻版，大同地方志办公室1988年翻印。

记述也不多,但遗民诗人李云龙的《会冢行》一诗,详细描写了清兵征讨李成栋时在广州屠杀士民的惨状。当时广州城被清军攻破后,城内百姓惨遭杀戮,尸积成山,有一位叫王潜父的人,筑了一个大冢掩埋了众尸。李云龙的这首诗本为称赞田侍郎及王潜父的,其中对于清军屠城的记叙,有特别珍贵的史料意义,其诗曰:

> 平原黯黯云脚垂,白杨树底游魂归。
> 沧海已销精卫恨,青山无复杜鹃啼。
> 忆昨阴风暗南土,长林夜夜髑髅语。
> 苍苔古道无人行,燐燐鬼火烧秋雨。
> 枯骸朽骨乌鸢余,总是当年琼树枝。
> 然腹引灯宁自照,漆头作器任人为。
> 江湖义士洪都客,泪洒尸陀林下石。
> 自怜无力效秦封,日叩公门请周泽。
> 绣衣使者乘骢来,玉鞭一指瘴烟开。
> 吹枯振朽百废举,顿起沟壑登春台。
> 粤王城头暮烟碧,处处秋山净如拭。
> 遥听牛背笛声来,不似前时惨澹色。
> 泉台岂是铭恩处,事不近名名乃著。
> 君不见宋陵松柏已萧条,行人犹忆冬青树。①

　　清初的诗人除了用诗歌来记载官史忌讳不记或民间著史不敢记的内容外,还记载了一些被忽略的社会生活和历史人物,如遗民诗人陈祚明的《皇姑行》一诗,记载了崇祯的妹妹宁德公主在明清

---

① [清]李云龙:《啸楼诗集》,广东省立中山图书馆所藏民国手抄本。

易代后出家的经历。史书对宁德公主的记载非常简略，只说她下嫁刘有福。吴伟业在《萧门青史曲》一诗中对宁德公主出嫁后的生活有所描述，记载公主夫妻在明亡后过着穷困潦倒的生活，但并没有记载宁德公主最后的归宿，而陈祚明此诗所记，补充了吴伟业诗中忽略的部分，对宁德公主的一生有了一个完整的交代。再如钱澄之诗中记载了不少隆武及永历朝的一些事件，而这些事件又被官修史书有意或无意地忽略了，如他诗中曾记载过永历朝的一次科举考试，这是非常珍贵的南明史料。科举制自从隋代形成以来，开科取士成为历朝统治者注重"文事"的主要内容之一。正因如此，永历小朝廷虽在漂泊困顿之际，亦不忘文事。永历二年（1648），由于降清的原明将领金声桓、李成栋先后复归于永历朝，全国抗清形势一时略有好转，于是永历三年（1649）十二月二十四日在肇庆举行了一次科举考试，钱澄之也参加了这次考试，并被录取授翰林院庶吉士一职。此次考试录取的人数虽然不多，其中却不乏博学之士和忠义之臣，这对苟延残喘的永历政权来说，不失为一桩盛事。与钱澄之一起参加了这次考试并被取中的李来才二十岁，年轻有为，钱澄之为此作《同门李我贻二十初度》一诗，表达了对同门的祝贺及自己的报国热情：

> 李生今二十，射策早成名。
> 满路看新贵，同门愧老兄。
> 君恩初度日，朋酒故乡情。
> 报国兹晨始，官班岂足荣。①

---

① ［清］钱澄之撰，汤华泉点校：《藏山阁集》，黄山书社 2004 年版，第 286 页。

"我贻"为李来的字。这时钱澄之已经三十八岁,比李来大十八岁,所以诗中说"同门愧老兄"。永历朝在国家扰攘之际仍然不忘开科取士,可见科举文化的深刻影响,在中国科举史上应该是值得记上的一笔。

再如佘一元的《哭李赤仙二律》诗,也具有补史的性质,其诗曰:

> 十八年前天地更,书生走马赴军营。
> 但求问鼎干戈息,岂料焚冈玉石倾。
> 草木含悲朝日惨,邱园隐恨暮烟横。
> 贤郎制椟召魂葬,泪洒临风故友情。
>
> 忆昔同游几历年,谁知中道运颠连。
> 先声已致敌兵遁,左袒谁持将令宣。
> 兴汉莫伸纪信绩,破齐难保郦生全。
> 诸郎继起皆英俊,福善冥冥应有天。①

这两首诗涉及明亡清兴的一场关键战役"山海关之战"中的"说缓师"一事。这件事对山海关之战的胜负有重要影响,但史籍中少有记载,佘一元的这首诗及序记述了这件事的来龙去脉。当年李自成率兵来攻打吴三桂,吴兵人数少,度不能敌,于是想出了一条"说缓师"的缓兵之计,就是佘一元的友人李赤仙等人诈降李自成,以拖延时间,等待清兵到达山海关。第一首就是追忆李赤仙

---

① 见[清]光绪四年《临榆县志》卷二十一,《中国方志丛书·华北地方·第一四九号》,台湾成文出版社1968年版,第1006页。

赴李自成营地"说缓师"，随他去完成此任务的还有士子三人、乡绅二人。六人行至三河县，途遇李自成大军，被李自成扣留。后来李赤仙等五人丧了命，只有一名叫高选的士子身受重伤，幸得逃生。正是因为李赤仙等人的"说缓师"为清兵与吴三桂合击李自成赢得了时间，在一定程度上影响了山海关之战的结局。第二首的第二、三联，连用了四个历史典故，袒露了"说缓师"事件的历史作用。"先声已致敌兵遁"说明李赤仙等先发制人，他们在三河县见到了带领大军东进的李自成，尽力表达了归顺的意愿，虽然李自成未必完全相信，将这六人拘押在军中，但却放慢了东进的脚步，给吴三桂制造了向清人借兵的时机。"左祖谁持将令宣"，是用"左右祖"的典故。汉吕后专政，太尉周勃密谋诛吕，行令军中，"为刘氏左祖"，于是军中皆左祖。此句内涵是正当吴三桂与众士绅一致灭闯时，倡导此议的李赤仙已经不在，还有谁像周勃一样宣布"左祖"的将令呢？"兴汉莫伸纪信绩"，是用汉将纪信的典故。刘邦与项羽大战荥阳，汉军危急，纪信假扮汉王，乘汉王车出降，后被项羽火烧而死，表明李赤仙等人代吴三桂诈降李自成而身亡，其功绩始终没得到表彰。"破齐难保郦生全"句，"郦生"指郦食其，他为汉王做说客，连下齐城七十余座，后被齐王烹杀。诗人感慨以郦食其之功，尚且丧命，李赤仙之死亦所难免。佘一元的《哭李赤仙》诗与序，是"说缓师"事件的最原始记录，其后官修《临榆县志》的《李赤仙传》俱来源于佘诗所记："李友松，字赤仙，卫庠生，性刚毅，有学识。崇祯甲申春，流寇薄城，势甚危急，松慷慨倡义，率庠生高穀、谭邃寰、刘泰临、乡耆刘台山、黄镇庵，赴营说贼缓军，遂遇害。"[①] 佘一

[①]［清］光绪四年《临榆县志》卷二十一，《中国方志丛书·华北地方·第一四九号》，台湾成文出版社1968年版，第1005页。

元饱经明清易代的沧桑,全程参与了山海关之战,他的诗具有很高的补史的价值。史梦兰在《止元诗话》中言:"佘沧潜先生生当国变之初,目击入关情事。其中《述旧诗》五首直可补国史所未详,不独备一乡之文献已也。"① 史梦兰可能没有见过佘一元的这两首《哭李赤仙》,这两首诗的史料价值并不逊色于《述旧诗》。

云南遗民陈佐才的诗则记录了永历朝廷在滇南的一些史事。由于滇南地处偏僻,发生的一些历史事件鲜为人知,如《阅缅录哭沐黔国》一诗,记载了沐天波被缅王猛白诱骗,过江同饮咒水被惨杀的事件;《吊沅江世守那公》是写永历逃到缅甸后,云南沅江土司那嵩举兵征伐吴三桂,失败后全家举火自焚的英勇事迹。永历十三年(1659)秋,吴三桂以重兵包围沅江府城,妄想迫使那嵩屈服,并采取封官许愿的手法,将劝降书射入城中。那嵩勃然大怒,把劝降书撕成碎片,登上城楼痛斥吴三桂,历数他入关之后犯下的滔天罪行,骂得吴三桂无地自容、恼羞成怒,下令开炮轰城。那嵩父子指挥部属与清兵激战,终因寡不敌众,沅江城失守,那嵩与家人登楼举火自焚。陈佐才的诗生动地描述了那嵩一家以身殉国的悲壮气概:"万姓水中絮,一家火里丹。黑烟悬日月,红焰现衣冠。汉将浑身冷,夷兵彻骨寒。六诏如斯者,从古至今难。"② 陈佐才写这些诗的用意,在诗前的序中交代得很明白:"余吊之者,恐史书编不到之意也。"就是担心史书漏载这些英烈人物,使这些英烈湮没不闻,所以有意"以诗存史",使他们青史留名。

清初还有一些诗作隐约道出不为人察觉的历史真相,如黄宗

① [清]史梦兰选辑,石向骞等点校:《永平诗存》,吉林大学出版社2011年版,第4—8页。
② [清]陈佐才撰:《陈翼叔诗集》卷三,沈乃文主编,《明别集丛刊》第五辑,黄山书社2013年版,第490页。

羲在钱谦益去世后写下的悼念诗篇《钱宗伯牧斋》：

> 四海宗盟五十年,心期末后与谁传。
> 凭裀引烛烧残话,嘱笔完文抵债钱。
> 红豆俄飘迷月路,美人欲绝指筝弦。
> 平生知己谁人是,能不为公一泫然。①

　　该诗讲的是钱谦益的事。钱谦益在清军占领南京时率先迎降,有失大节,虽然他入清廷不久便辞官归乡,后与各地抗清势力来往密切,并且倾尽家财资助抗清义军,为郑成功、瞿式耜等人抗清活动积极策划,还利用自己广博的人脉关系影响及策反降清将领,但是当时一些不明真相的人都对钱谦益抱以鄙夷的态度,让他很痛苦。钱谦益本来家资富饶,但由于倾尽家产抗清,使家境日益贫困,以至临终时还为身后安葬费用发愁。黄宗羲是钱谦益晚年的读书伴侣,在探视钱谦益时,钱嘱托黄代笔成文,以获得三千两银子的代笔润资。黄宗羲深知老友不为世人理解的苦楚,但一介书生,无能为力,只能用诗存留正史不载的钱谦益晚年贫病交加的生活以及他无法明言的抗清事迹,这就是此诗最后两句"平生知己谁人是,能不为公一泫然"的背后含义。钱谦益自己在病重时也写有《病榻消寒杂咏四十六首》,在其十七隐露心声：

> 颂系金陵忆判年,乳山道士日周旋。
> 过从漫指龙门在,束缚真愁虎穴连。
> 桃叶春流亡国恨,槐花秋踏故宫烟。

---

① [清]黄宗羲著,闻旭和整理:《黄梨洲诗集》,中华书局1959年版,第49页。

于今敢下新亭泪,且为交游一惘然。①

　　诗中的"于今敢下新亭泪"表明了自己忠明的遗民身份。"新亭"的典故源自南朝刘义庆《世说新语·言语》:"过江诸人,每至美日,辄相要出新亭,藉卉饮宴。周侯中坐而叹曰:'风景不殊,正自有山河之异。'皆相视流泪。""新亭泪"指痛心国难的心情。钱谦益的老朋友吴伟业在《梅村诗话》中也有如下隐晦的表述:"(瞿式耜)真可谓杀身成仁矣……稼轩在囚中,亦有《频梦牧师》之作。盖其师弟气谊,出入患难数十余年,虽末路顿殊,而初心不异,其见于诗文者如此。"②稼轩是瞿式耜的号。吴伟业说钱与瞿虽然"末路顿殊",意谓在政治上两人曾有不同的选择,但钱"初心不异",最终还是回归复明的初心。

---

①[清]钱谦益著,[清]钱曾笺注,钱仲联标校:《牧斋有学集》卷十三,上海古籍出版社1996年版,第650页。
②方良著:《钱谦益年谱》,中国书籍出版社2013年版,第298页。

第六章　清初叙事诗的文学史价值与地位

纵观中国古代诗歌的发展历程,抒情诗一直是诗歌发展的主流,而叙事诗往往在特定的时期才有一个小的高峰,比如唐代"安史之乱"中涌现的"三吏""三别"等名篇。此后中唐的张籍、白居易、元稹等人倡导"新乐府"运动,强调歌诗要"合为事而著",诗人要关注社会现实,对叙事诗的发展起到一定的推动作用。但元白等人主张的"事"主要是指民生疾苦等社会生活方面,对重大的历史事件与历史人物则鲜有关注。即使是白居易以真实历史人物为内容的《长恨歌》,但对唐玄宗、杨贵妃的描写多采用想象、夸张等艺术手法。如对唐玄宗以"汉皇"托名,其间又穿插着杨贵妃成仙的离奇描写,虽然情节生动,但一看就是虚构,抒情色彩又过于浓厚,这从诗题《长恨歌》也可以看出来,这些都与叙事诗的写实精神不相符合。到宋、金、元、明四朝,虽然每个朝代都产生了一定数量的叙事作品,但是在内容与艺术上都没有什么创新,更没有出现对后代影响深远的名作。一直到明末清初,叙事诗才又恢复了勃勃生机,这与大批从事叙事诗创作的诗人密不可分。与前代诗人不同的是,清初诗人大都具有史家与诗人的双重身份,这使他们在诗歌创作中自觉地践行"诗史"的理念,创作出大量以叙事手法来反映深广的社会历史和变幻的时代风云的作品。此前,没有哪个时代的诗人能像清初的诗人那样具有如此浓厚的历史情结。这也使清初叙事诗以宏大的历史叙事而独具特色,在中国古典诗歌园地异军突起,一枝独秀。如钱仲联先生所言:"以诗歌叙说时政、反映现实成为有清一代诗坛总的风气。十朝大事往往在诗中得到表现,长篇大作动辄百韵以上。作品之多,题材之广,篇制之巨,都达到了前所未有的水平。"① 清初叙事诗还超越了前代叙事诗单纯记人记事的"诗史"模式,在创作中"心史"并重,文学性与历史性得到了完美统一,达到了中国叙事诗发展的一个新高度。

第一节　清初诗人的双重身份

中国是一个注重历史的国家,早在周代就设有史官一职,此后历朝历代无不重视史书的编撰,即使在王朝更迭的动荡时代,由官方组织的修史记事的史官文化也未中断。但在明清之际,对史官文化的接受发生了新变,即传统的由官方主持的修史行为已经普遍升华为士人的史家意识,当时的文人无论在朝还是在野,大都有修史记史的创作自觉,以至于记录当代史的著作大量涌现,表现在诗歌观念上就是"诗史"观的高扬。

明清鼎革这一天翻地覆的历史事件带有突发性与戏剧性,1644 年短短数月间发生在北京的政权三易其主的事件震惊了明朝子民,由大明而大顺再到大清,历史人物次第登场,随之而来的战乱、杀戮、征服持续了近二十年。清初诗人作为这段历史的亲历者与见证者,与广大人民一起经历了战乱对社会的惨痛破坏,出于士人的责任感,他们有意识地将这段历史写入他们的诗歌之中,为故国留下值得凭信的"史事"。历史是由历史人物和历史事件构成

---

① 钱仲联主编:《清诗纪事·前言》,凤凰出版社 2004 年版,第 3 页。

的,"诗史"同样如此,有一代诗人,便有一代的"诗史"。在清初诗坛上,涌现了吴梅村、钱谦益、钱澄之、方文等一大批有"诗史"之称的诗人,他们的叙事诗从不同角度记录反映了这个特殊时代的沧桑巨变。这些诗人艺术上各具特色,形成了不同的创作风格,如吴伟业的叙事诗歌被称为"梅村体",钱谦益的诗歌被称为"虞山体",方文的诗歌被称为"嵞山体"等。这些诗人读书宏富,学养深厚,着力于"诗史"的创作,使清初叙事诗不仅在内容方面超越了前代,而且在艺术上兼收并蓄、千锤百炼,促进了清初叙事诗空前的发展与繁荣。相比于前代叙事诗作者,清初叙事诗人在身份上有一个显著的特点,即使前代诗人所创作的叙事诗虽被冠以"诗史"的称号,但实际上诗人本人大多不是史学家。唐以前的叙事诗人包括三曹及蔡文姬皆不以史名,即使是享有盛誉的唐代大诗人杜甫,其文化身份也只是单纯的诗人。杜甫的诗歌虽然被称为"诗史",但主要指他诗歌反映的时代内容,而不是指他具有史学家的身份,白居易、元稹等人莫不如此。而明清之际被称作"诗史"的诗人一般都具有史家的身份,著名者如吴伟业、钱谦益、钱澄之、屈大均、顾炎武、黄宗羲、王夫之等人都有史学著作传世。吴伟业撰有史书《绥寇纪略》(又名《鹿樵纪闻》),钱谦益曾在清廷任礼部右侍郎管秘书院事,充修《明史》副总裁,本人撰有《开国功臣事略》《北盟会编钞》等史籍,黄宗羲撰有《弘光实录钞》《行朝录》,王夫之撰有《永历实录》等,钱澄之撰有《所知录》,屈大均有《皇明四朝成仁录》等。在鼎革时事尚未被淡忘而各地反清势力此起彼伏的时代背景下,这些诗人怀着亡国之痛,用诗歌这种最便捷的文体来记录时代成为他们的首选。他们自觉地选择叙事的方式进行诗歌创作,深入社会现实叙写当代历史,并对传统"诗史"观进行了新的阐述与实践,从而体现了鲜明的时代色彩和强烈的政治倾向。

清初诗人还赋予叙事诗更为复杂的意义,即通过记载明清易代史事并对其意义进行阐释,从而达到"存明"乃至"存天下"的理想抱负。

清初首屈一指的叙事诗大家当属吴伟业。吴伟业作为崇祯帝钦点的一甲第二名进士,也就是俗称的榜眼,进入仕途后曾有不短的史馆工作经历。吴伟业在崇祯朝曾担任翰林院编修一职,这个职务的主要工作内容就是纂修国史,可以说他是名副其实的史学家。工作性质使吴伟业"浮沉史局,掌故之责,未能脱然"①,再加上吴伟业本人具有浓厚的史官情结,所以,他是抱着为一代兴亡存照的责任感来创作叙事诗的。但是长期以来,吴伟业的史家身份一直被人忽略,这主要是由于他的诗歌名气太大了,以至掩盖了他的史学成就,其实他在史学方面颇有建树。《清史稿》列传二百七十一载:"伟业学问博赡,或从质经史疑义及朝章国故,无不洞悉原委。"②吴伟业撰写的《绥寇纪略》一书,是专门记述有关明末农民战争的重要文献,是研究明末清初社会历史的重要史料。史家与诗人的双重身份使吴伟业具备了自觉的历史意识,他不止一次谈及诗中有史、以诗存史的重要性:"他年标信史"③,"天为孤忠留信史"④。在创作中,他秉持著史所必需的征实精神要求自己不杜撰、不虚构,处处遵循实录的原则。写诗之前,他要求自己一

---

① [清]吴伟业著,李学颖集评标校:《吴梅村全集》,上海古籍出版社1990年版,第1206页。

② [清]赵尔巽等撰,中华书局编辑部点校:《清史稿》,中华书局1977年版,第13326页。

③ [清]吴伟业著,李学颖集评标校:《吴梅村全集》,上海古籍出版社1990年版,第186页。

④ [清]吴伟业著,李学颖集评标校:《吴梅村全集》,上海古籍出版社1990年版,第1182页。

定把有关史实调查得十分清楚详备,然后才动笔。他所掌握的资料,往往比写进诗里的内容要多得多,如他记孙传庭的叙事名篇《雁门尚书行》就是这样的一篇作品。《雁门尚书行》的本事在《绥寇纪略》里就有非常详细的记载,但诗篇里描写的人物要生动得多,却没有一处不是有根有据,没有一处超出《绥寇纪略》的范围,如果再将《洛阳行》《永和宫词》的本事和《绥寇纪略》的有关记述做一番比较,也不难得出同样的结论。在面对诗歌取材问题的时候,吴伟业选取了具有重大历史意义的事件和人物入诗,这种方法上的自觉意味着吴伟业从杜甫等人的影响中走出,最终形成独具特色的"梅村体"。

钱谦益也兼具诗人与史家的双重身份。他被誉为"四海宗盟五十年"(黄宗羲语),位居"江左大三家"之首,是清初文坛的重量级文人。钱氏学识渊博,尤其通晓明代典故,《金匮山房订定牧斋先生有学集偶述十则》一文中记述了钱谦益曾私撰《明史》的事,可惜这部史书后来毁于绛云楼的火灾:"先生留心史事,其诗文皆史也。自绛云烬而青简销,往往借题拨闷。如序《建文年谱》,与初集《史氏致身录考》二篇,互相发明。"① 钱谦益的史学著作有《开国功臣事略》《北盟会编钞》等,足可证明他是颇有造诣的历史学家。钱谦益一生敬仰杜甫,曾花费很大精力注解杜诗,并在创作中身体力行杜甫所开创的"诗史"传统。陈寅恪在《柳如是别传》中评价道:"牧斋之注杜,尤注意诗史一点,在此之前,能以杜诗与唐史互相参证,如牧斋所为之详尽者,尚未之见也。"② 又说:

---

① 〔清〕钱谦益著,〔清〕钱曾笺注,钱仲联标校:《物斋杂著》,上海古籍出版社2007年版,第968页。
② 陈寅恪著:《柳如是别传》,生活·读书·新知三联书店2001年版,第1014页。

　　《投笔集》诸诗摹拟少陵,入其堂奥,自不待言。且此集牧斋诸诗中颇多军国之关键,为其所身预者,与少陵之诗仅为得诸远道传闻及追忆故国平居者有异。故就此点而论,《投笔》一集实为明清之诗史,较杜陵尤胜一筹,乃三百年来之绝大著作也。①

　　钱谦益本人也是清初"诗史"观的有力倡导者。他在《胡致果诗序》中说:"孟子曰:'《诗》亡然后《春秋》作。'《春秋》未作以前之诗,皆国史也。人知夫子之删《诗》,不知其为定史。人知夫子之作《春秋》,不知其为续《诗》⋯⋯三代以降,史自史,诗自诗,而诗之义不能不本于史。曹之《赠白马》,阮之《咏怀》,刘之《扶风》,张之《七哀》,千古之兴亡升降,感叹悲愤,皆于诗发之。驯至于少陵,而诗中之史大备,天下称之曰诗史。"②钱谦益在这篇文章里强调了诗歌存史的重要性,把史书《春秋》看成是《诗》亡后的延续,提出了"诗皆国史"的观点;同时,他也强调了文学家的历史责任,要求各种语言文字都要从不同方面和以不同形式纪录、反映历史真实。

　　钱谦益的这种观点在当时和者众多,这主要缘于时代带给诗人的特殊感受,为故国保存文献成为当时很多人的文化自觉。黄宗羲的学生万斯同是清初著名的史学家,任职史馆十九年,撰成《明史列传》三百卷、《宰辅会考》八卷、《河渠志》十二卷,最终手定《明史稿》五百卷,他编撰的明代民间诗歌总集《明乐府》,可以看作另一部明史。这部文学作品不但对于明史具有重要的补充意义,

---

① 陈寅恪著:《柳如是别传》,生活·读书·新知三联书店2001年版,第1193页。
② [清]钱谦益著,[清]钱曾笺注,钱仲联标校:《牧斋有学集》卷十八,上海古籍出版社1996年版,第800页。

在文学旨归上与唐代白居易的新乐府一脉相承,还以其开阔的视野突破了白居易新乐府的格局,不仅以诗刺政,还以诗存史,友人李邺嗣在《明乐府》序中指出:

> 诗之教,以言志述事,陈美刺而验时政得失,观四方土俗异同,则虽言志之诗,无非述事也。……季野则独取三百年间朝事,及士大夫品目,片言只句,可撮为题,俱系乐府一章,意存讽刺,以合于变风雅之义。虽其词未即方驾工部,而以前视元、白,后当杨、李,则几过之矣。或谓以季野史学盖世之才,不使纂成一朝之史,而徒取单文里句,造为韵语,以寄讽当世,似近于识小,殊为季野惜之,余独谓不然。诗以述事,其诗即其史也。诗亡而史作,义本相贯,但有简繁之分耳。季野即未及纂成一朝之史,而且以新乐府先之,是亦史之前驱也。①

　　万斯同以史学家的身份进行的这项文学活动具有双重的意义。他通过对明代近三百年民间诗歌的收集、整理,保留了大量的民歌作品,留下珍贵的文学遗产,而这些民歌中反映的内容,又折射出明代近三百年的社会政治生活的演变,具有重要的历史价值,即李邺嗣在序文中所言"诗以述事,其诗即其史也"。李邺嗣的这个评价是非常准确的,说明他不仅是万斯同的学术知音,还具有很强的学术洞察力。万斯同本身也是一位诗人,他的长篇叙事诗《述旧》,就是用史家"实录"的笔法叙述了自己的生平,通过个人的遭遇反映了时代的变迁,是一篇具有"诗史"性质的叙事佳作。

---

① [清]李邺嗣著:《杲堂文钞·万季野新乐有序》,杭州古籍出版社2013年版,第447—448页。

　　钱澄之也是清初兼具史学家与文学家双重身份的大家。钱氏曾任职于南明隆武与永历两个政权,又亲身经历这两个政权的覆灭,几乎熟知其间发生的所有军政大事,这些都被写进他的史学著作《所知录》中。这部著作一直是研究南明史的必备史料之一,由于清修史书对南明史的有意忽略,所以这部著作显得尤其珍贵。不过,与一般单纯记录历史的史书不同,钱澄之在《所知录》中记载历史事件的时候,往往会用他本人所写的诗歌来补充或重新叙述历史事件,总数达七十三首之多。《所知录》采用编年体形式,"每有纪事,必系以诗"是《所知录》的主要特色,其特殊之处在于,先以大字标明重大事件,其下注明该事件的详细经过,其间附有大量作者原创的叙事诗,以此作为对史料的补充叙述,可以说是半部史书半部诗。诗存则史存,诗歌的价值即体现于此。钱澄之将冷静的历史叙述与充沛的文学情感融合互补,相得益彰,使得他的叙事诗自成风格。

　　诗人与史家双重身份使清初的诗人在创作中有意识地将史书的笔法融入诗歌。具体表现为诗人往往用史书的形式来写作叙事诗。中国史书的主要体例有三种:编年体、纪传体、纪事本末体。编年体是以年代为线索编排有关历史事件,如《左传》就是采用这种体例。纪传体是通过记叙人物活动来反映历史事件,这种体例的史书代表是《史记》。纪事本末体是以事件为主线,将有关专题材料集中在一起,如南宋袁枢的《通鉴纪事本末》就是这种体例。中国传统史书的每一种体例在清初的叙事诗中都可以找到范例。如钱澄之就非常擅长写作编年体诗歌,他的《藏山阁集》就是一部编年体形式的诗史之作,其中《生还集》七卷纪事起于明甲申年(1644),止于南明永历二年(1648),均是按照时间顺序创作编排的诗歌,具有连续性,诗歌构成了一个完整的历史过程;以纪传体的形式进行诗歌创作最著名的诗人是吴伟业，他的"梅村体"诗歌，俨然是众多人物的传记。毋庸置疑，明清之际，正是通过这些诗家的史笔，许多珍贵的民族秘史、人物行状、事实原委得以保留，使真相若干年后大白于天下。

第二节　独具特色的"心史"说

明清易代之际，诗人们自觉继承了杜甫"诗史"的精神，用诗歌来记录时代沧桑、民生苦难，同时还将自己内心深处的彷徨哀伤、悲伤悲愤一并写入诗中，表现了易代之际诗人复杂幽微的心灵律动。所以，清初的叙事诗既是一部家国痛史，也是一部士人的心灵史。左东岭在评价易代之际文学价值时云："但从诗学的角度看，感人的作品往往是那些慷慨不平的鸣响，而易代之际皆正是这样一个情感多元、感慨多思的时代，从情感的浓度与感人的深度上，几十年的易代之际往往胜过平淡无奇的百年承平。"[1] 世人论清诗，多辨其学唐学宋，然从清诗，尤其是清初诗歌中所表现的思想感情来看，已非历史、思想背景相对单纯的唐宋人所能比拟，也远非学唐学宋话语所能框架，这是清初特定历史阶段所特有的情感和文字。国破家亡、进退失据带给文人士子的精神痛苦，超越了此前任何一个朝代。"心史"说的提出，既是对传统"诗史"说的继承与发展，更是对它的丰富与提升。相比较于传统"诗史"说，"心史"说在强调历史性叙事不可缺席的前提下，诗歌的功用从单纯的存史发展到传心、存史并重，反映了清初这一特定历史时期的文

---

[1] 左东岭：《历史叙述的细化与文学研究的拓展》，张晖著：《帝国的流亡：南明诗歌与战乱》序，中国社会科学出版 2014 年版，第 5 页。

学观。

　　"心史"说由吴伟业最先提出,他在对诗与史的关系问题进行了历史性的回溯后,提出"史外传心之史"的观点。他在《且朴斋诗稿序》一文中提出:"人谓是映薇涵情结绮、缠绵燕婉时,余谓是映薇絮语连昌、唏吁慷忾时也。观其遗余诗曰:'菰芦十载卧蓬蓬,风雨为君叹索居。'出处相商,兄弟之情,宛焉如昨。又曰:'山中已着还初服,阙下犹悬次九书。'则又谅余前此浮沉史局,掌故之责,未能脱然。嗟乎!以此类推之,映薇之诗,可以史矣!可以谓之史外传心之史矣!"①吴伟业认为李映薇之诗,除记载其行动外,还抒发了其多种情感,而这种情感又承载着家国之痛,是记录士人在明清之际生存状况与心灵状态的"传心之史"。"心史"说的本质就是使诗歌从原来的"叙其事"变为"感于事",从文体论的角度来看,史书侧重纪实,而诗歌偏重抒情,所以传统的"诗史"说大多强调诗歌的纪实性而忽略了抒情性,吴伟业提出"心史"说,就是使两者能够融合起来。"心史"说强调诗人不应该只是时代历史的客观记录者,还应该是在此时代背景下诗人心态的真实描摹者。这给叙事诗提供了丰富的表现空间,使之摆脱了以往叙事诗只是单纯叙事而缺少抒情的缺陷,使史性叙事与诗性抒情两种艺术在互动双赢中走向了深度融合,其结果是诗、史两种体裁的界限被进一步打破,从而形成了清初叙事诗融叙事抒情为一体的全新面貌。清人浦起龙的观点一语中的:"可见史家只载得一时事迹,诗家直显出一时气运。诗之妙,正在史笔不到处。"②深入地说明了诗、史

---

①[清]吴伟业著,李学颖集评标校:《吴梅村全集》,上海古籍出版社 1990 年版,第 1206 页。
②[清]浦起龙著:《读杜心解》卷首《读杜提纲》,中华书局 1961 年版,第 63 页。

不同的描写内容和表现方式,丰富完善了"诗史"理论的内涵与意义。一言以蔽之,"心史"就是诗化了的历史。

明末易鼎,虽然与宋元改朝换代性质相似,但在文人中间引起的心灵震撼远较宋代士人为甚。清初诗人大多具有浓厚的历史情怀,他们存亡继绝的历史责任感也远胜于宋代,单纯的历史叙事已经无法承担这一时期诗人内心的历史之痛,因此,将历史叙事内容与诗歌抒情性特质结合起来的"心史"说得到了诗人们的广泛认同。这既是清初诗人对传统"诗史"说的超越,也是"心史"说形成的内在动因。"心史"说反映了诗人在特定历史时期复杂的情感与思想,是一部他们的心路历史,是通过个体心灵真实感受来反映的历史。它不是社会史、政治史,而是心灵史。屈大均就倡导以诗歌表现遗民之"心史",他在《翁山文钞》卷二《二史草堂记》中说:"予也少遭变乱,屏绝宦情,隐于山中者十年矣,游于天下者二十余年,所见所闻,思以诗文一一载而传之。诗法少陵,文法所南,以寓其褒贬予夺之意,而于所居草堂名曰'二史',盖谓少陵以诗为史,所南以心为史云。"①钱澄之也有类似的表述,虽然他没有使用"心史"的概念,却表达出了相同的意思。他在《生还集》自序中这样说:"其间遭遇之坎壈,行役之崎岖……以作予年谱可也,诗史云乎哉!"②在钱澄之看来,凡是具有"坎壈"的见闻都可以成为诗歌所记载的内容与对象,因为这些见闻与诗歌创作主体有着密切的关联,展现了事件背后的诗人心态。

如果说以往"诗史"说强调的重点在于真实客观地记录社会

---

①〔清〕屈大均撰:《翁山文钞》卷二,《清代诗文集汇编》,上海古籍出版社2010年版,第42页。

②〔清〕钱澄之撰,汤华泉点校:《藏山阁集》卷三,黄山书社2004年版,第400页。

历史,那么"心史"说则重点在记述诗人个体的生活经历和情感历程,强调以真诚的心灵去感受和反映历史。"心史"说在清初得到很多诗人的响应,其中包括一个特殊的士人群体,就是明清易代之际一些身仕两朝的"贰臣"。这个特殊的群体更需要借诗歌来倾诉或申辩他们身不由己的苦衷,如吴伟业在被迫仕清后的诗歌作品基本都是此类内容。他这一时期的诗歌主题自始至终贯穿着对自己失节的真诚忏悔,表现了在清初凶险的社会环境之中作者内心思想感情的变化。吴伟业在他的《遣闷》诗中表露了自己屈节仕清的无奈:"故人往日燔妻子,我因亲在何敢死!憔悴而今困于此,欲往从之愧青史。"[1] 表明他出仕清廷身不由己的苦衷是因为家中亲人的羁绊。再如被广为传诵的《临终诗四首》之一:

　　　　忍死偷生廿载余,而今罪孽怎消除?
　　　　受恩欠债应填补,总比鸿毛也不如。[2]

　　　吴伟业这些浸透着血泪的文字无一不是内心情感的真挚表白,是作者在特定时期"心史"的真实记录。赵园在《明清之际士大夫研究》中说:"读吴伟业文集,你不难感知那自审的严酷,与自我救赎的艰难。这是一种罪与罚,也令人想到宗教情景。"[3] 陈廷敬在《吴梅村先生墓表》中记载了吴伟业临终前的一段话,表达了他借诗传心的创作意图:"吾诗虽不足以传远,而是中之用心良苦,后

---

①[清]吴伟业著,李学颖集评标校:《吴梅村全集》,上海古籍出版社1990年版,第260页。
②[清]吴伟业著,李学颖集评标校:《吴梅村全集》,上海古籍出版社1990年版,第531页。
③赵园著:《明清之际士大夫研究》,北京大学出版社1999年版,第12页。

世读吾诗而能知吾心,则吾不死矣。"①吴伟业希望后人能通过他的诗歌来理解他内心的痛苦,体谅他当时身不由己的选择。如作者所愿,他字字泣血的文字打动了一代代读者,这也是他在清初众多的"贰臣"中能赢得当时及后世同情的重要原因。清代史学家赵翼的一段话可视为对此最好的注解:"梅村出处之际,固不无可议;然其顾惜身名,自惭自悔,究是本心不昧。以视夫身仕新朝,弹冠相庆者,固不同;比之自讳失节,反托于遗民故老者,更不可同年语矣。"②

有着同样"贰臣"经历的龚鼎孳也曾这样对吴伟业倾吐心声:"庾楼之别,垂十五年。壬午以前,犹得时通音驿,运移癸甲,大栋渐倾,妄以狂愚,奋身刀俎,甫离狱户,顿见沧桑,续命蛟宫,偷延视息,堕坑落堑,为世惭人。……感念畴曩,泫焉雨泣。自伤失路,尚为知己所收怜,使得齿于旧游之末。且身既败矣,焉用文之,顾万事瓦裂,空言一线,犹冀后世原心。"③龚鼎孳出身于有"小东林"之称的复社,复社以提倡士人气节而闻名于世。龚鼎孳为人慷慨多意气,在明为台谏时就有直声,明亡前还因弹劾首辅周延儒而入狱,自甲申之变尤其是入仕清廷后,他成为双料贰臣,一直生活在自责自愧之中。他在《与吴梅村书》中,将这种失去名节的巨大精神痛苦表述得淋漓尽致。与吴伟业一样,龚鼎孳也是希望借诗传"心",得到后人的体谅:"且身既败矣,焉用文之,顾万事瓦裂,空言

---

① [清]吴伟业著,李学颖集评标校:《吴梅村全集》,上海古籍出版社1990年版,第1409页。
② [清]赵翼著,霍松林、胡主佑校点:《瓯北诗话》卷九,人民文学出社1963版,第136页。
③ [清]龚鼎孳撰:《定山堂文集》卷六,民国甲子龚氏瞻麓斋重校印。转引自刘丽《清初京师贰臣诗人研究》,黑龙江人民出版社2013版,第110页。

一线,犹冀后世原心。"表达的是与吴伟业同样的心愿。从这个层面上说,清初的诗歌是一部士人心路演变、精神沉浮与灵魂升降的心灵史,为我们认识清初时代变革和政治伦理道德下文人心态变化提供了真实的样本。概而言之,无论是吴伟业的"以诗传心"、龚鼎孳的"以诗原心",还是黄宗羲凭吊钱谦益所言的"心期末后与谁传"①,都表明诗歌是这个复杂群体彰显生命意义的方式。清初的诗人借诗写"心史",给叙事诗带来了强大的生命力。自此,在人们的文学观念中,"诗史"不再仅仅是"纪时事"的有韵之"史",或合乎儒家诗教的讽喻美刺、忧国忧民一类内容,还能够抒写时代变迁中个人的心路历程。这使得清初叙事诗除了有深沉的历史内容外,还兼有含蓄的情感表达,是诗人对自身主体性和诗歌抒情性的重新认定。田晓春在《诗史与心史》一文中说:"从'诗史'到'心史',看似一字之易,却关乎立场、视角的大转移,是由史家的和受政治摆布的传统诗学观的立场回到文学的主体'人'的立场中来。"②曾经有人把明清之际叙事诗的重新活跃说成是当时风云变幻、朝代更迭的社会现实刺激的结果,这种说法有一定的道理。明清易代的风云变幻确实促进了叙事诗的发展,这是重要原因,但不是唯一原因。中国历史几千年,就是一部改朝换代的历史,与明清易代相近的宋元之际都发生了天崩地解的大事变,为什么那时叙事诗没有活跃起来? 所以,时代背景固然是清初叙事诗繁荣的重要因素,但仅把清初叙事诗的繁荣归于时代却是片面的。如果没有清初这些富有使命感、富有艺术创造力的诗人,时代背景只是史

---

① [清]黄宗羲著,闻旭和整理:《黄梨洲诗集》,中华书局1959年版,第49页。
② 田晓春:《诗史与心史》,《徐州师范大学学报》(哲学社会科学版)1998年第2期。

书中平淡的记录,时代与诗人互相成就,而后者所起的作用甚至更大,这才是清初叙事诗繁荣发展的关键因素。

总之,"心史"说体现了明清之际"诗史"观的新进展,表现了这一阶段中国的叙事诗学已经从以"事"为中心转为以"情"为中心。也就是说,它从以"基于历史真实事件的历史写作转向了集中描写现实人情和真实的美学"①,"心史"不是注脚式的历史实录,也不是镜子般的事实再现,是开在"史"之土壤上的"诗"之花。

第三节　中国文人叙事诗的高峰

叙事性是清诗的一大特色,是它超元越明、上追唐宋的关键所在,也是构建清诗地位与价值的重要支撑点,而这种叙事诗风正是奠定于清初诗坛。清初叙事诗作者数量之众多,表现题材之丰富,艺术风格之多样,都比前代有所突破,是真正的叙事诗繁荣的时代。与传统叙事诗相比,清初叙事诗的新发展体现在以下几个方面:

清初叙事诗作者众多,大都学养深厚。中国古典诗歌最繁荣的时代是唐代,但《全唐诗》收录的唐代诗人一共也不过二千三百多人,其中创作叙事诗的诗人更是寥寥无几。而《清诗纪事》中收录的诗人有六千多人,这些诗人大都以创作叙事诗闻名,被誉为"诗史"的就有几十人,其中的一些诗人还具有史家兼诗人的双重身份。他们以严肃的史家创作态度来创作诗歌、记录时代,而不是前代诗人以"传奇"为目的和以"乐府"的形式创作叙事诗。清初

---

① [美]鲁晓鹏著,王玮译:《从史实性到虚构性:中国叙事诗学》,北京大学出版社2012年版,第11页。

的叙事诗既不同于杜甫的"三吏""三别"及《悲青坂》《悲陈陶》《哀江头》《哀王孙》等一批以乐府旧题写时事的叙事诗,也不同于白居易等人基于新题乐府的叙事诗创作。前者所描述的内容多限于耳闻目睹,而后者所描述的内容多限于道听途说的生活叙事,但它们都有一个共同的局限,即缺少对重大历史事件及历史人物的关注。在艺术表现方面,白居易等人创作的一些"新乐府"也不太成熟,比如在语言上过于俚俗,甚至流于平滑,失却了诗歌应有的美感。苏轼就曾评价元稹与白居易的乐府诗是"元轻白俗"①,认为他们的诗歌一个轻浅,一个俚俗,以至于有人说白居易的新乐府诗"近于骂"。白居易自己后来也认识到其诗意切词浅、词直言激、缺乏蕴藉,试图从艺术上加以完善,使诗歌变得含蓄一点,但效果并不明显,这大概与诗人自身的学养有一定关系。

　　与前代作者相比较,清初的叙事诗作者多是渊博厚重的学者,他们把史家的厚重与诗人的才情有机地结合在一起,在叙事的创作中呈现出更为成熟的风貌。其中,将学问与才情结合得最为完美的当属吴伟业。乾隆时史学家赵翼用缜密的论证抉发了吴伟业诗歌中诸多为人忽略的独创性,比如:"并之以叙事,而词句之外独有余味,此则独擅长处。"② 这个"独有余味"得益于吴伟业叙事诗中的大量用典,但这些典故并不使人感觉晦涩难懂,反而觉得典雅含蓄,显示出深厚的历史与美学内涵,如《圆圆曲》中的"相见初经田窦家,侯门歌舞出如花。许将戚里空侯伎,等取将军油壁车"这几句诗就用了两个典故,"田窦家"本指西汉时外戚田蚡、窦婴,诗

---

① 苏轼著,李之亮笺注:《苏轼文集编年笺注》卷六三《祭柳子玉文》,巴蜀书
　社2011年版,第393页。
② [清]赵翼著,霍松林、胡主佑校点:《瓯北诗话》卷九,人民文学出社1963
　年版,第132页。

中借指崇祯宠妃田氏之父田弘遇；"油壁车"用的是南齐名妓苏小小的典故，一语双关，即指陈圆圆的身份，还代指与吴三桂的婚约。再如《永和宫词》中的"扬州明月杜陵花，夹道香尘迎丽华"，前一句巧妙地化用唐诗点明了田贵妃的生长之地，后一句用陈后主的宠妃张丽华来指代田贵妃，身份切合，无不用典精当，读来宛转流畅，使叙事如串珠般紧密相连。吴伟业开创的"梅村体"，对清代叙事诗的风格、题材都有很大的影响，也为后代诗人树立了艺术典范，提供了艺术经验。清末的一些叙事诗多选取歌女舞伎为描写对象，像樊增祥的《彩云曲》以清末名妓赛金花的传奇人生作为叙事对象，将其放置在近代社会历史大背景中来叙述，在表现手法、语言运用上都明显看出模仿《圆圆曲》的痕迹；再如清末咏珍妃的系列叙事诗，像金兆蕃的《宫井篇》、王景禧的《宫井词》、薛绍徽的《金井歌》、邓铭的《崇东陵词》等，还有杨圻的《大山曲》通过对香妃遭遇的描述，反映了乾隆平定天山西路准噶尔部和南路回部叛乱的重大历史事件。这种以皇帝后妃为题材来反映时事的创作手法，就是受《永和宫词》《萧史青门曲》的影响。

　　清初叙事诗内容弘富，长篇巨制众多。唐以前的叙事诗一般选取的都是日常生活题材，表现内容相对单薄，很少有反映重大社会历史内容的作品，在艺术表现上也多是"我手写我心"，语言质朴平易、不假雕饰，叙事抒情多用白描、直抒胸臆。这种风格从《诗经》一直持续到乐府诗，莫不如此。这是因为这些诗歌的作者大多是民间劳动者，他们没有也意识不到诗歌"纪史"的功能。另外，由于身份阶层的局限，他们很少关注有关社会历史的重大事件，兴趣点多集中在与自己联系紧密的日常生活，所谓"饥者歌其食，劳者歌其事"。当然，这期间也涌现了蔡琰、曹操的表现时代战乱的文人叙事诗，但终究是孤掌难鸣、后继乏人。这种情况甚至持续到

"诗史"观念萌生的唐代，虽然有一些文人参与了叙事诗的创作，但走的也不外是《诗经》所开创的民间叙事路线，即使杜甫的诗歌以乐府旧题表现时事，但旧瓶装新酒，总是受到一定的制约，有戴着镣铐跳舞的感觉；至于白居易的"新乐府"叙事诗，其表现内容与艺术成就都没有超出汉魏乐府诗的范围。宋元两朝，叙事诗作品及诗人都乏善可陈，不但没有跟上唐代叙事诗的步伐，也没有给后代留下有影响的作品。至清初，叙事诗全面复兴的时代才真正来到。

　　与前代叙事诗相比，清初叙事诗的内容可谓地负海涵，全方位、多角度地展现了明清易代三十五年间的历史，较为真实地再现了时代的风云变幻。明清易代以崇祯之死揭开帷幕，此后大清、大顺、南明政权、郑成功军事集团先后登上历史舞台，一系列重大的历史事件此起彼伏，一系列的历史人物也次第登场，而清初叙事诗无不将其包纳其中。清初的叙事诗，既有对战争暴行的无情揭露，也有对朝野大事的自觉记录，更有对民族英烈的热情歌颂，以及对底层民众的深切同情。为了表现这些宏大的内容和作者深厚的情感，清初的诗人们创作了数量不菲的长篇巨制。此前，中国古典长篇叙事诗屈指可数，仅有《孔雀东南飞》《行次西郊作一百韵》《秦妇吟》《庐江小吏行》等寥寥数篇。而清初的长篇叙事作品无论从数量上还是从质量上，都远远超过前代，具有海飞山立般的气势。如吴伟业的长篇歌行动辄数百句，他的《永和宫词》《圆圆曲》《听女道士卞玉京弹琴歌》《松山哀》《临淮老妓行》《楚两生行》《萧史青门曲》等，以巨大的篇幅描绘了一幅幅长长的历史画卷。钱谦益《投笔集》中的《后秋兴》诗，次杜甫七律《秋兴》至十三叠、一百零四首之多，还有《哭稼轩一百韵》《赠归玄恭戏效玄恭体》《灯楼行壬寅元夕赋示施伟长》《左宁南像为柳敬亭作》等。其他如钱澄之的《哀江南》《得留守及张司马死难信》《虔州行》《悲湘潭》《悲信丰》等，万寿祺的《南都杂咏》，杜濬的《初闻灯船鼓吹词》等，都是才学兼资的长篇巨制。清初涌现如此众多的诗史般的巨制，实为前代所罕见，表现了清初诗人深厚丰赡的学力学养。

清初叙事诗里的人物多有真实的生活原型，一首诗歌相当于一篇人物传记。如吴伟业叙事诗中所记录的各阶层的社会人物，要么是皇室贵戚，如《思陵长公主挽诗》中的长平公主、《勾章井》中的鲁王张妃；要么是当时有重要影响的文臣武将，如《圆圆曲》中的吴三桂、《松山哀》中的洪承畴；要么是生活中与他有交往的朋友，如《楚两生行》中的苏昆生与柳敬亭、《听女道士卞玉京弹琴歌》中的卞玉京。吴伟业常常以史家"实录"的笔法来表现诗中的人物，他有一首描写宣大总督卢象升英勇事迹的长篇叙事诗《临江参军》，就是根据吴伟业的好友、曾为卢象升部下的杨廷麟所述而写就的。吴伟业在诗前的序中评价自己的这首诗有四个"最"："余与机部（杨廷麟字）相知最深，于其为参军周旋最久，故于诗最真，论其事最当。即谓之诗史可无愧。"[1] 这说明了吴伟业在记载这些人物的事迹时，掌握着可靠的第一手资料。钱澄之诗中歌咏的南明诸位英烈也大都是他的师友故旧，与他的关系非常亲密，如黄道周、何腾蛟、瞿式耜等人，黄是他的恩师，后两人则与他同朝为官。所以，清初叙事诗中记录的人与事都非常真实，可信度很高，可视为历史文献的补充或旁证。相比之下，前代叙事诗中的主人公大多取材民间传说或是按照题目虚构的人物，如《木兰诗》《十五从军行》《陌上桑》《孔雀东南飞》等，即便是白居易《长恨歌》中的唐玄宗与杨贵妃，尽管在历史上确有其人，但诗中也加入了不少的

---

① ［清］吴伟业著，李学颖集评标校：《吴梅村全集》，上海古籍出版社1990年版，第1138页。

虚构想象的成分。这主要是因为乐府诗本来诞生于民间,其传播方式也以下层艺人口耳相传为主,因此需要适合以普通民众为主要阅读对象的审美情趣,故多有虚构性、传奇性的情节,塑造的是理想、动人、传奇性的人物,本质上是加工性很强的小说化的创造。

诗序结合,以文为诗的创作手法。诗序是与诗歌密切结合的一种文学形式,出现于汉魏之际,成熟于六朝时期,唐以后得到蓬勃发展。诗序一般是对诗歌的介绍和评述,与诗歌互为表里、相互补充。清初诗人在进行叙事诗创作时,多采用诗序结合的方式,在诗歌写作时前面多写有诗序,介绍诗歌的写作背景或写作缘由。诗序结合往往能加强诗歌纪事功能,诗与序相得益彰。有的诗序相当于一部事件简史,不仅具有考索历史的价值,还扩大了叙事诗的表现功能。清初诗人中,使用这种创作方法最成功的是吴伟业与钱澄之。吴伟业的诗前大多以小序概述诗歌内容,使诗的叙事更加清晰,如《东莱行》小序"为姜如农、如须兄弟作也",点明了诗歌所写是崇祯朝时"姜熊之狱";而《琵琶行》序文则概述了诗歌写作的缘起,简要地介绍了事件的经过;《雁门尚书行》的小序则全景式地概括了一代名将孙传庭统兵打仗的才能胆略及其报国忠心,整首诗也是围绕着序言而展开。钱澄之的诗歌前中也多用小序,寥寥几笔就点明了诗歌所叙之事。如其在《咏史》组诗前小序:"弘光元年避党祸作。是年诗几百篇,《咏史》二十首皆烬于震泽。闲居追忆,仅得此。"① 这样诗序就起到了点明、交代诗歌写作背景的作用,还交代了此诗是以自己行迹为线索,在记录自己颠沛流离的艰辛生活同时,也展现了广阔的社会生活画面。再如他的《虔州行》诗前序曰:"江右人来,言虔州以去年十月破,哀而赋之。"

---

① [清]钱澄之撰,汤华泉校点:《藏山阁集》,黄山书社2004年版,第81页。

告诉人们这首诗歌所写的内容是去年虔州城破之事。在《麻河捷》诗前有序云："为武昌侯马进忠赋也。武昌破虏奏捷，晋封鄂国公。监军毛寿敦叙其战甚悉，援笔赋之。"[①]写明诗歌记载的是麻河之战的情形，旨在表彰马进忠的英勇善战。同样的手法也见于他的《悲湘潭》《悲信丰》等诗中。

　　概而言之，清初叙事诗在内容上地负海涵，在艺术上悲凉浑厚，不仅前代无人能抗衡，就是后继者也乏嗣响，完全可称得上是中国古典叙事诗的高峰。

---

① [清]钱澄之撰，汤华泉校点：《藏山阁集》，黄山书社2004年版，第251页。

主要参考文献

一、文史类专著

［清］抱阳生编著，任道斌校点：《甲申朝事小记》，书目文献出版社1987年版。

［清］陈济生编：《天启崇祯两朝遗诗》，中华书局1958年版。

［清］陈树芝纂修：《揭阳县志》，《日本藏中国罕见地方志丛刊》，书目文献出版社1991年版。

邓之诚撰：《清诗纪事初编》，中华书局1965年版。

［清］杜登春纂：《社事始末》，《丛书集成初编》，中华书局1991年版。

［清］顾炎武撰：《明季三朝野史》，台湾银行经济研究室1961年版。

［清］计六奇撰，任道斌、魏得良点校：《明季北略》，中华书局1984年版。

［清］计六奇撰，任道斌、魏得良点校：《明季南略》，中华书局1984年版。

［清］蒋良骐撰，林树惠、傅贵九点校：《东华录》，中华书局1980年版。

［明］李清撰，顾思点校：《三垣笔记》，中华书局1982年版。

［明］李清撰，何槐昌点校：《南渡录》，浙江古籍出版社1988年版。

［清］李天根著，仓修良、魏得良点校：《爝火录》，浙江古籍出版社
　　1986 年版。

［清］梁章钜撰，于亦时点校：《归田琐记》，中华书局 1981 年版。

钱仲联主编：《清诗纪事》，凤凰出版社 2004 年版。

［清］屈大均撰：《广东新语》，中华书局 1985 年版。

《世祖章皇帝实录》，《清实录》，中华书局 1985 年影印版。

［清］谈迁著，罗仲辉、胡明校点校：《枣林杂俎》，中华书局 2006
　　年版。

［清］谈迁撰，汪北平点校：《北游录》，中华书局 1960 年版。

［清］王士禛撰，湛三点校：《香祖笔记》，上海古籍出版社 1982
　　年版。

王钟翰点校：《清史列传》，中华书局 1987 年版。

［清］温睿临著：《南疆逸史》，中华书局 1959 年版。

［清］文秉撰：《甲乙事案》，《南明史料（八种）》，江苏古籍出版社
　　1997 年版。

［清］吴伟业撰：《鹿樵纪闻》，台湾大通书局 1987 年版。

徐珂撰：《清稗类钞》，中华书局 2010 年版。

［清］徐鼒撰，王崇武点校：《小腆纪年附考》，中华书局 1957 年版。

［清］杨士聪等著：《甲申核真略》，浙江古籍出版社 1985 年版。

［明］张岱著：《石匮书后集》，中华书局 1959 年版。

［清］张廷玉等撰，中华书局编辑部点校：《明史》，中华书局 1974
　　年版。

赵尔巽撰，中华书局编辑部点校：《清史稿》，中华书局 1977 年版。

［清］朱彝尊选编：《明诗综》，中华书局 2007 年版。

［清］邹漪撰：《明季遗闻》，台湾大通书局 1987 年版。

二、总集、别集

［清］陈名夏撰：《石云居诗集》,《清代诗文集汇编》,上海古籍出版社 2010 年版。

［清］陈之遴、徐灿著：《浮云集·拙政园诗余·拙政园诗集》,黑龙江大学出版社 2010 年版。

［清］陈佐才撰：《陈翼叔诗集》,沈乃文主编：《明别集丛刊》,黄山书社 2013 年版。

［清］邓汉仪辑：《诗观初集、二集》,康熙慎墨堂刻本,北京大学图书馆藏。

福建师范大学中文系古典文学教研室选注：《清诗选》,人民文学出版社 1984 年版。

［清］高珩撰：《栖云阁诗》,《四库全书存目丛书》,齐鲁书社 1997 年版。

［清］龚鼎孳著,陈敏杰点校：《龚鼎孳诗》,《清名家诗丛刊初集》,广陵书社 2006 年版。

［清］顾景星撰：《白茅堂诗文全集》,《清代诗文集汇编》,上海古籍出版社 2010 年版。

［清］顾炎武著,刘永翔点校：《亭林诗文集》,上海古籍出版社 2012 年版。

［清］归庄著：《归庄集》,中华书局 1962 年版。

［清］侯方域著,王树林校笺：《侯方域全集》,人民文学出版社 2013 年版。

［清］黄宗羲著,吴光、李明友、方祖猷、钱明、朱义禄校点：《黄宗羲全集》,浙江古籍出版社 2012 年版。

［清］李雯撰：《蓼斋后集》,顺治十四年石维昆刻本,中国科学院图

书馆藏。

［清］龙顾山人著,卞孝萱、姚松点校:《十朝诗乘》,福建人民出版社
　　2000年版。

［清］彭而述撰:《读史亭诗集》,《清代诗文集汇编》,上海古籍出版
　　社2010年版。

［清］钱澄之撰,汤华泉校点:《藏山阁集》,黄山书社2004年版。

［清］钱谦益著,［清］钱曾笺注,钟仲联标校:《钱牧斋全集》,上海
　　古籍出版社2003年版。

［清］屈大均撰:《翁山文钞》,《清代诗文集汇编》,上海古籍出版社
　　2010年版。

［清］瞿式耜撰:《瞿忠宣公集》,沈乃文主编:《明别集丛刊》,黄山书
　　社2016年版。

［清］全祖望著,方祖猷等点校:《续甬上耆旧诗》,杭州出版社2003
　　年版。

［清］申涵光撰:《聪山集》,《清代诗文集汇编》,上海古籍出版社
　　2010年版。

［清］沈德潜编:《清诗别裁集》,中华书局1973年版。

［清］施闰章撰:《愚山先生诗集》,《清代诗文集汇编》,上海古籍出
　　版社2010年版。

［清］史梦兰选辑,石向骞等点校:《永平诗存》,吉林大学出版社
　　2011年版。

［清］魏禧撰:《魏叔子诗集》,《清代诗文集汇编》,上海古籍出版社
　　2010年版。

［清］吴嘉纪著,杨积庆笺校:《吴嘉纪诗笺校》,上海古籍出版社
　　1980年版。

［清］吴伟业著,李学颖集评标校:《吴梅村全集》,上海古籍出版社

1990 年版。

［清］吴伟业撰：《梅村家藏稿》，《清代诗文集汇编》，上海古籍出版社 2010 年版。

［清］吴兆骞撰，麻守中校点：《秋笳集》，上海古籍出版社 2009 年版。

［清］熊文举撰：《雪堂先生集选》，顺治刻本，天津图书馆藏。

［明］徐孚远撰：《钓璜堂存稿》，《清代诗文集汇编》，上海古籍出版社 2010 年版。

［清］薛所蕴撰：《桴庵诗》，顺治刻本，清华大学图书馆藏。

［清］阎尔梅撰：《白耷山人集》，《清代诗文集汇编》，上海古籍出版社 2010 版。

［清］尤侗著，杨旭辉点校：《尤侗集》，上海古籍出版社 2015 年版。

［明］张煌言撰：《张苍水集》，上海古籍出版社 1985 年版。

［清］赵翼著，霍松林、胡主佑校点：《瓯北诗话》，人民文学出版社 1963 年版。

［清］卓尔堪编，萧和陶点校：《遗民诗》，华东师范大学出版社 2013 年版。

三、近人专著

陈伯海主编：《近四百年中国文学思潮史》，东方出版社 1997 年版。

陈寅恪著：《元白诗笺证稿》，上海古籍出版社 1978 年版。

樊树志著：《晚明史：1573—1644 年》，复旦大学出版社 2003 年版。

樊树志著：《重写晚明史：内忧与外患》，中华书局 2019 年版。

方良著：《钱谦益年谱》，中国书籍出版社 2013 年版。

冯其庸、叶君远著：《吴梅村年谱》，文化艺术出版社 2007 年版。

顾诚著：《明末农民战争史》，光明日报出版社 2012 年版。

顾诚著：《南明史》，光明日报出版社 2011 年。

孔定芳著:《清初遗民社会:满汉异质文化整合视野下的历史考察》,湖北人民出版社 2009 年版。

李圣华著:《方文年谱》,人民文学出版社 2007 年版。

李文治著:《晚明民变:底层暴动与明朝的崩溃》,中国电影出版社 2014 年版。

李治亭主编:《清史》,上海人民出版社 2002 年版。

刘丽著:《清初京师贰臣诗人研究》,黑龙江出版社 2013 年版。

刘世南著:《清诗流派史》,台北文津出版社 1995 年版。

刘仲华著:《世变、士风与清代京籍士人学术》,中国人民大学出版社 2013 年版。

[美]鲁晓鹏著,王玮译:《从史实性到虚构性:中国叙事诗学》,北京大学出版社 2012 年版。

孟森著:《明清史讲义》,中华书局 1981 年版。

孟森著:《心史丛刊》,中华书局 2006 年版。

裴世俊著:《钱谦益诗歌研究》,宁夏人民出版社 1991 年版。

[美]司徒琳著,李荣庆等译:《南明史:1644—1662》,上海人民出版社 2017 年版。

孙立著:《明末清初诗论研究》,广东高等教育出版社 1999 年版。

王运熙、顾易生主编,邬国平、王镇远著:《清代文学批评史》,上海古籍出版社 1995 年版。

王钟翰著:《清史十六讲》,中华书局 2009 年版。

[美]魏斐德著,陈苏镇、薄小莹译:《洪业:清朝开国史》,新星出版社 2013 年版。

谢国桢著:《明末清初的学风》,上海书店出版社 2004 年版。

谢国桢著:《明清之际党社运动考》,中华书局 1982 年版。

谢正光、佘汝丰编著:《清初人选清诗汇考》,南京大学出版社 1998

年版。

严迪昌著:《清诗史》,浙江古籍出版社 2002 年版。

杨泽琴著:《孙枝蔚与清初扬州诗群研究》,中国社会科学出版社 2015 年版。

叶君远著:《吴梅村评传》,首都师范大学出版社 1999 年版。

袁行云著:《清人诗集叙录》,文化艺术出版社 1994 年版。

张晖著:《帝国的流亡:南明诗歌与战乱》,中国社会科学出版社 2014 年。

张晖著:《中国"诗史"传统》,生活·读书·新知三联书店 2012 年版。

张仲谋著:《清代文化与浙派诗》,东方出版社 1997 年版。

赵园著:《制度·言论·心态:〈明清三际士大夫研究〉续编》,北京大学出版社 2006 年版。

朱丽霞著:《清代松江府望族与文学研究》,上海古籍出版社 2006 年版。

朱则杰著:《清诗史》,江苏古籍出版社 1992 年版。

四、主要参考论文

陈公望:《归庄与钱谦益》,《求是学刊》2000 年第 3 期。

陈生玺:《剃发令对清初的政治影响》,《南开学报》1999 年第 4 期。

葛兆光:《大明衣冠今何在》,《史学月刊》2005 年第 10 期。

郭万金:《关于明诗》,《文学评论》2005 年第 4 期。

黄伟:《关于清诗》,《文学评论》2006 年第 1 期。

李真瑜:《南内新词送南朝——南明弘光朝宫廷戏剧》,《紫禁城》 2010 年第 3 期。

刘丽、黎文丽:《论清初叙事诗的"补史"价值》,《广西社会科学》

2018 年第 6 期。

刘丽:《论清初汉官的疏离心态》,《北方论丛》2013 年第 3 期。

刘丽:《论清初南北汉官文化心态的差异》,《江苏师范大学学报》
　　2017 年第 4 期。

刘丽:《清初贰臣文人的用世心态》,《北方论丛》2015 年第 3 期。

刘丽:《重新评价清初京师贰臣诗人的文学史地位》,《河北学刊》
　　2010 年第 2 期。

刘中平:《"南渡三案"述论》,《明史研究》第十二辑,黄山出版社
　　2012 年。

刘仲华:《明清之际一个普通士人的人生际遇——王崇简生平与出
　　处》,《石家庄学院学报》2007 年第 5 期。

马大勇:《清初京师诗界职志龚鼎孳论》,《中国韵文学刊》2002 年
　　第 1 期。

潘承玉:《清初诗坛中坚:遗民—性情诗派》,《复旦学报》2004 年第
　　5 期。

孙文良:《论清初满汉民族政策的形成》,《辽宁大学学报》1991 年
　　第 1 期。

孙之梅:《明清人对"诗史"观念的检讨》,《文艺研究》2003 年第
　　5 期。

田晓春:《诗史与心史》,《徐州师范大学学报》1998 年第 2 期。

王成兰:《清初京师汉官的生活空间和关系网络——以陈名夏和刘
　　正宗为个案》,《江海学刊》2007 年第 6 期。

王学泰:《论清代文学与政治》,《浙江社会科学》2005 年第 1 期。

杨海英:《清初"故国之思"现象解读》,《清史论丛》2000 年号。

张升:《论陈名夏与方以智的交往》,《安徽史学》2000 年第 2 期。

张玉兴:《论南明皇帝及其时代》,《明清论丛》2018 年第 1 期。

赵永纪:《清初遗民诗人方文》,《安庆师范学院学报》1985 年第
　2 期。

钟巧灵:《论党争漩涡里文人退隐心态——关于元祐苏门汴京题山
　水画诗唱和》,《东岳论丛》2008 年第 2 期。